阅读的慢板

从索福克勒斯到小津安二郎

卢迎伏 著

四川大学出版社

项目策划：黄蕴婷
责任编辑：黄蕴婷
责任校对：毛张琳
封面设计：胜翔设计
责任印制：王 炜

图书在版编目（CIP）数据

阅读的慢板：从索福克勒斯到小津安二郎 / 卢迎伏著. — 成都：四川大学出版社，2020.11（2024.5 重印）
ISBN 978-7-5690-3938-2

Ⅰ. ①阅… Ⅱ. ①卢… Ⅲ. ①世界文学－文学欣赏 Ⅳ. ① I106

中国版本图书馆 CIP 数据核字 (2020) 第 213100 号

书名	阅读的慢板：从索福克勒斯到小津安二郎
	Yuedu De Manban: Cong Suofukelesi Dao Xiaojin An'erlang
著者	卢迎伏
出版	四川大学出版社
地址	成都市一环路南一段 24 号（610065）
发行	四川大学出版社
书号	ISBN 978-7-5690-3938-2
印前制作	四川胜翔数码印务设计有限公司
印刷	四川省平轩印务有限公司
成品尺寸	152mm×230mm
插页	2
印张	25.5
字数	301 千字
版次	2021 年 1 月第 1 版
印次	2024 年 5 月第 2 次印刷
定价	86.00 元

版权所有 ◆ 侵权必究

◆ 读者邮购本书，请与本社发行科联系。
电话：(028)85408408/(028)85401670/(028)86408023　邮政编码：610065
◆ 本社图书如有印装质量问题，请寄回出版社调换。
◆ 网址：http://press.scu.edu.cn

扫码加入读者圈

四川大学出版社
微信公众号

小 引

独读若独酌,由寂寂闷闷,而絮絮叨叨,或会色会声,或不知所云。

目　录

第一辑　慕课长短言

自瞽者俄狄浦斯王　/003

大诗《神曲》　/015

当堂吉诃德不再疯狂时　/028

你从地狱走来，带着恶之花开　/043

局内局外人　/068

实录变形记　/090

不安与试探　/103

绿龙的妙造　/120

第二辑　爱玛的爱与欲：读《包法利夫人》

西方现代小说的起点　/129

听一看之恋　/166

农展会前奏曲　/181

聊撩－农展会交响曲　/195

爱玛的七纱舞　/238

郝药师作法永镇寺　/248

棚下的肉山与厅中的热气 /257

第三辑　从红字到红十字：读《红字》

看啊，这个人！ /267

破阵女白兰 /273

当"看者"成为"被看者"的时候 /281

第四辑　西学东看：唐诗五话

静夜，思不静：读《静夜思》 /297

《渭城曲》之"未成"解 /304

温暖，在人间：读《夜雨寄北》 /314

大雪与小酌：读《问刘十九》 /320

繁花与落花：读《江南逢李龟年》 /325

第五辑　会色会声会吾中

关于木心，我们能谈论什么？ /339

秩序与风度：《东京物语》中小津安二郎的现代性隐忧
　/378

跋：阅读的慢板 /400

重印后记 /403

第一辑　慕课长短言

自瞽者俄狄浦斯王

一

公元前494年,当中国的越王勾践与吴王夫差激战正酣之时,在古希腊的雅典城邦的某个剧场,上演了一部名为《米利都的陷落》的悲剧。米利都位于今天土耳其的西南海岸,曾被古希腊人占领一千年左右,后来在"希腊-波斯战争"中为波斯国王大流士所攻陷。《米利都的陷落》讲述的是米利都城被波斯人占领的故事,这出悲剧上演的时候,一向讲究中庸节制的雅典观众,看到同胞们罹受了城毁人亡的惨境,再也撑不住了,竟纷纷号咷恸哭。哭声此起彼伏停都停不下来,一股悲哀之情弥漫整个剧场,结果却是《米利都的陷落》的作者佛律尼科斯非但未得到奖励,还被罚缴纳一千古希腊币的罚款,一千古希腊币大概相当于十个普通希腊人的年收入总和。不仅剧作家被罚巨款,而且该剧还被禁止再次上演。观众看悲剧演出而大哭,不正说明剧作很成功吗?我记得中国古典四大悲剧之一孔尚任的《桃花扇》当年演出时,很多人都"掩袂而泣,唏嘘不已"，观众哭完不仅纷纷叫好，还要求一演再演！

那为何同样都是"悲剧"，《米利都的陷落》和《桃花扇》在演出后所得到的待遇差别竟这么大呢？这就不得不从古希腊的悲剧起源说起了。

据考，古希腊的悲剧（tragoidia）起源于酒神颂。古希腊农民每年在葡萄的收获时节都会选出五六十人组成一个歌队，一人做歌队长，整个歌队载歌载舞唱颂酒神狄奥尼索斯的死而复生。因酒神狄奥尼索斯在人间漫游时，都会带上森林之神——有羊耳朵、羊尾巴和羊腿的羊人萨蒂尔（Satyr），所以歌队就装扮成羊人萨蒂尔的样子，身穿山羊皮，头戴山羊角。在整个祭祀仪式中，歌队长负责讲述酒神狄奥尼索斯在人间的漫游和宣教的故事，而其他歌队成员则以赞美酒神的歌为伴唱，因此整个说唱被称为酒神颂或山羊之歌。后来，一个古希腊剧作家在酒神颂中加入了一个演员，来扮演不同的角色与歌队长进行对话。再后来，著名的古希腊悲剧作家埃斯库罗斯认为一个演员完全不够用，就起用了两个演员；悲剧作家索福克勒斯则先后加上了一个、两个演员，变成了三个、四个演员。古希腊悲剧的这个发展过程，是不是有点像中国相声中的单口相声、对口相声和群口相声呢？

到公元前6世纪末，随着古希腊很多城邦的民主政治日渐发达，集体生活的重要性便日益凸显，整个社会迫切需要一种文艺形式来传达和培育一个小共同体的主导思想和集体情感，比如一个小共同体的信仰问题、战争问题、民主制度问题、社会问题和家庭问题。当然，家庭问题有意回避了今天的影视剧所热衷的男欢女爱，因为古希腊人认为爱情会扰乱和平与理智。总之，悲剧是古希腊社会最重要的公共教育手段，担负着传达道德伦理、宗教信仰以及教化人心的重任，因此它首先意味着对神的颂扬祇敬与对人的启迪宣教，并非为了休娱而作。① 用法国思想家福柯的话说，所有希腊悲剧都是"诚现（alèthurgie）"，即"真理的一种展现仪式"——通过"神话、英雄、演员、演员所戴的面具，希腊悲剧使人们听见真相，看见真相"。② 古希腊哲学家亚里士多德在《诗学》中将悲剧定义为"对于一个严肃、完整、有一定长度的行动的摹仿"③，没错，悲剧是会引起观众的悚栗与怜悯，但观众看完一部悲剧后因感情得到了卡塔西斯（katharsis，宣泄、净化或陶冶），心灵也就能获得安宁，观看悲剧演出就像古时的外科医生给发热病人放血退烧，是一种有益社会的教化方式。其实这跟中国的传统戏剧所发挥的作用很像，谁都不能否认一出出社戏对于中国普通老百姓的道德价值观的形成所起的重大作用，这点可以从戏台对联中看出："戏中文文中戏，千古英雄收眼底""离合悲欢演往事，愚贤忠佞认当时""戏园者，普天下之大学堂；优伶者，普天下之大教师""寓褒贬于贤奸，分明一部春秋义；可兴观于忠孝，犹是几篇雅颂诗"。

一句话，古希腊悲剧的核心精神是严肃的教化，故观众可以为崇高为命运而落泪，但绝不可仅因剧情的惨烈而哭哭啼啼，否则就是简单的比惨集会了嘛。因此，就有中国学者主张

---

① 〔英〕西蒙·戈德希尔：《阅读希腊悲剧》，章丹晨、黄政培译，北京：生活·读书·新知三联书店，2020年，第94—127页。
② 〔法〕米歇尔·福柯：《对活人的治理》，赵灿译，上海：上海人民出版社，2020年，第31页。
③ 《罗念生全集》（第1卷），上海：上海人民出版社，2004年，第36页。

将悲剧译为肃剧——严肃的剧作。正因悲啼完全有悖于古希腊人所推崇的中庸适度的平衡之道，所以《米利都的陷落》会被处罚。由于悲剧在古希腊社会中发挥着如此重大的教化作用，所以每个城邦的居民都有义务观看悲剧演出。因为是公益活动，所以最开始看戏是免票的，但架不住剧场时常人满为患。有时一部剧作太受欢迎了，观众甚至大半夜就提前去占座位，据说当时的法律明文规定如果抢了别人的座位会被处以死刑，这个说法可能有点夸张了，不知是否被认真执行过。因为修缮剧场需要费用，还要给演出人员发工资，所以为了控制观众人数和平衡演出开支，就不得不开始卖票。票价呢倒也不贵，大概相当于当时一个普通人的半天收入，可卖票不就将很多穷人挡在门外了吗？那还怎么教化他们呢？雅典城邦的执政官伯里克利想到的办法是给穷人发放戏剧观看津贴。

　　政府对悲剧的高度重视，促成了古希腊悲剧文化的极度发达。当时，古希腊的很多城邦都会在每年三月末的大酒神节和一月末的勒奈亚节上演以英雄传说或史诗传说为主题的悲剧。悲剧的演出大抵是在一个半圆形的露天剧场，舞台背景是青山和蓝天，一两万名观众头戴花冠，身穿白色礼服，带着食物坐在看台上看戏，几出戏剧连着演而没有中场休息。要知道当时的演员并没有麦克风、音箱等扩音设备，观众也没有小望远镜或LED大屏幕，那观众听得清、看得清吗？古希腊人让一人分饰多个角色的演员戴上不同的面具，面具不仅大而且设计的形象也十分鲜明，观众远远一看就能分辨出演员演的到底是谁。面具的这种效果还真有点像我们京剧里面的脸谱，什么"蓝脸的窦尔敦盗御马，红脸的关公战长沙，黄脸的典韦、白脸的曹操、黑脸的张飞叫喳喳"。解决了看得清的问题，那一两万人的露天大场子，观众听得清吗？不用说，演员的声音肯定要洪亮，而实验证明头戴面具演出也能起到扩音的效果。此外，就不得不提古希腊剧场的完美声学效果了，经现代声学专家的测试，很多古希腊的剧场遗址尽管历经两千多年的风吹日晒，可声学效果依旧惊人。古希腊文学翻译家罗念生先生曾在一个剧场遗址上观看过不使用任何现代音响设备的话剧演出，结果坐在中间稍后位置都能听得一清二楚。

当然，古希腊的悲剧文化之所以兴盛一时，除了上面所说的政府高度重视、面具设计与剧场的声学效果好外，还离不开严格的戏剧竞争制度。当时，每一轮戏剧竞赛都会安排三个剧作家参赛，而舞台上演出的任何一出戏剧不仅要接受十人专家裁判团的打分，还要接受一两万名观众的评价。如果观众对专家团的打分结果有异议，专家团必须做出解释，并且观众还可以在演出时自由地鼓掌赞扬、高喊"重演一遍"，当然也可以跺脚、喝倒彩并向舞台扔东西表达不满意，他们常常手头有什么就扔什么，有时甚至会向舞台扔石头。如果一出戏剧反对的人过多，可能都等不到演完就改演其他戏剧了。这种竞争是不是比我们现在的很多选秀综艺节目还激烈呢？

二

今天，我们一提古希腊悲剧自然就会想到三大悲剧作家——埃斯库罗斯、索福克勒斯和欧里庇得斯。埃斯库罗斯创造了三部曲式的戏剧（又称三连剧），三部戏剧既相对独立又情节连贯。三部曲形式对后世影响深远，比如我们都知道巴金的"激流三部曲"(《家》《春》《秋》)和"爱情三部曲"(《雾》《雨》《电》)。据说，牛气一时的埃斯库罗斯是被天上掉下的一只乌龟砸中头部受了重伤而一命呜呼的，他临死前竟还自撰了一个墓志铭：

> 雅典人埃斯库罗斯，欧福里翁之子，
> 躺在这里，周围荡漾着革拉的麦浪；
> 马拉松圣地称道他作战英雄无比，
> 长头发的波斯人听了，心里最明白。

你看，埃斯库罗斯在自撰墓志铭里丝毫没提自己是一个悲剧作家，而只说自己在马拉松战役中如何勇武作战立功，这让人想起《左传》里的三不朽——"太上有立德，其次有立功，其次有立言"[①]，看来古希腊和古代中国都认为立功要在立言之上。作战骁悍的埃斯库罗斯当然让人景仰，而写作了很多同情女性剧作的欧里庇得斯同样让人尊敬，因为早在2400年前欧里庇得斯就敢于在一个以男权为主导的社会中为女性鼓与呼，所以他会被后人戏称为妇女之友。

诸位可能没读过索福克勒斯的《俄狄浦斯王》(前429年)，但应该都听过一个心理学术语——恋母情结。今天，很多网络论坛里常有女生义愤填膺地控诉妈宝男们的恋母情结。其实，恋母情结的正式说法是俄狄浦斯情结，而俄狄浦斯就是

---

① 杨伯峻：《春秋左传注》，北京：中华书局，1981年，第1088页。

索福克勒斯的悲剧、被亚里士多德称为最完美悲剧的《俄狄浦斯王》里的男一号。俄狄浦斯的母亲，也是他的妻子伊俄卡斯特，曾对俄狄浦斯说："别害怕你会玷污你母亲的婚姻；许多人会曾梦中娶过母亲；但是那些不以为意的人却安乐地生活。"伊俄卡斯特既是俄狄浦斯的母亲，又是他的妻子？这也太乱了吧。对，根据古希腊神示，俄狄浦斯在出生之前命运就已经定了——弑父娶母。因此，有人称《俄狄浦斯王》是一部命运的悲剧，在戏剧结尾处歌队长唱道：

忒拜本邦的居民啊，请看，这就是俄狄浦斯，他道破了那著名的谜语，成为最伟大的人；哪一位公民不曾带着羡慕的眼光注视他的好运？他现在却落到可怕的灾难的波浪中了！

因此，当我们等着瞧那最末的日子的时候，不要说一个凡人是幸福的，在他还没有跨过生命的界限，还没有得到痛苦的解脱之前。①

在古希腊文化中，命运女神凌驾于一切之上，比如古希腊哲学家赫拉克利特曾说"任何情况之下都是命运规定的"②，

---

① 《埃斯库罗斯悲剧三种·索福克勒斯悲剧四种》，罗念生译，上海：上海人民出版社，2007年，第387页。古希腊悲剧总是"包含三重演出：一是当下（人们目睹从过去到未来的转变），二是自由（做什么？），三是意义（诸神与人们的回答）。……被询问之事（情节、场景、戏剧话语）以及提问之人（歌队、评点、抒情话语）有机地交替出现。这是一种'延宕'结构，它即为间离本身，将世界与对世界的叩询彼此分开"。参见〔法〕罗兰·巴特：《罗兰·巴特论戏剧》，罗湉译，北京：生活·读书·新知三联书店，2020年，第289页。

② 〔古希腊〕希罗多德：《历史》，徐松岩译，上海：上海三联书店，2008年，第31页。

而古希腊历史学家希罗多德也说"任何人都不能扭转行将来临的命运"①，真是个万般皆是命的时代。俄狄浦斯道破的著名谜语就是斯芬克斯之谜。当时，神后赫拉派遣狮身人面的斯芬克斯坐在忒拜城（俄狄浦斯的出生地）附近的悬崖上，向路过的行人问一个谜语："什么动物早上四条腿走路，中午两条腿走路，晚上三条腿走路？"凡答不出来的人都会被斯芬克斯吃掉，一时间忒拜城的居民人心惶惶，吓得都不敢出城了。当拄着拐杖的跛足少年俄狄浦斯漫游到斯芬克斯面前时，高傲的斯芬克斯又将这个谜语抛给了他："什么动物早上四条腿走路，中午两条腿走路，晚上三条腿走路？"俄狄浦斯不假思索地答道："人！"因为早上、中午和晚上分别比喻人的幼年（四肢爬行）、长大（双腿直立行走）和老年（双腿加拐杖）。高傲的斯芬克斯遭此暴击，羞愧难当跳崖自尽，而破解了斯芬克斯之谜的俄狄浦斯，不仅被忒拜城的公民拥戴为国王，还按照当时的风俗娶了前任国王的遗孀伊俄卡斯特（即自己的生母）为妻。俄狄浦斯来忒拜城之前的路上，曾在一个名叫三岔口的地方与人发生争执而将其打死，被打死的人中就有自己的生父拉伊俄斯。至此，俄狄浦斯弑父娶母的神示完全应验了，但他自己却浑然不知。十分吊诡的一点是，俄狄浦斯得知自己会弑父娶母的神示后"就逃到外地去，免得看见那个会实现神示所说的耻辱的地方"，但最终却应验了神示，即他是先承认了命运而后再想逃脱命运。问题是如果一个人承认了命运，他还能逃脱命运吗？

---

① 北京大学哲学系外国哲学史教研室编译：《古希腊罗马哲学》，北京：商务印书馆，1961年，第31页。

看似简单的斯芬克斯之谜，其实是人的自然存在之谜，它是古希腊人第一次明确定义人是什么，也是古希腊名言"人啊，认识你自己"的最直观体现。斯芬克斯的"人首象征精神，兽身象征物质力量；人首和兽连在一起，一方面象征精神要摆脱物质力量，另一方面也象征精神还没有完全摆脱物质力量，所以还没有达到自由"[①]。依此看，俄狄浦斯诚可谓具有自我意识的古希腊人的杰出代表，他的思维能从具体现象（四条腿、两条腿和三条腿）升华到一般概念（人），即从殊相到共相。俄狄浦斯说自己作为一个凡人仅凭自己的智慧，就破解了神后赫拉的谜语而当上了忒拜城的国王，无疑是"知识就是权力"这一格言的体现。当然，我们从他最终刺瞎双眼、自我放逐的下场来看，人终究还是逃脱不了命定的神示。在《俄狄浦斯王》中，"权力－知识不同形式之间"在为"杀害和乱伦"进行争斗——有"传递神谕的知识，有常规调查带来的知识，在两者之间，没有位置给'国王的'知识"；俄狄浦斯"对抗的是神谕、预言和先知的知识模式，他不断被这种知识攻击与控告"[②]。人类的知识战胜不了神的智慧是当时的共识，比如苏格拉底曾在《申辩篇》中谆谆告诫只有"神才真是智慧的，人的智慧价值很小，几乎什么也不是"[③]，而古希腊哲学家赫拉克利特也说"人的心没有智慧，神的心则有智慧"[④]。

---

① 〔德〕黑格尔：《美学》（第二卷），北京：商务印书馆，1979年，第77页。
② 〔法〕米歇尔·福柯：《知识意志讲稿》，张亘译，上海：上海人民出版社，2021年，第329—339页。
③ 〔古希腊〕柏拉图：《苏格拉底的申辩》，吴飞译疏，北京：华夏出版社，2007年，第84页。
④ 北京大学哲学系外国哲学史教研室编译：《古希腊罗马哲学》，北京：商务印书馆，1961年，第26页。

有人说《俄狄浦斯王》不仅是一部命运悲剧，还是一部性格悲剧，因俄狄浦斯的性格中有着致命的缺陷——他因太相信自己的智慧而骄傲易怒。不管是面对斯芬克斯、父王拉伊俄斯、母/妻伊俄卡斯特和舅舅/小舅子克瑞翁，还是面对盲先知特瑞西阿斯，俄狄浦斯常常都有一种忿忿然的傲气，可以说正是这种傲睨易怒不仅牵引着他让弑父娶母的神示得以应验，还为忒拜城带来了戏剧开篇不久祭司所说的惨烈大疫：

> 田间的麦穗枯萎了，牧场上的牛得瘟疫死了，妇女流产了；最可恨带火的瘟神降临到这城邦……我们是把你当作天灾和人生祸患的救星……现在，俄狄浦斯，全能的主上，我们全体乞援人求你，或是靠天神的指点，或是靠凡人的力量，为我们找出一条生路。①

有道是"天子无福民遭难，国君有德民安乐"，信仰天人感应的古人会认为现在的大灾难与此前的先王遇害有必然的关联。荷马和赫西俄德认为，"大地的丰产、牛羊的繁殖和妇女的生育，都要依仗国王本人"，如果他"执行王权的正义，表现的无可指责，一切都在城邦中繁荣昌盛；如果他犯了错的话，那就需要整个城邦为他一个人的错误付出代价"。② 所以为化解灾难就要彻查先王遇害的旧案，于是便开始了一场惊心

---

① 《埃斯库罗斯悲剧三种·索福克勒斯悲剧四种》，罗念生译，上海：上海人民出版社，2007年，第347页。
② 〔法〕让-皮埃尔·韦尔南、皮埃尔·维达尔-纳凯：《古希腊神话与悲剧》，张苗、杨淑岚译，上海：华东师范大学出版社，2016年，第120页。

动魄的查案揭秘之旅。这使得我们不管是读《俄狄浦斯王》的剧本还是看现场演出,都像是看一个环环相扣的侦探故事,有一种高度紧张感,因为我们已然知晓了真相而剧中人物却浑然无知。主人公俄狄浦斯发起的乃是一场针对自己的绝不姑息的彻查,而真相的层层展开就如剥洋葱般让人既眼辣又心疼,洋葱剥完,等待剥洋葱人的是他最不希望看到的空无。

此外,《俄狄浦斯王》还十分擅长使用亚里士多德在《诗学》里所说的"突转"和"恍悟",比如母/妻伊俄卡斯特给俄狄浦斯王讲老国王拉伊俄斯是如何在三岔口被人杀害的,她本是为了让俄狄浦斯王放宽心,却将俄狄浦斯王吓得大惊失色,因为俄狄浦斯王想起自己多年前刚好在三岔口杀过人啊。

不管怎么讲,索福克勒斯安排俄狄浦斯王选择刺瞎双眼自我放逐而非自杀,还真让人敬仰万分。没错,"万般皆是命",但一念却仍由人!面对命运的暴击,俄狄浦斯毫不认怂,他积极地接受无常命运的戏弄,高贵地忍受着痛苦而敢于凝视虚无,确是一个王者所为。须知,接受是积极的而非消极的,接受的意思是说"命运的意愿将实现",也就等于说"看,我现在来完成命运的意愿";接受是心性的成熟体现,是清楚生活必然如此而不会是其他样子后的毅然任之。① 故,《俄狄浦斯王》其实是命运与性格的明暗交织变奏曲,是古希腊箴言"一个人的性格就是他的命运"的苍茫回声与追问——问苍茫大

---

① 〔美〕依迪丝·汉密尔顿:《希腊精神》,葛海滨译,北京:华夏出版社,2008年,第229页。

地，究竟谁主沉浮？① 《俄狄浦斯王》的收尾让我想起苏联诗人马雅可夫斯基的诗句——"死是容易的，活着却更难"。

俄狄浦斯还真是条汉子。

---

① "一个人的性格就是他的命运"，又译作"人的性格就是他的守护神"。参见北京大学哲学系外国哲学史教研室编译：《古希腊罗马哲学》，北京：商务印书馆，1961年，第29页。

大诗《神曲》

一天晚上,一群年轻小伙子聚在一起争论不休,有人甚至快马加鞭疾驰了四个小时赶来参加这次聚会:

"不对,你把拉佳排在第四位,只是提到了她那头金发,但她的美却在于温柔,她是翡冷翠最温柔的人儿。"

"拉佳至少还排在了第四位。可是,那个名叫阿迪玛莉的姑娘,你却把她埋没在了第五十一位。难道你没发现:她走路时步态轻盈,仿佛肩上长着两只翅膀。"

"本人一贯认为,你的诗歌真实可信,读起来好似身临其境。可是现在,从你写的这首道德诗中,可以看出你对美貌一无所知。那个姑娘焦凡娜,笑起来象春天一样媚人,说起话来象提琴的声音一样动人,可你,却不知把她塞在了哪一行。"

"走!咱们立刻去酒店边喝酒边理论一番,如果你说不出个所以然来,今晚的酒钱就全由你来付!"[①]

[①] 〔意〕马里奥·托比诺:《但丁传》,刘黎亭译,上海:上海译文出版社,1984年,第26—27页。

于是，大家来到酒店，坐好，斟满酒，一个年轻的诗人开始发言："想必诸位都还记得，我们上次聚会时，有人问翡冷翠（佛罗伦萨）究竟哪些女人最漂亮。大家东一句，西一句，说了几个名字就说不下去了。没有调查，就没有发言权嘛。所以聚会后，我便走遍翡冷翠的大街小巷，旮旮角角，千家万户，这里瞧瞧，那里看看，明看偷窥，做了一番田野调查，才写出了这首题名为《六十》的诗，列出了翡冷翠的六十个美丽女子。法郎赛斯之所以排在第二名，是因为她身材窈窕，好似女神，实在令人着魔，连我都想和她到树林里去谈情说爱……"争吵越来越激烈，人越聚越多，没过几天《六十》一诗便在翡冷翠传遍，每个姑娘都急切地找来浏览一遍，自己的名字根本不在诗中当然会沮丧，但就算看到自己名字在榜单之中，若排名不如己意，肯定也不会开心。

那这个靠一首《六十》诗就搅动翡冷翠千千万万少女心的人是谁呢？可能诸位想不到，他就是我们今天要讲的《神曲》的作者，被恩格斯称为"中世纪的最后一位诗人，同时又是新时代的最初一位诗人"[①]的意大利作家但丁·阿利吉耶里（1265—1321年）。诸位未必读过但丁的《神曲》，甚至可能也没有听说过但丁，但应该都听过一句很契合今天这个强调做人要任性的时代的一句名言："走你的路，让人们去说罢！"[②]这句名言就出自《神曲·炼狱篇》的第五章，但丁在炼狱山前遇到了一群议论纷纷的亡魂，因为他们不明白为何一个活人的肉

[①] 《马克思恩格斯选集》（第一卷），北京：人民出版社，2012年，第397页。

[②] 《马克思恩格斯选集》（第二卷），北京：人民出版社，2012年，第85页。

身竟能来到亡魂的世界。这时，引路人维吉尔开口对但丁说："你跟着我走，让人们去说吧！"如果说在这首题为《六十》的诗中，但丁造出的"翡冷翠群芳谱"还只是他擅长观察、臧否人物之才能的一次牛刀小试，那么这种才能到了《神曲》中便被发挥得淋漓尽致了。插句题外话，在《六十》这首诗中但丁虽只将贝缇丽彩排在了第九位，但她却对但丁影响深远——但丁一生只与贝缇丽彩有过"惊鸿两瞥"①，却促成其两部名著《新生》和《神曲》的诞生。《神曲》（La Divina Commedia，1321年），直译"神圣的喜剧"，神圣的，因它讨论的是神学和神性事物；喜剧，因全诗始于悲而终于喜，且语言平易。那但丁为何会写作《神曲》呢？

公元1215年，翡冷翠政坛的内讧激烈异常。当时，战胜吉伯林党的贵尔弗党分裂为白党和黑党，白党的首领是由大银行家和大商人构成的新贵族，拥护保障自己经济利益的行会民主政权，黑党的首领则是世系悠久的老贵族，对行会民主政权十分不满，反对白党并煽动平民闹事。当时翡冷翠的政坛是白加黑，并且白党和黑党的手段都很黑。而天主教教皇卜尼法斯八世也对翡冷翠虎视眈眈，想趁黑党和白党内讧的机会干政。最终，黑党在教皇帮助下先是战胜白党夺取了政权，然后便开始了对白党的大肆报复，但丁因支持白党而在缺席的情况下被执政的黑党判了永久流放，罪名是贪污公款和反对教皇，只要但丁胆敢回翡冷翠就将他活活烧死。于是，他被迫开始了长期的流亡生活。虽然但丁曾一再说"我的国家是全世界"，"一个有

---

① 第一次，但丁未满9岁，贝缇丽彩刚满9岁；第二次是9年后。

学问的人定居在哪里,哪里就是家",但他念兹在兹的始终都是故国翡冷翠,比如《神曲·天堂篇》中曾有这样一段对话:

> 光灵说:"那么,请告诉我,失去
> 公民的地位,凡人是否更惨?"
> "当然,"我答道:"这点不需要证据。"①

但丁在流亡过程中除写作《神曲》外,还写了《论世界帝国》(1312年),认为帝制是尘世间最稳定的政体。那但丁为何会拥护帝制呢?首先,伊斯兰势力曾雄踞伊比利亚半岛很多个世纪,直到1492年才被驱逐出去,因此如何使四分五裂的基督教世界统一起来以对抗伊斯兰势力,长期都是欧洲人的一个大问题。其次,随着欧洲很多国家的政治独立,以教皇为象征的信仰统一体也日渐崩溃了,而但丁却对统一的欧洲仍心存念想。可以说《神曲·炼狱篇》中的大部分内容,都是围绕着"帝国的空缺及其对基督教世界已经造成和仍将造成的严重负面后果"② 这一主题而展开。在《神曲·地狱篇》中,诗人对信仰统一体状态可谓满是赞颂之词:"统治上下、管辖四方的都是他。/上面就是帝京和崇高的御座。/获他选进圣城的,是多么幸福哇!"③ 再有,如何化解"上帝之城"与"地上之城"

---

① 〔意〕但丁·阿利格耶里:《神曲·天堂篇》,黄国彬译注,北京:外语教学与研究出版社,2009年,第102页。
② 〔意〕马可·桑塔伽塔:《但丁传》,李婧敬译,杭州:浙江大学出版社,2022年,第306页。
③ 〔意〕但丁·阿利格耶里:《神曲·地狱篇》,黄国彬译注,北京:外语教学与研究出版社,2009年,第9—10页。

（信仰与政治）的冲突也是但丁的关注点，他给出的解决办法是，"上帝将完美的理性或哲学启示给哲学家，教皇与帝王接受其建议"。总之，正是上面这些原因使但丁对帝制推崇备至，若是为了"给尘世带来幸福，一个统一的政体或帝国是必要的"①，即应建立一个以基督教文化为核心的统一的世界帝国。在这个世界帝国内，有优良品德的罗马人有资格掌管尘世帝国的权力，尘世帝国的权力因来自上帝而不受其代理人教皇的支配，因为教皇与帝王的权力是"两种不同性质的权力，所以不能由一人来体现"②。

一句话，上帝授权君主建立尘世乐园，授权教皇建立天上乐园，政治与宗教地位平等或者说政教分离，即"凯撒的交于凯撒，上帝的归上帝"（《圣经·马太福音》22：21）。如果说帝国负责管理世界，那教会则负责培育灵魂。直到《帝制篇》发表两百年后，但丁的同胞马基雅维利写作《君主论》的主要目的仍是想解决意大利四分五裂的现实困境，因为"这个世界得有秩序"③。

质言之，但丁的写作有着极强的现实关切，因此他写《神曲》的目的绝非文学创作那么简单，这就不得不提《神曲》的四层意义结构了。西方中世纪人读《圣经》时都熟知一首小诗："字面意义多明了，寓言意义细分晓，道德意义辨善恶，

---

① 〔意〕但丁：《论世界帝国》，朱虹译，北京：商务印书馆，1985年，第8页。
② 〔意〕但丁：《论世界帝国》，朱虹译，北京：商务印书馆，1985年，第78页。
③ 〔阿根廷〕豪尔赫·博尔赫斯：《七夜》，陈泉译，上海：上海译文出版社，2015年，第16页。

神秘意义藏奥妙",即我们读《圣经》的任何片段都要注意到四个层面的含义（字面义、寓言义、道德义和神秘义），要寓意解经，要读出其微言大义。显然，但丁十分认可这种观点①，他在《致斯加拉大亲王书》中说，虽然《神曲》的字面义是地狱、炼狱和天堂中"亡灵们的境遇"，但想表达的寓意却是通过"对有自由意志的人的善恶行为的公道奖惩，影响活人们的实际行动"。换言之，也就是著名的德福一致问题——如何确保一个人的道德与其所获得的幸福相匹配。比如孔子虽曾在《中庸》中说"大德必得其位，必得其禄，必得其名，必得其寿"，但他一生却常常遭遇"累累若丧家之犬"的困境。那如何解决这个难题呢？但丁认为，人除了有可毁灭的肉体，还有不灭的灵魂，因此人生就应有享受现世生活的幸福和享受天国的永恒幸福两种目的，一个有德之人即使没享受到现世生活的幸福，也必将享受天国的永恒幸福。

正如意大利学者萨佩尼奥所言，"在维吉尔和贝缇丽彩的引导下，但丁踏上了朝圣之路，这一经历象征只有在哲学理性的支撑下，在帝国政权的引导下，人类才能走向尘世的幸福（即到达地上乐园），随后，再在天启真理的启迪下，在教会光辉的照耀下，才能走向天国的永福（即到达天国）"。②

160余年后，但丁的同胞皮科·米兰多拉在其被称为"文艺复兴宣言"的《论人的尊严》（1486年）一书中，曾讲到过

---

① 吕同六编选：《但丁精选集》，北京：北京燕山出版社，2004年，第583—584页。

② 转引自王军：《导读：但丁与〈神曲〉》，见〔意〕但丁·阿利吉耶里《神曲·地狱篇》，王军译，杭州：浙江大学出版社，2022年，第xlviii页。

一个如金字塔状的伟大的存在巨链：无生命物质→植物→动物→人→天使→上帝。显然，人的位置很特殊，他能"自由抉择"，"你能堕落为更低等的野兽，也能照你灵魂的决断，在神圣的更高等级中重生"①。简言之，人有自由意志，有选择自己命运是向上飞升还是向下堕落的能力，人成为"自己自由而尊贵的形塑者"，人"真正成为一个主体（Subject）"——成为"一个自我塑造、自我筹划、自我实现的自治者（Automaker）"。②因此，但丁把亚里士多德的话"贵族之为贵族，在于美德及其所继承的财富"，改为了"贵族之为贵族，在于个人或祖先的美德"。一个人凭借自身的自由意志可以自我完善成品性贵族，即命由己造。但丁正因对人的自由意志的高度强调，才得名"新时代的最初一位诗人"。

如果从四层意义视域来打量《神曲》中的世界，它无疑是一个物理的世界、伦理的世界和审美的世界三个世界高度合一的世界，而对于我们现代人来说这三个世界却是分裂的，这可能是今人读《神曲》时所遇到的最大障碍。三个世界高度合一的世界感，就像我们中国古人看见月亮上的阴影，绝不会认为那是一个纯物理性质的环形山阴影，而会想到神话和审美性质的吴刚、桂树、玉兔和嫦娥等一系列神话传说以及与之相关的道德问题。也就是说，《神曲》中的世界是一个有目的、有意义、有价值秩序的宇宙空间，但丁善于从语言中提取出"全部

---

① 〔意〕皮科·米兰多拉：《论人的尊严》，顾超一、樊虹谷译，吴功青校，北京：北京大学出版社，2010年，第25页。
② 吴功青：《魔化与除魔：皮柯的魔法思想与现代世界的诞生》，北京：生活·读书·新知三联书店，2023年，第52—53页。

潜在的声韵、情感和感觉，在诗歌的不同层面中，全部的形式和属性中把握世界，传达出这样一种意象，即：世界是一个有组织的系统，是一种秩序，是一个各得其所的等级体系"①。因此，《神曲》的三部都有其明确的价值判定：《地狱篇》写恶人的生活，《炼狱篇》写悔罪的生活，而《天堂篇》则写善人的生活。我们知道，德国社会学家马克斯·韦伯曾说现代世界是一个祛魅的世界，故背后没有什么深刻的意义和目的，而《神曲》的世界则恰恰是一个有魅的世界，《哈利·波特》式的世界。

《神曲》的多层意义结构，让有学者甚至说它是人类必须服膺神的一次全面而彻底的表达，是耶稣再临人间颁布的一部《新〈新约〉》。依此看，我们可以套用《圣经·约翰福音》中的话："《神曲》就是道路、真理、生命；若不藉着《神曲》，谁能去见上帝呢？"显然，如果这样读《神曲》那就太复杂了，比如《地狱篇》第一章中提到的那三只骇人的动物——猛豹、狮子和母狼：

　　　　哎哟，在靠近悬崖拔起的角落，
　　　　赫然出现了一只僄疾的猛豹，
　　　　全身被布满斑点的皮毛覆盖。
　　　　..............
　　　　可是，当我见一只狮子在前边

---

① 〔意〕卡尔维诺：《未来千年文学备忘录》，杨德友译，沈阳：辽宁教育出版社，1997年，第11页。

出现，我再度感到惶恐心惊。
那只狮子，饿得凶相尽显，
这时正仰着头，仿佛要向我奔来，
刹那间，空气也仿佛为之震怒。
然后是一只母狼，骨瘦如柴，
躯体仿佛充满了天下的贪婪。①

如果按照寓意解经的观点来看，全身布满黑斑点的猛豹象征着翡冷翠相互争斗的黑党和白党，以及人身上的淫欲；狮子则是皇权的传统象征，是对干涉翡冷翠内政的法国国王的影射，代表着人身上的贪婪；而作为罗马城图腾的母狼则暗指罗马教会以及人身上的骄傲。故，但丁看到猛豹时虽一度燃起希望，但母狼一出现他便失去了信心而想寻求援助。我们知道，想写作"融合中国的行动，成就一种民族和人类的结合，诗和真理合一的大诗"②的中国诗人海子曾对《神曲》十分推崇，因为《神曲》将"中世纪经院体系和民间信仰、传说和文献、祖国与个人的忧患以及新时代的曙光——将这些原始材料化为诗歌"③，是一部整全性的大诗。其实，德国哲学家谢林早就表达过类似的观点，但丁"具有原型的意义，因为他给近代诗人颁布了这样一个命令，即诗人必须把他那个时代的整个历史和教化，把那个摆在他面前的唯一的神话素材，记录在一部作

---

① 〔意〕但丁·阿利格耶里：《神曲·地狱篇》，黄国彬译注，北京：外语教学与研究出版社，2009年，第3—4页。
② 转引自洪子诚：《中国当代文学史》，北京：北京大学出版社，1999年，第309页。
③ 西川编：《海子诗全集》，北京：作家出版社，2009年，第1048页。

为整体的诗作里面"①。故，我们读《神曲》这种将诸多层面意义都涵纳其中的名作，很自然地会想到鲁迅评价《红楼梦》时的名言："经学家看见《易》，道学家看见淫，才子看见缠绵，革命家看见排满，流言家看见宫闱秘事……"②

诸位可能会说，你将《神曲》说得这么复杂，那作为一个不了解这些复杂背景的普通读者难道就不能读它了吗？非也！我们不管这些当然也能读《神曲》，就像一个人即使不了解明朝的政治、道教、佛教以及阳明心学也能读《西游记》一样。换言之，尽管但丁写作《神曲》的目的是想对现实产生影响，但是它毕竟不是中文世界中的"某某经历代持验记"。诗人T. S.艾略特在其《但丁》一文中说："根据我自己鉴赏诗的经验，我总是感到在读一首诗之前，关于诗人及作品了解得越少越好。"这样看，我们在读《神曲》前有大量的知识可能是不必要的，因为《神曲》的文字有一种诗的明晰，它要表达的思想可能是隐晦的，但它的文字却是明晰的、透明的，其"遣词用字，箭无虚发，直中靶心"，有种"惊人的简练和直接"。③

这次录慕课，我就尝试读《神曲》时完全不看注释，结果发现也能读得津津有味。这是为什么呢？可能有一个重要原因是，《神曲》的叙述十分善于使用寓象——一种清晰的视觉意象，即视觉性想象。因此，我们不需要先理解诸种寓象的含

---

① 〔德〕谢林：《学术研究方法论》，先刚译，北京：北京大学出版社，2019年，第67页。

② 《鲁迅全集》（第八卷），北京：人民文学出版社，2005年，第179页。

③ 《批评批评家：艾略特文集·论文》，上海：上海译文出版社，2012年，第17页。阿根廷作家博尔赫斯也曾表达过与T. S.艾略特类似的观点："文学及一切书籍的顶峰就是《神曲》"，它如"水晶般剔透"。〔阿根廷〕豪尔赫·博尔赫斯：《七夜》，陈泉译，上海：上海译文出版社，2015年，第23页，第24页。

义，就能欣赏这首大诗，就像诸位读《庄子·逍遥游》的开头（"北冥有鱼，其名为鲲。鲲之大，不知其几千里也；化而为鸟，其名为鹏。鹏之背，不知其几千里也；怒而飞，其翼若垂天之云。是鸟也，海运则将徙于南冥"）时，不了解"北冥""鲲"和"鹏"的象征意义，也会被其视觉性想象直接打动。当然，《神曲》写作之所以是文字的字面义和象征义高度合一的写作，乃因为在但丁的时代还是一个能看见幻象的时代，而他又有一种直观艺术感的天赋让他将看见的幻象极其自然地描绘出来。但丁能用轮廓清晰的视觉意象表现隐晦、离奇甚至抽象、虚无的东西，所以我们读《神曲》时一个个场景的感性直呈简直让人目不暇给，一个个精彩纷呈的"解释性的明喻"让读者真如"看见了"他所"看见"的那些清晰的幻象：

> 于是，我的手稍微向前面一挪，
> 刚从一株巨棘折下了小枝，
> 就听到主干喊道："干吗撕我？"
> 然后，当它的伤口被血液染赤，
> 它就说："干吗要把我摧攀？
> 难道你怜悯之心已全部丧失？
> 我们本是人，现在变成了树干。
> 我们即使是毒蛇，曾经在世间
> 作恶，你的手也不该这么凶残。"
> 像一条着了火的绿枝，一边
> 在熊熊燃烧，另一边汁液下滴，
> 吱吱发响间冒出水气和湿烟，

话语和鲜血,同时从断枝涌起。
我见了这情景,马上把那截断薪
丢掉,像受惊的人呆立在那里。①

一些罪人在地狱中因被惩罚而化为了树,诗人不清楚真相想去攀折树枝。本来地狱中的景象极难描摹,可但丁只用了寥寥四行:"像一条着了火的绿枝,一边/在熊熊燃烧,另一边汁液下滴,/吱吱发响间冒出水气和湿烟,/话语和鲜血,同时从断枝涌起。"你看,他用如此易见的日常事物便将凡间所无的骇人的地狱景象端呈而出。再如《地狱篇》中的这个场景:

我的确目睹——现在仍仿佛面对——
一具无头的身躯在前行,就如
其他冤魂一样前进于周围。
那阴魂抓着头发,提着头颅,
用手把它像个灯笼般晃动。
那头颅望着我们,说:"呜呼!"②

一个精彩的解释性明喻,便将这个让人悚息的场景深深地楔进了读者的大脑而让人毕生难忘。因此,只要你觉得读《魔戒》和《哈利·波特》有趣,那你就完全可以去读《神曲》。

---

① 〔意〕但丁·阿利格耶里:《神曲·地狱篇》,黄国彬译注,北京:外语教学与研究出版社,2009 年,第 200—203 页。
② 〔意〕但丁·阿利格耶里:《神曲·地狱篇》,黄国彬译注,北京:外语教学与研究出版社,2009 年,第 407—408 页。

先不要去理会什么劳什子的微言大义，只管读，一个个让你目不暇接甚至目瞪口呆的视觉性想象自会勾着你读下去。诸位只管去读，不然今日的但丁可能就真应了伏尔泰的那句毒舌语了——"但丁的声誉将持续上升，因为人们极少读他的东西。"我相信，今天如果借助 VR 等现代技术来改编《神曲》，肯定比《魔戒》和《哈利·波特》要精彩得多。

诗人 T.S.艾略特说，整部《神曲》只有莎士比亚的全部戏剧堪与比拟，因为"莎士比亚对人类情感的表现具有最大的广度，但丁的表现则具有最大的高度和深度，他们互相补充"[1]。也就是说，西方文学的"至广"和"至高至深"由莎士比亚和但丁各自独占，再无第三者可以置喙。

T.S.艾略特的这句精辟的喝彩，我附议。

---

[1] 《传统与个人才能：艾略特文集·论文》，上海：上海译文出版社，2012年，第 340 页。

当堂吉诃德不再疯狂时

每年的4月23日,全球的政府文化机构和非政府文化机构,各大传统媒体和新媒体,自然也少不了网上书店和实体书店,都会大张旗鼓地庆祝一个节日——世界图书和版权日,也就是普通人更为熟悉的世界读书日。1995年,联合国教科文组织之所以将4月23日定为世界图书和版权日,不只是因英国作家莎士比亚的出生日是4月23日,更是因莎士比亚和西班牙作家塞万提斯还都于1616年4月23日去世。[①] 当然,不能仅因时间上的巧合便将4月23日确定为世界图书和版权日,主要还是因二人对人类文化所做出的巨大贡献。诚如德国作家海涅所说:"塞万提斯、莎士比亚、歌德成了个三头统治,在纪事、戏剧、抒情这三类创作里各各登峰造极。"[②]

不像莎士比亚那真真假假的生平记载,我们对塞万提斯其人其事所知要详尽得多。1547年(明嘉靖二十六年),塞万提

[①] 据考证,二人并非同一天去世的(塞万提斯去世大约10天后,莎士比亚才去世),并且塞万提斯可能去世于4月22日,下葬于4月23日,而后世误将他的"下葬日"当作"去世日"了。

[②] 《海涅选集》,张玉书等译,北京:人民文学出版社,1983年,第420页。

斯出生在西班牙首都马德里的一个没落贵族家庭，他自幼不只喜欢读书，还尚勇斗狠，有次与人决斗致人伤残，只能逃往他乡避难，后在罗马开始了军事生活。1571年，已经24岁的塞万提斯去参加勒班托海战时负伤失去了左臂，得一诨名"勒班托的独臂人"。浪迹国外长达六年后，塞万提斯终于踏上了归国之路，但谁承想竟在归国途中被海盗掳到北非的阿尔及尔当了五年奴隶，直到33岁才被修道士同胞赎回西班牙。塞万提斯归国后仍是为生计四处奔波，婚姻和写作也俱不如意，甚至做税收员期间还曾数次被诬陷受贿而入狱，据说他是为了消磨狱中时光才开始构思创作《堂吉诃德》的第一部。

戏剧是当时西班牙文坛的热门体裁，稿酬颇为丰厚，因此塞万提斯也想靠写戏剧扬名立万，但十分不巧的是他刚好碰到了同代人中被后世誉为"西班牙民族戏剧之父"的维加，故塞万提斯虽写了二十多部戏剧而想与维加一较高下，结果却都是惨败。面对被时人赞为"天才中的凤凰"的维加，塞万提斯虽满是羡慕嫉妒恨但也只能口头将其贬低为"大自然中的魔鬼"以纾心头怨气，幸而他并未固执地与维加死磕到底一直写戏剧，而是改行写小说了。1605年（明神宗执政后期），《堂吉诃德》的第一部出版时塞万提斯已是58岁老翁。小说大受读者欢迎，不仅读书人竞相传阅，而且文盲也会聚在一起听人朗读，以至于坊间竟出现了很多署名《堂吉诃德》续书的伪作。塞翁实在看不惯他人染指自己心爱的《堂吉诃德》，于是加班加点开始写第二部，十年后（塞万提斯68岁）第二部出版，依旧大受读者欢迎。虽然两部神作的问世让当时的西班牙社会大有"开讲不谈《堂吉诃德》，读尽诗书也枉然"的共识，但塞翁本人却依旧备遭冷落，这倒与他的自评语"与其说我多才，不如说我多灾"相吻合。似乎西班牙人早就听过钱锺书的告诫——"假如你吃了鸡蛋，觉得不错，何必要去认识那下蛋的母鸡呢？"他们只管兀自捧着《堂吉诃德》爽笑，而不闻塞翁的途穷之哭。哎，真是"千秋万岁名，寂寞身后事"！

塞万提斯一生的主要活动期，刚好是西班牙由盛转衰的大转折时代。15世纪末，西班牙结束了反抗摩尔人（Moors）入侵的斗争，国家趋于统一。"Moors"源自希腊文，意为"棕色皮肤的人"，是中世纪西班牙人和葡萄牙人对北非穆斯林的贬称。摩尔人常出现在西人的文艺作品中，如莎士比亚的四大悲剧之一《奥赛罗》的男主人公奥赛罗就是一个摩尔人。摩尔人从公元711年开始入侵伊比利亚半岛，直到1492年他们或是皈依基督教或是被驱逐出去，曾雄霸伊比利亚半岛长达七百多年时间（大致从唐睿宗到明孝宗）。

同样是在1492年，哥伦布在西班牙国王的资助下发现了美洲新大陆。此后，美洲的大量黄金白银便源源不断地流入西班牙，据说当时西班牙控制着世界黄金和白银产量的80％，国库充足后，国王就开始搞事情了。1519年，西班牙国王查理一世与法国国王弗兰西斯一世、英国国王亨利八世经过激烈的竞争，成功当上神圣罗马帝国的皇帝（查理五世），而西班牙也顺利成为一个雄霸欧美两大洲的强大帝国。但好景不长，大量金银的流入反倒助长了贵族的奢侈之风而阻碍了资本主义工商业的发展。当时的人们竞相购买他国物品，金银迅速流出，西班牙开始走向衰落，这可真是"眼看他起朱楼，眼看他宴宾客，眼看他楼塌了"。

众所周知，时代的大动荡往往也伴随着经典文艺作品的喷涌，正所谓"国家不幸诗家幸，赋到沧桑句便工"。西班牙文学在此期间迎来了黄金世纪（1500—1681年），不仅有塞万提斯和维加等大作家出现，而且还为世界文学史贡献了一种影响深远的文学体裁——流浪汉小说。流浪汉小说，顾名思义小说的主人公多为仆役、妓女、小偷、巫师、郎中和艺人等在路上的下层人物，小说通过他们的走村串店，将不同地区的风土人情和奇闻异事像串糖葫芦一样穿插了起来。无疑，从形式上讲塞万提斯的《堂吉诃德》也是一部流浪汉小说，当然它是一部十分高级的流浪汉小说。须知，《堂吉诃德》也不是从问世之日起就被评论界目为经典之作的，彼时的欧洲文坛大抵把它作为一部搞笑的通俗读物来读，这倒有点像周星驰的电影《大话西游》，经过时间老人的次次灌顶才成为一部后现代经典。

在《堂吉诃德》的经典化过程中，喝彩声真可谓此起彼伏。比如，陀思妥耶夫斯基说"要想看懂我的《白痴》，就必须先阅读《堂吉诃德》"；福克纳讲"我每年都要重读《堂吉诃德》，就像别人读《圣经》一样"；俄国批评家别林斯基说"在欧洲一切著名文学作品中，把严肃和滑稽，悲剧性和喜剧性，生活中的琐碎和庸俗与伟大和美丽如此水乳交融……这样的范例仅见于塞万提斯的《堂吉诃德》"；法国思想家福柯说"《堂吉诃德》是第一部现代文学作品"；法国学者勒内·基拉尔认为"西方小说没有一个概念不曾在塞万提斯的作品里初露端倪"。屠格涅夫甚至在一次公开演讲中还专门用哈姆莱特与堂吉诃德来分指沉湎于冥想的怀疑主义和勇往直前的理想主义，"这两个典型体现着人类天性中的两个根本对立的特性，就是人类天性赖以旋转的轴的两极"。中国的现当代文学研究专家钱理群先生就据此写过一本书《丰富的痛苦——堂吉诃德与哈姆莱特的东移》，以解读20世纪中国知识分子的命运……

这么多喝彩，我个人认为还是美国作家纳博科夫的话最为有趣，"我们在读小说之前，要知道它是一部回荡着残酷笑声的成人童话"，这点对喜欢读武侠小说、看武侠影视剧的中国观众来说倒十分亲切，千古文人侠客梦嘛。没读过或者读过《堂吉诃德》一书的人，对堂吉诃德的印象肯定是一个败多胜少，屡战屡败，或说好听一点是一个像曾文正公一样屡败屡战的人。说实话，我也曾这样认为。但果真如此吗？据纳博科夫《〈堂吉诃德〉讲稿》一书的统计，小说第一部中堂吉诃德的胜负比是13∶13，而第二部中他的胜负比则是7∶7，也就是小说中的总胜负比居然刚好是20∶20。那塞万提斯写作时计算过吗？应该没有。20∶20的胜负比，应是源自一种艺术家对和谐效果的惊人直觉。[①] 虽然塞万提斯写《堂吉诃德》的本意，是想告诫世人在资本主义萌芽时期妄想恢复封建社会的骑士精神是在痴人说梦，以及想要世人"厌恶荒诞的骑士小说"并将"骑士小说的那一套扫除干净"，但小说所产生的客观效果却是为读者呈现了近七百个各个阶层的人物形象，即它在西方文学史上首次以小说形式来全面反映社会现实。塞万提斯在"武侠小说里安插了对下层阶级的真实描画，搀和了人民的生活，开创了近代小说"[②]，他没有"一味写凡俗人物的偏向；

[①] 〔美〕纳博科夫：《〈堂吉诃德〉讲稿》，金绍禹译，上海：上海三联书店，2007年，第127页。

[②] 《海涅选集》，张玉书等译，北京：人民文学出版社，1983年，第416页。

他把高超的事物和平常的事物合在一起，互相烘染衬托，上流人的成分跟平民一般重要"①，此即为后世文人所称道与效法的悲悯之眼。

此外，它还对文学创作中的现实与虚构、创作与阅读之间的关系都提出了全新的观念。比如，塞翁竟会安排堂吉诃德来阅读小说《堂吉诃德》，并且还让堂吉诃德自我反思："桑丘，让他们管我叫疯子吧，我还疯得不够，所以得不到他们的赞许……我见过现实，有时现实是真实的敌人，清醒才是最大的疯狂。"每次读到堂吉诃德的这些话，我总会想起《史记》里的屈原，尤其是当屈原说"举世皆浊我独清，众人皆醉我独醒，是以见放"时，渔父答道"举世混浊，何不随其流而扬其波？众人皆醉，何不哺其糟而啜其醨？"的那个场景。

无疑，堂吉诃德隶属于西方文学史上的观念人群像，观念人有一个自己在头脑中想象出的应然世界，他们不像我们普通人一样早早妥协而调整自己的观念来适应这个实然世界。观念人想让现实来适应自己的观念，这是观念人的悲剧之处，当然也是他们的动人之处。观念人堂吉诃德"解读世界，是为了证明自己的书本"，结果却呈现出一个词与物之相似性连接早已靠不住的世界，"物除了成为自己所是的一切以外，不再成为其他任何东西；词独自漫游，却没有内容，没有相似性可以填满它们的空白；词不再是物的标记；而是沉睡在布满灰尘的书本中"②。堂吉诃德这个游戏着的侠客随时都在将生活本身当

---

① 《海涅选集》，张玉书等译，北京：人民文学出版社，1983年，第417页。
② 〔法〕米歇尔·福柯：《词与物——人文科学考古学》，莫伟民译，上海：上海三联书店，2001年，第63页。

作一场战争，而在生活之战中他身上那种随心所欲的感人的笃信十分打动读者，他的"纹章是怜悯，他的口号是美，他代表一切的温和、可怜、纯洁、无私，以及豪侠"①，在堂吉诃德眼前"毫无疑义的实体性消失了，象蜡一般由于他的热情的火焰而消熔了"②。有学者甚至说，堂吉诃德跟公元 1 世纪左右在巴勒斯坦附近漫游的耶稣一样③，都沉醉在自己的观念中——耶稣想说服世人他乃真弥赛亚，而堂吉诃德则想让人们相信自己确是一个拥有"谦卑、荣誉、牺牲、英勇、怜悯、诚实、公正和灵性"八大美德的真骑士，相信自己真能实现那个有秩序、讲荣誉和正义永不缺席的骑士乌托邦。无疑，相信断非基于眼见为实的经验，而是基督教语境中的无条件信靠，"我要是让你们瞧见了，我说的就是明摆着的事，你们承认了有什么稀罕呢？关键是要没看见就相信死心塌地的奉为真理，坚决维护"。④

当然，我们读《堂吉诃德》时常会被一种残酷的笑声戳中，有一个十分重要的原因，那就是其叙述中的反讽姿态。比如，《堂吉诃德》的作者到底是谁？这还用问吗，难道不是塞万提斯？问题可没那么简单！因为小说第一部第 9 章提到，叙述者发现小说只有 8 章后很是懊丧，便常去市场上搜寻小说的

---

① 〔美〕纳博科夫：《〈堂吉诃德〉讲稿》，金绍禹译，上海：上海三联书店，2007 年，前言，第 9 页。
② 外国文学研究资料丛刊编辑委员会：《莎士比亚评论汇编》（上），北京：中国社会科学出版社，1979 年，第 468 页。
③ 〔英〕詹姆斯·伍德：《不负责任的自我：论笑与小说》，李小均译，郑州：河南大学出版社，2017 年，第 25 页。
④ 〔西班牙〕塞万提斯：《堂吉诃德》（上），杨绛译，北京：人民文学出版社，1987 年，第 33 页。

后文，一天他偶遇了一个兜售旧抄本和旧手稿的小孩子。嗜书如命的叙述者从里面随机抽出一本阿拉伯文旧书，然后找了一个通晓西班牙文的摩尔人替自己翻译成西班牙文，谁承想竟是他一直在苦苦寻觅的《堂吉诃德》下文。据这个摩尔人讲，《堂吉诃德》下文的作者是阿拉伯历史学家贝南黑利；收了叙述者报酬的摩尔人帮他将《堂吉诃德》下文翻译成了西班牙文，而叙述者只是将译文整理出版了而已。这是不是跟《红楼梦》的结尾很像呢？空空道人神游到青埂峰前，抄下石头上的文字并将《石头记》转交给人间的曹雪芹，曹雪芹再抄录、修改，传给世人。而在《堂吉诃德》第二部第62章中，作者竟让堂吉诃德去了书籍印刷厂看印刷工人们校对《堂吉诃德》的第二部，还说"我听到过这本书。我摸着良心老实说，这样荒谬的书，我以为早已烧成灰了"①。显然，这种玩法除了有惧怕文字惹麻烦而想法自保的原因外，也是对作者身份和作品之重要性这一执念的极大反讽。诸位试想，如果一个作家像魏文帝曹丕在《典论·论文》中所认为的那样——"盖文章，经国之大业，不朽之盛事"②，他会如此写吗？

自命为一个真骑士的堂吉诃德，坐骑却是一匹驽马，名字还叫驽骍难得（Rocin-ante，意为"驽马-第一"），光听名字就配不上一个真骑士的身份，它不像牛魔王的避水金睛兽，一听名字就配得上牛魔王的高大威猛。再如，小说第一部第3章

---

① 〔西班牙〕塞万提斯：《堂吉诃德》（下），杨绛译，北京：人民文学出版社，1987年，第458—459页。
② 郭绍虞主编：《中国历代文论选》（第一册），上海：上海古籍出版社，1979年，第159页。

结尾和第 4 章中，堂吉诃德住进了一个简陋的小客店，店主因受不了堂吉诃德的再四请求，为他举行了一个简陋的骑士册封仪式。整个仪式了无其应有的崇高庄严感，而只有一种让人哭笑不得的滑稽感。想想吧，多少事，局外人打量局内人时，是否都是这种感觉，都付他人笑谈中？册封仪式完毕后，堂吉诃德"走出客店，天都快亮了。他想到自己已经封授骑士，说不尽的满意、得意、快意，鼓鼓的一肚子欢欣，险得把坐骑的肚带都迸断"①。你看，面对"制度形态文化资本"之一的仪式②，强大的观念人堂吉诃德也难免俗，他居然也需一个仪式来为自己的骑士身份做个认证。接着，小说便一下从伪崇高的受封仪式，突降到了真卑琐的日常生活，堂吉诃德"记起店主的劝告，决计回家一趟，置办些出门必备的东西，尤其是钱和衬衣"③。不管你多么"满意、得意、快意"，还是离不开"钱和衬衣"！一页之内，一波三折，叙述自由跳脱而毫不板滞，妙！

再看小说第二部的第 17 章，堂吉诃德与桑丘路遇了一辆运狮车后，堂吉诃德竟想挑战狮子——他只是目不转睛地看着狮子：

专等它跳下车来相搏，就把它斫成肉丁。

---

① 〔西班牙〕塞万提斯：《堂吉诃德》（上），杨绛译，北京：人民文学出版社，1987 年，第 28 页。

② Pierre Bourdieu, "The Forms of Capital", in *Handbook of Theory and Research for the Sociology of Education*, edited by John G. Richardson. Westport, CT: Greenwood Press, Inc., 1986, pp. 243-248.

③ 〔西班牙〕塞万提斯：《堂吉诃德》（上），杨绛译，北京：人民文学出版社，1987 年，第 28 页。

他的疯劲儿真是破天荒的。可是那只气象雄伟的狮子并不摆架子,却彬彬斯文,对胡闹无理的冒犯满不在乎。它四面看了一下,掉转身子把屁股朝着堂吉诃德,懒洋洋、慢吞吞地又在笼里躺下了。①

英勇骑士的崇高热脸,碰上了狮子的低俗冷屁股。好一个热脸贴冷屁股!我们读到这样的片段,心中会混杂有崇高、滑稽和心酸,甚至会哑然失笑吧?日常生活中,我们不就是常拿自己的热脸去贴他人的冷屁股而浑然不觉吗?原来堂吉诃德就是我们啊!再如,小说第二部的第44章中,堂吉诃德"又再三向公爵夫人道谢。晚饭后他独自回房,没让一个人跟进去伺候。他牢记着大骑士阿马狄斯的美德,生怕自己受了诱惑,一时情不自禁,对不住意中人杜尔西内娅"②。寥寥几笔,一个如此彬彬有礼、文雅得让人动容的骑士世界瞬间出现在了读者面前,但动人的骑士世界突然就像一个永不复焉的梦一般被关在了门外:

> 他锁上门,在两支烛光下脱衣服。他正在脱袜子——啊呀,糟糕了!真丢人啊!——不是泄了秽气或诸如此类有失体统的事,只是袜上迸断了丝,脱了二十多针,成了二十多个透明格子眼儿。这位老先生窘得不可开交。他如

---

① 〔西班牙〕塞万提斯:《堂吉诃德》(下),杨绛译,北京:人民文学出版社,1987年,第124页。
② 〔西班牙〕塞万提斯:《堂吉诃德》(下),杨绛译,北京:人民文学出版社,1987年,第315页。

能买到一小股绿丝线（因为袜子是绿的），出一两银子都愿意。①

"两支烛光"不仅照亮了一身瘦骨头的堂吉诃德一个人的孤独，而且照亮了清清楚楚的二十多针，真可谓针针扎心。此刻绿袜子上那二十多个透明格子眼儿，可能比让堂吉诃德戴绿帽子更让他窘迫不堪，这二十多个洞就是他此刻的存在之黑洞。这样写还不够狠，晚上堂吉诃德想着自己的破袜子时，塞翁特意安排了两个姑娘唱情诗撩拨他，堂吉诃德的心中却想着千万不能把持不住，否则就"对不住意中人杜尔西内娅"公主，而读者心头清楚杜尔西内娅实乃一个粗粗壮壮、胸口长毛的村妇。哎，真是彼局内人之蜜糖，吾局外人之毒药，真让人哑然而笑而泪而叹，真让人心疼心酸！塞万提斯住手吧，我们不想要这么残酷的笑，不带这么玩儿的。

无疑，《堂吉诃德》中反讽的使用真可谓已入化境。那何谓反讽呢？我们知道，人都太容易从一种顽固的自我出发来打量世界，这会使其思维容易囿于某种定式而不能更全面自由地看待自己和世界，这时便需反讽解毒剂来破其我执。反讽是一种永恒灵活性的清晰意识，在反讽的光芒中我们能接近全面的真实且同时又离开全面的真实，而只有一个能否定自身的人才能进入反讽的精神自由之中。反讽的主体能时时刻刻站在自身之外，对自身进行观照，他随时自由地入乎其中和出乎其外。

---

① 〔西班牙〕塞万提斯：《堂吉诃德》（下），杨绛译，北京：人民文学出版社，1987年，第315页。

质言之,《堂吉诃德》所持有的乃是现代思想史的某些基本立场:"我知道的所有事情都可能是错的,但我依然是我;有可能我的世界中的一切都是一场演出,表演给我看的;我交往的人可能是其中的一部分;一切看起来可能是绝对真实,绝对自然,但也有可能全是假象。"① 正是这种怀疑让我们明了,人应持有一种多元论立场,因为"一切皆可能"(马尔西利奥·费奇诺),所以"一切皆可疑"(约翰·唐恩),"没有一种关于人们应该是什么和应该做什么的独一无二的、包罗万象的说法可以自称是唯一真理"②,此即米兰·昆德拉盛赞"塞万提斯告诉我们的有关认知的困难性以及真理的不可把握性的古老智慧":

> 塞万提斯认为世界是暧昧的,需要面对的不是一个唯一的、绝对的真理,而是一大堆相互矛盾的相对真理(这些真理体现在一些被称为小说人物的想象的自我身上),所以人所拥有的、唯一可以确定的,是一种不确定性的智慧。做到这一点同样需要极大的力量。③

你看,堂吉诃德眼中的世界与桑丘眼中的世界虽是如此

---

① 〔美〕威廉·埃金顿:《发明小说的人:塞万提斯和他的时代》,熊亭玉译,北京:中信出版社,2019年,第22页。显然,《堂吉诃德》中的"反讽"乃是一种存在论意义上的在世态度,而非一种"人们想要表达其所言之物的反面"的修辞手段。参见〔德〕恩斯特·贝勒尔:《反讽与现代性话语:从浪漫派到后现代》,黄江译,上海:上海三联书店,2024年,第85页。
② 〔英〕亨利·哈代:《寻找以赛亚·伯林:思想形诸文字的探索》,王蓓译,北京:商务印书馆,2022年,第300页。
③ 〔法〕米兰·昆德拉:《小说的艺术》,董强译,上海:上海译文出版社,2022年,第8页。

迥异，但二人竟都各自信以为真。进而言之，我们既已洞悉了人生不过是一出大戏，那就要随时在出戏和入戏中自由地穿梭，绝不可入戏太深而一根筋地认真和自恋。现代人正是因反讽而得自由，反讽"可能是当今时代我们能够保持严肃的唯一方式"①。

诚如西谚所言，"谁若只感受人生，人生便是悲剧；而谁若能思考人生，人生即是喜剧"②，而我们读《堂吉诃德》，恰恰就是在思考堂吉诃德的"感受"人生，故心头常会有一种悲喜交集感。

须知，从任何一个时代的主流观念出发来看持有非主流观念的他人或不同时代的人，都会觉得他们很搞笑。堂吉诃德的悲剧正在于，当贵族的判定标准早已由尚武的游侠骑士精神蜕变为优雅的教养和风度时，他却依旧固执着不合时宜的骑士梦打打杀杀个不停而屡屡沦为他人的笑柄——"桑丘朋友，你该知道，天叫我生在这个铁的时代，是要我恢复金子的时代！"依此看，堂吉诃德倒颇像在无义战的春秋时代却坚持"不鼓不成列"的宋襄公。我们当然可以说《堂吉诃德》是从资本主义时代出发来讽刺封建时代的荒唐可笑的骑士行为，但我们何尝不可以说它也是在以高贵的中世纪封建骑士的视角来打量庸俗的资本主义社会呢？故，深明天地不仁之道的塞万提斯，在小说中持有的乃是一种"色彩缤纷的、透视的、不做评判的、不

---

① 〔意〕翁贝托·埃柯语，转引自〔加〕琳达·哈琴：《后现代主义诗学：历史·理论·小说》，李杨、李锋译，南京：南京大学出版社，2009年，第54页。

② 原文：Life is a tragedy for those who feel, and a comedy for those who think.

提出任何问题的中立态度"①，而此态度也正是同时期的莎剧的重要特征之一。无疑，堂吉诃德

> 在一个秩序井然的世界里，除他以外，每个人都各得其所，只有他不合时宜；最后，当他临死前又恢复正常时，他自己也认识到这一点。然而这世界果真秩序井然吗？没有提出这个问题。确定无疑的是，它是在堂吉诃德疯傻的光线中显得秩序井然的，甚至是作为欢快的戏剧出现的。……堂吉诃德的出现没有带来任何改观和帮助，只是将幸与不幸变成了一场戏剧。②

小说结尾处，堂吉诃德不再疯狂了，"现在靠着上帝慈悲，头脑清醒了，对骑士小说深恶痛绝"③，大家听了堂吉诃德的话，"以为他一定又得了新的疯病"。仿佛才出一个观念的龙潭，又入一个观念的虎穴，就是人一生的宿命。无论如何，《堂吉诃德》的这个结尾，就像屈原若真听从了渔父的劝告而"哺其糟啜其醨"最终没有投入汨罗江一样，我们想必不会开心，反倒会像桑丘一样满是忧伤吧？

哎，当堂吉诃德不再疯狂时……

可堂吉诃德果真疯狂吗？你看他回答公爵夫人时是多么的

---

① 〔德〕埃里希·奥尔巴赫：《摹仿论——西方文学中现实的再现》，吴麟绶、周新建、高艳婷译，北京：商务印书馆，2014年，第424—425页。
② 〔德〕埃里希·奥尔巴赫：《摹仿论——西方文学中现实的再现》，吴麟绶、周新建、高艳婷译，北京：商务印书馆，2014年，第424页。
③ 〔西班牙〕塞万提斯：《堂吉诃德》（下），杨绛译，北京：人民文学出版社，1987年，第522页。

清醒:"世界上有没有杜尔西内娅,她是不是我臆造的,谁知道呢?这种事情不该追根究底。"

确实,"这种"事情就不该追根究底!

你从地狱走来，带着恶之花开

一

美国作家海明威曾说："假如你有幸在巴黎生活过，那么你此后的一生中，无论走到哪里她都会与你同在，因为巴黎是一个不固定的圣节。"①

巴黎，这个"艺术家在欧洲唯一的归属地"有一种可以满足各个层次人装×需求的独特气场。如果你是一个纯粹的土豪，你可以去老佛爷百货扫货。如果你是一个略带文艺范的土豪，你可以去香榭丽舍大街漫步，去埃菲尔铁塔看日出，去卢浮宫看《米洛斯的维纳斯》，或在人头攒动的《蒙娜丽莎》前挣扎着来张自拍。但如果你是一个初级文艺青年，你就要像伍迪·艾伦的电影《午夜巴黎》中的男主一样，去塞纳河旁散步，去左岸的咖啡馆看看文人们的遗迹。当然，如果你的格调

---

① 〔美〕海明威：《不固定的圣节》，汤永宽译，上海：上海译文出版社，2004年，扉页。

再高点，你应像林达那样"带一本书去巴黎"（雨果的《九三年》），在先贤祠等遗迹中追忆法国大革命的壮阔与残酷。可如果你是一个顶级的文艺青年，那你就一定要去巴黎的四大公墓——帕西公墓、蒙马特公墓、拉雪兹神父公墓和蒙巴纳斯公墓。站在一座座墓碑前，你尽可在幻想中与文艺男神女神们的幽灵神会。2006年上映的短篇电影集《巴黎，我爱你》中就有这样一个故事：一个喜爱奥斯卡·王尔德的女生跟她严肃处事的未婚夫前去参观拉雪兹神父公墓时发生了争吵而负气离去，被绊倒在墓前的男主得到王尔德幽灵的几句指导后猛然醒悟，起身追上她，二人终在公墓入口处相拥和好。

这就是巴黎，让人即使身处其墓葬区也能心生无边风雅的一块飞地！

你如果碰巧到了蒙巴纳斯公墓，可能会看到这样一座墓碑，碑文中间夹着三行小字：夏尔·波德莱尔，他的继子1867年8月31日，46岁死于巴黎。夏尔·波德莱尔，就是我们今天要讲的《恶之花》的作者，波德莱尔仅占碑文中的三行小字，让著名的哲学家萨特极为愤慨："想想看吧，波德莱尔居然永生永世都躺在奥皮克将军的身下，这是多么耻辱的一件事情。"那么奥皮克将军是谁呢？答曰：夏尔·波德莱尔的继父。波德莱尔的生父61岁时续弦娶了一个26岁的女人，生下小波德莱尔。谁承想在波德莱尔不满6岁时他的生父便去世了，但幸好为小波德莱尔留下了近十万法郎的遗产，十万法郎在当时可是一笔巨款，要知道一本《恶之花》的定价也才三法郎。可让波德莱尔万分意外的是，母亲在父亲去世后仅一年便改嫁给了奥皮克，这对诗人来说"简直就是一场灾难"。日后，他在致母亲的信中曾如是追忆母亲未改嫁时的幸福："啊！那是多么美好的时光，我拥有母爱的温存。……我一直在你心里；而你对我来说则是惟一"①，"对于像你这样的我的生命的唯一依存者，我几乎会舍弃一切去跟你度过几天：一星期，三天，或者就几个小时"②。

如果别的母亲"有一个像我这样的儿子，她是绝不会再婚的"！年仅7岁的波德莱尔带着难以疏遣的不满将继父与母亲二人婚房的钥匙抛出窗外，来反抗"自己被母亲抛弃"。此后，他曾多次剖白，"我从小就感到一种被抛的孤独感，我认为我的生命从一开始就仿佛遭了天谴一样，而且这将伴随我的一生。尽管有家，我还是自幼就感到孤独；在我身处同学之间的时候，我常常感到命中注定要永远孤独"。日渐长大的波德莱尔无心课业，常泡在巴黎的图书馆、美术馆，与作家、美术家等文艺青年们厮混，他唯一的梦想是做一个"生活的观察者"——成为一个作家。继父和生母实在看不下去他的不务正业，便安排其登船离开"巴黎这座阴沟"，远去非洲的毛里求斯等地磨炼一番。当然，被迫的非洲之行倒也并非全无益处，比如非洲的异域风情日后还被他写进了《恶之花》中。

1841年左右，波德莱尔从非洲一回到巴黎，便搬出家中租房子住。在此期间，他不仅创作了日后被收进《恶之花》中的十五首诗，而且还仅用两年便将生父留下的十万法郎遗产挥

---

① 〔法〕帕斯卡尔·皮亚：《波德莱尔》，何家炜译，上海：上海人民出版社，2012年，第19—20页。

② 〔法〕泰奥菲尔·戈蒂耶：《回忆波德莱尔》，陈圣生译，上海：上海人民出版社，2011年，第228页。当然，波德莱尔对母亲的态度有点复杂——既怨又愧，这种愧疚之情，可以从《恶之花》开篇的《祝福》一诗中看出。

霍掉了一半——因无人监管，波德莱尔就以一种千金散尽还复来的气概过起了极为讲究的生活。他的衣服"要按照歌德的肖像进行定制，身穿燕尾服紧身衣、紧身裤，要戴一个红领带，要用最好的精装书，此外还要做一个美食家"。总之，应依一句古训行事——"出手要大方"。哎，"家有千金，行止由心"的感觉真是羡煞旁人啊。继父对波德莱尔的挥霍无度反感至极，便给他安排了一个公证人管理剩下的遗产，继父的用心可谓良苦，但着实有点用力过猛了，因为每月支给波德莱尔的钱还不到他此前用度的十分之一呢。于是，波哥以自杀来抗议继父的苛刻，但抗议却以失败告终，此后他便彻底跟继父决裂，开始了在一个个廉价小旅馆里的流浪生活。

对于父母的怪责，波德莱尔可能会答道："原谅我这一生放纵不羁爱自由，因为我是一个被诗所选定的人。你们要求的一切确定的事，我避之唯恐不及。因为人生中唯一确定的事情，不就是终有一死吗？"那"被诗所选定"究竟意味着什么呢？早在 25 岁时波德莱尔便在一篇题为《给青年文人的建议》的文章中挑明了，一个以写文为平生志业的人"散步时，洗澡时，吃饭时，甚至会情妇时，都要想着自己的主题"[①]。无疑，建议他人实乃夫子自道。1857 年，继父奥皮克将军去世，遗嘱和葬礼名单中均未提到波德莱尔倒也不让人意外，但荒诞之处在于日后波德莱尔的生母和波德莱尔竟都跟奥皮克将军葬在了同一块墓碑下，并且因葬墓主人是奥皮克将军，所以碑文的

[①] 《波德莱尔美学论文选》，郭宏安译，北京：人民文学出版社，1987 年，第 17 页。

重点是他那长长的头衔，而波德莱尔却仅占了夹缝中的三行小字。当然，如今的游人大抵是为了凭吊波德莱尔而非为了什么奥皮克将军才来到这座墓碑前，这倒应了李白的那个名句"屈平词赋悬日月，楚王台榭空山丘"。

《恶之花》的首版1857年问世后并不为主流文艺界所接受，这让波德莱尔的落魄生活雪上加霜，真是冠盖满巴黎，波哥独憔悴！贫病交加让他身心交瘁，以至于在1866年竟得了失语症。诸位想想，一个以跟词语打交道为毕生志业的人竟然失语了，这打击该有多大？波德莱尔住进医院后，二十多岁的诗人马拉美和魏尔伦就联合发文称"波德莱尔是法国诗歌界的大师"，可他却已无缘亲享这份迟来的荣光了。1867年8月31日，波德莱尔在母亲的怀中逝世，临终前说出的最后一个词是"他妈的"，其中所含蕴的情绪想必与鲁迅在《死》一文中所说的那句"一个都不宽恕"有几分相似。十分吊诡的是，波德莱尔去世时贫病交加，可名下的账户上却有生父为他留下但他自己却无权动用的大笔遗产。

二

《恶之花》的首版可谓恶评如潮，比如著名的《费加罗报》批评说"作为一个三十岁的男人竟写出如此畸形可怕的书还将它广而告之，谁也无法为他的错误进行辩护"，该书是"万人冢般的恐怖"和"污秽的深渊"。《恶之花》甚至还被以"有伤风化和妨碍道德罪"告上了法庭且被判处缴纳三百法郎罚金。面对舆论的一片攻讦，波德莱尔自辩道：

我一贯认为文学和艺术追求的是一种与道德无涉的目标，构思与风格之美于我足矣。这本书的书名《恶之花》便说明了一切，您会看到此书诞生于激情和坚忍之中，通篇掩映着阴郁与冷隽之美。而且所有负面评骘都恰好证明了这本书真正的价值。这本书的确会激怒一些人。——事实上我自己也担心会引发众怒，所以在诗集付梓时删去了三分之一的内容。——人们想否定我的一切，无论是我的创造精神还是我对法兰西语言的驾驭能力。我根本不在乎这些弱智行为，因为我知道这部诗集将以其品质和瑕疵，与雨果、戈蒂耶甚至拜伦那些最好的诗一道在文学公众的记忆中流传下去。①

　　诗人雪莱曾自评"我知道我是人们不喜欢的那种人，但我也是他们会记住的那种人"，想必波德莱尔会对此语心有戚戚。今天，波德莱尔已成了世界文学史上怎么都绕不过去的大诗人，比如作家雨果盛赞《恶之花》"光辉耀目，仿佛星辰"；诗人瓦雷里说"这本不足三百页的小书《恶之花》，在文人的评价中，是足以与那些最著名、最广博的作品等量齐观的"；诗人T. S. 艾略特说"波德莱尔是现代所有国家中诗人的最高楷模"；而作家芥川龙之介甚至说"整个人生还不如波德莱尔的一行诗"……

　　那《恶之花》到底有何不得了之处呢？

---

① 〔法〕夏尔·波德莱尔：《波德莱尔书信集》（上卷），刘波、刘楠祺译，北京：人民文学出版社，2022年，第438页。

《恶之花》写作的时代背景大致涉及法国的七月王朝、第二共和国与第二帝国三个时期（1830—1870 年）。史家言，这四十年真可谓激荡和平庸并存，拜金主义盛行以及夜游症泛滥。同时期的很多大都市都还在实行宵禁，而巴黎由于大照明设施的发明，主干道的商铺等场所就已是夜里十点才关门了，在巴黎主干道上徘徊的人群中自然少不了波德莱尔。没错，波德莱尔是喜欢孤独，但他喜欢的其实是在人群中彷徨而又不能融入其中的孤独："巴黎的夜晚每个窗口都亮着灯，我真想走到每个窗口去看一看，看一看到底发生了什么。"诗人自诩为一个大都市的观察者和记录者，而非一个陶渊明式的隐居者，他不会追求"结庐在人境，而无车马喧"，他要的是"彷徨在人境，要有车马喧"，他要做一个"人群中的人"。故，整部《恶之花》其实是一个在大众中彷徨着的孤独漫游者对自己的所见、所闻、所嗅和所感的精妙记录。作为激情挑衅和高傲的观察者的波德莱尔，就像一个微服出行的王子一般从恶中挖掘出美，以挑战布尔乔亚的庸常生活状态。

具体而言，波德莱尔与《恶之花》对后世的影响可分为以下五点。

第一，波德莱尔示范了一种独异的人生姿态——反抗平庸的现代浪荡子（Le Dandy）。浪荡子，有钱有闲但厌倦一切，故无所事事，虽受过全面教育，但除了优雅之外别无所长。浪荡子时刻都会露出一种卓尔不群的、毫不为外界影响所动摇的冷漠之气，他要像古希腊的斯巴达人那般即使手指被狐狸啮噬也会面露微笑。① 浪荡子,有一种重压之下的优雅范儿,绝对的高冷,高得让他人只能仰望。波德莱尔虽长期生活潦倒,但绝不以人们头脑中惯有的那种落拓艺术家的邋遢形象示人,因为他自幼便十分在乎自己的形象,"许多年前当我听别人说我是一个缺乏教养讨人嫌性格乖张的人,我极为伤心",于是他痛改前非,把每天的生活过得就像是在演一出大戏,"一个浪荡子应该锲而不舍地期望自我崇高化"。②

几乎每次出门前,波德莱尔都会站在镜子前彩排外出后将会用到的手势与说话的节奏,似乎他终其一生都将世界视作一面大镜子,"我就是在整个社会的大镜子面前,度过我的日日夜夜,我在反复地彩排"。他苦心经营着自己的"浪荡子"形象,遵守最严格的礼节和最恭敬的举止,近乎做作而不像现实中人。时人对其印象是"身材修长、衣着得体、有点诡异,姿态中隐约露着恐惧,使波德莱尔几乎显得有点可怕。此外带着优雅,惊恐之中有着一股英气,神情犹如一位极为考究的主教。他像遭了天谴一样,为了旅行,穿上了世俗的华服";时人甚至还说,波德莱尔的法语嗓音似乎"就带着斜体字和大写的字母"。这种将世界视为一面镜子而自觉表演的人生姿态日后曾为很多文人所效仿,比如中国的一些当代诗人出门前,也会在镜前彩排烟怎么拿、帽子怎么戴和说话时摆什么样的姿势,等等。一句话,波德莱尔亲身示范了现代文人应肯定自己

---

① 〔法〕帕斯卡尔·皮亚:《波德莱尔》,何家炜译,上海:上海人民出版社,2012年,第78—80页;《波德莱尔美学论文选》,郭宏安译,北京:人民文学出版社,1987年,第499—502页。

② 〔法〕泰奥菲尔·戈蒂耶:《回忆波德莱尔》,陈圣生译,上海:上海人民出版社,2011年,第304页。

的独异价值并持有自己的独异人生姿态。

第二，波德莱尔将艺术视为宗教并全身心投入。当然，此态度是西方现代性价值分化的结果，波德莱尔明言所谓真善美不可分离只是一种"胡说的臆造"，因为实情是：真，是"科学的基础和目的"；善，是"道德追求的基础和目的"；而美则是"趣味的唯一的野心和专一的目的"，"美比真更崇高"。①换言之，一个大问题摆在了当时的艺术家们面前：如果艺术不是宗教或道德的宣教品，那它存在为何？波德莱尔答道，艺术为自己做主，便已足矣。诗是"自足的"，诗"除了自身外并无其它目的，它不可能有其它目的，除了纯粹为写诗的快乐而写的诗之外，没有任何诗是伟大、高贵、真正无愧于诗这个名称的"。②与他同期的福楼拜也表达过类似的观念，"除了细心观察世界之外，我还真找不出比这更高尚的事情"。诸位想想，前现代的艺术家们敢如此明目张胆地认为"艺术至上"吗？他们敢质疑朝拜上帝最高尚吗？

正是因为将艺术作为一种宗教活动来从事，波德莱尔对待灵感的态度远不同于前现代作家，他自警"重要的是要养成工作的习惯，并把这个令人不愉快的伙伴变成唯一的享受"③，自叹灵感只是"每日工作的姐妹、体力的拼搏。写诗从来就不是快乐，而是一件最累人的事情，它是一场无休无止的殊死搏

---

① 《波德莱尔美学论文选》，郭宏安译，北京：人民文学出版社，1987年，第73页。
② 《波德莱尔美学论文选》，郭宏安译，北京：人民文学出版社，1987年，第205页。
③ 〔法〕夏尔·波德莱尔：《波德莱尔书信集》（下卷），刘波、刘楠祺译，北京：人民文学出版社，2022年，第556页。

斗",此过程即著名的"语言的炼金术"。作家面对一堆堆矿石般的语言原材料时,要通过自己的千锤百炼从中提炼出黄金,"你给了我泥泞,而我幻化成金子",要"把长诗提炼成短诗,因为长诗是那些不会写短诗之人的对策"。当然,波德莱尔的这种诗学观念深受为他所推崇的美国作家爱伦·坡的影响。爱伦·坡认为人类能够提供给诗歌形式的长度应该以注意力为基准,凡是超过这一长度就不是一首诗,因为诗歌要求一种非常强烈的情感体验,而我们的情感不可能既强烈又持久,所以短诗才是诗,长诗只不过是乔装打扮的假诗而已。[①]

总之,写诗就是将泥泞幻化成金子,诗人唯有通过艰辛劳作方能用语言创造出不同于日常现实的第二种现实。在语言的炼金过程中,"在字与词之间,我会发现某种神圣的东西,我们绝对不能够率意为之。巧妙地运用一种语言,就是施行某种富有启发性的巫术"。"某种神圣的东西"和"施行巫术"这些表达,显然就是将寻找恰切的"词"的过程当作一种宗教秘仪了。语言的炼金术是为了让"节奏和韵脚符合人对单调、匀称、惊奇等永恒的需要",它让波德莱尔对语言有着一种近乎洁癖的要求而成为一个西西弗式的作者——波德莱尔不仅作品少,而且还要反复修改,若不是他英年早逝,《恶之花》就永不会有定稿之日。这种对词与词之间的不同组合效果的念兹在兹,让我想起法国印象派大画家德加(Edgar Degas)与象征主义诗人马拉美(Stephane Mallarme)的那段著名对话:

[①] 《创作哲学》和《诗歌原理》,参见《爱伦·坡诗集》,曹明伦译,长沙:湖南文艺出版社,2012年。

偶尔也写点诗的德加说："我想要的东西（诗句）得不到，然而我却满脑子都是思想……"

马拉美回答道："亲爱的德加，写诗用的根本就不是思想。而是词语。"①

正是这样一种炼金术式的高强度写作状态，使波德莱尔方过而立之年便已头发花白："据说我三十岁了，但如果我一分钟当三分钟活过，我不是已经九十岁了吗？"显然，波德莱尔所看重的乃是生活的密度而非长度：

> 沿着古老的市郊，那儿的破房，
> 都拉下了暗藏春色的百叶窗，
> 当毒辣的太阳用一支支火箭，
> 射向城市和郊野，屋顶和麦田，
> 我独自去练习我奇异的剑术，
> 向四面八方嗅寻偶然的韵律，
> 绊在字眼上，像绊在石子路上，
> 有时碰上了长久梦想的诗行。②

在上面这首题为《太阳》的诗中，波德莱尔将写作喻为"我独自去练习我奇异的剑术，/向四面八方嗅寻偶然的

---

① 〔法〕保罗·瓦莱里：《文艺杂谈》，段映红译，天津：百花文艺出版社，2002年，第287页。
② 〔法〕波德莱尔：《恶之花·巴黎的忧郁》，钱春绮译，北京：人民文学出版社，1991年，第193页。

韵律",也就是说在经过一番辛劳前,诗人全不知自己的下一首诗要押什么样的韵,因为韵是在艰辛劳作后偶然出现的。

第三,波德莱尔在《恶之花》这"最后一部在全欧洲引起反响的抒情诗"中,首次呈现出了现代大都市的空间经验全景,巴黎"第一次成为抒情诗的题材"[1],尤其是诗集中有大量此前的法文诗歌很少涉及的妓女、腐尸、乞丐和吸血鬼等题材,甚至还写了现代大都市中工厂与人的高度聚集引发的雾霾。人们都说莫奈的《伦敦议会大厦》(1899—1905年)帮英国人发现了伦敦的雾,其实《恶之花》中的《黎明》(1852年)和《七个老头子》(1859年)两首诗比莫奈早了近半个世纪便帮巴黎人发现了雾(霾):

> 远处的鸡啼划破长空的迷雾,
> 仿佛吐血的血泡将啜泣喧住,
> 一切建筑物在雾海之中消沉
> ——《黎明》[2]

> 某日早晨,当那些浸在雾中的住房
> 在阴郁的街道上仿佛大大地长高,
> 就像水位增涨的河川两岸一样,

---

[1] 〔德〕瓦尔特·本雅明:《巴黎,19世纪的首都》,刘北成译,北京:商务印书馆,2013年,第20页。

[2] 〔法〕波德莱尔:《恶之花·巴黎的忧郁》,钱春绮译,北京:人民文学出版社,1991年,第240页。

当那黄色的浊雾把空间全部笼罩
　　——《七个老头子》[①]

　　翻开波德莱尔文集，我们会看到他曾不厌其烦地提醒现代画家今日用笔的肯綮乃是我笔画我见画我感。比如，当黑色和灰色已成为法国七月王朝时期（1830—1848年）的服装基本色调时，很多画家竟然还执意要令其画中人物穿上中世纪、文艺复兴时期或东方的衣服，波德莱尔认为这是"一种巨大的懒惰的标志"，因为宣称一个时代的服饰中一切都是"绝对的丑要比用心提炼它可能包含着的神秘的美（无论多么少多么微不足道）方便得多"。[②] 一个真正的现代画家，必须要比其他人更能从现代日常生活中"汲取其史诗特征，能够用线条和色彩来教我们懂得这些穿黑皮鞋、扎领带的人是多么伟大和富有诗意"[③]——他应能看出被传统社会视作牺牲的黑色与灰色之于现代英雄自有其独特的意义。因为有着"特有的美丽和魅力"的黑色与灰色服装，是我们"这个痛苦的、在黑而瘦的肩上扛着永恒的丧事的时代所必需的一种服装"，"黑衣和燕尾服不仅

---

　　① 〔法〕波德莱尔：《恶之花·巴黎的忧郁》，钱春绮译，北京：人民文学出版社，1991年，第203页。同时期的法国作家欧仁·苏在其报纸连载小说《巴黎的秘密》（1842—1843）中亦将对巴黎的描写重心转移到"破旧的酒吧、肮脏的旅店，还有贼窝，偶尔也能看到富有之家；巴黎的象征是塞纳河，这条河似乎就代表了城市本身，能将人们席卷其中"，巴黎被"描绘成了一种象征性的景观——一个善恶争斗的地方"。参见〔爱尔兰〕尼古拉斯·戴利：《人口想象与十九世纪城市：巴黎、伦敦、纽约》，汪精玲译，南京：译林出版社，2022年，第65页、第69页。

　　② 《波德莱尔美学论文选》，郭宏安译，北京：人民文学出版社，1987年，第484—485页。

　　③ 〔德〕瓦尔特·本雅明：《巴黎，19世纪的首都》，刘北成译，北京：商务印书馆，2013年，第149页。

具有政治美，这是普遍平等的表现，而且还具有诗美，这是公众的灵魂的表现；这是一长列殡尸人，政治殡尸人，爱情殡尸人，资产阶级殡尸人。我们都在举行某种葬礼。一套阴沉的制服表现出平等"。① 故，一个现代画家若想当得起"伟大"这个词，就要使其画作中的人物先脱去虚假的诸种旧衣，再着上真实的现代新衣。

波德莱尔在前辈作家雨果的"美丑对照原则"基础上，提出纯粹的艺术要挖掘"恶的特殊美"②，并将此前极少进入主流诗歌的诸种题材以一种高妙的笔触向人们一一呈现。我们知道中文里听起来褒义十足的"美学"（Aesthetica）一词，直译其实应是中性的"感性学"③，而人类的整全感性经验当然既有美也会有恶，因此诗人若以发现真善美为写作目的，那他一定会有意回避恶的东西而不能呈现整全的人类存在经验。一个诗人若有意去"追求一种道德目的，他就减弱了诗的力量；说他的作品拙劣，亦不冒昧"，因为诗不是求真的科学和求善的道德，它"只以自身为目的"。④ 正是在此观念的牵引下，《恶之花》直面了人类存在体验中的诸种恶，从而呈现出了现代大都市的全景，这便极大地拓展了我们的存在边界并刷新了我们的存在感。

当然，并非所有人都有波德莱尔那种能直面恶的强力意

---

① 《波德莱尔美学论文选》，郭宏安译，北京：人民文学出版社，1987年，第301页。
② 《波德莱尔美学论文选》，郭宏安译，北京：人民文学出版社，1987年，第512页。
③ 〔德〕鲍姆嘉通：《美学》，见刘小枫选编《德语美学文学》（上卷），上海：华东师范大学出版社，2006年，第5—7页。
④ 《波德莱尔美学论文选》，郭宏安译，北京：人民文学出版社，1987年，第499—502页。

志，因此常有人跟我说读完《恶之花》后总觉得太丧了而不敢常读。我想，波德莱尔可能会反问他们："难道你能否认，我的诗行是对现代大都市的真实呈现？"当然，尤需申明的一点是，《恶之花》虽书如其名为读者呈现了诸多此前的诗所没有呈现过的恶，但诸位要知道波德莱尔以恶来命名它们应是不得已而动用世间名词的无奈之举——恶只是为了方便言说存在经验的一个假名，因为"真正的诗高远的空间里，是没有恶的，正如没有善"①，而只有感性的整全状态。

第四，波德莱尔不仅为我们呈现了现代大都市的空间，还让我们意识到了现代人拥有迥异于前现代人的时间体验：

> 时钟！
> 恐怖的、无情的、不祥的神，
> 它的指针威胁我们，说道："别遗忘！
> 颤栗的痛苦，就像射中靶子一样，
> 很快就要射中你充满恐怖的心；
>
> "轻烟似的快乐将在天边消隐，
> 就像一个气的精灵退入后台；
> 任何时节，人人能获得的欢快，
> 时时刻刻都要被一片片吞尽。

---

① 〔法〕克洛德·皮舒瓦、让·齐格勒：《波德莱尔传》，董强译，上海：上海人民出版社，2007年，第426页。

> "一小时三千六百次，每一秒都在轻轻
> 向你低语：别遗忘！——'现在'急忙发出
> 昆虫似的声音对你说：我是'过去'，
> 我用污秽的吸吻吸去了你的生命！"
>
> ——《时钟》①

"一小时三千六百次，每一秒都在轻轻/向你低语：别遗忘！——'现在'急忙发出/昆虫似的声音对你说：我是'过去'，/我用污秽的吸吻去了你的生命！"无疑，现代人的时间感是追新逐异的"现在"的高度凸显。我们今天更能体会到这种时间感，电子产品和应用软件的更新换代是如此之快，如果你跟不上这个时代就只有被它抛弃，仿佛是否符合"现在"成了评判事物之价值的基本原则。为了便于诸位理解，我打个比方，古典时间观可能像红酒。我们知道，饮用红酒有一个十分讲究的过程——醒酒、看酒、摇酒、闻酒和品酒。当然，在这五步前你还要知道一瓶红酒的产地、年代、属于哪个系和大概是什么味道，也就是说与整瓶酒相关的过去都会在你大脑中呈现。开瓶后，要把酒倒出来醒酒，醒酒一段时间后再根据酒的颜色判断何时才可饮用，然后还要摇一摇酒杯用手的温度给酒二次发酵，最后才是闻酒和品酒。品酒也不是一口干掉，而是用口腔中的某些部位细品。总之，我们对待一件现在的物品时，既会体验其过去所附加的厚重意义感，又会对其未来有所

---

① 〔法〕波德莱尔：《恶之花·巴黎的忧郁》，钱春绮译，北京：人民文学出版社，1991年，第187页。

预期,即古典时间观本质上是一种过去、现在和未来三位一体而不可分割的时间观。

如果说红酒是古典时间观的体现,那可乐就肯定是现代的。炎夏运动后,我们打开一瓶冰镇可乐,咕咚几口,真爽!开瓶前我们不会去想它的产地——环球同此味嘛,并且生产日期越靠近"现在"越新鲜就越好。这样看,百事可乐的广告语"渴望无限"(Ask for more,1998 年)着实切中了现代社会的时代精神,因为一个现代主体总是像浮士德一样在"Ask for more",而一个古典人则常会去回味历史(或回到古希腊或回到圣人在位的"三代之治"),此即刷新与念旧的不同。后来,百事可乐将广告语由"渴望无限"改为"为此刻而活"(Live for now,2012 年),便更加契合了波德莱尔对现代性时间观的看法——Live for now,在时间的过去、现在和未来的三个维度中,现代人唯"now"独尊。

诸位可能知道,波德莱尔有句但凡研究现代性的论著大抵都会引用的名言:"现代性就是过渡、短暂、偶然,就是艺术的一半,另一半是永恒和不变。"① 前半句"现代性就是过渡、短暂、偶然"与《时钟》一样,表达的都是一种现代时间体验以及主体对一种变动不居的存在感的深深焦虑。无疑,波德莱尔虽正面肯定了"过渡、短暂、偶然",但显然对其反面(一体、永恒、必然)仍是念念不忘,因为他是在一种正与反的张力结构中肯定"过渡、短暂、偶然"的。他明里只说了反,当

---

① 《波德莱尔美学论文选》,郭宏安译,北京:人民文学出版社,1987 年,第 485 页。

然就预设了有正嘛。那后半句说现代艺术的"另一半是永恒和不变"是什么意思呢？在此名言的下文波德莱尔解释道，虽然现在是过渡的、短暂的和偶然的，但我们"没有权利蔑视和忽略"过渡、短暂和偶然的现在。换言之，我们不能以未来或过去的名义整合它、收纳它、取消它，现在只能永恒地是它自身。人们在现实和历史中，屡屡会以未来整合现在而未意识到其问题之严重。虽然未来"能够为一个在现在忍受痛苦折磨的主体带来一份慰藉或是补偿，但现在的痛苦本身依然如同一声呼号，永远回荡在空间的永恒之中"，因为"如同全人类的幸福不能证明个体苦难的必要性一样，未来的报酬也不能抵消现在的伤痛"。① 明乎此，一个现代艺术家就要直面永恒的现在，以便从"过渡中抽出永恒"，因为现代性并不是"一种对短暂的现在的敏感，而是一种使现在'英雄化'的意愿"。②

第五，波德莱尔先于很多作家回应了被后世称作现代性危机的一些问题。我们知道，西方现代合理性社会的重要特征是诸领域都要在理性的法庭上为自己的合法性进行证明，由此便引发了一个大问题，即"曾经被看作一切现实的有效性根据的超感性世界/形而上学的世界没有作用力了"③。此种失效感以尼采的那句名言"上帝死了，我们把他杀死了"④最为振聋发

---

① 〔法〕埃玛纽埃尔·列维纳斯：《从存在到存在者》，吴惠仪译，王恒校，南京：江苏教育出版社，2006年，第110—111页、第113页。此处对这句名言的理解受到邱晓林老师的启发，在此谨致谢意。
② 杜小真编选：《福柯集》，上海：上海远东出版社，2003年，第534页。
③ 〔德〕海德格尔：《林中路》（修订本），孙周兴译，上海：上海译文出版社，2004年，第267页。
④ 〔德〕尼采：《快乐的科学》，黄明嘉译，上海：华东师范大学出版社，2007年，第208—209页。

聩。尼采的话固然精辟，但诸位可能不知道波德莱尔早于尼采四十年就曾说过一个金句："上帝是个谣言，是一个被传播开来的谣言。"你看，尼采其实与波德莱尔一脉相承，二人均指出"上帝"——西方社会中一切为人之存在意义进行奠基的诸价值的代名词——所象征的传统形而上的诸种价值都不是真实的，它仅是一个被理性建构的谣言而已。对上述失效状态，波德莱尔在《七个老头子》一诗中有十分精彩的言说：

> 我的理性想掌稳了舵，只是徒然，
> 戏弄的狂风使它的努力徒劳而无功，
> 我的灵魂，像没有桅杆的旧驳船，
> 在无边无际的苦海上颠簸摆动。

"我的理性想掌稳了舵，只是徒然"，我驾驶着人生这艘大船，理性尽管想掌稳了控制意义之方向的舵，但此时却早已不再是之前的传统价值有效的时代了，故"只是徒然"。"我的灵魂，像没有桅杆的旧驳船，/在无边无际的苦海上颠簸摆动"，没有桅杆、掌握不了舵，人生之船便失去了明确的意义指向而无归依之所。我的灵魂如冥河摆渡人卡戎的船，在无边无际的苦海上颠簸摆动，但它没桅杆且旧了，故没有彼岸——它是意义的不系之舟，因为意义不知在何处而只能去寻求。那去何方寻求呢？"沉入渊底，管它是天堂还是地狱；/跃入未知的世界，去猎获新奇。"（《恶之花》尾诗《远行》的最后两行）你看，波德莱尔为了寻求意义，哪怕明知前方可能是地狱，也要去其中"猎获新奇"，既然我们"感觉到了人生经验的异彩纷呈与倏忽无常"，就要"拼尽全力进行观察和接触"，"永远好奇地检验新的意见，博取新的印象"，在人生寿命"既定的期限内尽可能增加脉搏的跳动"。① 当然，如果一个人认为世界可二分为天堂和地狱，就已经说明他相信有一些东西的意义高于另外一些东西，并且它们值得去寻求。

如众所知，西方现代性进程的根本特征之一是主体性原则在诸领域的展开，而人一旦以主体和客体的态度对世界进行观照，便不可避免会引发二元区分问题，故《恶之花》也瞄准了诸种二元区分问题。比如，忧郁和理想的对照、祝福和诅咒的对照、天堂和地狱的对照、甜蜜与痛苦的对照以及灵与肉的对照。正是在诸种分裂的对照中，诗人上穷碧落下黄泉地寻找着意义，整部《恶之花》其实是对一次寻求意义的精神漫游之旅的如实记录。《恶之花》中的诗均是按照意义结构而非发表时序进行排布的——先是一个序曲《致读者》，然后是层层深入的二元区分（诗人在其中不断地漫游和寻找意义），最终以一首永远在路上的《远行》收尾，故《恶之花》究其本质而言乃一首大诗。诚如雨果所说，"但丁不如波德莱尔阴冷，因为但丁只是去过地狱，波德莱尔是从地狱中走来"，带着恶之花开。我们知道，《神曲》分为《地狱篇》《炼狱篇》和《天堂篇》三部，诗人虽在维吉尔的带领下游历了地狱和炼狱，但他终在贝缇丽彩的引领下飞升至天堂。换言之，但丁相信有一套可以指引他去天堂的价值观，而《恶之花》则终结于一首不知目的地

---

① 〔英〕佩特：《文艺复兴：艺术与诗的研究》，张岩冰译，桂林：广西师范大学出版社，2000年，第226—227页。

何在的、永远在路上的《远行》。

当然,波德莱尔不仅书写了诸种二元对照的分裂之苦,还给出了一条自己的解救之道——重建存在的统一体:

> 自然是一座神殿,那里有活的柱子
> 不时发出一些含糊不清的语音;
> 行人经过该处,穿过象征的森林,
> 森林露出亲切的眼光对人注视。
>
> 仿佛远远传来一些悠长的回音,
> 互相混成幽昧而深邃的统一体,
> 像黑夜又像光明一样茫无边际,
> 芳香、色彩、音响全在互相感应。
> 有些芳香新鲜得像儿童的肌肤一样,
> 柔和得像双簧管,绿油油像牧场,
> ——另外一些,腐朽、丰富、得意扬扬,
>
> 具有一种无限物的扩展力量,
> 仿佛琥珀、麝香、安息香和乳香,
> 在歌唱着精神和感官的热狂。
> ——《感应》①

---

① 〔法〕波德莱尔:《恶之花·巴黎的忧郁》,钱春绮译,北京:人民文学出版社,1991年,第21—22页。

本诗第三行中的"象征的森林"是理解诗题《感应》（*Correspondences*）的关键。受瑞典哲学家斯威登堡的影响，波德莱尔信奉一种超验象征主义观，他认为现实世界中的"具体的意象"是普遍的理想世界的象征，现实世界不过是理想世界的一个不完美的表现（如尘世是天国的表现）。斯威登堡"早就教导我们说天是一个很伟大的人，一切，形式，运动，数，颜色，芳香，在精神上如同在自然上，都是有意味的，相互的，交流的，应和的"①。换言之，宇宙中可见与不可见的万物是一个虽有等级却能相互感应的不可分割的整体。据此，感应可分为"垂直感应"与"水平感应"，前者沟通现实的现象世界、艺术的想象世界和超验的理想世界，后者则沟通人的诸感觉和各种艺术形式。② 正是在感应中，一切有限因"一种无限物的扩展力量"而界限消弭，物质与精神、灵与肉以及此岸与彼岸等诸种分裂问题得以解决，存在的大统一最终也得以实现，我们超升入"精神和感官的热狂"中。

三

人们读完《恶之花》之所以会觉得它太丧了，除了因为诗集中充溢着大量恶外，还有一个重要原因是厌倦贯穿着《恶之花》的始终——厌倦这种虚无的主体感在现代诗歌里首次最为

---

① 《波德莱尔美学论文选》，郭宏安译，北京：人民文学出版社，1987年，第97页。
② 杨柳编译：《花非花：象征主义诗学》，北京：旅游教育出版社，1991年，第15—16页。

显要地出场，没有任何东西可以告慰这个厌倦的心灵。故，波德莱尔说"在精神和肉体方面，我常有深渊之感"①，真尝到了一种弥漫周遭的"虚无的滋味"：

> 时间一刻不停地老在吞噬着我，
> 仿佛大雪覆没一个冻僵的尸首；
> 我从上空观看这圆滚滚的地球，
> 我不再去寻找一个藏身的住所！
>
> 雪崩啊，你肯带我跟你一同坠落？
> ——《虚无的滋味》②

一个人若不认识到生存意义中的虚无感，其思想结构中就没有现代精神气质，而波德莱尔的厉害之处在于他仅通过一部诗集便让我们真切体感到何谓现代人的虚无感。因此，后辈诗人魏尔伦说波德莱尔的独创性是他对"现代人的表现"，"未来研究我们这个时代的历史的哲学家，为了不挂一漏万，必须认真而虔诚地阅读《恶之花》这本书，因为这是本世纪的精华、本世纪一切的集中反映"。波德莱尔这位"第一个用审美现代性来对抗传统资产阶级文明的现代艺术家"，在《恶之花》中

---

① 〔法〕波德莱尔：《恶之花·巴黎的忧郁》，钱春绮译，北京：人民文学出版社，1991年，第364页。

② 〔法〕波德莱尔：《恶之花·巴黎的忧郁》，钱春绮译，北京：人民文学出版社，1991年，第176页。"虚无主义"意味着什么，可参见〔美〕唐纳德·A. 克罗斯比：《荒诞的幽灵：现代虚无主义的根源与批判》，张红军译，北京：社会科学文献出版社，2020年；〔荷〕诺伦·格尔茨：《虚无主义》，张红军译，北京：商务印书馆，2022年。

将其真闻真见,不遮不掩地为我们一一呈现,故只有见闻过此花的人,才有资格称自己是一个现代人,才能说自己真正地见到了整全的世界,如果从未"出现过《恶之花》,或许今天还没有一个欧洲人的人生观会与前不同"。①

因此,我们可以套用闻一多先生的话"真名士,当痛饮酒,熟读《离骚》",说"真现代人,当痛饮酒,熟读《恶之花》"。

当然,波德莱尔虽说"上帝是一个谣言,一个被传播开的谣言",并且他也尝到了虚无的滋味,却仍有一种形而上学的怀乡病——他始终在路上寻求着在世的意义,而这种永远在路上的寻求可能就是一个现代艺术家的宿命,"我不相信答案能给找到,我相信它们只能被寻找,被永恒地寻求"②。那么,世人应如何在一个现代虚无主义弥漫周遭的世界中存在呢?在《巴黎的忧郁·醉下去》一诗中,波德莱尔这位诗坛的雅努斯开示道——你要为你的人生寻找一个意义的灯塔,然后醉于其中:

> 永远地要醉下去,
> 这是唯一值得考虑的事情!
> 如果你想要逃脱时间的磨难和它加于你的负担,
> 你就必须醉下去。
> 但怎样醉下去?
> 可以醉于酒,

---

① 〔法〕泰奥菲尔·戈蒂耶:《回忆波德莱尔》,陈圣生译,上海:上海人民出版社,2011年,第314页。

② 《福克纳随笔》,李文俊译,上海:上海译文出版社,2008年,第116页。

醉于诗,

也可以醉于美德,

随你要醉于什么。

要紧的是醉下去。

"如果你想要逃脱时间的磨难和它加于你的负担……"如果永远是此刻,永远是现在,那你如何从这种变动不居所引发的骇人焦虑感中逃逸呢?波德莱尔答道:醉下去!

你可以熟醉于酒的感官的生活,或是熟醉于诗等文艺活动,或是熟醉于美德等成圣之路,随便你要醉于什么。因为"上帝死了"之后,信靠什么已无质的差别,不过都是为自己的存在赋予意义的一种醉而已。

"醉下去"!

你从地狱走来,带着恶之花开

局内局外人

一

今天，妈妈死了。也许是昨天，我不知道。我收到养老院的一封电报，说："母死。明日葬。专此通知。"这说明不了什么。可能是昨天死的。[1]

我相信任何一个读者首次读到这段文字，都会大惊失色：一个人怎会如此冷漠？收到妈妈去世的电报后，他竟说"这说明不了什么。可能是昨天死的"。真是一个逆子啊！上面这段令人拍案惊奇的话就是我们今天要讲的小说《局外人》的开头，该小说被时人誉为"二战结束以来的最佳作"[2]，其作者就是大名鼎鼎的法国作家阿尔贝·加缪。

---

[1] 〔法〕阿尔贝·加缪：《加缪文集》，郭宏安等译，南京：译林出版社，1999年，第481页。

[2] 《萨特文学论文集》，施康强等译，合肥：安徽文艺出版社，1998年，第31页。

加缪，仿佛一读他的作品，你会觉得人生更加荒谬。加缪于1913年出生在法属北非殖民地阿尔及利亚，其曾祖父早在1840年就移民到了此地，而他本人则在这里生活了27年。故，阿尔及利亚对于加缪的写作产生了决定性影响，他的14篇叙事作品中就有11篇以阿尔及利亚为写作背景。加缪的家境着实一般，父亲战死于第一次世界大战中，此后全家就靠母亲打工勉强维持生计，因此，在贫民区度过童年的加缪日后说自己是在一战的枪炮声中长大的，而自一战后人类历史中的屠杀、非正义和暴力便从未间断过，"我不是在马克思的作品中学到自由的，我在贫困中学到，我是穷人"。直到功成名就后，加缪仍自诩"过去是，现在仍然是无产者"，此即加缪对自己身份的认定——一个无产者。

　　尽管加缪出身贫寒，但北非的沙滩、大海和阳光等"美好的"自然环境却让他深感幸福："对我来说，贫困从来不是一种不幸……为了纠正天生的无动于衷，我置身于'贫困'与'阳光'之间。由于贫困，我才不会相信，阳光下和历史中的一切都是美好的；阳光让我明白，历史并不等于一切。"① 换言之，贫困使加缪仿佛置身于阴影之中，而地中海的阳光却让他充满希望，正是这种置身于阳光和阴影之间的独特生活状态，使加缪曾自命为一个乐观的悲观主义者，也就是虽看似乐观却底色悲凉。加缪的家人没谁常去教堂，他们似乎不去想什么地狱、炼狱和天堂。每逢某人死了，他外祖母不说这个人去

---

① 《反与正·作者序》，见《加缪全集》(3)，丁世忠等译，石家庄：河北教育出版社，2002年，第4页。

天堂或下地狱了，而说"好了，他不会再放屁了"①。显然，与永恒的灵魂相比，他们更重视活着的肉体，而这也正是阿尔及尔人的特性。日后，加缪在《阿尔及尔的夏天》一文中曾颇为动情地写道："在这长空和仰面相望者之间，没有余地置放神话、文学、伦理学或宗教，但却有乱石、有肉体、有星辰以及摸得着的真理。"②

某日，少年加缪与友人偶然看到一个孩子死于交通事故，愤怒异常的他竟面向蔚蓝大海朝上天竖起了中指喊道："您瞧！他没有作声。"竖起的中指，无疑是在质问当这个无辜儿童去世时一个号称全善的上帝怎会对此视而不见？日后，加缪将此一质诘进一步深化："如果孩子遭受痛苦，是为了让获得真理所必需的全部痛苦充分得以实现，那么我从现在起，就会斩钉截铁地说，这样的真理不值得付出如此的代价。痛苦与真理之间没有本质的必然联系，即使我错了，我的愤怒也会继续存在。"我们知道，古今中外很多思想家均认为受苦与被拯救或成圣之间有着某种必然的联系，如《圣经·约伯记》中约伯的声声疾呼"唯愿我的烦恼称一称，我一切的灾害放在天平里；现今都比海沙更重"，或孟子的谆谆教导"天将降大任于斯人也，必先苦其心志，劳其筋骨"。但加缪却对"拯救必须经过痛苦"采取了一种断然拒绝的态度，因为他否认基督教的个体原罪论或普遍有罪论。

---

① 〔法〕奥利维耶·托德：《加缪传》，黄晞耘、何立、龚觅译，北京：商务印书馆，2010年，第26页。

② 《阿尔及尔的夏天》，见《加缪全集》(3)，丁世忠等译，石家庄：河北教育出版社，2002年，第55页。

加缪后来虽曾加入过法国共产党，但也是出于同情弱者的朴素无产者立场而非深思熟虑的结果，因为他入党前从没有读过马克思、恩格斯等人的书，却支持共产党人改善人类生活的态度。大学毕业后，加缪曾在阿尔及利亚的一个气象学院工作，偶尔也会去书店蹭书读，尤其是读到了卡夫卡、福克纳和海明威等日后对其写作产生重要影响的作家。1940年，27岁的加缪北去巴黎，第二次世界大战期间他因支持戴高乐的抵抗运动，参与筹办反纳粹的《战斗报》以及撰写了一篇篇见解独到的社评而上了维希傀儡政权的黑名单。在此期间，他还与萨特、波伏娃相识并成为好友，但不久加缪与萨特便因诸种复杂的原因绝交了。[①] 加缪明言"自己不是存在主义者"，"萨特是一个存在主义者"，而自己的《西西弗神话》则是为"反对名叫存在主义者的哲学家们而作的"，[②] 萨特则在《现代》杂志上发表了二人绝交的宣言书《答复阿尔贝·加缪》。[③] 二人友谊的小船虽倾覆了近八载之久，但当萨特得知加缪在一场车祸中不幸罹难后随即撰文深情追悼：

[①] 学界的主流观点认为加缪与萨特的绝交，根源于两种生活态度的根本对立，"改良与革命、具体与抽象、非暴力与暴力、艺术家的态度和哲学家的态度之间永恒的对抗"。见〔美〕罗纳德·阿隆森：《加缪和萨特：一段传奇友谊及其崩溃》，章乐天译，上海：华东师范大学出版社，2005年，第328页。当然，除上述原因外，二人绝交可能也跟波伏娃与二人的复杂关系以及萨特对加缪的嫉妒有关。比如，有一次萨特多喝了几杯酒后突然对加缪说："我比你更聪明，是吧？比你更聪明。"参见〔法〕奥利维耶·托德：《加缪传》，黄晞耘、何立、龚觅译，北京：商务印书馆，2010年，第350页。亦可参见〔英〕莎拉·贝克韦尔：《存在主义咖啡馆：自由、存在和杏子鸡尾酒》，沈敏一译，北京：北京联合出版公司，2017年。

[②] 〔美〕罗纳德·阿隆森：《加缪和萨特：一段传奇友谊及其崩溃》，章乐天译，上海：华东师范大学出版社，2005年，第78页。

[③] 《萨特文集》(9)，沈志明译，北京：人民文学出版社，2019年，第124—150页。

他和我之间发生过争执；争执，这并没有什么——即使我们再也不见面——而这恰恰是我们在这个狭小世界里互不忘却、共同生活的另一种方式。这并不妨碍我经常想到他，在他阅读过的书报的篇页里感到他的目光，并且自言自语说："他会怎么说呢？他此刻在怎么说呢？"①

加缪是"人物、行动和著作"三位一体的典范，他"顶着历史的潮流，作为醒世作家的古老家族在当今的继承者，出现在我们这个世纪，须知正是这些醒世作家的作品构成了也许是法国文学中最富有独特性的部分"，他与"马基雅维里的信徒们和现实主义的金犊偶像的崇拜者们背道而驰，确证了道德行为的存在。可以这么说，他就是这不可动摇的确证的化身"②。加缪去世三年后，远在大洋彼岸的美国作家苏珊·桑塔格也在《加缪的〈日记〉》一文中盛赞加缪是能唤起读者挚爱之情的"当代文学的理想丈夫"，如果说"卡夫卡唤起的是怜悯和恐惧，乔伊斯唤起的是钦佩，普鲁斯特和纪德唤起的是敬意，但除了加缪，我想不起还有其他现代作家能唤起爱"，③ 而爱正是加缪的阿尔及利亚友人为其在蒂帕萨所立纪念碑的铭文关键词：

---

① 《萨特文学论文集》，施康强等译，合肥：安徽文艺出版社，1998年，第317页。
② 《萨特文学论文集》，施康强等译，合肥：安徽文艺出版社，1998年，第318页。"醒世作家的作品构成了也许是法国文学中最富有独特性的部分"，这句话显然是在将加缪视作蒙田、帕斯卡尔和伏尔泰等作家的当代继承人。
③ 〔美〕苏珊·桑塔格：《反对阐释》，程巍译，上海：上海译文出版社，2018年，第63页。

在这儿我领悟了

人们所说的光荣：

就是无拘无束地

爱的权利。①

二

我们翻阅《加缪全集》时，会发现其写作有一个鲜明特征——三部曲式写作②，即加缪会在一个时期围绕一个核心主题同时进行小说、哲学随笔和戏剧三种体裁的写作。比如，第一系列以荒诞为主题表达否定的思想，有小说《局外人》（1942年）、哲学随笔《西西弗神话》（1942年）、戏剧《卡利古拉》（1944年）和《误会》（1944年）；第二系列以反抗为主题表达肯定的思想，有小说《鼠疫》（1947年）、哲学随笔《反抗者》（1951年）、戏剧《戒严》（1948年）和《正义者》（1949年）。因此，诸位若想理解《局外人》，还应去读《卡利古拉》《误会》和《西西弗神话》，尤其是阐述其荒诞理念的哲学随笔《西西弗神话》。

早在1938年，加缪便在论及萨特的小说《恶心》时说，虽然"一部能持久留存的作品的确离不开深刻的思想"，但小

---

① 《加缪全集》（4），杨荣甲等译，石家庄：河北教育出版社，2002年，第4页。
② 加缪的"三部曲式"写作计划，参见〔法〕阿尔贝·加缪：《加缪手记》，黄馨慧译，杭州：浙江大学出版社，2019年，第337页；另参见〔法〕罗歇·格勒尼埃：《阳光与阴影——阿尔贝·加缪传》，顾嘉琛译，北京：北京大学出版社，1997年，"引言"第2页。

说"绝不仅仅是一种形象化的哲学",因为在"一部优秀的小说中,所有的哲学观念都已经转化为形象"。依此观点来看,《恶心》还不是"一件艺术品",因为其"过多的道德思考'超出了人物与行动',情节因而失去了真实性",故《恶心》里的哲学思想与形象是"并列而非交融的",① 该小说也就失去了艺术的力量。《恶心》失败的前车之鉴让加缪暗下决心,要写出一部能将荒诞思想成功转换到形象之中的小说,四年后这部小说出版,就是《局外人》。那何谓荒诞?缘何荒诞?究竟如何应对荒诞呢?阐释荒诞的《西西弗神话》开篇就是一个惊人的断言:"只有一个正直严肃的哲学问题,那就是自杀。判断人值得生存与否,就是回答哲学的基本问题。"② 也就是说,加缪认为人的存在意义问题是最根本的哲学问题,尤其是当

> 世界最初的敌意越过数千年,又朝我们追来。我们片刻对它不再理解了,因为若干世纪中,我们只把它理解为我们事先赋予它的那些形象和图画,因为此后我们已无力再使用这种人为的方法了。我们把握不住世界了,因为它又变成了它自己。这些由习惯蒙上假面的布景又恢复了本来面目。③

---

① 〔法〕奥利维耶·托德:《加缪传》,黄晞耘、何立、龚觅译,北京:商务印书馆,2010年,第205—206页。
② 〔法〕阿尔贝·加缪:《加缪文集》,郭宏安等译,南京:译林出版社,1999年,第624页。
③ 〔法〕阿尔贝·加缪:《加缪文集》,郭宏安等译,南京:译林出版社,1999年,第632页。

人类文明的发展过程是一个用理性来把握世界的过程，就是今日早已被目为迷信的原始神话究其本质而言也是理性的。须知，世界原是敌人类而存在，天上的电闪雷鸣随时都会将人劈死，但当古人有了一套能自圆其说的神话叙述后，如古希腊人的宙斯或中国古代的雷公电母，便将世界由最初的满是敌意变得熟悉起来。一个人只要不做坏事，尤其是不得罪神，那他即使行走在雷电交加的荒野也定会安然无事。不做亏心事，不怕鬼敲门嘛。故，外表迷信的原始神话体系也有一个理性化的精神内核，也是一种对世界的理性把握方式。因为每一个时代都有一个由"思想、意象、信仰、认识假设、忧虑以及希望组成的结构，它是被那个时代所认可的，用来表现对于人的境况和命运的看法。我把这样的结构称为'神话叙述'，而组成它的单位就是'神话'。神话在这个意义上，指的是人对他自身的关注的一种表现，他在万事万物的体系中处于什么位置，他与社会、与上帝是一个什么样的关系，他最早的本源是什么，最终的命运又如何，不仅关于他个人，还包括整个人类等等"；神话叙述是人类"对自身的关怀的产物，它永远从一个以人为中心的角度去观察世界"，从广义上说它是"存在性的，它从人类的希望和恐惧的角度去把握人类的境况"。[①]

但随着西方启蒙运动的深入展开，万事万物都要在人类的理性法庭面前被重新审视，人们发现此前的诸种意义仅是"我们事先赋予它的形象和图画"，即意义仅是一种主观的建构而

---

① 〔加〕诺斯洛普·弗莱：《现代百年》，盛宁译，沈阳：辽宁教育出版社，1998年，第74页、第80页。

非客观的真理，我们就把握不住世界了，世界又"恢复了本来面目"而呈现出厚度和陌生性。厚度，即理性之光再也不能像此前一样对世界进行穿透；厚度，让世界重新恢复了此前的"原初的敌意"再次变得陌生。最终，"由习惯蒙上假面的布景又恢复了本来面目"，局内人平时大抵靠未经反思的习惯而生活，习惯是个体生存的麻醉剂与避雷针。总之，人与世界的关系，先由陌生到亲熟而后又重回到了陌生。

此外，"人也散发着非人的东西"。比如，我们看他人时经常就像看一个人在隔着玻璃窗打电话——窗外人因只能看到窗内人的手势和表情却听不清他在说什么而心生一种荒诞感。有时，我走在校园里远远看见一个人手舞足蹈地走路，也会觉得有点荒诞，因为完全不知道他究竟在干什么，等那人走近了，我发现原来他只是在戴着蓝牙耳机打电话，这个例子跟加缪说的隔着玻璃窗看人打电话的比喻很像。一个普通人只要不自欺，随时都可能体验到荒诞感，比如"某些时候，在镜子里朝我们走来的陌生人、我们在自己的照片中看见的那个令人亲切又不安的兄弟"。你照镜子的时间越长，越会觉得镜子里的那个人仿佛不是你，因为你的影像与你的身体之间的同一性发生了断裂，长久的凝视让镜中的你成了一个陌生的他者。再如，我们注视自己亲手写下的一个个汉字，常会发现每个字似乎都变成了陌生的错字。总之，荒诞产生于人类的呼唤和世界的无理沉默的对立，也就是说，人试图再次把世界的原初敌意赶走，以使世界熟悉化，但他的呼唤却未得到世界的应答。

我投世界以理性桃李，世界却报我以沉默不理：

世界本身是不可理喻的,这就是人们所能说的。然而荒诞的东西,却是这种非理性的和这种明确的强烈愿望之间的对立。强烈愿望的呼唤则响彻人的最深处。荒诞既取决于人,也取决于世界,目前它是二者之间唯一的联系。①

如众所知,很多现代思想家都认为诸种存在意义其实仅是理性的建构而已。比如对加缪产生过重要影响的尼采就曾提出过透视主义,"每一种欲望都是一种支配欲,都有自己的透视角度,都想把自己的透视角度当作规范强加给其他欲望"②,亦即说我们都是在带着偏见看世界,世间根本就没有能全知一切的"上帝之眼"。因此,也就根本"没有事实,而只有阐释","一切信仰都是一种持以为真",③ 每一种阐释都像盲人摸一个自认为存在的象一样,只有自己的有限意义而把握不了整全意义。后来,德国社会学家马克斯·韦伯也说"人是悬挂在自己编织的意义之网上的动物",一个人想要在世间活下来总要为自己找个说法,理得方能够心安嘛。你总要先为自己编织一个意义之网,而后像蜘蛛一样在网上爬来爬去,捕获一些昆虫来养家糊口等。加缪认为,构建的意义虽看似允诺了光明,但究其本质而言仅是一种幻觉,因为我们总会有醒来的一天,醒

---

① 〔法〕阿尔贝·加缪:《加缪文集》,郭宏安等译,南京:译林出版社,1999年,第637页。
② 〔德〕尼采:《权力意志——1885—1889年遗稿》(上),孙周兴译,北京:商务印书馆,2007年,第363页。
③ 〔德〕尼采:《权力意志——1885—1889年遗稿》(上),孙周兴译,北京:商务印书馆,2007年,第362页,第404页。

来的结果就是"上帝死了",并且是"我们把他杀死了"。①

当然,尼采的"上帝死了"不只是说基督教的上帝失效了,而是指在西方传统思想史上一切形而上学价值的自行贬黜。自行贬黜,意思是说人们通过理性的分析认识到诸种在世意义并非发现的真理,而仅是发明的真实,如此,真理便自行失效了。但问题的紧要之处在于,"一个能够用歪理来解释的世界,还是一个熟悉的世界,但是在一个突然被剥夺了幻觉和光明的宇宙中,人就会感到自己是一个'局外人'"②。尽管此学说可能会认为彼学说是异端、歪理邪说(反之亦然),但彼学说的信持者却因有一套能对世界的意义做自圆其说式把握的说法而拥有一个熟悉的世界,但人一旦意识到其对世界意义的把握仅是一个幻觉后,就会感觉到自己再也不能融入此世界,于是就成了一个局外人。你会从这个局中抽身而出,你甚至会认为这个局其实是一个出老千的骗局。这是一种突然从局中抽身而出的分离,即"人和世界的分离、人和生活的分离,就像演员和布景的分离",二元性的分裂让你突然你演不下去了,你出戏了!比如,我此刻正在全神贯注地录慕课,可一旦我开始想我为何要在这里录慕课,我就很难再录下去了。一个局外人所生活的世界,是一个突然被剥夺了幻觉和光明的宇宙,他无法再与局融为一体了。

我们知道,日神阿波罗在西方文化史上象征着能照彻黑暗

---

① 〔德〕尼采:《快乐的科学》,黄明嘉译,上海:华东师范大学出版社,2007年,第208—209页。

② 〔法〕阿尔贝·加缪:《加缪文集》,郭宏安等译,南京:译林出版社,1999年,第626页。

蒙昧的理性之光，而据学者考证《局外人》的主人公默尔索（Meursault）的名字应是谋杀（meurtre）和太阳（soleil）两个单词的合音。这样看，默尔索的名字除了暗预他会因太阳而枪杀阿拉伯人外，还有杀死太阳或谋杀太阳的意思。杀死太阳或谋杀太阳，其实就是尼采的"上帝死了，我们把他杀死了"的另一种说法。除世界和他人的不可理喻所引发的荒诞感外，更要命的一点是"我们每个人都渴望永生，但每个人都注定要死"。环视周遭，你看多少局内人都仿佛认定自己会永生而浑不觉大限正至，依旧终日碌碌营营，忙忙忙、买买买。但切莫忘了，人总是要死的！对加缪产生过重大影响的帕斯卡尔在《思想录》中告诫道：

> 我不知道是谁把我安置到世界上来的，也不知道世界是什么，我自己又是什么？我对一切事物都处于一种可怕的愚昧无知之中。我不知道我的身体是什么，我的感官是什么，我的灵魂是什么……我看见的只是各个方面的无穷，它把我包围得像个原子，又像个仅仅昙花一现就一去不返的影子。我所明了的全部，就是我很快地就会死亡，然而我所为最无知的又正是这种我所无法逃避的死亡本身。①

让我们想象有一大群人披枷带锁，都被判了死刑。他

---

① 〔法〕帕斯卡尔：《思想录》，何兆武译，北京：商务印书馆，1985年，第92—93页。

们之中天天有一些人在其余人的眼前被处决。那些活下来的人就从他们同伴的境况里看到了自身的境况,他们充满悲痛而又毫无希望地面面相觑,都在等待着轮到自己。这就是人类境况的缩影。①

自一出生,我们每个人都被判了死刑缓期执行,只是不知这个缓期会是多少年。那意识到荒诞后应如何对待它呢?加缪答道:对待荒诞有三种态度。一曰"生理自杀"。我发现世界充满了敌意,他人也充满了敌意,我的存在无意义,那我干脆把自己干掉算了,加缪说这是在逃避荒诞。二曰"哲学自杀",有的人"确信存在着一个可以给自己的生活以意义的上帝",他们为自己的生活寻找了一个意义,比如任何宗教里的神或很多哲学观念。"哲学自杀"也未直面荒诞,它不过是先为我们的生存意义于外在的事物上找到一定的价值,然后再以这些外在的价值为我们的生存意义提供一点帮助罢了。换言之,"生理自杀"与"哲学自杀"其实并无本质之别,因二者都将"生存"误当成了实现某种设定的价值目标。故,面对荒诞大敌时,落荒五十步的"哲学自杀"并不比逃遁了百步的"生理自杀"高明。

一个人遭遇到荒诞后,既不应"生理自杀"也不应"哲学自杀",而是应直面荒诞——他应不借助于任何外在意义的设定,充满激情地反抗荒诞,因为"地上的火焰抵得上天上的芬

---

① 〔法〕帕斯卡尔:《思想录》,何兆武译,北京:商务印书馆,1985年,第100页。

芳"。人不应相信任何一个宗教里对天堂芬芳的允诺，哪怕地上充满了火焰我们也应选择在地上生活——"幸福就是人间的幸福，永恒就是每一天的日子"。生存幸福，就是尽人事。故，真正的猛士就是要反抗荒诞，义无反顾地生活在荒诞之中，直面它，充满激情地反对它，因为"没有蔑视征服不了的命运"。

三

明白了荒诞的基本含义后，我们再来看《局外人》：

> 今天，妈妈死了。也许是昨天，我不知道。我收到养老院的一封电报，说："母死。明日葬。专此通知。"这说明不了什么。可能是昨天死的。
>
> 养老院在马朗戈，离阿尔及尔八十公里。……（默尔索向老板请假，老板似乎不大高兴）我甚至跟他说："这可不是我的错儿。"他没有理我。我想我不该跟他说这句话。①

如果借用《西西弗神话》里的观点看，对在世意义默而索之的主人公默尔索，显然与生活相分离而难以融入社会之局。社会之局要求一个人在得知母亲去世的消息后，哪怕跟她的关

---

① 有人说默尔索"局外人式"的处世态度是小说中曾透露过的外因所致——"我上大学的时候，有过不少这一类的雄心大志。但是当我不得不辍学的时候，我很快就明白了，这一切并不重要"，即默尔索因"不得不辍学"而以被动的处世态度来反抗社会。此种只看到外因而忽视了内因的观点无疑大大简化了默尔索的形象。

系极差也必须做出悲痛欲绝状。我们知道，中国传统社会中对一个人在其亲人去世后应守丧几天、穿什么样的丧服以及该如何哭都有详细规定①，让人觉着他们似乎很守孝道，但这就是真的孝吗？默尔索得知母亲去世消息的那一刻，确实没有哭，难倒这种真实而不装就有罪？默尔索让我想起被时人目为"方外之人"的阮籍，阮籍得知母亲去世的消息时正在与人下围棋，对弈者请求中止，阮籍却留住对方下完这一局（"性至孝，母终，正与人围棋，对者求止，籍留与决赌"），如果世人只知道这个场景，而不知道后面阮籍"既而饮酒二斗，举声一号，吐血数升。及将葬，食一蒸豚，饮二斗酒，然后临诀，直言穷矣，举声一号，因又吐血数升"②，会如何评价他呢？还会说阮籍"性至孝"吗？诸位请注意，默尔索对老板说"这可不是我的错儿"后，还有一句心理独白"我想我不该跟他说这句话"。你看，一个在"局"中长成的"局外人"，无论如何都难完全剔除"局"对他的规训。小说中还有几处类似的能确证默尔索是一个局外"地球人"而非"外星人"心理独白，我认为能否写出这种看似寻常的神来之笔是判衡一部小说是否杰作的肯綮。再如，当门房问默尔索想不想看母亲的遗体时，他回答说"不知道"，门房拈着他发白的小胡子说"我明白"。他明白什么呢？门房肯定是认为默尔索是怕看到母亲的遗体伤心而回答"不知道"，但实情却是默尔索当时是真的"不知道"自己

---

① 参见《仪礼·丧服》《仪礼·士丧礼》《礼记·丧服小记》《礼记·奔丧》《礼记·问丧》。

② 〔唐〕房玄龄等：《晋书·阮籍传》，北京：中华书局，1974年，第1361页。

想不想看母亲的遗体,他就如实回答了"不知道"。

最终的定罪审判前,预审推事曾讯问过默尔索两个关键问题"是否爱妈妈"(伦理)和"是否信仰上帝"(信仰),当第二个问题得到了否定的回答后,预审推事向默尔索叫道"您难道要使我的生活失去意义吗",他后来还径直称默尔索为"反基督先生"。无疑,手持银十字架的预审推事怒目切齿的根本原因是,默尔索的回答不仅"要使我的生活失去意义",而且"要使我们的生活失去意义"。

在法庭受审的整个过程中,默尔索均以事不关己的局外人态度旁观,而证人们轮流被问的核心问题大抵围绕着默尔索在母亲去世后的表现。比如,养老院院长说默尔索"不想看看妈妈,没哭过一次,下葬后立刻就走,没有在她坟前默哀","不知道妈妈的年龄";养老院的门房则说默尔索"不想看看妈妈,却抽烟,睡觉,还喝了牛奶咖啡"。关乎此点,加缪在《局外人》的英译版序言中挑明了:"在我们当时的法国社会,任何一个在母亲下葬时不哭的人,都有被判处死刑的危险。"也就是说,不认可这个局的人就要被清除出局。默尔索的律师对此质疑道:"说来说去,他被控埋了母亲还是被控杀人?"[①] 结果引发了"听众一阵大笑",这句"听众一阵大笑"真是神来之笔,它将读者瞬间笑出了他们正在陷入的阅读之局而开始反思诸种"局"的问题。因此,判定默尔索有罪的关键点,乃是他在母亲被送入养老院以及去世时所表现出的不孝,即他挑战了

[①] 《局外人》中默尔索的杀人场景有故事原型,参见〔法〕奥利维耶·托德:《加缪传》,黄晞耘、何立、龚觅译,北京:商务印书馆,2010年,第236—239页。

整个社会的道德秩序之局,而非杀人。诸位须知,欧洲人默尔索杀的是一个阿拉伯人,故律师才会在最初看上去十分的镇定自若,因为他应该可以将案件辩护成过失杀人罪(involuntary manslaughter)而使默尔索免于死刑;但为了让默尔索"成为一个殉道者(martyr),他就必须犯点该受谴责的罪行,可为了保住读者的同情,他又必须保持无辜。因此他的犯罪只能是无意的(involuntary),但又不能无意到让一个在母亲的葬礼上不哭的人免于获刑的程度"①。而一旦默尔索被认定否弃了法国社会的主流道德秩序之局,这局就只能将他清理出去而绝不能心慈手软了——既然他在观念和行动上都想当局外人,并且对他的规训又无效,那局就只能将他的肉体彻底清理出去了。

　　默尔索的口头禅是"无所谓,这不怪我",而社会这个局要求他的恰恰是应该"有所谓"以及凡事都应先反求诸己的"这应该怪我",但默尔索是个不接受局之意义的诸种设定的局外人,所以他会说"无所谓,这不怪我"而不去曲意奉承他人。换言之,默尔索是一个有什么样的存在感就即刻表达什么样的存在感的局外人,岂是早已被规训得服服帖帖的局内人所能明白?

　　我们知道,整个社会的道德、法律和宗教等"局"的设定,都遵循着因果律原则——"因为……所以……"的或明或暗的句式表达。默尔索因为在母亲葬礼上表现出冷漠,所以是一个

---

① René Girard, "Camus's Stranger Retried", in Harold Bloom, ed., *Albert Camus's The Stranger*. Philadelphia: Chelsea House Publishers, 2001, p. 65.

冷漠的人，所以是破坏"局"的人，所以他会开五枪，所以要判处他死刑……但直面生活本身的局外人因将局内的因果律悬搁了，而处于一种"对一切宣称的德行之永无止境的神经过敏"状态①，他的诸种表现逼使我们反思"局"本身的问题。默尔索会说自己不像有些人一样假装有什么信仰，而在日常生活中很多人虽并不认可这个局却装得自己好像很认可它。故，默尔索在被执行死刑前对让他忏悔的神父喊道，"你的任何确信无疑，都抵不上女人的头发实在"。如果借用英国小说家福斯特在《小说面面观》中对故事和情节的区分②，法庭无疑将养老院院长等证人所陈述的一桩桩事件认定为情节而非故事。

再如，默尔索的女友玛丽"过了一会问我爱不爱她，我回答说，这种话毫无意义。我好像不爱她，她好像很难过，可是在做饭的时候，她又无缘无故地笑起来，笑得我又吻了她"。试想，若换成我们这种局内人，一旦对方问你爱不爱他时，你可能下意识都要脱口而出"爱"，哪怕你心知肚明自己当时可能是在撒谎，但撒谎可以简化生活啊！你若像默尔索那般回答，接下来将会面临多么复杂的生活啊！但局外人默尔索拒绝撒谎，拒绝简化生活，他硬是将玛丽的一个设问句当成疑问句了！默尔索当时不清楚自己是否爱玛丽，就说"这种话毫无意

---

① 〔法〕阿尔贝·加缪：《加缪手记》，黄馨慧译，杭州：浙江大学出版社，2019年，第338页。
② "故事"（story），"按照时间顺序来叙述事件"；"情节"（plot），"同样要叙述事件，只不过特别强调因果关系"。"故事"与"情节"的不同，福斯特举例如下："如'国王死了，不久王后也死去'便是故事；而'国王死了，不久王后也因伤心而死'则是情节。……对于王后已死这件事，如果我们再问：'以后呢？'便是故事；要是问：'什么原因？'则是情节。"见〔英〕爱·摩·福斯特：《小说面面观》，苏炳文译，广州：花城出版社，1984年，第75—76页。

义",因他认为口头上回答"爱"是局内的要求,而回答"爱"与"不爱"根本就不重要,关键是玛丽跟自己在一起到底有无确切的快乐感。因此,默尔索从来不会考虑按局的设定去跟玛丽领一张结婚证,并且当玛丽出现在法庭时,默尔索看到的也不是她的局内人的抽象社会身份(证人或辩护人),而是一个具体的有肉身的人,"我可以感觉到她轻盈的乳房"。

讲到这里,想必诸位会心生疑问:如果一个人不认可局的诸种规定,那他会幸福吗?答曰:会。因为幸福不是"智识结构和概念,而是实在的可感物",所以对于默尔索而言,不是爱、爱情和婚姻等局内大词,而是他跟玛丽之间那些实在可感的小确幸让他幸福。

无疑,局外人默尔索因无固有意义的限定而处于一种没有明确存在向度(意义指向)的原本生存状态中,他看起来就像是一个没有意识的人,而人一旦没有了明确的存在向度的牵引,其身体感便会异常凸显。故,小说中在在皆是对默尔索身体感的呈现,"我只听见耳朵里血液一阵阵流动声","我的嘴就被盐水烧得发烫",玛丽"身上的热气,太阳的热气,烤得我迷迷糊糊睡着了"和"我只觉得铙钹似的太阳扣在我的头上",也正是烈日灼身的身体感引发了一起以"决意要战胜太阳,战胜它所引起的这种不可理解的醉意"为核心冲动的杀人事件。说到明确的存在向度与身体感的关系,我录制这个慕课视频时刚好是今年高考的第一天。高考的这几天,可能是很多人一生之中的存在意义向度最为显要的时刻;考生在要答好题的明确意义向度的牵引下,身体感会完全被意义指向所宰制,甚至都不知道自己还有身体,但当收卷铃声一响起,明确的意义指向也消失了，考生的身体感即刻便凸显了出来——手也酸了，脚也痒了……

我想提醒诸位的一个问题是，局外人默尔索是真冷漠而不在乎生活吗？为什么这样问呢？因为小说中有些细节让人深思，比如默尔索曾在狱中靠回忆狱外生活来打发时间，"我想起了每一件家具、每一件家具上的每一件东西、每一件东西全部细小的地方，那些细小的地方本身还镶嵌着什么，一道裂缝、一道有缺口的边子，还有颜色和木头的纹理"。一个不在乎生活的人回忆起家具时，能想起那么多细节吗？他的头脑中会对世界有如此清晰的记忆吗？再如小说结尾部分的那段长独白，"为了把一切都做得完善，为了使我感到不那么孤独，我还希望处决我的那一天有很多人来观看，希望他们对我报以仇恨的叫喊声"，显然，默尔索并非不在乎他人，因为他希望他人来观看自己被处决以及希望听到他人对自己"报以仇恨的喊叫声"。你看，多么吊诡，局外人默尔索在乎的仍是与他人共在！这段长独白让我想起鲁迅先生的那篇著名杂文《"这也是生活"……》："我的确什么欲望也没有，似乎一切都和我不相干，所有举动都是多事，我没有想到死，但也没有觉得生"，可处于"无欲望状态"的我，却真感到"外面的进行着的夜，无穷的远方，无数的人们，都和我有关"。[①]

因此，作为现实生活的"一张负片"[②]的冷人默尔索，实乃一热人。表面上如此冷的默尔索，其实乃一个热人。故，加

---

① 《鲁迅全集》（第六卷），北京：人民文学出版社，2005年，第623—624页。
② 〔法〕爱丽丝·卡普兰：《寻找〈局外人〉：加缪与一部文学经典的命运》，琴岗译，北京：新星出版社，2020年，第220页。

缪在《局外人》的英译版序中说，默尔索"远非麻木不仁，他怀有一种执着而深沉的激情，对于绝对和真实的激情"，他代表着"我们唯一配有的基督"。如果说基督因不遵从当时犹太社会的主流观念而另宣新约法，终被当时的犹太社会之局认定为局外人而被钉死于新约法十字架，那默尔索则因真实地体验到了荒诞却不像他人那样"生理自杀"或"哲学自杀"而死于局外人十字架。

当然，《局外人》的叙述之所以让我们在阅读时有一种强烈的沉浸感（入乎其内），是因为它也采用了非常容易打动人、有代入感的第一人称叙述，但小说的叙述调子却又常如一台照相机般只客观记录现象而不发表评论，这便让读者感到默尔索似乎对时间限制、周遭世界和社会规则完全没有感觉而只是在被动地接受（出乎其外）。正是入乎其内与出乎其外的张力结构，使读者真能体验到局外人被局所压迫的那种被动性，这可能就是《局外人》的成功肯綮。如果说萨特《恶心》中的哲学思想与形象是并列的，那么加缪《局外人》里的思想与形象无疑是交融的，因为他成功实现了自己的写作目标——将荒诞观念转化为形象。

加缪为了凸显局外人默尔索的无向度性，还有意使用了一些间断的短句表达，比如小说开头"今天，妈妈死了。也许是昨天，我不知道"。主语、谓语、宾语、定语、状语和补语等结构完整的长句式表达是以因果律为基础的理性整理的结果。长句彰显着使用者对理性因果律的高度认可，你看康德的《纯粹理性批判》一书中的句子是不是经常有半页长？局外人默尔索因不认可局的因果律，所以常会使用如电报语一般的短句。

由此，我们读《局外人》的第一直观感受便是觉得：

> 《局外人》中的句子
> 都是孤岛。
> 我们从一句话
> 跳到另一句话，
> 从空无到空无。[①]

[①] 《萨特文学论文集》，施康强等译，合肥：安徽文艺出版社，1998年，第47页。

实录变形记

从前,有一个作家,他不仅早在自己去世前三年就给一个好友写了份遗嘱,并且在遗嘱里竟然还这样说:

亲爱的马克斯,我的最后的请求:不要阅读就彻底烧毁我的遗稿(在书箱、衣橱、写字台里,在家里和办公室里,或者已经被发送到了别的什么地方并且被你发现了的)中的日记、手稿、书信,以及别人和自己的绘画等等,同样也烧毁你或别人有的一切文字和绘画,你可以以我的名义请求别人将其烧毁。不愿意把书信交给你的,至少应该自己保证将其烧毁。

——你的弗兰茨·卡夫卡[1]

没错,这个早早写下遗嘱要求朋友马克斯将自己的文稿全部予以焚毁的作家,就是我们今天要讲的《变形记》的作

---

[1]〔德〕彼得-安德列·阿尔特:《卡夫卡传》,张荣昌译,重庆:重庆大学出版社,2012年,第7页。

者——奥地利作家弗兰茨·卡夫卡。卡夫卡在写作第一封遗嘱后的翌年,又给朋友布罗德留下了第二封遗嘱。在第二封遗嘱里,虽然卡夫卡肯定了自己的《判决》《司炉》《变形记》《在流放地》《乡村医生》《饥饿艺术家》六部作品有价值,却不希望它们被再版,而除此之外的其他文字卡夫卡仍要求布罗德尽可能地付之一炬。①

如果卡夫卡的朋友马克斯·布罗德要是真的执行了卡夫卡的遗嘱,那么今天的世界文坛肯定会是另一番模样。幸好布罗德背叛了卡夫卡,他不仅将卡夫卡已发表和未发表的东西通通整理出版,并且最先发表的竟然就是卡夫卡要求布罗德销毁文稿的这两份遗嘱。无疑,布罗德背叛了卡夫卡的遗嘱,但我们不得不说,背叛得真好!捷克裔法国作家米兰·昆德拉后来还专门将自己的一本文学评论集命名为《被背叛的遗嘱》来纪念这次伟大的背叛。布罗德对此自辩道:"卡夫卡知道只有我才不会真的执行他的遗嘱、焚毁掉他的作品,因此他才会给我写下这两封遗嘱。"诸位,今后如果你有一个码字的朋友给你留下一封类似的遗嘱,可千万别当真啊,因为说不一定你一把火烧下去,便彻底改写了人类文化史。

好,那问题来了:写作,对于起草两份这样的遗嘱的卡夫卡来说,究竟意味着什么呢?这就要从头说起了。1883年(清光绪九年),弗兰茨·卡夫卡出生在奥匈帝国的布拉格。他身高1.81米,体重却仅有122斤,这可是很多女生的梦想身

---

① 叶廷芳编:《卡夫卡散文》(下),北京:中国广播电视出版社,1996年,第250页。

高体重比啊。跟很多作家一样，卡夫卡有一个十分强势的父亲，口头禅是"不许争辩！"并且，也同很多作家一样，卡夫卡的父亲认为靠写作谋生是件极其不靠谱的事，年已37岁的卡夫卡将刚出版的《乡村医生》拿给父亲时，父亲接过书后说"把它放在床头柜上吧"，翻都懒得翻开。因此，卡夫卡日后专门写过一封长达三万多字的《致父亲的信》对父亲进行了控诉：

> 你对我吼叫的一切都不啻是天谕神示，我绝不会忘记它，它成了我判断世界的最重要方法。……我童年时，主要在吃饭时同你在一起，所以你给我上的课一大半是关于吃饭时的行为的课。凡是桌子上的东西，都必须吃光，对伙食的好坏不可以说三道四。①

人类文化史上有很多父与子的大冲突，比如屠格涅夫就有本名为《父与子》的小说。有学者说，卡夫卡作品中常有一个强势的父亲形象或威严的上帝形象，其实是他自己亲身经历的一种投射，也不能说完全没有道理。卡夫卡成年后在找工作这件事情上没与父亲对着干，他没做一个专职作家，而是长期在工伤事故保险公司工作。俗语云"金子到哪儿都会发光"，卡夫卡绝不甘心做一个普普通通的保险员，一般的保险员都是想方设法为公司逃脱责任，尽量减少赔偿，而卡夫卡则千方百计

---

① 叶廷芳编选：《卡夫卡集》，叶廷芳等译，上海：上海远东出版社，1997年，第468页。

地为受损人，尤其是下层受损人多争取些赔偿。显然，卡夫卡有一种同情弱者的左派立场，他甚至说自己多次都幻想当一个侠客："我在入睡前长久地幻想我有朝一日成了大富翁，乘坐四架马车驶入犹太人城市，断喝一声解救了一个无辜挨打的漂亮姑娘，用我的马车把她带走。"当然，不管卡夫卡如何兢兢业业地工作，他其实到死都面临着谋生职业与写作志业之间的巨大冲突，"文学不是爱好，我就是文学"；"文学是我唯一的欲望和任务，任何与文学无关之物，我皆厌恶"。写作之于卡夫卡是一种神圣的祈祷形式，是他的根本存在方式，因为"笔不是作家的工具，而是他的器官"。诗人的任务是"一种先知的任务：合宜的词引导着，不合宜的词引诱着"。换言之，写作是一场巨大的斗争，作家要如拒绝魔鬼的引诱一般摒弃不合宜的词，要像跟随神的引导一样拣选合宜的词。他的理想生活是，住在一个宽敞、闭门的地窖里，带着纸笔永无停歇地写作，饭菜由人送来，穿着睡衣取饭是唯一的散步活动。

一句话，卡夫卡是被写作选中的人。

如果说20世纪作家中有一个被写作选中的人的话，那就是卡夫卡。"被选中"的意思是非如此不可！就像《圣经》里的亚伯拉罕被上帝选中必须要献祭独子以撒一样，亚伯拉罕非如此不可。卡夫卡在日记中说，有次帮父亲管理工厂的15天中没有书写自己想写的东西就想自杀。那既然卡夫卡这么喜欢写作，他为何不选一份至少与文学相关的工作，比如当编辑或做记者呢？这是因他认为谋生的职业要与文学全无关系，否则就是贬抑文学、玷污文学。卡夫卡留下的大量作品基本上都是在工作之余写就的——晚上10:30到早晨6:00，熬夜写作，

实录变形记

093

然后稍事休息,用刚刚剩下的力气去工作。日常工作耽误了卡夫卡的写作,他时常感慨自己"头脑中装着庞大的世界"而来不及将其写出,而他"宁可粉身碎骨一千次,也强于将它留在或埋在心中",因自己就是为了写作"而生存在世上的,我对此完全明白"。① 故,谋生职业与写作志业之间的巨大冲突让卡夫卡痛心道:"害怕失去饭碗,这种恐惧心理败坏了人的性格,但生活就是这样。"

我们不只是在职业与志业的巨大冲突中可以看出卡夫卡被写作选中,从他对婚姻的态度也同样可以看出此点。他曾多次考虑过结婚,尤其是与一个名叫菲丽丝的女人在五年中曾两度订婚却最终都解除了婚约,中国的当代诗人张枣还据此写了十四行组诗《卡夫卡致菲丽丝》。后来,卡夫卡还曾与尤丽叶订婚并解除婚约,他甚至去世前还曾向多拉求过婚。那卡夫卡为何会如此反复呢?他是个渣男吗?非也!卡夫卡在《致父亲的信》中曾说,"结婚、建立一个家庭、接受所有将要来到的孩子,并在这个不安全的世界上维护他们的生命,甚至还对他们略加引导,这些依我看是一个人所能做到的最高境界",但自己却"没有能力结婚"。因为婚姻虽符合事物的本性,但婚姻却会将卡夫卡瞄准绝对的目光引开。因此,卡夫卡说:"我爱一个姑娘,她也爱我,但我不得不离开她。"婚姻与自由的这种张力,让我想起中国现代学者胡适的一首打油诗"岂不爱自由,此意无人晓。情愿不自由,也是自由了",或者像一首歌

---

① 叶廷芳编选:《卡夫卡集》,叶廷芳等译,上海:上海远东出版社,1997年,第532页。

里所唱的"放弃自由,喜欢两个人,绑住的两个人",但他们都是不是卡夫卡,因为卡夫卡毫不妥协,他不能做到婚姻与写作的彼此兼顾,而只能是非此即彼的二选一。

总之,正是这样一个身高 1.81 米,体重却仅有 122 斤,被写作选中的人,仅用了三周时间,便写出了世界名著《变形记》,尤其是那个让人过目不忘的开头:

> 一天早晨,格里戈·萨姆沙从不安的睡梦中醒来,发现自己躺在床上变成了一只巨大的甲虫。他仰卧着,那坚硬得像铁甲一般的背贴着床,他稍稍一抬头,便看见自己那穹顶似的棕色肚子分成了好多块弧形的硬片,被子在肚子尖上几乎盖不住,眼看就要完全滑落下来。比起偌大的身躯来,他那许多只腿真是细得可怜,在他眼前无可奈何地舞动着。①

《变形记》的这个开头对世界文学的影响,可以说怎么强调都不为过。1947 年,一个 20 岁的大一新生,读到"一天早晨,格里戈·萨姆沙从不安的梦境中醒来,发现自己变成一只大甲虫躺在床上!"他自言自语道:"他妈的!这样写可不行!没人对我说可以这样写啊!能这样写的话,我也能写!他妈的!外祖母也这样讲故事啊。"这个大学生,就是《百年孤独》的作者、哥伦比亚作家加西亚·马尔克斯。诸位请原谅我爆粗

---

① 叶廷芳编选:《卡夫卡集》,叶廷芳等译,上海:上海远东出版社,1997 年第 59 页。

口，因为这是马尔克斯的原话，如果不这样说话，便不是来自雄浑野性的南美洲大陆的马尔克斯了。没错，卡夫卡说让格里戈·萨姆沙变甲虫，格里戈·萨姆沙就变了甲虫，他的口吻如《圣经》里的上帝以言创世般斩钉截铁，不容置疑。说了，也就成了，就是如此，真绝。读完《变形记》，谁要是还对人怎么可能会变成甲虫这样的问题有丝毫的狐疑和纠结，那就不要再跟他谈什么文学了。

其实，变形在西方文化史上并不稀罕。比如古罗马作家奥维德的长诗《变形记》，德国哲学家尼采在《查拉图斯特拉如是说》中所说精神的三次变形——"精神怎样变为骆驼，骆驼怎样变为狮子，最后狮子怎样变成孩子"，当然还不能遗漏了英国生物学家达尔文靠一部《物种起源》就震动了整个欧洲的进化论。学界认为卡夫卡的《变形记》与上面三者均有一种互文性联系，我这里只说下进化论。进化论，是一种渐变的"物竞天择，适者生存"式的变形记，如果简单地说达尔文式的进化论试图解释如何由虫最终变形到人，那卡夫卡的小说《变形记》则描述了一个名叫格里戈·萨姆沙的男人突然变形到甲虫后在自己家中所遭遇的一切，本质上是一种反进化论式书写。那格里戈·萨姆沙为何会变形呢？卡夫卡在小说《变形记》中并未给出任何直接的说明。对，卡夫卡就是这么任性。

2011年，葡萄牙舞剧编导亚瑟·皮塔曾将卡夫卡的小说《变形记》改编成芭蕾舞剧，在该剧中亚瑟·皮塔试图给出格里戈·萨姆沙变形的原因：家与办公室，日复一日、年复一年的两点一线式生活，逼使得格里戈·萨姆沙变形了。换言之，进入资本主义社会后劳动与享乐之间产生了巨大的分离，因为劳动沦为马克思在《1844年经济学－哲学手稿》中所说的异化劳动。日本吉卜力工作室出品的动画电影《百变狸猫》曾安排了这样一个桥段，已经变形成人的狸猫因不堪大都市工作的重压又突然从人变形回狸猫，不知道它是否受到了《变形记》的影响。

好了，让我们抛开这些貌似深刻的审美现代性批判观念直接看这本小说。我想，《变形记》最让读者印象深刻的一点是卡夫卡所展现出来的这样一种独异才能——他能以其描绘方式让被描绘的东西本身活生生地在场和存在，哪怕被描绘的是最不可能的东西。换言之，他能以清晰、准确、冷静而不容置疑的调子叙述梦魇般的离奇内容，因此我们读卡夫卡的小说就像看一幅幅线条冷硬的黑白钢笔画。此外，卡夫卡的很多小说还有一个特征就是写实和寓言并行，比如小说《地洞》从字面看主角就是一只小动物，但谁都读得出它是现代人所遭困境的一个寓示——"人的生活就是这样的，人长期地为他的生活受苦受难，劳作不息，而最后他认识到一切都是徒劳。"[1]

《变形记》中的格里戈·萨姆沙变形成甲虫后，就完全是以甲虫式的感官来感觉世界：

> 格里戈扒着椅子慢慢向门口移过去，在门口撂下椅子，向房门扑过去，并靠着门板直起身来——他的细腿的底部有一些粘性——在那儿休憩片刻，缓过一口气来。但

---

[1] 〔德〕瓦尔特·比梅尔：《当代艺术的哲学分析》，孙周兴、李媛译，北京：商务印书馆，2012年，第128页。

是随后他便开始用嘴巴来转动插在锁孔里的钥匙。遗憾的是,他似乎没有牙齿——用什么来咬住钥匙呢?——不过他的下颚倒十分结实,足以担当此项任务;在它的帮助下他也果真启动了钥匙,他没有注意到他无疑给自己造成某种伤害了,因为一股棕色的液体从他嘴里流出来,淌过钥匙并滴到地上。①

变身为甲虫的格里戈不能直立行走,几步距离他都觉得举足维艰,他因不能用前足开门而只能用嘴拧钥匙开门,结果嘴受伤流出了棕色液体。你看,格里戈变形成甲虫后就完全以甲虫式的感官来感觉世界,尽管他能思想但仍是一只甲虫,是一只能思想的甲虫——它这个"沉默不语的目击者"以"一种'外部'视角,以动物眼光检视人类"②。我认为这就是《变形记》的独特肌理和质地。《变形记》不像我们的《西游记》,在《西游记》里,人是人他妈生的,妖呢,妖还是人他妈生的,也就是说,妖精不管怎么变来变去,他的行为和感知方式仍然是人的。

小说题目叫《变形记》,难道只有格里戈·萨姆沙一个人发生了变形吗?非也!格里戈的父亲、母亲和妹妹均在变形:父亲由小说开头衰老无能、病态自疑的好父亲,变形成了一个咄咄逼人的冷酷的坏父亲——用脚踢和用苹果砸儿子,造成了

---

① 叶廷芳编选:《卡夫卡集》,叶廷芳等译,上海:上海远东出版社,1997年,第68页。

② 〔德〕莱纳·施塔赫:《卡夫卡传:关键岁月》,黄雪媛、程卫平译,桂林:广西师范大学出版社,2022年,第233页。

他的致命伤。母亲则由开始的不接受儿子变形到最终变得接受了这个现实。他最爱的妹妹则背叛他最彻底,并且小说结尾并没有安排童话故事的经典桥段——美女亲吻野兽,野兽逆向变回人形,也就是说从虫变回人并未实现,无疑这是对童话的彻底戳穿。童话就是童话,人啊,要接受残酷的现实,不能尽想着童话。甲虫照妖镜让父亲、母亲和妹妹这三个寄生虫纷纷现形,结果格里戈外表虽是虫内心却充满人性,而他的家人外表虽是人但内心却是虫。悲剧在于,家人和外人都认识不到或不愿接受已变成甲虫的格里戈还有人的感情和思维,可以想见家人平时肯定也没怎么在乎过他的感受。故,变形让我们看到,一个人越是躲开自己越是真实地在场。

从某种意义上说,格里戈的变形其实是一个幸福的解脱之梦,我们甚至都该为他的变形喝彩。因为格里戈非主动地辞职,而是被解雇,这就免除了他对不起家人的道德愧疚感。小说结尾处,格里戈死了,家人的前景却"一点儿也不坏"——妹妹由女孩儿长成了女人,一家人也顺利地渡过经济难关,并且还谋划着退掉现在这幢"由格里戈挑选来的寓所",搬去一个"位置更有利尤其是更实用的寓所"。你看,充满算计的有利和实用的功利主义逻辑,最终扯去了罩在家庭关系上的那层温情脉脉的面纱。格里戈"自愿赴死,这表明仅仅做一个人是不够的;你要是没用了,你就不再是人,但是你的死对家人有用";格里戈的死是"唯一积极的事物",是"大团圆","没有一个故事比这更具反讽"。① 亲人无余悲，郊游欢且乐，这个结局大妙！此即王夫之《姜斋诗话》所云："以乐景写哀，以哀景写乐，一倍增其哀乐。"②

至少在今天，我们在现实中还未确证真有人变形成了甲虫，但当一个人罹患了绝症，家人对他的态度不是大都与《变形记》里格里戈的遭遇类似吗？病人先是被十分有耐心地照料，当耐心和财力均耗尽时家人的心中或口头就开始嘀咕"他早点离开倒好"。当然，如果《变形记》写的只是一个罹患重病者的遭遇而非变形成甲虫，那它就没有比托尔斯泰的《伊凡·伊里奇之死》（1886 年）发现更多的存在。面对托翁的《伊凡·伊里奇之死》时，想必卡神也感到过"影响的焦虑"，但幸好他终写出了足以与之媲美的《变形记》（1912 年）。

虽然我们都可能罹患重病，而不会变身成甲虫，但我们却真能在《变形记》的世界中，体感到甲虫仰卧着瘙痒时电遍浑身的那一阵寒战，体感到甲虫的后背被砸入苹果后的那种切肤之痛。这个切身之痒的真实，这个切肤之痛的真实，让我们明白变形要远比重病更真实。真实，不是客观的真实，因为根本就没有一种客观的真实。真实，是可体感的真实，是刻肌刻骨的真实，是一种存在感的真实，是纳博科夫所说的"脊椎骨微微震颤"的真实。一流的艺术品，都是对我们存在世界的扩容，它让我们心甘情愿地被吸入一个比日常生活更真实的黑洞

---

① 〔德〕马丁·瓦尔泽：《自我意识与反讽》，黄燎宇译，北京：人民文学出版社，2021 年，第 147 页。
② 〔清〕王夫之：《姜斋诗话笺注》，戴鸿森笺注，北京：人民文学出版社，1981 年，第 10 页。

之中，甚至都不想再回到人间，就算再回到人间，也是换了的人间。

扪心自问，我们是不是都曾经有过觉得太累了，不想再跟人玩儿的时刻，既想而又不敢变形的时刻，对不对？如果有一个变形的机会摆在你面前，你会变形吗？你敢变形吗？哎，人性还真的禁不起试探！幸好，我们在小说中既会变形也敢变形，如果我们读完《变形记》发现换了人间，谁敢说我们没有真的变形过呢？好的阅读，会使我们的"身份、自我变得脆弱"，会有"灵魂震颤苏醒的感觉"，一个人若是读了卡夫卡的《变形记》，"却依然能够无畏地面对镜中的自己，这样的读者，也许从字面上说，能够识文断字，但在最根本的意义上，不过是白丁而已"。[1]《变形记》让我们醒悟：你看，这个地球没谁都照样运转，说不定你不在世间了，状况还会更好呢。诸位，可别太把自己太当回事儿了啊。故，卡夫卡说自己不是绝望者，而是见证者，不是革命者，而是启发者。

我们知道，《变形记》的封面常因销售噱头而被设计成有一只骇人、恶心的大甲虫，但卡夫卡生前曾明确否定过这种设计，他认可的封面上所绘乃是一个掩面哭泣、被赶出家门的无家可归之人。因为人跟超验性搏斗，本质上就是"没有道路的目的"或"没有目的的道路"，而"所谓道路，无非踟蹰"，[2]所以无家可归正是被写作所选中的卡夫卡一生的宿命：

---

[1] 〔美〕乔治·斯坦纳：《语言与沉默——论语言、文学与非人道》，李小均译，上海：上海人民出版社，2013年，第17—18页。
[2] 〔法〕罗杰·加洛蒂：《论无边的现实主义》，吴岳添译，天津：百花文艺出版社，2008年，第136—148页。

作为犹太人，他在基督徒当中不是自己人。作为不入帮会的犹太人（他最初确实是这样），他在犹太人中不是自己人。作为操德语的人，他在捷克人当中不是自己人。作为波西米亚人，他不完全属于奥地利人。作为劳工工伤保险公司职员，他不完全属于资产者。作为资产者的儿子，他又不完全属于劳动者。但他也不是公务员，因为他觉得自己是作家。而就作家来说，他也不是，因为他把精力耗费在家庭方面。①

可是在自己家里，卡夫卡说，"我比陌生人还要陌生"。

---

① 《卡夫卡的人格结构（代序）》，见叶廷芳编选《卡夫卡集》，叶廷芳等译，上海：上海远东出版社，1997年，第9页。

不安与试探

　　卡夫卡小说《变形记》的首段是如此经典，以至于很多只看其中译本的读者都会对其赞不绝口。那它究竟好在何处呢？我只想就其中译本对于一个中文读者来说究竟意味着什么来谈谈自己的看法。本文源自我在四川大学本科外国文学课上一次即兴讲述的课堂记录。

　　一天早晨，格里戈·萨姆沙（从不安的睡梦中）醒来，发现自己（躺在床上）变成了一只巨大的甲虫。（他仰卧着，那坚硬得像铁甲一般的背贴着床，他稍稍一抬头，便看见自己那穹顶似的棕色肚子分成了好多块弧形的硬片，被子在肚子尖上几乎盖不住，眼看就要完全滑落下来。比起偌大的身躯来，他那许多只腿真是细得可怜，在他眼前无可奈何地舞动着。）[1]

---

　　[1] 叶廷芳编选：《卡夫卡集》，叶廷芳等译，上海：上海远东出版社，1997年，第59页。括号为笔者所加，表示可抽去的解释部分。后同。

这是卡夫卡小说《变形记》的开头。

起初，（上帝创造天地。地是空虚混沌，渊面黑暗；上帝的灵运行在水面上。上帝说："要有光"，就有了光。……上帝就照着自己的形象造人……用地上的尘土造人，将生气吹在他的鼻孔里，）他就成了有灵的活人，名叫亚当。

这是基督教《圣经·创世记》的开头和上帝造第一人"亚当"的全过程。我们且将上述两段中括号里的解释语略去：

"起初，他就成了有灵的活人，名叫亚当。"

"一天早晨，格里戈·萨姆沙醒来，发现自己变成了一只巨大的甲虫。"

二者是不是很像？还有哪一篇小说的开头如《变形记》这般神似《创世记》吗？还有一个作家如卡夫卡一样能如此比肩大能的上帝吗？

在上面那段《创世记》的引文中，叙述人记下了上帝造人的一些紧要步骤：有原材料——"尘土"，有摹本——"上帝就照着自己的形象造人"，然后上帝还要"将生气吹在他的鼻孔里"，无名的泥人方能成为活人亚当。一句话，《创世记》的叙述人可能是为了取信于读经人而交代了上帝造人的几个紧要步骤。可"变形记世界"的造物主卡夫卡则毫不交代这次变形的过程。他不解释格里戈·萨姆沙变形的原因，不说明变形的材质，也不描述变形的过程，就径直给出了自己以言造物的结果。

我们可以套用一下《圣经·约翰福音》的那个著名开头①：一天早晨"有言"，那言与卡夫卡同在，卡夫卡就是那言，变形记世界中的万物由他而受造，无他，无一得受造。

虽然卡夫卡没交代格里戈·萨姆沙变形成一只大甲虫的原因，但挡不住好奇的读者们对原因的追问。2011年，葡萄牙舞剧编导亚瑟·皮塔曾将小说《变形记》改编成同名芭蕾舞剧。在芭蕾舞剧版《变形记》中，编导试图给出身为旅行推销员的格里戈·萨姆沙变形的原因：家和办公室，日复一日、年复一年的两点一线式的乏味生活，逼使得格里戈·萨姆沙变形了。如此看，这个变形时刻倒十分类似深受卡夫卡影响的法国作家加缪在其哲学随笔《西西弗神话》中所说的，一个人突遇到了荒诞的那个为什么的时刻——对自我生存状态猛然开始怀疑的时刻：

> 有时候布景倒塌了。起床，电车，四个小时办公室或工厂里的工作，吃饭，电车，四小时的工作，吃饭，睡觉，星期一二三四五六，总是一个节奏，大部分时间里都轻易地循着这条路走下去。仅仅有一天，产生了"为什

---

① "太初有言，那言与上帝同在，上帝就是那言"，"万物由他而受造，无他，无一得受造。"（《圣经·约翰福音》1：1—2）

么"的疑问，于是，在这种带有惊讶色彩的厌倦中一切就开始了。……这种人和生活的分离，演员和布景的分离，正是荒诞感。①

但请注意，如果卡夫卡像亚瑟·皮塔那样给出格里戈·萨姆沙变形的原因（甚至再描述其变形过程），那《变形记》的开头便称不上经典了。

> 一天早晨，格里戈·萨姆沙从不安的睡梦中醒来，发现自己躺在床上变成了一只巨大的甲虫。

《变形记》的第一句可谓真正的以言创世，它的叙述调子是如此的从容、朴素、自然，却又雄健、霸道、庄严，这是深谙看似寻常最奇崛之三昧的大匠所为。"一天早晨"如同《创世记》开头的那个"起初"，以一种不容置疑的口吻将"变形记世界"的"时间"开启。②

格里戈·萨姆沙醒来发现自己已经变形的时刻，是"一天早晨"，而非其他时刻。比如说，不是"一天晚上"，因为晚上本来就是各种离奇怪梦易发的时刻，所以变形如果改成发生在"一天晚上"，那瞬间便失去了一种反常、触目的世界感。此外，如果让格里戈·萨姆沙在"一天晚上"发现自己变形成了

---

① 《加缪文集》，郭宏安等译，南京：译林出版社，1999年，第626—631页。
② 《圣经·创世记》开头的"起初"，并不等同于很多故事所惯用的那个经典的开头语——"从前"，"起初"更准确地讲是"太初"。因为"起初"之前没有"时间"/"世界"，如果有"时间"/"世界"，也是凡人的智慧所不可思不可议的"时间"/"世界"。

一只大甲虫，那变形就不会很快被他人发现。也就是说，格里戈·萨姆沙变形后的个人世界与他者世界之相遇的时间绝不可过长，否则小说的叙述节奏就会萎然松弛下来。

"一天早晨"，格里戈·萨姆沙从"不安的睡梦中醒来"了。他究竟做了什么梦？难道他在梦中就已变形成了一只大甲虫？如果格里戈·萨姆沙真是在梦中就已变形成了一只大甲虫才导致他感到不安，那他为何会不安？小说开始后不久，格里戈·萨姆沙曾如是想：

我挑上了一件多么累人的差事！长年累月到处奔波。在外面跑买卖比坐办公室做生意辛苦多了。再加上经常出门的那种烦恼：担心各次火车的倒换，不定时的劣质的饮食，而萍水相逢的人也总是些泛泛之交，不可能有深厚的交情，永远不会变成知己朋友。让这一切见鬼去吧！……我若不是为了我父母的缘故而克制自己的话，早就辞职不干了。……尽管处境非常困难，想到这一层，他禁不住透出一丝微笑。①

你看，这个身负养家重责、脑子里装的只有公司的生意的格里戈·萨姆沙在"一天早晨"醒来发现自己真变形成一只甲虫后，竟然还能"禁不住透出一丝微笑"。他为何会"微笑"？难道"变形"成一只"大甲虫"，是如愿以偿的结果吗？

---

① 叶廷芳编选：《卡夫卡集》，叶廷芳等译，上海：上海远东出版社，1997年，第60—64页。

107

问了这么多，我其实是想弄清楚：如果不安的梦真是"变形"，那让他觉得不安的到底是什么？究竟是格里戈·萨姆沙不想变形成一只丧失养家能力的大甲虫，还是他怕自己变形成一只大甲虫仅是一个永不能现实化的梦？也就是说，如果格里戈·萨姆沙不能成为一个非人，那他就不能以最小的道德愧疚感来卸除养家的重责。那格里戈·萨姆沙的不安，到底是源于一个让他心生畏怕的噩梦（他不想变形），还是源于一个让他喜愧交加的好梦（他想变形）呢？从小说下文的叙述看，上述两种不安在格里戈·萨姆沙的心中都有——对于成为一个非人存在物，他既畏怕又喜愧并深为此而不安。这种不知何起的不安是如此强烈，以至于我们读《变形记》时都能真真感到一种声声急呼的不安仿佛正从自己的心中不时地涌现。

　　请注意，不安情绪正是推动这首变形叙事曲行进下去的主导动机，而我们每次阅读《变形记》都是在亲历一个真实的不安之梦。格里戈·萨姆沙从不安的梦中醒来的这个时刻，则是我们刚开始进入一个不安之梦的时刻。格里戈·萨姆沙的这个不安时刻，让人想起《论语·阳货篇》中孔子与弟子宰我之间那场关于安还是不安对话：

　　　　宰我问道："父母死了，守孝三年，为期也太久了。君子有三年不去习礼仪，礼仪一定会废掉；三年不去奏音乐，音乐一定会失传。陈谷既已吃完了，新谷又已登场；打火用的燧木又经过了一个轮回，一年就可以了。"
　　　　孔子道："［父母死了，不到三年，］你便吃那个白米饭，穿那个花缎衣，你心里安不安呢？"

宰我道："安。"

孔子便抢着道："你安，你就去干吧！"①

你看，安还是不安的确关乎人间道德的末日审判。

这个将要醒来的不安时刻，对于格里戈·萨姆沙来说绝对是一个存在的严峻时刻，因为他必须在畏怕而"不变形"还是喜愧而"变形"的较量中抉出一个来作为胜方，但道德抉择的困境在于，败方绝不会因失败而轻易退场。因此，格里戈·萨姆沙变形后始终都或隐或显地想重新恢复人形；也就是说他虽然已变形，但仍畏怕变形，故心中时常会生出一种愧感，"只要一谈到挣钱养家的话题，格里戈便放开门，一头扑到门旁那张冰凉的沙发上，他羞赧和焦虑得心中如焚"。

卡夫卡让格里戈·萨姆沙醒来发现自己真的如愿以偿地变形成了"一只巨大的甲虫"，由此开始了一个前途未卜的试探之行。格里戈·萨姆沙既试探身边人对自己变形的反应，也试探家中若没了自己到底行不行，还试探自己的"不安"到底会持续多久……

一句话，他竟想试探。

试探，让人想起《圣经》中的那些个著名的试探。比如，《创世记》中的上帝曾以禁果来试探第一人亚当："园中各样树上的果子，你可以随意吃，只是分别善恶树上的果子，你不可吃，因为你吃的日子必死。"（《创世记》2：15）结果，第二人夏娃和丈夫第一人亚当，都经不起试探而先后吃了禁果，由

---

① 杨伯峻：《论语译注》，北京：中华书局，2006年，第212—213页。

"乐园人"变成了终身劳苦的"非乐园人"。再如,《马太福音》中的耶稣基督曾对引诱他试探上帝的魔鬼断然反驳道——"不可试探"(《马太福音》4：7)。面对亚当、夏娃的前鉴和耶稣基督"不可试探"的告诫,格里戈·萨姆沙面带"一丝微笑"说：看啊,我就要听从那个引诱来试探一下了,让我把自己的"存在"放在命运的天平上称一称,看看它到底是重还是轻。

"一天早晨",这场试探的好戏开场了。但听卡氏一声令下,名姓读音如秘仪咒语一般的格里戈·萨姆沙（Gregor Samsa）①就真的变形成了一只轻到无用、轻到有害、轻到让人恶心、轻到让人欲除之而后快的大甲虫（Ungeziefer）。"Ungeziefer",国内外译者将其译为寄生虫、屎壳郎、蟑螂或其他害虫,而纳博科夫在《文学讲稿》中,推定格里戈·萨姆沙是一只"棕色的、鼓鼓的、像狗一般大小"的大甲虫。

Ungeziefer,寄生虫？那谁是寄生虫呢？格里戈·萨姆沙在变形之前,为了养家,兢兢业业地工作了五年,也就是说格里戈·萨姆沙的父母和妹妹三个人曾寄生在他这一个宿主身上长达五年之久。但因日久的习惯使然,三个寄生虫没有了对宿主的感恩和愧歉,习惯竟使寄生成为一种理所当然。可当格里戈·萨姆沙成了无工作能力的寄生虫后,父母和妹妹这个三人

---

① 主人公全名为格里戈·萨姆沙（Gregor Samsa）。Gregor（名）,Samsa（姓,读音接近 Zamza）中两个"g"和两个"s"的发音对称,读起来节奏感有如一个秘仪中的咒语。有学者认为 Samsa（萨姆沙）是卡夫卡对自己姓氏 Kafka 的一个戏拟,而 Samsa（萨姆沙）那与世界有节奏摩擦的读音,让我想起《变形记》中的那些"痛苦的吧喳声"——"格里戈尔听到自己的回答声时大吃一惊,这分明是他从前的声音,但这个声音中却掺和着一种从下面发出来的、无法压制下去的痛苦的吧喳声,这吧喳声只使最初几个字还听得清楚,余下的则含混不清,以致说不上人们是否听真切了";还有,他变形成一只大甲虫后吃喝东西时"咂嘴"的声音。

合一的宿主才一个月左右便开始失去耐心。显然，这个宿主有意忘了使徒保罗的那个著名的告诫——"爱是恒久忍耐"（《圣经·格林多前书》13：4）。

最终，格里戈·萨姆沙最爱的妹妹竟当着他的面说：

"我不愿当着这头怪物的面说出我哥哥的名字来，所以只是说我们必须设法摆脱它。我们照料它、容忍它，我们仁至义尽了，我想谁也不会对我们有所指责的。……我们必须设法摆脱它。"

父亲也帮腔道：

"如果他懂我的话……如果他懂我们的话……"

"他必须离开这儿，"妹妹喊道，"这是唯一的办法，父亲。你只需抛开这个念头以为它就是格里戈……如果它是格里戈的话……他就会自愿跑掉了。我没有了哥哥，但我们能继续生活下去，并将缅怀他。"

你看，卡夫卡的用词是何等精准：妹妹和父亲（母亲也以"捂脸低咳不语"的态度默许了）明明早已认定格里戈·萨姆沙是头怪物，是一个非人存在物"它"，却还要打着崇高化"他"的道德幌子来唤起"他"的责任感，因为"最近一段日子他为别人考虑得很少，对此他竟毫不以为怪；而以前他是很为能够体谅他人而倍感骄傲的"。无疑，上面这场"他－它"对话其实是想说："格里戈，我们三人心中早已将你当成了一个非人的'它'了，如果你真是一个还能听懂我们说话的'他'，那就自己'自愿离开'世界吧。你和这个世界可都要记住：你绝不是被我们'赶出'世界的啊！"

我将这场让格里戈·萨姆沙彻底心死的对话，称为"他－它命名游击战"。它是退伍少尉格里戈·萨姆沙变形成一只大甲虫后所遭遇到的三大战役中的最后一场。纳博科夫在《文学讲稿》中曾说《变形记》里有一个深具美学意义和逻辑意义的"三"的主题，如小说分为三个部分、三个门、三个佣人和三个房客等①，但不知为何纳老头竟然遗漏了格里戈·萨姆沙所遭遇到的如此重要的三大战役。

第一场战役，发生在小说的第一部分结尾处——折磨格里戈·萨姆沙精神的"嘘声驱逐战"：父亲的左右手分别拿着报纸和手杖，在格里戈·萨姆沙面前不停地挥动，还发出让他"无法忍受的嘘嘘声"。父亲的"嘘嘘声"让他感到"快要弄疯了"，以至于他在匆忙回屋时都发生了转向失误，并在匆忙中使身体受伤"流血"。

第二场战役，发生在小说的第二部分结尾处——重伤格里戈·萨姆沙肉体的"苹果炮弹轰炸战"：父亲"下定决心轰炸"格里戈·萨姆沙后，用苹果做炮弹"一颗接一颗"地向他投掷开火。②

第三场战役，就是小说的第三部分中这场极不易被看出的

---

① 〔美〕纳博科夫：《文学讲稿》，申慧辉等译，上海：上海译文出版社，2018年，第317页。

② 有学者说"苹果炮弹轰炸战"是格里戈·萨姆沙对自己那退伍少尉身份的嘲弄式书写。

"他－它命名游击战"。这是场"他－它"炮弹纷飞、杀人于无形的心灵战——是决定格里戈·萨姆沙生死的滑铁卢之战。卡夫卡将让人惊心动魄的满屋战火稳稳地压在了轻描淡写的冷冰叙述下面[①],他这招冰火相容叙述大法曾让《百年孤独》的作者马尔克斯在日后赞叹不已:"他妈的!真是绝了!他妈的!"

总之,既不是折磨其精神的"嘘声驱逐战",也不是砸伤其肉体的"苹果炮弹轰炸战",而是一场重击其心灵的"他－它命名游击战",让格里戈·萨姆沙心死,让他承认了试探的惨败,让他退回到自己的圣赫勒拿岛,让这个被放逐幽禁的大甲虫少尉最终"下定决心离开"人世,"鼻孔呼出了最后一丝微弱的气息"。格里戈·萨姆沙直到临死都还在心里反驳父母和妹妹将自己命名为一个"它"——"他怀着感动和爱意回想着家人。他认为自己应该消失,这想法很可能比妹妹还坚决。"次日清晨,打扫卫生的女佣发现格里戈·萨姆沙已死后,对着黑暗大声喊叫道:"它死了;它躺在那儿,完全没气了!"

"他",最终成了一个——"它"!

你看,究竟是他,还是它,确是个关乎存在的大问题。因为他和它这两个简单的词语分别指称着人与非人,所以当格里戈·萨姆沙知道在父母和妹妹心中自己早已不是一个"他",而只是一个"它"后,就只能弃世而去:

---

① 本书 2021 年 1 月初版后的翌年 4 月,笔者读到中文新译出的《卡夫卡传:关键岁月》(广西师范大学出版社,2022 年)第十四章"《变形记》:充满隐喻的生活",发现该书作者德国传记作家莱纳·施塔赫同样判定这个细节"具有非常关键的意义",因为"这个小小的代词变化具有典型的卡夫卡风格,好像是在一个音节里演绎了戏剧的悲剧性结局,以四两拨千斤的方式引起读者强烈的情感震动"。

> 我于是哀伤地学会了弃绝:
> 词语破碎处,无物可存在。①

你看,卡夫卡有多残酷:他让格里戈·萨姆沙"一人"迎战"三位"亲人,让"五年"败给"一个月",让格里戈·萨姆沙最终因一场看似轻描淡写的"他-它命名游击战"而决心弃世。而这,就是格里戈·萨姆沙不听从告诫,偏要试探一下的结果。

好了,让我们回到《变形记》的开头:

> 一天早晨,格里戈·萨姆沙从不安的睡梦中醒来,发现自己躺在床上变成了一只巨大的甲虫。

格里戈·萨姆沙已经变形成了一只大甲虫,那应该让这只大甲虫以何种睡姿醒来亮相,才能即刻就将其甲虫性以一种亲见感植入读者的眼中呢?首先,"身躯又宽又大"的大甲虫不能侧卧。不能侧卧,有什么关系呢?关系可大了,因为下文说格里戈·萨姆沙在变形之前是"习惯右侧卧"的。也就是说,变形成非人就是要将人的习惯性体感——弃绝,卡夫卡如果不如此写,那"变形记世界"就不是一个如《百年孤独》开头所说的"许多东西尚未命名"的新天地了。我们可以大胆推测一

---

① 〔德〕格奥尔格:《词语》,转引自〔德〕海德格尔:《在通向语言的途中》,孙周兴译,北京:商务印书馆,2004年,第216页。

下：格里戈·萨姆沙变形前是不是正右侧卧睡着，他的身体突然变形成一只"身躯又宽又大"的大甲虫，然后他一下翻成了仰卧的睡姿，立马就被震醒来了呢？

大甲虫不能侧卧，那让他趴着呢？趴着可以，但却不能即刻显出其甲虫性的独特。这样，格里戈·萨姆沙就只能以"仰卧着"的造型亮相了。当然，让大甲虫仰卧除了更有触目感外，也更能瞬间就将很多读者都曾观看过小甲虫仰卧挣扎着翻身的私人经验唤起、带入这个"变形记世界"中。既然你格里戈·萨姆沙一意孤行想以变形来试探世界，那世界就先褫夺掉你"习惯右侧卧"的舒服睡姿，给你来个掀翻仰卧、下床维艰的下马威来戏弄一下你：

他仰卧着，那坚硬得像铁甲一般的背贴着床，他稍稍一抬头，便看见自己那穹顶似的棕色肚子分成了好多块弧形的硬片，被子在肚子尖上几乎盖不住，眼看就要完全滑落下来。比起偌大的身躯来，他那许多只腿真是细得可怜，在他眼前无可奈何地舞动着。

总之，卡氏让格里戈·萨姆沙变形成一只甲虫后，格里戈·萨姆沙就完全以甲虫式的感官来感觉世界了，是不是？格里戈·萨姆沙变形后，大甲虫的这种甲虫性会如影随形跟到他死，比如：

格里戈扒着椅子慢慢向门口移过去，在门口撂下椅子，向房门扑过去，并靠着门板直起身来——他的细腿的底部有一些粘性——在那儿休憩片刻，缓过一口气来。但是随后他便开始用嘴巴来转动插在锁孔里的钥匙。遗憾的是，他似乎没有牙齿——用什么来咬住钥匙呢？——不过他的下颚倒十分结实，足以担当此项任务；在它的帮助下他也果真启动了钥匙，他没有注意到他无疑给自己造成某种伤害了，因为一股棕色的液体从他嘴里流出来，淌过钥匙并滴到地上。①

我曾在《实录变形记》一文中说，格里戈·萨姆沙的甲虫性之真实呈现就是《变形记》的独特肌理和质地，卡夫卡确实是"细节的巨人"②。如果你问这只大甲虫必须"仰卧着"亮相吗？卡夫卡会断然答道："非如此不可！"

格里戈·萨姆沙变形之前，工作五年来"从未生病请假"，也就是说他从未因最不可抗的个人身体的原因请过假，他始终都在以一个"坚硬得像铁甲一般"的形象示人。因此，他人眼中的格里戈·萨姆沙是一个身披无我牌铁甲的好人——他是好儿子、好哥哥、好员工、好公民……总之，他太好了，好得连自己都厌倦，好得让家人都忽视。因此，卡夫卡让格里戈·萨姆沙变形，就是要让这个好人卸甲，让他翻转，让他以另一面示人：

---

① 叶廷芳编选：《卡夫卡集》，叶廷芳等译，上海：上海远东出版社，1997年，第68页。

② 〔英〕埃利亚斯·卡内蒂：《另一种审判：关于卡夫卡》，刘文杰译，桂林：广西师范大学出版社，2023年，第22页。

> 自己那穹顶似的棕色肚子分成了好多块弧形的硬片……许多只腿真是细得可怜,在他眼前无可奈何地舞动着。

格里戈·萨姆沙"仰卧着",看见自己肚子上"分成了好多块弧形的硬片",看见了一条条可以被外物侵入的弧形缝隙,以及看到了自己那"细得可怜的腿"。也就是说,这个翻转不仅让他看到了自己那从未示人的虚弱面;而且这个虚弱面此后也就被敞现给了全世界并任由全世界侵入和戏弄。那这个卸甲的好人能如何呢?他不能如何!他的"许多只细腿"不仅如堂吉诃德大战风车时用的长矛一样"无可奈何地舞动着",而且它们也会遭受与堂吉诃德的长矛一样的下场——折断。

请注意,卡夫卡在首段说是"许多只细得可怜的腿",那后文就都是毫无违和感的描写——"相互挣扎"的细腿、"猛烈地舞动着"的细腿和"猛一站起来,下身火辣辣地作痛"的细腿(格里戈·萨姆沙还不习惯使用支撑力不够的细腿)。无疑,卡夫卡做到了艺术内在逻辑的真实自洽,这是一流的小说家所为,而二流的小说家则常常会失误——前面明明写了许多只细得可怜的腿,后面却一下就能健步如飞、满地乱爬。

大甲虫的许多只细腿无可奈何地"舞动着"(flimmerten)。如果将"flimmerten"译成"颤动着",那就不准确了。准确绝不是修辞学意义上的正确,准确是非如此译不可;准确是译者对作品中那个词-物相契共振的世界感的了然和敞现。故,"舞动着"方能将"仰卧着"的大甲虫想挣扎翻身、下地开门的不安,以一种无奈之急迫感全然展露于读者之眼。

当然，我们还切不可忘了首段中的那床被子——"被子在肚子尖上几乎盖不住，眼看就要完全滑落下来"。如果没有这床"眼看就要滑落下来"的被子，读者看到的就只是一只大甲虫，而非一只由人变形而成的大甲虫。被子，让我们亲见了一只在床上挣扎着、不安着、与人间丝连着的大甲虫，随着被子"眼看就要滑落下来"，格里戈·萨姆沙的好人世界开始坍塌向深渊，一个无家可归的"局外非人"正破茧而出。

总之，一只"像狗一般大小"的"局外非人"大甲虫诞生了！他终篇非但从未主动攻击过他人，还始终肩起了一种动人的不安。一个作家，写好话说尽，坏事做绝，自绝于人，让人爽笑，那是俗套；而写好人做尽，口不能言，却伤心欲自绝于人，还能让亲人们爽笑，那是真高！当临对在世的诸种荒诞，他人莫不亮出百炼钢严阵以待时，而卡夫卡竟还能以绕指柔的幽默将其把玩、解落：

　　一天早晨，格里戈·萨姆沙从不安的睡梦中醒来，发现自己躺在床上变成了一只巨大的甲虫。他仰卧着，那坚硬得像铁甲一般的背贴着床，他稍稍一抬头，便看见自己那穹顶似的棕色肚子分成了好多块弧形的硬片，被子在肚子尖上几乎盖不住，眼看就要完全滑落下来。比起偌大的身躯来，他那许多只腿真是细得可怜，在他眼前无可奈何地舞动着。

显然，《变形记》的首段本身就是一篇有着完整自足诗意世界的微小说。卡夫卡仅用寥寥几行文字便造出一个问题如云的小宇宙：

谁是格里戈·萨姆沙？梦为何会不安？他为何会变形？他是如何变形的？为何他变形成一只大甲虫而非他物？他变形后如何存在？他会像童话故事里的主人公一样恢复成人形吗？他人如何待这只大甲虫？他的结局如何？……

你看，必须是一天早晨，主人公的名姓必须像格里戈·萨姆沙的读音那样如一个秘仪开场的咒语声，必须是不安的梦，必须变形成一只存在感是如此之轻的巨大的甲虫，必须是仰卧着，必须有一床要滑落的被子，必须是许多只细腿，必须是舞动着……

卡夫卡，他非如此写不可！

不知为何，我每次读到《变形记》的这个开头，都会想起贝多芬在他最后一首弦乐四重奏（Op. 135）的定稿上写下的那个著名的自问自答：

"非如此不可？

非如此不可！"

（Muss es sein?

Es muss sein!）

一流的艺术品，其实都是非如此不可！

绿龙的妙造

门开了,绿色的龙进入房间里,精力充沛,两边圆滚滚的,没有足,用全部下部挪动进来。互致正式问候。我请它全身进来。他表示遗憾说,它太长了,所以没法办到。于是不得不让门就这么开着,这是够难受的。它半不好意思、半带点狡猾地微笑着,开始说道:"由于你的渴望的感召,我从远方爬了过来,我身体下面都已经擦伤了。可是我情愿。我乐意前来,乐意向你展示我。"①

以上文字是奥地利作家卡夫卡的微小说名篇之一《绿龙的造访》。等等,这真是卡夫卡的微小说?它怎会与我们儿时便已详熟的《叶公好龙》如此相似?

叶公子高好龙。钩以写龙,凿以写龙,屋室雕文以写龙。于是天龙闻而下之,窥头于牖,施尾于堂。叶公见

---

① 《卡夫卡全集》(第1卷),洪天富、叶廷芳等译,北京:中央编译出版社,2015年,第457页。

之,弃而还走,失其魂魄,五色无主。是叶公非好龙也,好夫似龙而非龙者也。(刘向《新序·杂事五》)

  颇喜翻阅中国古典志怪文学的卡夫卡写《绿龙的造访》前,料应读过《叶公好龙》,故将二者对读想必会有些意思。诗人 T. S. 艾略特不是在其名文《传统与个人才能》中曾明言"艺术家的重要性以及我们对他的鉴赏,就是鉴赏他和以往艺术家的关系"吗?诚然,谁都难以否认初看《绿龙的造访》仿佛就是脱胎自《叶公好龙》,但二者果真相似吗?

  《叶公好龙》是一个作者交代得清清楚楚,读者读后心头明明白白的伊索寓言式的故事。但正因太明白了,所以天龙这个传闻中的神秘幽邈的存在物那看似霸气凌屋般的现身("窥头于牖,施尾于堂"),非但不能让读者如叶公般"失其魂魄",反倒让人觉得有几分装腔作势的滑稽感。而结尾那句"是叶公非好龙也,好夫似龙而非龙者也",还真如五行山顶困压孙猴子的法帖上的咒语——它一经念起,这条因感动而降临人间的活龙,顷刻就被钉在意义的十字架上而丝毫动弹不得,终奄奄然沦为一条死龙而顿失神秘幽邈之气。由此,读者也顺理成章地被作者加冕为一个真理之剑在握的屠龙者。

  哎,此种好龙屠龙的方式真是何其何其也!

  与《叶公好龙》的屠龙祛魅不同,《绿龙的造访》让人读后真会心生一种不知如何是好的神出魂失感,而不得不承认卡夫卡确是个能点铁成金的造魅高手。诸位试想,当听众早已知晓《叶公好龙》的故事,你还能怎么新编它呢?但卡夫卡有这份自信,且听他从容道来:

绿龙的妙造

121

门开了，绿色的龙进入房间里，精力充沛，两边圆滚滚的，没有足，用全部下部挪动进来。互致正式问候。我请它全身进来。他表示遗憾说，它太长了，所以没法办到。于是不得不让门就这么开着，这是够难受的。它半不好意思、半带点狡猾地微笑着，开始说道："由于你的渴望的感召，我从远方爬了过来，我身体下面都已经擦伤了。可是我情愿。我乐意前来，乐意向你展示我。"

　　与"叶公子高好龙，钩以写龙，凿以写龙，屋室雕文以写龙"那因果分明的庸常叙述迥异，《绿龙的造访》首句就像《变形记》的开头丝毫不交代主人公格里戈·萨姆沙为何会变形一样，也一字不言"我"是多么渴望见到龙：

　　门开了，绿色的龙进入房间里，精力充沛，两边圆滚滚的，没有足，用全部下部挪动进来。

　　只此一句话，便让一条如格里戈·萨姆沙式大甲虫般可见、可触、可感的绿龙，真到了我的房间里，也真到了世上。"门开了"，谁开的？"我"的反应为何如此自然？卡夫卡全不讲，讲了就不卡夫卡了。如果说《叶公好龙》中的那条"天龙"虽有"窥头于牖，施尾于堂"的动作，却仍是一个首尾俱不可见的观念，那《绿龙的造访》中的"地龙"则因卡夫卡的高超造型能力而是个亲切可感的肉身——"精力充沛，两边圆滚滚的，没有足，用全部下部挪动进来。"

　　啊，我真想亲手拍拍他，称一声兄弟！卡夫卡继续以自然的调子来从容叙述超自然：

> 我请它全身进来。他表示遗憾说，它太长了，所以没法办到。于是不得不让门就这么开着，这是够难受的。

只此三句，便由我到他，再到都"够难受"着的我-他以及成功共情到"够难受"着的我们，此即叙述的层次感。而后，便是卡夫卡作品中常有的那种虽不可捉摸却又诱人去再三捉摸的悖论世界感：这条来自远方的绿龙，为何甘心成为目前的"困龙"？若说它"半不好意思"尚或可解，但"半带点狡猾地微笑"呢？为何它虽暧昧不可说却又让人有种会心感？

> "由于你的渴望的感召，我从远方爬了过来，我身体下面都已经擦伤了。可是我情愿。我乐意前来，乐意向你展示我。"

这条虽不期而至却是"有速之客"的绿龙，不同于《叶公好龙》中龙的天降，而是从"从远方爬了过来"，故首句说他"挪动进来"，此处说他"身体下面都已擦伤了"——可感的肉身在整个叙述中一以贯之而了无纰漏。当绿龙说到这让人见到、摸到，让人心疼的"伤"时，便已然让"够难受"的我们愈发难受了，遑论他接下来还说"可是我情愿。我乐意前来，乐意向你展示我"。

> "由于你的渴望的感召，我从远方爬了过来，我身体

下面都已经擦伤了。可是我情愿。我乐意前来，乐意向你展示我。"

绿龙这三句如歌般的剖白，美得动人，亦真得动人。想必济慈的《希腊古瓮颂》所云"'美即是真，真即是美，'——这就包括/你们所知道、和该知道的一切"，就是这个境界吧。而说这些话的绿龙，虽"从远方爬了过来"且"身体下面都已擦伤了"，却仍是"精力充沛"。为何？是一种因知音其难哉而生起呼应"渴望的感召"的兴奋感使然吗？我不知道。绿龙说完了，然后呢？妙在没有然后。小说在一种喜与歉的温柔氛围中恰到好处地戛然而止，此即东坡所云为文须"行于所当行，止于所当止"。

好了，啰嗦了这么多，不如让我们再赏玩一遭这篇念龙见龙的美丽妙造：

门开了，绿色的龙进入房间里，精力充沛，两边圆滚滚的，没有足，用全部下部挪动进来。互致正式问候。我请它全身进来。他表示遗憾说，它太长了，所以没法办到。于是不得不让门就这么开着，这是够难受的。它半不好意思、半带点狡猾地微笑着，开始说道："由于你的渴望的感召，我从远方爬了过来，我身体下面都已经擦伤了。可是我情愿。我乐意前来，乐意向你展示我。"

你看，卡夫卡仅用寥寥几行文字，便不疾不徐地戛戛独造出一个让人不知如何是好的神出魂失的小世界，这多好！"难道这就够了？"想必你会忍不住嘀咕，"总要弄明白这条造访的无足绿龙究竟指什么吧？友情？爱情？婚姻？欲望？艺术？上帝？性？还是心诚则灵？或是《创世记》中的那条总会被学者抓来背锅的引诱夏娃偷吃禁果的蛇？……"

  我不知道，但需要知道吗？难道绿龙就不能只是绿龙，而非要是一个他者，否则便不深刻便不高级便不什么？难道说了这么多，你还是忍心去当一个有"是叶公非好龙也，好夫似龙而非龙者也"咒语护身、主义利剑在手的屠龙者？

第二辑 爱玛的爱与欲：
　　　读《包法利夫人》

西方现代小说的起点

"剃刀三人帮"是四川大学中文系的邱晓林、卢迎伏两位老师和四川大学国际关系学院的王逸群博士自发组成的文学清谈小组,活动内容以解读文学经典为主,所谓"剃刀所向,经典照亮"。以下文字由"剃刀三人帮"第四次对谈录音整理而成,略有增删和改动。

一

卢:众所周知,如果只看情节,福楼拜的《包法利夫人》不过就是一个乏善可陈的婚外恋故事,然而它却被很多人视为西方现代小说的起点,马塞尔·普鲁斯特甚至认为福楼拜几乎像康德一样"更新了我们对事物的看法"[①],引发了小说写作的哥白尼式革命。二位怎么看?

王:对于这个问题,我想我们可以分几个层次来说明,首

---

① 〔法〕马塞尔·普鲁斯特:《偏见》,张小鲁译,上海:上海文艺出版社,2016年,第296页。

先是作家职能的转变。以赛亚·伯林曾提出19世纪文学当中有两种占据主流的写作样态：俄国式写作和法国式写作。俄国式写作是把文学视为一个容器，这个容器好不好看不重要，重要的是它里面装的东西：可能是某种宗教意识、政治意识等等。但是法国式写作不一样：文学这个器皿能装什么东西不重要，重要的是器皿本身要好看，能耐得住我们打量，小说家写小说像一个工匠精雕细琢一件玉器，强调它的审美价值。

我认为前现代小说基本上都是俄国式写作的产物：小说就是被作为中介来说明一个什么思想问题，而强调文学作品自足的审美价值是现代社会的产物，也是现代小说的一个重要表现（当然不全是这样）。从这个意义上说，《包法利夫人》就是现代小说的起点，福楼拜不再把小说当成踏板了。这一点他和巴尔扎克、司汤达的区别非常明显。

另外是关于题材的选择。按照波德莱尔的话来说，就是小说写作当中那种高尚的和卑下的题材区分不存在了。刚才卢哥也说了，《包法利夫人》的题材就是一个极其日常、琐碎的婚外恋故事，福楼拜甚至还因为这部小说不道德、有伤风化的倾向被告上法庭。这样的题材选择、对日常芸芸众生的生活的描述，在19世纪尤其以福楼拜为典型，这极具现代性。事实上，这种题材变化贯穿了当时整个艺术门类，比如说绘画，和福楼拜同时期的一个法国画家库尔贝有一幅很著名的作品《奥尔南的葬礼》。很大一幅画，就画一些不具名的乡村人士，几十个人在那儿举行葬礼，而且没有核心人物。我们知道传统的绘画基本上就几个主题：贵族、神话人物和宗教人物。

当然，关于这个问题，还可以聊到福楼拜的文体意识。一会儿如果谈福楼拜的小说艺术，再具体讲吧。

邱：关于现代小说的起点实际上还有很多说法。同样在法国，巴尔扎克也被称为"现代小说之父"；在英国，笛福也被称为"现代小说之父"，理查森也被称为"现代小说之父"，菲尔丁也被称为"现代小说之父"，让人搞不清楚现代小说的这个起点究竟该怎么界定。就我而言，我对这个问题的认识是这样的，就是说把《包法利夫人》作为一个起点，是因为它关乎这样一个转变，即写作这件事的意义对于作家们来说完全不一样了。其实你刚才已经谈到了这一点，在某种意义上，我愿意称之为一种艺术宗教，也就是大家都知道的"为艺术而艺术"这个说法。如果把福楼拜跟他同期的一个人做个比较，这个问题可以看得更清楚一些，这就是大家都非常熟悉的波德莱尔。他们俩都生于1821年，而且更有意思的是，他们两人的代表作，即《包法利夫人》和《恶之花》，都出版于1857年（《包法利夫人》是1856年在报上连载的，但成书也是1857年），然后这两本书都遭遇了同样的命运，即被人指控有伤风化，所以都招惹了麻烦，当然幸运的是最后又都逢凶化吉。

为什么做这个比较呢？因为很多文学史家是把波德莱尔的《恶之花》和福楼拜的《包法利夫人》一起视为现代文学的起点的。本雅明写过一本《发达资本主义时代的抒情诗人》，论述的对象就是波德莱尔。据他的考察，像波德莱尔这样的人，实际上他是有英雄情结的，但由于时代和环境的缘故，他只能一步步地退却，最后退到了只有写作这一块阵地，只有通过遣词造句、谋篇布局，也就是完全地专心于写作这样一回事情来留下个人印记，甚至是个人英雄般的印记。波德莱尔本人在

《太阳》一诗中大致说过这样的话：太阳一出来，我就去练我那奇异的剑术，我推敲着字眼，就像绊在石子路上，有时会碰到长久梦想的诗行。可以说，在此前的诗人或者小说家那里，都看不到这样一个完全明确的转变，即把写作这回事情几乎当作宗教一般去追求。当然在法国，之前其实有一个人做了一点铺垫，就是比他们早十来年的戈蒂耶。波德莱尔的《恶之花》前面有一个献词：献给法国文学最完美的魔术师：泰奥菲尔·戈蒂耶。戈蒂耶在其小说《莫班小姐》的序里其实就已经表达了"为艺术而艺术"的唯美主义观点，他特别谈道，艺术其实是没有什么用的，而有用的东西都是丑的。他还举例说：厕所最有用，但是厕所很丑；玫瑰花没什么用，但玫瑰很美。

卢：确实，福楼拜说"除了细心观察世界之外，我找不出比这更高尚的事情"。《包法利夫人》的中译本也就三百多页，但竟然花了他四年零四个月时间。据说法文版初稿有一千五百页，最后定稿删成了五百页。福楼拜曾在书信中屡屡向人抱怨《包法利夫人》的写作艰难。比如广为人知的"农展会"场景中译文也就二十多页，他居然用了几个月时间才写完。福楼拜说写作就像自己身上的皮疹，这种痒让他不得不抓，也可以说写作已经内化为一种切己的身体感，就是他的宗教。这个时期，艺术家的确开始高度自觉了。

邱：有一个不知其是真假的说法，说福楼拜有天上午写来写去只写了个标点符号，下午想来想去又把它删掉了。真是煞费苦心啊！他的写作频率，四五年一部，和巴尔扎克形成鲜明对比，巴尔扎克是一年四五部。

卢：《包法利夫人》的写作如此艰难，可能跟这本小说所处理的题材有关。在写作《包法利夫人》之前，福楼拜将已经写好的《圣安东尼的诱惑》拿给好友杜冈和布耶看。二人读后觉得它浪漫主义色彩过浓，就劝福楼拜以一个报纸上曾报道过的德拉玛夫人的婚外恋真事为题材写部小说。无疑，处理已有的真实题材制约了福楼拜此前写作的抒情倾向。他甚至说这个题材的平庸，有时都让他觉得恶心而难以下笔。

王：我想我们需要审慎判断的是，一个作家字斟句酌的辛劳状态并不意味着他会将写作这回事当成宗教来看待。福楼拜是够极致的，一个标点符号要改一上午。但我想在福楼拜之前肯定有一些作家"两句三年得，一吟双泪流"，但是他们未必有福楼拜式的现代意识。另外，我同意卢哥刚才的说法，就是现代艺术家的集体自觉，其实和社会各个领域分化以及艺术家自身的独立有关系。以邱老师刚才所讲的波德莱尔来说，除了做一个文字的炼金术士，还能怎么样呢？

卢：对，这个时期的确是西方艺术家的创作高度自觉期，作家由之前的"写什么"开始自觉关注"如何写"了。法国新小说理论家让·里加杜（Jean Ricardo）说，现代小说"不再是叙述一场冒险经历，而是一种叙述的探索冒险"（isn't the writing of an adventure, but the adventure of writing）[①]。

邱：其实单纯地看从"写什么"到"如何写"，还是一个比较表层的东西，关键是要看它的背后，的确就是对艺术这件事情的态度转变。就福楼拜本人而言，这跟他的朋友有很大的

---

① Alison James, "Grids and Transparencies", in *L'Esprit Créateur*, Vol. 48, No. 2 (2008), The Johns Hopkins University Press, p. 74.

关系。就是刚才提到的杜冈和布耶，尤其是布耶，对福楼拜的影响非常之大。布耶本人是一个有古典主义倾向的作家，但是他有一个观念对福楼拜有很大的影响，那就是要搞美的艺术，美才是最重要的事情。福楼拜有时候有点动摇，脾气也不太好，容易急躁，而布耶这个人，总能给他一种安静的力量。1869年布耶去世的时候，福楼拜说了一句不太像是他说的话："其实现在写作对我来说都没什么意思了，我以前写作就是给一个人看的，给布耶看的，我现在当然还会写，但是已经没什么热情了。"你很难想象，像福楼拜这样一个在写作上所谓客观的无动于衷的人，他会如此看重和布耶的私人感情。这当然是一个很好的友谊故事，但是这里最根本的纽带，还是对艺术这回事情的价值的认识。如果我们从福楼拜往后延二十年，就会看到这已经是一个潮流。最明显的就是印象派那批画家，穷困潦倒至极却心怀伟大的梦想，支撑他们的就是对艺术的那种宗教信仰般的信念。从这以后至第二次世界大战前后，整个风起云涌的现代主义运动，它对艺术的态度，即把艺术本身的价值推崇到登峰造极，是西方艺术（包括文学）史上从未有过的事情。

　　这个事情在中国要晚得多。我们爱讲魏晋时期的文学自觉，但是那个自觉并不是我们这里所谈的自觉，它最多不过是高尔基所谓文学是人学的那种自觉，还不是文学之为文学的自觉。20世纪八九十年代的那批先锋派作家和诗人接近这种自觉。这一方面当然跟改革开放初期西方现代派文学的大量涌入有关，但另一方面，其实也跟一种努力逃避文艺的社会使命的心理相关，甚至可以说这个因素更重一些。因为在很多作家和诗人看来，那是费力不讨好的事儿。然而激情总得找一个出口，而对于文学、艺术的那股子宗教般的热忱或许就正好满足了这个需求。有一件事值得一提，就是诗人张枣去世以后，其他一些诗人，像柏桦和陈东东等人写了不少回忆文章，对张枣本人有极尽溢美之词，对他们和张枣的交往也有不少动人的叙述。就我的感觉来说，这些回忆不可全信，但这一点或许并不重要，重要的是这些回忆的心理取向，在我看来，就是对那段把文学当成宗教一样追求的梦幻时光的恋恋不舍。这里面的意味儿，和海子当年自杀以后各地自发的隆重纪念是一样的。

王：的确，这不仅是对艺术形式、对写作这回事儿的自觉，更是一种对自我生存价值的体认。尤其到唯美主义，像于斯曼写《逆流》，展示了一种绝对精致的生活，我相信，小说主人公的生命体验与他的写作体验高度融合。与之相应，对于读者来说，阅读召唤着相应的审美感觉，发展到纳博科夫就是"脊椎骨的震颤"——一个优秀读者面对优秀作品能够产生的高峰体验。

邱：对，你从存在论的层次上来看问题，这就触及了"为艺术而艺术"这回事情的根本。你刚才提到了唯美主义，其实我还想说，像戈蒂耶、福楼拜以及印象派画家这些人，似乎什么都可以不要，但必须投身艺术，他们有没有反思过这样一种行为的价值究竟何在？或许佩特在《文艺复兴：艺术与诗的研究》那本书的结论里点到了其中的要害：唯美主义追求的其实就是那些最能够强烈地表达生命感觉的瞬间，而创造和体验艺术之美，所沉迷于其中的恰恰就是这样的瞬间。因此，所谓唯美主义，为艺术而艺术，其根本还是对生命感觉的追求，这才是艺术形而上学或者艺术宗教的价值所在。

卢：对，艺术的形而上学化，在西方思想史上的大背景是所谓现代性的分化。在此之前，形上价值等最终的存在意义的根据是由宗教来确立的，当宗教的统一性力量式微之后，每个人都要为自己的在世意义寻找根据。这样，艺术便成了艺术家的宗教替代品——"艺术永在，挂在激情当中，头上戴着他上帝的华冠，比人民伟大，比皇冠和帝王全伟大。"① 因此，福楼拜会认为"一本书永远相当于一种特殊的生存方式"②，他的生活就是"制作语句"。《包法利夫人》要完全靠其自身的文体风格支撑起自身来，就像太空中的地球一样，孤零零地在那里旋转，它不是任何观点的传声筒——"没有任何低下或高尚的主题，因为风格只是艺术家个人独有的看待事物的方式"③。"风格的劳作"之于福楼拜，成为一种"不可言传的痛苦，有如一种赎罪式的煎熬"④，他只能通过"残酷的劳作，通过疯狂的、自我牺牲的顽强，来完成风格的写作"⑤。这种高度自觉的文体意识，的确使《包法利夫人》不同于司汤达和巴尔扎克等人的作品。

邱：确实不一样。你读《高老头》，可以一气呵成，感觉很痛快，但是呢，你主要是对所叙之事，对其中的一些情绪、

---

① 李健吾：《福楼拜评传》，长沙：湖南人民出版社，1980年，第362页。
② 《福楼拜和句法》，见《罗兰·巴特文集·写作的零度》，李幼蒸译，北京：中国人民大学出版社，2008年，第126页。
③ 《文学书简》，刘方译，见《福楼拜文集》（卷5），北京：人民文学出版社，2014年，第35页。
④ 《福楼拜和句法》，见《罗兰·巴特文集·写作的零度》，李幼蒸译，北京：中国人民大学出版社，2008年，第124页。
⑤ 《福楼拜和句法》，见《罗兰·巴特文集·写作的零度》，李幼蒸译，北京：中国人民大学出版社，2008年，第125页。

观念等感兴趣。但是读《包法利夫人》就不一样了,你只能慢慢地读,怀着耐心地读,但往往会在读完几页,甚至只是一个片段之后,就合上书本,心中慨叹:"写得真好啊!"就是说,你会不断地回味,他写事儿怎么能够写得这么精确,这是此前的小说基本上不会带给你的一个感觉。

卢:对,尽管福楼拜之前法国小说的写作已经有了雨果、巴尔扎克和司汤达三位巨匠,但福楼拜仍说真正的小说写作还未诞生。

邱:他对司汤达的评价极低。

卢:是啊,极低。福楼拜自我期许地说"真正的小说正在等待它的荷马"。福楼拜想使小说这种散文体写作既具备诗一样的节奏,同时又有科学语言的准确性,我们可以称他为文学工程师。

邱:对于巴尔扎克,我们知道福楼拜虽然对他评价很高,但还是说了一句有点儿诛心的话:"巴尔扎克要是知道一点艺术就好了。"至于晚一些的左拉,路子就更有点走偏了。左拉说,他最大的理想是做个生物学家,因为他希望他的小说是对遗传学的实践。所以你看左拉的小说,非常奇怪,有时候前面写得非常棒,简直就是伟大小说的开头了,但是写着写着就很臭,为什么呢?因为他被他那套公式,就是遗传生物学那套东西带走了。这对于福楼拜来说,既是不可思议的,又是不可原谅的。

二

卢：虽然福楼拜本人如此看重该小说的文体风格，但普通读者（甚至有些评论家）却对小说中的一些人物形象更为关心，比如爱玛·包法利。

邱：的确如此。我最近看了一些材料，尤其是在看了波德莱尔对《包法利夫人》的评价后，很有点受震动的感觉。因为此前呢，我本人对包法利夫人这个形象的感觉还是比较倾向于贬义的，但波德莱尔在《论〈包法利夫人〉》里面对这个形象给予了高度赞扬，认为福楼拜化身为一个女性，同情式地创造了这个形象，一个具有高度的男性魅力的女子。

卢：男性的激情装在一个女人的躯体里。

邱：然后，他举了几个方面：想象力、行动力、决断力，特别是支配欲。比如说，不管是跟罗道耳弗还是后来的赖昂，爱玛都是占据主动的。福楼拜自己在小说里也有写，其实赖昂才是爱玛的"情妇"，而非爱玛是赖昂的情妇。最后他还讲到一点，就是爱玛身上的"暧昧性格"，她的"歇斯底里"。比如讲她在修道院祈祷的时候，就把上帝想象成一个留着小胡子的魅力男子的形象。波德莱尔的意思是说，爱玛是一个高度诗化的形象，这个形象完全超乎她身处其中的平庸环境之上。这个说法不能说没有道理啊！

王：非常认同。我觉得这个形象是很有魅力的。这首先在于，对于我们现代读者来说，她是一个值得钦佩的女人。为什么呢？这个女人无法忍受卑微琐碎、单调乏味的生活，而且她真就挣脱了出来。在日常生活中,我们身边很多人都在唠叨"我不想上班""我不想生小孩""我不想结婚"……但牢骚过后,一般都会回到正常的生活轨道上。从这个意义上说,包法利夫人的确是值得钦佩的。我们要追问的是,她为什么能从那个环境当中挣脱出来?这个话题很有意思,借用一个说法,我们可以把她视为一个把文学和生活相混淆的人。我们一般人读小说是把它作为一个审美对象来打量,不会把小说中的世界与我们自身所处的世界混为一谈,而是保持距离,但是爱玛会把小说中的世界和自己的生活世界完全地勾连、对应起来。从文学传统来说,堂吉诃德是她的血亲。但堂吉诃德有时候比她清醒得多,他有时知道自己在做梦,只是不想把它戳破而已,但爱玛完全不一样。

卢:对,爱玛所生活的时代,阅读得到普及,尤其是描写大都市中上层人生活的一些书籍大量出版,使得中下层人对上层社会的生活有了更具体的了解。读物中所呈现的上层社会生活对下层人有极强的吸引力,他们千方百计地想去实现这种生活。我记得张爱玲曾说,很多现代女性都是"先读到爱情小说,后知道爱",她们"对于生活的体验往往是第二轮的,借助于人为的戏剧,因此在生活与生活的戏剧化之间很难划界"。

还有一个背景知识对于我们理解《包法利夫人》十分重要:1816年,波旁王朝废除了法国大革命期间通过的《世俗离婚法》(1792年),而这个法案要到1884年才再度生效,[①]

[①] 〔美〕彼得·盖伊:《现实主义的报复:历史学家读解〈荒凉山庄〉〈包法利夫人〉〈布登勃洛克一家〉》,刘森尧译,北京:北京联合出版公司,2023年,第82页。

这就意味着小说女主人公爱玛·包法利没有离婚的自由。

邱：有观点认为爱玛这个形象就是对堂吉诃德形象的完成。但其实我们可以看到，爱玛远远不是终点。堂吉诃德和爱玛这两个形象，有什么样的共同点呢？我给它的一个命名就是他们都是"意象人"。那这个意象是什么赋予他们的呢？阅读。堂吉诃德读骑士小说，爱玛读爱情小说，其实在这中间的莫里哀写过一个《可笑的女才子》，讲两个外省的女子到了巴黎，因为此前读过很多有关巴黎的读物，所以形成对巴黎上层社会的一种固有的印象，结果把自己搞得非常可笑。然后我们看《包法利夫人》，爱玛在修道院里读了很多浪漫小说，婚后参加过一个侯爵举办的渥毕萨尔的舞会，之后她就把她修道院时期的浪漫幻想和对贵族社会的想象结合起来形成一个新的意象，更进一步加强这个意象的是，她订了两份专门报道巴黎时尚的刊物，然后每天读那些东西，这个意象就逐渐充实起来，对她形成一种强烈的召唤。

有位叫勒内·基拉尔的学者写了一本《浪漫的谎言与小说的真实》，书名的意思是说浪漫主义其实是个谎言。因为浪漫主义认为"我"是一个真正的主体，这个主体有他原始的欲望，但基拉尔认为浪漫主义的这个欲望并非真正的欲望，而是借来的欲望，其欲望模式是从介体到欲望主体再到客体的三角模式。比如，堂吉诃德向骑士小说这个介体借来欲望，"可笑的女才子"向那些报道巴黎的刊物借来欲望，爱玛向那些浪漫小说以及时尚读物借来欲望，然后以此获得他们的欲望客体。基拉尔还以这个模式分析了普鲁斯特的《追忆似水年华》，认为里面充斥了大量的三角欲望，并且指出这是整部小说叙事的主要模式。普鲁斯特所谓"重现的时光"是什么意思呢？就是要找回一种没有被三角欲望污染的时光。陀思妥耶夫斯基的小说也被他纳入这个分析的模式。可见这个模式的普遍性。

王：这个话题可以再展开说说。我觉得包法利夫人其实离陀思妥耶夫斯基笔下的一些人物更近，而离堂吉诃德要远一些。为什么呢？原因就是我们刚才已经涉及的现代背景。任何人，包括我们现代人，一生下来就会去学习或接受一些教导——什么样的生活是好的生活，什么样的生活是有价值的、有意义的。而前现代社会是一个非常稳定的金字塔结构，社会分层固化，一个底层人基本上看不到上一个阶层的生活世界，也不可能去向往他们的存在方式，不能僭越自己的身份。

卢：是啊，一个乡下医生的老婆去参加公爵夫人的舞会，这在前现代社会是完全不可能的事情。

王：我来举个比较好玩的例子。这是一个俄罗斯民间故事，讲一个农民一番历险之后，为国家立下了很大功劳；沙皇要犒赏他，让他在皇宫中任意挑个什么东西；这个农民最后选了国王那个很大的印章。为什么选这个东西？按故事中的描述，他是觉得用这个印章来砸核桃应该比较好用。砸核桃，哈哈！

在前现代社会当中，尤其是底层人，他们的视野是极其封闭的。在福楼拜这个小说中，其实也有个近似的例子，查理有一次回味他和爱玛之间美妙的爱情，他打了一个比喻，就像回味咀嚼蘑菇的味道一样。在封闭的底层，他们的世界只有蘑菇啊，核桃啊，心灵世界也被固化。但是文学阅读为封闭的阶层意识的流动提供了可能。为什么说爱玛这个形象可以和陀思妥耶夫斯基笔下一些人物互相映照呢？陀的小说中有一个特定的人物类型就是梦想家，阅读能使他们做进入上流社会的梦。在现代社会，随着印刷资本主义的兴起，一个之前不可能进入上流社会沙龙的人，可以在阅读当中，像一个衣冠楚楚、彬彬有礼的绅士一样进入他们的门厅，可以近距离地去观看那些打扮入时的女人，可以闻到她们身上的香水味，甚至还可以在想象中与她们交谈……总之，阅读就打开了一个世界，告诉读者什么样的生活是美好的生活。

邱：尤其是现在这样一个新媒体时代……

卢：对！电视、电影，尤其是智能手机，就展示上层社会风景而言，它们更真切、诱人。而且在今天，作为主流媒介，正是它们完成了对很多青年人关于美好生活的启蒙教育。像拍了四部的《小时代》，粉丝群极其庞大，这样的电影我们得辩证地去看待，我看了一部，简直毫无艺术价值，如果说有的话，那也是将矫揉造作当成艺术搞得登峰造极。但它展示了上层风景，在阶层间竖起一把梯子，引人向上攀爬，这对于促进社会阶层的流动是有功劳的。当然，从一般文化研究的立场出发，这样粗制滥造的东西绝对是批判的靶子：它无非给大众提供了一个空洞虚假的许诺，是精神麻醉剂，让他们看不到自身被压迫的处境，丧失斗争意志，甚至产生"麻木的安乐感"，最终重返压迫和异化的牢笼。这话固然不错，但也不能完全这样说，尤其在当下社会，能有许诺总比没有许诺好。

邱：勒内·基拉尔的那个分析模式，其背后实际上有一个隐在的价值观，即在前现代社会，人们的欲望似乎更加真实，而在进入现代社会以后，欲望前所未有地泛滥，跟他称之为

"介体"（我称之为"意象"）的那个东西有很大关系，所以其真实性相当可疑。实际上他还谈到了舍勒，因为在舍勒看来，资本主义社会的欲望泛滥，其根源在于形上本体的丧失。从这里可以看到基拉尔的一种价值焦虑。然而在我看来，基拉尔的分析模式也是值得商榷的。他实际上预设了一个前提，即有一种没有被建构的欲望，但这一点很难得到证明，是吧？而如果我们认可拉康的理论，那么所有的欲望都是被"大他者"建构的。各个时期都有一个"大他者"，也就是说各个时期都有它的介体，尤其是我们身处其中的这个社会，你很难去区分哪些是真正的欲望，哪些是介体的诱惑。

卢：我们举几个例子看看爱玛是如何构建幻象的。爱玛与罗道耳弗开始约会时，有点担心会被查理捉奸在床，她问罗道耳弗："你带手枪了吗？"罗道耳弗说："带什么手枪，我一把就可以掐死查理。"爱玛一听大失所望，她认为罗道耳弗的表述太粗俗，因为她读过的浪漫小说中贵族都要用手枪进行决斗。再有，当爱玛的母亲去世的时候，爱玛会为自己能够立刻陷入伤痛欲绝的状态欣喜不已。为什么呢？因为她的阅读经验告诉她只有神经敏感的上层人，才会突然陷入一种伤痛不已的状态。所以，当爱玛发觉自己很快便由伤痛不已变得很平静后，就深感失望——自己原来没有上层人的血统。

王：这个中介问题我们可以更明确地进行解释。为什么需要一个介体？对爱玛来说，上流社会五彩斑斓的风景已经在她面前展开了，但事实上她什么也得不到，因为这需要金钱，需要可靠的社会关系作为支撑。所以她只有去选择那风景当中最具代表性的细节或物象，力求拥有它们。比如说她跟罗道耳弗鬼混在一起之后发了个感慨："天啊，我有了一个情人！"

邱：命名嘛！

王：嗯，命名。为什么会发这个感慨呢？因为她阅读欧仁·苏和夏多布里昂的小说时发现贵妇人是要有情人的。再比如说她曾送给罗道耳弗一个雪茄盒，为什么送这个礼物？因为有一次她参加了一个子爵的沃比萨尔舞会，在回家的路上，可能是某个骑马的贵族掉在地上一个烟盒，她就留存了下来。她认为烟盒、情人这些意象都代表了那个阶层。现代人，包括我们自己，都或多或少地有这种介体意识。

邱：但这里面也有一个问题。我们确实可以说这些欲望都是被建构的，比如说《小时代》也建构欲望，对吧？再比如说那些小学生、中学生之间的攀比，它也会建构一种欲望，甚至是无法遏止的欲望。但是，我们如果仅仅因为这些欲望是被建构的，就说这些欲望纯粹是虚假的，这话是不是说得也太轻松了一点？因为这些欲望无论是得到满足还是遭到阻碍，其体验都是极其真实的。尤其是痛苦，都是实实在在的痛苦，而不是虚假的痛苦。就拿包法利夫人来说，你看那个赖昂，其实是一个不配做她情人的家伙，因为羞于表白，莫名其妙地逃走了；然而你看包法利夫人那个痛苦的惨状，福楼拜用了一个非常精彩的比喻，一个荷马式的比喻，说她的生活呢，因为要保存一点点赖昂留给她的回忆，就像西伯利亚平原上那些冻僵的人一样，瑟瑟发抖地围着一个快要熄灭的火炉，不断地添枝要让它燃起来。真是令人动容的一个比喻，然而，不只是比喻，它会让你意识到爱玛的痛苦是绝对真实的，不是虚假的。

王：当然，拿苹果手机来说，它可能确实比较好用，但对于很多人来说,拿着它就是有"范儿"、有面子。一个人很想拥有它,如果得不到当然可能很痛苦。我承认这痛苦是真实的,我们每个瞬间的体验都是真实的,都是活生生的我们在那儿呼吸。对于这个问题,我想我们更多是需要一个审慎的态度。

邱:探讨这个问题是很有现实意义的。因为在现代社会,我们大部分的欲望都是被广告等各种各样的信息给建构起来的。波德里亚的消费社会反思就表现出一种忧虑,即对现代社会永无休止的符号化消费的担忧。因为时尚总是在变,奢侈品总在翻新,所以欲望也就没有止境,然后他就觉得这个社会要完蛋了,然后他就想回到一种所谓本真的状态,一种有点儿像海德格尔所梦想的前现代社会的诗化状态。但我觉得这里面其实有一个不太靠谱的区分,就是我们怎么来界定自我和主体,是吧?如果你反向思考,这个被不断开发的欲望本身,是不是一种新的主体的可能性呢?这也未可知啊,对不对?

王:确实我们要承认这些痛苦,这些自我展开的新的可能性,但是我想还是需要一个审慎的态度。因为我们要知道有些东西,它其实是不必要的。我们都知道苏格拉底那个故事:有一次他走进一个市场,看到琳琅满目的商品,忽然就发了一个感慨:"天哪,竟然有这么多东西我根本都不需要!"当然没有必要每个人都能够清心寡欲地过苏格拉底式的生活,但是的确在波德里亚所描述的消费社会当中,有些欲望就是近乎炮制,像滚雪球一样停不下来。

邱:这个问题我觉得只能由经验来勘定,要对它进行纯粹的理论界定非常困难。比如关于包法利夫人,虽然勒内·基拉尔那样的分析显得很深刻，说她的欲望不过是一个三角欲望，并不真实，是吧？然而，我们也不能否认波德莱尔所看到的很重要的一点，她的确是对她那个平庸社会的一种突破。波德莱尔称道她身上的那种筹谋、决断、行动力，很容易让人联想到司汤达笔下的于连。于连也是一个意象人。他们的结局也类似，就是一条路走到黑，就不回头，就不投降！于连最后也不认错，包法利夫人也是不认错的哦，你看她到处借钱借不到，最后走投无路了，她想，要是败露了呢，查理还是会宽恕她。

但是她在心里面说了一句狠话："可是他有一百万给我，我也不原谅他认识我……决不！不！"然后一想起查理在她面前的这种道德优势，她就很愤怒。之后她去公证人居由曼那里借钱，居由曼想趁机占她便宜的时候，她再次愤怒了。她从那里出来，福楼拜写了嘛，基本上就是蹈死的决心了：老娘就跟你们干了！你很难说这样一个情感是虚假的，它当然是超乎她那个平庸的环境之上的。实际上福楼拜本人就对包围爱玛的那种平庸深有体会。他讲过一件事儿，说他有一次陪他的兄嫂去买房子，反反复复地讲价，差不多可以接受了，又去看了一次，看了一次又故意表示失望。又回来，等着人家可能又给她降价，然后他说他一点钟睡觉，四点钟起床，帮他们去做这件事情，整个过程让他备受折磨，他给高莱夫人写信说："这些都是半心半意的人，漂浮的、犹豫的、没有决断力的人。"这在他看来就是那种小资产阶级的平庸，福楼拜对此深恶痛绝。

卢：对，福楼拜还专门写了一本书，书名就叫《庸见辞典》，以词条的形式批评小资产阶级的平庸。福楼拜在致乔治·桑的多封书信中也明确表达过自己"对民众和民主制的憎恶，以及对基于精神价值的贵族制的怀念"①。接下来，我们看看爱玛幻想的爱情应该是什么样子：爱玛以为"爱情应该骤然来临，电光闪闪、雷声轰轰，仿佛九霄云外的狂飙，吹过人世，颠覆生命，席卷意志，如同席卷落叶一般把整个心带往深渊"。想必很多女生都曾如此幻想过爱情。

邱：这其实是对一种生命状态的向往。爱玛刚到永镇的那天晚上，和赖昂一起聊天时就说过，她喜欢看那种一气呵成的、气势恢宏的小说，而不喜欢看那种什么都跟现实生活一样平常的作品，这其实表达了一种生命的向度。

王：有人做过这样的设想，假如爱玛真的嫁入豪门，是否可避免悲剧性的命运？与她的决断、意志相关，我想这是无法避免的，因为爱玛所需要的只是一种感觉。

邱：这个呢，或许可以用雷蒙·威廉斯评价安娜和沃伦斯基的那个说法，即沃伦斯基配不上安娜的激情。在某种意义上，可能确实很难找到能够满足爱玛的这种男子。你看她跟赖昂在一起，很快就厌倦了嘛，发现原来恋爱也像婚姻一样千篇一律。

王：我想把爱玛视为一个柯尔律治式的浪漫主义者。柯尔律治说过一句话：即使我在亚马逊平原上行走的时候，我也会觉得脚下的土地跟其他平原上的土地没有什么分别。也就是说外在的东西对我来说不重要，重要的是它能否在我心里激发一种感觉。爱玛也是，她爱葱郁的橡木，因为橡木能够装点断壁

---

① 〔法〕安托万·孔帕尼翁：《从福楼拜到普鲁斯特：文学的第三共和国》，龚觅译，北京：生活·读书·新知三联书店，2023年，第438页。

残垣；她爱大海，因为大海能有惊涛骇浪。不管她遭遇什么事情，遇到什么男人，最终她希求的无非就是那个像蒸桑拿一样热气腾腾的弥散在她四周的很舒服的感觉。而这样的感觉是无法落地的，不管你是嫁入豪门还是进入寻常人家，因为就像福楼拜所说的，偶像是不能碰的，碰了，手上就要粘上金粉。即使是查理这么一个深情的人，在爱玛的葬礼结束以后也会感到一种模模糊糊的满足。也就是说，所有那些美好的感觉一旦跟日常生活接触，永远是鸡零狗碎，永远是一地鸡毛，永远会破碎。你必须要去寻找下一个介体，重建这种感觉。

卢：因为爱玛心目中的理想丈夫"应该无所不知，无所不能，启发你领会热情的力量，生命的奥妙和一切秘密"，所以她极其憎恨那种看似稳如磐石的婚姻生活，也极度反感查理那种心平气和的迟钝。很奇怪，尽管爱玛眼中的查理形象是如此的不堪，但很多读者却十分同情这个理工男。

邱：尤其是很多女生。我记得有一年课上讲《包法利夫人》，让学生起来自由发言，有一个女生甚至带着哭腔为查理·包法利感到不平，认为爱玛这个女人太作了，把这么好的一个老公给糟蹋了。但是爱玛自己可不这么看。在查理给一个瘸子动手术失败以后，她对他彻底失望了，心想"查理如果是一个秃顶驼背的一个科学家也好啊！"

卢：对，只要他每天兢兢业业，力求上进。

邱：是啊，我就是精神之王的伴侣啊，而不是一个笨蛋的老婆啊。这就是包法利夫人的期望和查理本身之间的错位。但我刚刚提到的那个为查理鸣不平的学生，勾勒出了一个比现实生活中99%的男人都更好的一个丈夫形象。

王：其实，我也觉得可能99％的丈夫都应该在查理面前自责。当然我们不能否认，查理的确是一个很愚钝的人，但他真的总是无条件地设法满足爱玛的愿望。

邱：对，包括最后爱玛死了，查理还写了一个具有"浪漫观点"的安葬说明，什么给一棺两椁，并且要用一大幅丝绒盖在爱玛身上。

卢：药剂师郝麦都说，"太浪费金钱，完全是浪漫主义的一个想法"。所以很有意思，小说结尾处查理居然"爱玛化"了，这有点像《堂吉诃德》里面的桑丘逐渐"堂吉诃德化"了一样。

邱：因此，尽管查理是一个绝对的好人，但是他致命的问题也在这个地方。对于像包法利夫人这样"生活在别处"的女人来讲，她最痛恨的就是这种无趣的平庸的好人。在小说所呈现的近八年的婚姻生活中，都看不到查理与爱玛之间进行过心灵交流。当然，这种毫无心灵交流的婚姻状态，我们日常生活中也屡见不鲜。小说里面还有一个可以和查理进行平行对比的好人，就是教士布尔尼贤。当包法利夫人因为赖昂走了而感到特别的难受，想去布尔尼贤那里找一点精神安慰的时候，他们之间的谈话总是进行不下去。

卢：布尔尼贤这个形象十分像我们在生活中遇到的一些老好人，不容否认他们具有种种美德，但就是缺乏与他人进行精神对话的能力。究其原因，这种人深深地禁锢在自己的意识形态的牢笼之中而浑然不觉，并且还极其喜欢对他人进行说教。

王：在永镇，如果说教士布尔尼贤管人的精神疾病，那么药剂师郝麦则管人的身体疾病。与有争议的庸人查理形象相比，药剂师郝麦才是真正的庸人。

邱：郝麦这个人可以说是本质性的空虚啊，他对永镇的犄角旮旯发生了什么事情都门儿清，他一出场就用各种各样的科学知识讲些鸡毛蒜皮的事情来卖弄自己，这种人必须通过各种各样的"借用"才能对自我进行标出。比如他给自己的四个孩子取的名字——

卢：老大拿破仑，代表光荣；老二（美国的）富兰克林，代表自由；老三阿塔莉，法国剧作家拉辛的戏剧主人公，悲剧中的英雄；老四伊尔玛，代表浪漫。

邱：就是混搭嘛。

卢：混搭，将自己所知道的"好词"一勺烩。我们生活中也经常会见到很多父母给孩子取一些紧跟时代的名字，这两年国学热就选"仁""孝""智"等字，过两年韩剧热就选"敏""昊""姬"等字，似乎他们唯恐错过了时代的新列车，被人嘲笑太土。当然，郝麦这种极喜欢卖弄一知半解术语的行为，十分像我们常碰到的一些伪专家。

王：确实，生活中很常见，他不放过任何一个表现自己是一个百科全书的机会，但事实上好多都整错了。

卢：既然是卖弄一知半解的知识，便难免露出马脚。纳博科夫在《文学讲稿》里就抓出了郝麦的很多硬伤。我认为如果说爱玛在通过观念建造上流爱情乌托邦，那么郝麦则在通过观念建一个新科学乌托邦。

王：对，爱玛是通过捕捉在阅读中看到的上流社会中的一些形象、行为来装饰、展开自己的生活，而郝麦主要是通过模仿上流话语。

卢：是啊，郝麦会向人再三打听京城巴黎的风俗，在谈吐里用上巴黎的时髦话，生怕自己落后于时代。这种媚俗的行为，十分像很多人即使发表一些正式讲话也要穿插些网络热词，他们完全没有一个属于自己的真正精神内核，其实是处于一种邱老师所说的本质性空虚状态。

邱：这让我想起导演贾樟柯的一篇随笔，讲他在上海一些咖啡馆碰到那些混圈子的，穿着比较怪的艺术家职业装，谈著名导演的时候都是"老谋子""凯哥"什么的，都不好好说名字的。但是我觉得，郝麦虽然说在某种意义上和包法利夫人比较相近，但还是有很大差别的，就是郝麦这个人是没有真正的内在痛苦的，而这种内在痛苦的强烈、真实，在包法利夫人身上是可以看到的，这就是本质的差别。我们谈的这些庸人群像中最平庸的其实是两个人——爱玛的情人罗道耳弗和赖昂，他们完全将爱情视作一种可被算计之物。

王：这也是让我们同情爱玛的一个很关键的原因——包围她的都是一些庸人。

邱：是啊，波德莱尔为什么对爱玛这个形象高度称赞呢？借用海德格尔在《存在与时间》中的话来说，爱玛是那种从共在的沉沦中脱颖而出的有能在向度的人。

王：有道理。这些庸人所处的环境也是庸俗不堪，庸俗环境最突出的一个特征是"混搭"。比如查理的帽子、药剂师的语言，以及药剂师店铺上有五花八门的颜色和字体的招牌。

邱：对，这种城乡接合部式的混搭庸俗趣味，在当下中国城市化进程中可谓处处可见。

王：是啊，混搭为什么庸俗？因为混搭在一起的都是一些

"高级"物象，但它们都脱离了原来的语境，显得不伦不类、庸俗滑稽。

卢：比如小说刚开始，小查理上学时头戴的那个分为三层的帽子，既有中产阶级喜欢用的丝绒、毛皮和无产者用的纸板，又有贵族教士爱用的十字形花纹坠子。再如查理婚礼上的大蛋糕，极其恶俗地将希腊罗马式神殿、中世纪的庄园造型和田园风光造型混搭在一起。这种混搭式审美趣味，让我想起当下中国的大部分景观设计与室内装潢，尤其是一些土豪家中的装潢：客厅里，墙上挂一把古琴，旁边又摆着一台巨大的三角钢琴；巴洛克风格的沙发，中式的檀香木茶几和日式的茶道用具……在"农展会"场景的开头处，福楼拜还有意安排郝麦与勒乐两个庸人相遇，表达对会场布置的不满，勒乐说"应该竖一个威尼斯式的旗柱，上面挂一些彩色的布条，飞扬的布条"，郝麦附和道："村长哪里有什么审美品位？他哪里知道应该这样布置？"两个庸人心中的理想开幕式布置，完全就是我们今天一些大型活动开幕式布置的翻版——大红气球，印着黄标语的红布条随风飘扬……

王：最狠的是对郝麦的穿着描写，大热的天还戴了顶皮毛的帽子。

卢：这种一门心思装贵族的人，在当下中国也很多，冯小刚的《私人订制》不就有所反映吗？

邱：哈哈，历史总有惊人的相似。

三

卢：我们探讨了这么多的形象，其实这可以说明一件事情，福楼拜给我们传递了多么重要的时代风俗的信息。接下来，我想谈谈他的叙事方式。我发觉读《包法利夫人》很难读快，因为它有太多的细节可以供你反复回味，比如其中有那么多的精彩比喻：查理的前妻，干瘪的杜克比夫人穿上黑色长袍的时候，就像一把剑插入鞘中，这让我想起鲁迅对祥林嫂的形容，"一个细脚伶仃的圆规"；查理的谈吐像人行道一样板直；当爱玛将婚礼用的橘花扔进壁炉中烧掉的时候，灰烬就像黑蝴蝶一样飞走了；当爱玛与赖昂在马车中厮混时，她将信撕掉扔出车窗，碎片就像白蝴蝶落到红色的苜蓿地上；爱玛在婚姻中深感绝望，就像一个水手沉船之后，盼望远方出现一片白帆。上述种种高度符合人物各自身份的比喻，在小说中可谓比比皆是。福楼拜甚至在一封信中说，他烦恼于究竟如何做到少而恰当地使用自己头脑中常会出现的大量比喻："我被明喻所包围，就像有些人被虱子缠身一样，我倾尽自己的一生时间去碾压它们，我的措辞充满了这些东西。"

邱：我的理解，这是福楼拜向古典主义的致敬，尤其是向荷马的致敬，因为他所用的这些比喻都是荷马式明喻。虽然说他的喻体和荷马有一定差别，荷马的喻体都是用自然元素，而福楼拜会用到人类的事物（比如白帆），但是在本体和喻体之间的这种非常平行的对应，却是荷马式明喻的一个显著的特点。事实上，福楼拜对《荷马史诗》的评价非常高。

153

卢：福楼拜认为，荷马与莎士比亚是最伟大的两个作家。

邱：但是除了这个修辞的致敬以外，福楼拜和西方文学传统还有一个更加内在的关联。福楼拜讲过一句话："小说在等待它的荷马。"这是什么意思呢？我觉得他是针对西方文学的叙事传统来讲的。我们都知道《荷马史诗》这样的作品早期承担的其实主要是一种叙事功能，而文学的叙事功能也就是文学现实主义传统所强调的东西，巴尔扎克之所以也被称为"现代小说之父"，就是因为他的小说突出地表现了这样一种功能——巴尔扎克不是说他要做法国社会的书记员吗？但是福楼拜认为巴尔扎克还做得不够。而对司汤达这种主要表现自己的心理、气质、精神的作家，福楼拜为什么有那么诛心的评论？原因其实就在于福楼拜认为司汤达是一个浪漫主义者，司汤达没有走在文学现实主义的路上。而福楼拜我们都知道，他被称为现实主义的高峰，虽然对于这个说法也有很多质疑。但是在某种意义上，就文学作为模仿的艺术这个西方文学的强大传统而言，福楼拜的确称得上是登峰造极，虽然是在福楼拜的意义上的登峰造极。比如你读这样的段落，你在此前的小说里是不可能读到的：

小说里讲这个查理有一天又跑来给卢欧老爹看病，里面有一段描写："有一天，三点钟上下，他来了；人全下地去了；他走进厨房，起初没有看见爱玛。外头放下窗板，阳光穿过板缝，在石板地上，变长一道一道又长又亮的细线"；特别注意接下来的描写，"碰到家具犄角，一折为二，在天花板上颤抖。桌上放着用过的玻璃杯，有些苍蝇顺着往上爬，反而淹入杯底的残剩的苹果酒，嘤嘤作响。亮光从烟突下来，掠过铁板上的烟灰，烟灰变成天鹅绒，冷却的灰烬映成淡蓝颜色。爱玛在窗灶之间缝东西，没有披肩巾，就见光肩膀上冒出小汗珠"。这种毫发毕现的、绝对精确的情景造型，在此前的小说当中还从来没有出现过。可以说整部小说，真的就像一匹一匹精心编织的锦缎缀在一起。所以可以理解福楼拜为什么写得那么痛苦了。有个评论家评价波德莱尔的一句话，用在福楼拜身上其实也非常恰当，即"每一个字眼里面都可以看到那种辛勤劳作的痕迹"。

王：这样的段落，从另外一个层面来说，是对世界的重新发现。

邱：对，是这样。

王：这跟福楼拜本人所提到的文体意识密切相关，借用一个说法，在福楼拜这里，良好的文体意识并不是对文句一笔一画，精雕细琢，也不是把一个卑微琐碎的东西写得极其赏心悦目。但它是什么呢？

卢：是一种彻底的打量事物的方式。

王：一般来说，在日常生活中我们打量事物的方式是被各种各样先在的观念束缚的，尤其是功利的观念，比如我们看街边一块石头往往会觉得它是个建筑材料。福楼拜要做的，就是把事物彻底地从这些既定的观念中解放出来。这是一种近乎现象学的打量方式——和事物直观遭遇，这就是对世界的重新发现。

邱：这一点，后来有个作家比他做得还登峰造极，就是新小说作家布托尔的《变》，小说里通篇就是福楼拜这种令人叹为观止的肌理呈现。其实他这种写法，除了你刚讲到的现象学观照以外，我觉得他还有一个意图。比如刚才我们谈到的细节当中，有一个似乎让人困惑的细节，就是那只苍蝇……

王：对，尤其是苍蝇落到杯子里淹死。

邱：还有一个细节，讲赖昂和爱玛在乡间路上行走。有一天，爱玛突然想起去看自己的孩子，她的孩子在奶妈那个地方，在路上赖昂看到她就跟她一起走。这个情景，如果让一个通俗小说作家来写的话，一定会把它写成一个难得的充满柔情蜜意的时刻。而这两个人呢，他们的交谈也的确有点暧昧。但是福楼拜的呈现非常有意思，首先是对路上眼力所及的事物的描写，一个完全乡村化的场景，实在是乏善可陈，特别提到了一个细节，就是路上的一堆狗屎还是牛屎，还有围着它转的一群嗡嗡作响的苍蝇。你能想象一般的作家，会在如此浪漫的情景当中，把这样的东西放进来吗？这就是福楼拜的反讽。波德莱尔讲过类似的东西，说福楼拜在《圣安东尼的诱惑》里就已经有一种高度的抒情性反讽。在这里，反讽是通过似乎没有意义的偶然细节的进入来实现的。事实上我们会发现，在浪漫小说当中那些完全被作家屏蔽掉的东西，在现实生活当中都会出现，所以福楼拜的呈现并不是一个封闭的通道，它向你完全敞开。

卢：对，阅读《包法利夫人》就像把玩一件明清的内画鼻烟壶或赏玩一幅波斯细密画，笔笔皆妙。波德莱尔说《包法利夫人》做到了"高度的反讽和抒情"，比如那个著名的多声部"农展会"场景，一边是冠冕堂皇的演讲和颁奖，一边却是罗道耳弗与爱玛的调情。

邱：这其实就是戏剧性反讽，它是通过一种对比和参照来实现的。本来是在你期望的一个叙事通道上,但是你会发现有异质的东西进来,进来以后你正在关注的事情也发生了质变,农展会上就是如此。这个场景描写读起来真是令人叫绝,简直称得上是艺术体验的高峰,而电影就做不到这种呈现。

王:电影只会把农展会作为一个背景,而不是平等地共同呈现。

卢:对,学界将"农展会"场景(书中还有几处类似场景)命名为"多声部",其实并不准确,准确的说法应该是"多声部复调"。多声部音乐又可以细分为"多声部主调"与"多声部复调"。

邱:对,它不一样。

卢:"农展会"场景中发奖那条线,起到了乐谱上的休止符的功能:罗道耳弗和爱玛的调情,然后开始发奖,休止了一下;然后又是罗道耳弗和爱玛的调情,又被发奖打断,休止……

邱:所以你用多声部也好,复调也好,都不太恰当,因为多声部和复调都是同时进行的。但是你看农展会这部分,比如说颁了一个肥料奖,然后罗道耳弗说:"其实我去看你……"接着发了另一个奖,接下来又是爱玛的一句什么话……它是在时间的序列中渐次呈现的,而不是那种同时性的复调。

王:这就像拼接一样。

卢:如果准确地形容"农展会"场景,就是"布满休止符的多声部复调"。

邱:对,这恰恰是小说写作,它作为一种时间艺术,比空间艺术优越的地方。读这一部分,真可以说是阅读的高峰体验啊！

王：当然了，我们可以说福楼拜没有在封闭的通道上前行，他展示了一些异样的风景，有抒情和反讽两条线并立。但这种字里行间辛勤劳苦的痕迹，有时让我读得很累，刻意啊！我小时候读过一本书——现在我不知道那书靠不靠谱，里面讲福楼拜如何形容优秀的写作：写小说应该像一个女人化妆一样，她可以化一个下午，但是最终给你呈现出来的样子就像是没有化过一样。这是最高境界。但是我觉得很遗憾，福楼拜没有做到这一点。

邱：的确是这样。比如查理和爱玛的那场婚礼，一开始是关于村庄的景物描写，我一下子就感到好累，不是说我阅读有多累，而是替福楼拜感到累。其实每当进入一个比较大的场景、一个较为复杂事件的叙述时，我脑子里都会想，福楼拜又要受苦了。

卢：是啊，《包法利夫人》中有太多余味无穷的场景了。比如查理去给爱玛的父亲看病时，查理与爱玛互有了好感，爱玛要送查理离开，两个人不再言语，"风兜住爱玛，吹乱后颈新生的短发，或者吹起臀上围裙的带子，仿佛小旗卷来卷去"。一个"卷来卷去"，看似写衣物的飘动，实则在写两个互有好感的男女的紧张心情，包括后边的"天气不冷不热，爱玛在伞底下微笑，他们听见水点一滴又一滴打着紧绷绷的伞端"。"紧绷绷的伞端"，是心情紧绷。你可以想象，福楼拜要下多大功夫才能写出这样的段落。

邱：关于福楼拜流传甚广的一个说法，就是他追求的是一种客观而无动于衷的艺术，但我们在他的小说里看到这么多的刻意。包括小说里的这些人物，无疑他同情最多的是爱玛，而像勒乐这些人，就相当脸谱化，甚至可以说是塑造得非常失败。也就是说，福楼拜的这种选择，包括他的比喻的使用，介入痕迹都非常明显。

王：就是这个问题。

邱：布斯在《小说修辞学》里专门探讨过这个问题。因为在福楼拜以后，大家好像认为小说应该是多显示，少讲述，就是所谓评论性的讲述。但布斯的分析向我们证明了一件事情，即在福楼拜式的显示中，介入一样不少，甚至更多，机关太多了。

卢：我再举一个非常戏剧化的场景，就是爱玛去药剂师郝麦的家中，发现郝麦正在骂小伙计玉斯旦，因为玉斯旦从蓝色的砒霜瓶子旁边取了一个盘子，我们就明白爱玛后来可能要喝砒霜而死。

邱：因为什么呢？因为那个事情之前刚好是爱玛到卢昂去见了赖昂回来，然后马上就安排这个细节，实际上就是预示她将来服毒自杀的这个命运嘛，用意太过明显了。

卢：我记得纳博科夫的《尼古拉·果戈理》一书中有一个非常著名的说法："果戈理的小说里挂在半空中的枪后面不会开火。"如果评价《包法利夫人》，我们可以把纳博科夫的话改成："架子上摆着的蓝色瓶子里的砒霜一定会被喝下。"

王：确实机心太重，没能像一个女人打扮之后却看不出打扮痕迹一样。

卢：群哥，你见过这样的女人没有啊？

王：嘿嘿，在座的朋友中可能有吧。这让我想起我们谈过

159

的木心，木心有一点我非常欣赏，他提醒我们要对一个东西保持谨慎：文笔过于光滑、精致而导致的平庸。

邱：有人专门分析过他的意象，那些马呀、阴影呀、雾呀……

卢：我统计了一下大概有一百多处。

邱：贯穿始终。

卢：雾有十几处。那他为什么使用雾啊？

邱：这个其实比较好解读，每一次雾的出现都跟爱玛的心境，或者说跟她可能会遭遇的命运有关。也就是说他的景物描写肯定都是有意图的，本来用得不过分的话也没有关系，但问题是他的机关太多。比如讲爱玛一家从道特搬到永镇，临走前把她结婚的那个橘花球扔到火里烧为灰烬，那明显就是一个机关嘛，对不对？

卢：对，还有像查理与爱玛搬到永镇去的途中，爱玛的猎犬丢失了，这预示着后面肯定会有不幸的事情发生。《包法利夫人》里这种草蛇灰线式的情节设置，纳博科夫在《文学讲稿》中称为预告法或呼应法，确实让人觉得有点太过人工了。

王：很多小说家的写作都有这种太硬的痕迹，索尔·贝娄就非常刻意。像《雨王亨德森》，讲一个有钱人想过一种本真的生活，开头就是他在书房里翻书，找一句读过的话，书页里面夹着很多钱，纷纷散落出来，但那句话没找到。这个细节太刻意也太笨拙了：我要不停地寻找啊，完全不顾金钱的诱惑。

邱：还有一部典型的小说，就是戈尔丁的《蝇王》，其实写得很糟糕嘛。他就是生怕你看不懂，不断地告诉你他这么写有什么用意。

王：我想福楼拜毕竟没有索尔·贝娄那么晚近，在他的时代，这种刻意是不是可以谅解？因为读者可能普遍就是爱玛和郝麦这样的人，鉴赏水平不高，有时候提醒一下也是必要的。

邱：这个说法可能要存疑。因为福楼拜并不认为他需要谅解，他会说艺术就该是这个样子的。其实我们想想，我们现在为什么会觉得这样一种艺术太过刻意，可能是因为我们接受了纳博科夫式的艺术观，否则的话你会觉得，哎呀，写得真是太牛了。安排得如此巧妙，你会击节称赞，而不是谅解。

卢：爱玛与赖昂在教堂相见时，爱玛为何不停地心不在焉地看教堂里的风景呢？福楼拜恐怕读者看不懂，还点出了这样设置情节的原因——爱玛想抓住看圣像等机会挽留住她的贞洁。

邱：而且我们这样苛责他，可能还有一个原因，而不只是因为纳博科夫式的艺术观，这就是要求福楼拜的描写要符合日常现实，其实这个要求也不一定合理。比如纳博科夫也指出来了：说这是一部现实主义小说太荒谬了。他还举例说，查理·包法利这个年轻健壮的丈夫从来没有发现半夜身边没有老婆了，她跟情人约会去了；罗道耳弗要跟爱玛约会的时候，经常抓一把沙子打到纱窗上，但是查理从来听不到；郝麦这样一个整天睁大眼睛看这看那的好事者，却从来没发现一丁点爱玛偷情的蛛丝马迹。

王：而且有一次，书记官毕耐甚至都看到了爱玛大早上的从罗道耳弗家的方向回来。

邱：纳博科夫还讲到玉斯旦，晕血，胆子那么小的一个孩子，半夜会跑到爱玛的坟头去哭，那怎么可能嘛！但是纳博科夫话头一转:"小说自有它的现实",他说这就是童话嘛,我们不要把小说之外的所谓现实拿来苛责小说。

卢:其实还有查理,他最开始认识爱玛时温柔体贴,二人也有话说,但当二人结婚之后,查理行医回家倒头便睡,很少与爱玛交流,婚前婚后的查理简直是判若两人。

邱:对,前后形象并不统一,其实是福楼拜的介入在起作用。

卢:是啊。据说《包法利夫人》出版时,编辑认为其中的"婚礼"与"农展会"两个场景完全是冗笔,应该删掉。今天,"农展会"场景绝非冗笔已是共识,"婚礼"场景的妙处何在则少有人谈。我初读小说第一部分第四章的"婚礼"场景时,也觉得不可理解。因为小说在正式描写"婚礼"场景前的第三章结尾处已经概述了一句"婚礼举行了,来了四十三位客人,酒席用了十六小时,第二天又开始,拖拖拉拉,一连吃了几天"。我还以为婚礼已经写完了,没想到接下来的第四章会长篇累牍地讲大家如何喧闹地吃喝,杯盘狼藉。几页的"婚礼"场景后,便是对婚后的现实生活的叙述。读完整部小说我忽然明白了,原来福楼拜是故意先把婚礼的过程简化成一句话呈现给读者——"婚礼举行了,来了四十三位客人,酒席用了十六小时,第二天又开始,拖拖拉拉,一连吃了几天",这是一种站在婚礼已经结束的未来时间点上回看"婚礼"场景的视角(就像一个长镜头一样),让读者看到了婚礼的真相。

邱:甚至你可以讲,这个地方有一个隐在的视角,就是爱玛的视角,是吧?她想象中的浪漫爱情竟是如此一派繁华的苍凉。

卢：对，繁华的苍凉。然后紧接着繁华的苍凉过渡到第五章的婚后现实生活，一下就来了个突转，讲到了查理"买了一本医学词典，词典都没有裁开，但第一次出卖，几经转手，装订早已损坏"。从繁华而苍凉的婚礼，一下子就过渡到婚后平庸的日常生活，二者之间的对比极具张力，这样看"婚礼"场景的设置确实巧妙。再有，爱玛甚至幻想她的婚礼上"点火炬，半夜成亲"等，十分像我们今天很多女生设想自己的婚礼上新郎会给她带来什么惊喜。福楼拜近乎冷酷地告诉我们——婚礼的过程就是准备了多少天，来了多少个客人，吃吃喝喝了多久，什么惊喜繁华都只是幻象，而婚后的平庸日常生活才是真相。

王：我有个疑问，邱老师，你刚才说纳博科夫的发现，比如查理夜里从没察觉身边老婆不在了——我觉得从小说逻辑上讲，这是一个问题。尽管小说家是魔术师，他创造的世界未必直接与现实对应，可以出现妖魔鬼怪，格里戈早上起来可以变成虫子，但是，小说应该符合生活的逻辑。我们读卡夫卡的《变形记》为什么不会觉得有异样感呢？因为它符合生活的逻辑。再如读《西游记》，我们不觉得有违常理，是因为……

邱：当然有违常理。《变形记》就完全有违常理，一个人一大早起来发现自己变成了一只甲虫，你相信这事儿吗？然后还要想办法把被子拉过来盖住自己那个滑溜溜的肚子，这太荒谬了。

王：是，现实生活中人不会变成甲壳虫，但像《西游记》，作为小说，妖怪行事符合人的情感逻辑，孙悟空要是一棒把唐僧打死，就不符合情感逻辑。

邱：如果是讲情感逻辑，那福楼拜和卡夫卡都是没有问题的。福楼拜想把包法利夫人推到前台，所以要塑造一个比较脸谱化的、精神上平庸无能的丈夫形象，这就是他的情感逻辑。而就《变形记》来说，同样如此。打开门一看，格里戈的父母很失望、很愤怒：怎么回事？我的儿子怎么变成了一只甲虫？你觉得这个符合生活逻辑吗？它一点也不符合，但是从情感逻辑来讲就没有问题。所以纳博科夫那个说法，我还是比较认同。然后我们现在整体性地看待这部小说，这样一个艺术的造物，如此精巧的造物，在整个小说史上基本上很难找到另一部可与它媲美的作品。从我们现在拥有的艺术观来看，当然可以指出它的一些我们不予认可的方面，但实在地讲，如果一个人想要成为小说家，如果他做不到福楼拜的这个功夫，即便他想要写其他风格的小说，其实都是比较困难的，至少不能对他寄予太高的期望。所以说福楼拜这里就是一个门槛，但这个门槛太高，只有极少数的小说家才翻得过去。

王：对，就像毕加索说自己 15 岁就画得和拉斐尔一样好，只是他不那样画。

邱：对呀，所以他可以随心所欲地变。下一次我们不是要讲马尔克斯的《百年孤独》吗，你让马尔克斯来写一部福楼拜这样的小说，看看情况如何。因为他很不服气嘛：你们都说我只能写这些神神道道的东西，我就给你们写一部《霍乱时期的爱情》。但你拿《霍乱时期的爱情》跟《包法利夫人》比一比，其艺术质地恐怕要甘拜下风很多很多。

王：确实，这就是质地。

卢：的确，是福楼拜让小说从戏剧性的轨道中走了出来，让人物相遇在一种日常的氛围之中，米兰·昆德拉称之为"本体论上的发现"，在这个意义上，《包法利夫人》作为西方现代小说的起点的确名副其实。

邱：而且还有一点，就像我们这个讨论已经表明的那样，福楼拜并非只是一个"为艺术而艺术"的小说家，比如他的爱玛形象，实际上是对三角欲望这种现代欲望模式的进一步探索，而他在另一部小说《情感教育》里塑造的毛漏形象，实际上是对个人在社会历史中逐渐疏离化、原子化这一过程的书写，所以在某种意义上，他写的也是一种史诗，只不过较为隐晦罢了。这其实是很值得当今中国的作家学习的。

原载《艺术手册》2016年第2期，有改动

听-看之恋

天气一冷,爱玛就离开原来的卧房,住到楼下厅房:一间长屋,天花板低低的,壁炉镜子前面,有一盆多枝珊瑚。她坐在窗边扶手椅里,看镇上的人从人行道走过。

赖昂每天两趟,从事务所走到金狮。爱玛远远听见他来,斜过身子听脚步响;年轻人老是那么一身衣裳,在窗帘外,头也不回,溜了过去。傍晚,开了头的彩绣,她丢在膝盖上,左手支起下巴,正在出神,看见这个影子突然溜开,常常心里一紧。她站起来,吩咐开饭。[①]

这是《包法利夫人》第二部第四章开头的两段。

我们在福楼拜的《文学书简》中,常会读到他向友人吐槽自己以一种"宗教式的虔诚"来写《包法利夫人》时所遭逢的诸种艰蹇:"一星期只写了两页""四天写了五页""这一个星期写了三页""有时脑子空空如也,词句不来,涂鸦半天,竟

[①] 《福楼拜文集·包法利夫人》,李健吾译,北京:人民文学出版社,2014年,第85页。本书的《包法利夫人》中译文均自此书,为行文简洁计,不再一一注明。

没写成一句"……还有那个虽甚难稽考，却料应如是的段子——"我一上午只写了一个标点，但晚饭后又将它删掉了。"

一

我不知道上面这两段文字，福楼拜究竟写了多久。当然我也不想知道，因为我毫无热情去养成与文学本身关系并不大的考据癖，我只想谈谈这两段看似淡淡的文字到底好不好。我们先看看在这两段文字之前，爱玛与赖昂之间曾发生过什么：

第二部第二章，爱玛告别"道特"（3月）来到"永镇"后，还未进入新家就在"金狮客店"的厨房"壁炉"前偶遇了年轻的文书赖昂，诸位请记住这个重要的物件——壁炉。一番闲聊后，二人颇有相惜恨晚之感。

第三章，"第二天，她（爱玛）一下床，就望见文书（赖昂）在广场。她穿的是梳妆衣。他仰起头，向她致敬。她赶快点了点头，关上窗户"。请注意，爱玛起床后，看见的是赖昂的职业身份"文书"，因为此时二人的关系还不够亲密。再有，倾心相谈的第二天一早，赖昂就出现在爱玛的视线范围之内，是有意还是无心呢？

接下来，爱玛生了一个女儿。在众人七嘴八舌的取名建议声中，爱玛给女儿取名为"白尔特"，只因前年10月的渥毕萨尔舞会（第一部第八章）上，侯爵夫人曾喊一个年轻女人为白尔特。自此，白尔特这个可以唤起爱玛对渥毕萨尔舞会之高峰体验式记忆的名字，就如影随形般提醒着爱玛她也曾有过与子爵共舞的高光时刻，这个提醒一直持续了八九年之久，一直到爱玛死。

　　我们只有记牢白尔特名字的来历，才可理解爱玛为何会常对亲生女有薄情之举。比如在第二部第六章中，爱玛从教堂失望而归后迁怒于向自己摇摇晃晃走来的小白尔特——爱玛拿胳膊将白尔特搡倒在地，小白尔特的脸都划破流血了。因为爱玛一见白尔特，这个名字就如一声棒喝般将她惊醒：原来她只有向自己吐奶的白尔特和喊自己妈妈的白尔特。也就是说，白尔特随时都在让爱玛不情愿地确证自己的身份真是包法利夫人。真可谓一名惊醒梦中人！你看，福楼拜让爱玛给女儿取名为白尔特看似合情合理，却又残酷至极。再如，第二部第六章中赖昂与爱玛告别时说："我想亲亲白尔特……再会，好孩子！再会，小宝贝，再会。"无疑，赖昂是想亲亲爱玛并跟爱玛说"再会，小宝贝，再会"，而身为包法利夫人的爱玛只能眼巴巴地看着赖昂亲自己的替身白尔特。总之，渥毕萨尔舞会的白尔特对爱玛来说是一个永不复焉的梦，她怀恨，她不甘！

　　因此，福楼拜会让爱玛在服毒临终前，"握住白尔特的小手吻；她挣扎不肯"。短短的一句可谓意味深长，表面上看，是爱玛服毒的惨状让白尔特怕，但其深层含义却是：爱玛平时太忽视白尔特，故亲子关系不亲（以亲吻写不亲）；将死的爱玛可能对白尔特开始有了一种发自母亲本能的愧疚感；爱玛这一吻既是向女儿白尔特道别，更是在向白尔特这个名字所象征的且折磨自己致死的渥毕萨尔生活梦告别。但关键之处在于，白尔特这个象征渥毕萨尔生活梦的风月宝鉴，源自爱玛自己的命名——她天生位低却不自弃，她甘愿正照风月鉴。一句看似简单的"握住白尔特的小手吻；她挣扎不肯"竟暗藏着这么多层次,这不就是后来海明威在《午后之死》中所说的"冰山原则"吗?如果一位散文作家"对于他想写的东西心里有数,那么他可以省略他所知道的东西,读者呢,只要作者写的真实,会强烈地感觉到他所省略的地方,好像作者已经写出来似的。冰山在海里移动很是庄严宏伟,这是因为它只有八分之一露在水面上"①。你看,冰山原则一点都不新鲜,福楼拜早就玩儿过了。

这个名字意思是明亮之光的白尔特,也是爱玛好生活幻梦之灯的白尔特,被托给一个木匠的女人乳养了。夏季(法历6月20日—9月21日)的某一天,爱玛想去探看女儿。此时,爱玛已与赖昂相识了至少近四个月。体乏身倦的爱玛在路上偶遇赖昂后,便求他陪自己一起去,"一到黄昏,永镇传遍这事"。爱玛身处的人言环境好生凶险!

"去奶妈家的路,就像去公墓的路一样。""公墓"?二人漫步的情路上,怎会出现公墓?也太煞风景了吧?路上的景致描写,也并非如之前的浪漫爱情小说所惯写的那般风物闲美,而是对乡村景象的全面、如实地直呈——有杂花,也有猪粪、苍蝇和脏水。到达目的地后,赖昂在奶妈家屋里踱来踱去,看见爱玛"这位漂亮太太,穿一件南京布袍子,周围一片穷苦景象,他越看越觉得不伦不类"。包法利夫人都被他看得"脸红了",只泛泛写"脸红"还不足以将爱玛那难忍的尴尬肉身化,还需要一个细节让尴尬人更尴尬——白尔特吐奶吐到了爱玛的

---

① 董衡巽编选:《海明威谈创作》,北京:生活·读书·新知三联书店,1985年,第3—4页。

领子上。白尔特的这口奶吐得自然,吐得恰到好处,一下就吐得爱玛的"包法利夫人"身份突兀了。尴尬人偏逢尴尬事,妙!

福楼拜让身处热恋情绪之中的赖昂看见了不伦不类的真实日常,而"一领子奶"则将爱玛的希望之灯浇灭了。如此地冷写热恋,此前的小说中有过吗?没有!你看,吐奶的白尔特非但没能让爱玛的生活明亮起来,反倒让她确证了自己真是一个有夫之妇,一个该脸红的"包法利夫人"。

总之,浪漫的杂花与肮脏的真实日常的并置,是一种对日常生活之存在经验的整全性呈现。作家米兰·昆德拉说福楼拜使"小说从戏剧性的轨道中走了出来",让"人物相遇在一种日常的环境气氛中",这是一种"本体论上的发现"——"发现现在时刻的结构,发现我们的生活建立于其上的平凡性与戏剧性的永恒的共存"。[①] 故,英国艺术史家克拉克会说:"没有一本书像《包法利夫人》那样充斥着外在世界的所有内容,也就是资产阶级的世界的所有内容。"[②]

二

探看结束后的返途中,"砖缝长着桂竹香,有些花开败了,包法利夫人从旁走过,阳伞撑开,伞边一碰,就有黄粉撒了下

[①] 〔捷克〕米兰·昆德拉:《被背叛的遗嘱》,余中先译,上海:上海译文出版社,2003年,第135—136页。

[②] 〔英〕T. J. 克拉克:《告别观念:现代主义历史中的若干片段》(下),徐建等译,南京:江苏凤凰美术出版社,2019年,第476页。

来；要不然就是，有时，金银花和铁线莲的枝子，伸出窗外，和流苏绞在一起，在绸面上拖一阵"，"每逢他们竭力搜寻无关紧要的话题，两个人就全感到一种相同的懒散心情，好像灵魂还有一种深沉、持久的呢喃，驾乎声音的呢喃之上"。

爱玛跟赖昂在一起时，心中竟生起了比她婚前的某日送查理下台阶时还要强烈的动心感。婚前的某日，"天气不冷不热，她在伞底下微笑；他们（爱玛与查理）听见水点，一滴又一滴，打着紧绷绷的闪缎"（第一部第二章）。无疑，福楼拜有意将爱玛跟赖昂在一起的这个动心时刻与她嫁给查理前的那个动情瞬间进行对照：此刻的"阳伞"碰落"桂竹香的黄花粉"vs. 婚前的"阳伞"上滴落有"房顶的化雪水"；此刻的"绞流苏"和"拖绸面"vs. 婚前紧绷绷的"闪缎"。哪种感情更浪漫，更绞拖人心，还用明言吗？

而说到此刻的"阳伞"和"桂竹香"，还不应忘了婚后的某日，爱玛又独自徘徊到曾去过多次的巴恩镇荒野，她在那儿看到了"桂竹香"，然后坐在草地上拿"阳伞尖尖头轻轻刨土，向自己重复道：'我的上帝！我为什么结婚？'她问自己，她有没有办法，在其他巧合的机会，邂逅另外一个男子"（第一部第七章）。爱玛断没想到近两年后的一天，她会在"桂竹香"和"阳伞"的作伴下与"另外一个男子"穷文书赖昂散步。这把婚前接化雪水滴的阳伞、这把婚后轻刨土的阳伞和这把此刻正碰落桂竹香黄花粉的阳伞，是一把亲历爱玛的命运微积分之难题阳伞。此即脂批本《红楼梦》中所大赞的"草蛇灰线，伏脉千里"之手法的妙用。

然后，爱玛与赖昂踩过"烂泥绿石桩"。爱玛的动作好像一个人在"独舞"——"身子摇摆,胳膊伸在半空,胸脯朝前,眼睛游移不定,生怕掉进水坑,她笑了起来"。爱玛竟然"笑了起来"!这一笑可不得了,因为爱玛上次笑已是近两年前(中译本第40页之前)她参加渥毕萨尔舞会的事了。爱玛与查理于前年春天(4月左右)结婚,如一潭死水般的婚后生活使爱玛盼望在10月举行的渥毕萨尔舞会能是一个把自己死水般的婚后生活搅翻腾的狂澜。在渥毕萨尔舞会上,爱玛与一个陌生男子跳二人舞时,"她有一点心跳,随着乐队的节奏,左右摇曳,脚向前滑,颈项微微摆动",听小提琴演奏到妙处,她的"嘴唇露出微笑"。无疑,又是一个"草蛇灰线,伏脉千里":福楼拜在将"烂泥绿石桩上的独舞——高声笑了起来"与近两年前"侯爵客厅里的二人舞——嘴唇露出微笑"进行对照。哪种舞哪种笑,爱玛感觉更好?要知道爱玛在婚前送查理下台阶的那个动情瞬间,也只是"在伞下微笑"。若说爱玛的婚后生活如笼罩着一团黑雾,而渥毕萨尔舞会上爱玛"嘴唇露出微笑"只是黑雾中透出的些许亮光,那么此刻,随着被压抑了近两年的笑声之高响,一个追光灯突然亮起并照在爱玛的身上。

"笑了起来"的包法利夫人,"走到自己花园前面,推开小栅栏门,跑上台阶,就闪进去了"。近两年后的笑、走、推、跑和闪这五个动作,便写出了爱玛对赖昂的爱意之浓。二人各回各处后,赖昂一心想见爱玛,但爱玛的丈夫"查理似乎并不特别欢迎他;赖昂也不知道怎样才好,一面唯恐自己冒昧,一面却又希图亲近,然而说到亲近,照他的估计,几乎就没有指望"。

夏季的那次散步后，福楼拜没提爱玛是如何地想见赖昂，而是一下就让时间由夏入秋，冷了下来，此即"说时快，那时慢"叙述法。

三

天气一冷，爱玛就离开原来的卧房，住到楼下厅房：一间长屋，天花板低低的，壁炉镜子前面，有一盆多枝珊瑚。她坐在窗边扶手椅里，看镇上的人从人行道走过。

赖昂每天两趟，从事务所走到金狮。爱玛远远听见他来，斜过身子听脚步响；年轻人老是那么一身衣裳，在窗帘外，头也不回，溜了过去。傍晚，开了头的彩绣，她丢在膝盖上，左手支起下巴，正在出神，看见这个影子突然溜开，常常心里一紧。她站起来，吩咐开饭。

"天气一冷，爱玛就离开原来的卧房，住到楼下厅房"，也就是说，爱玛从"二楼的卧房"搬到了"楼下厅房"住。爱玛搬下楼住的原因初看很客观，是因为由夏入秋时的"天气一冷"。但读下去，我们才明白爱玛搬到"楼下厅房"住的主因，绝不是因为什么"天气一冷"，而是因她在家中感到心冷。爱玛若是住在二楼，就不能近听到赖昂的脚步声，更不能方便且自然地看见赖昂的身影了。爱玛总不能在二楼开着窗子，整天往外看，是不是？要记住，此时的爱玛不是个荡妇，她只是有点精神出轨而已。一句话，爱玛如果不住在楼下，就少了听一看赖昂的机会，因此她必须借"天气一冷"的良机搬下楼来住。

如果金圣叹读到此处，定会眉批道：好个"天气一冷"，吃紧、吃紧！

楼下的厅房是"一间长屋，天花板低低的，壁炉镜子前面，有一盆多枝珊瑚"。初看就是一句纯客观的环境白描，但其实它是爱玛的体感空间的真确呈现。因为此刻爱玛的心思和目光，既不在厅房的室内也不在楼上，而是全投向了室外，所以她的空间感是水平轴长而纵轴短。"一间长屋，天花板低低的"，低得让她感觉压抑，低得让她想呐喊，低得让她想逃离。

接下来，福楼拜以看似不经意的文字说"壁炉镜子前面，有一盆多枝珊瑚"，为何要加入一个"壁炉"呢？仅是因为天冷吗？非也！大家还记得第二部第二章的开头吗？爱玛与赖昂初逢时，包法利夫人"一进厨房，就走到壁炉跟前……火光照亮整个身子。……门开了一半，风吹进来，一大片红颜色罩住她的身子。一个金黄头发青年（赖昂），在壁炉另一边，不言不语地望她"。然后，爱玛和赖昂谈到了彼此是如何的爱"大海"，爱玛说：

> 汪洋一片，无边无涯，您不觉得精神更能自由翱翔？凝望大海，灵魂得以升华，不也引起对无限和理想的憧憬？

初次相见，是赖昂在壁炉旁"默默望"爱玛，现在则是爱玛在壁炉前"脉脉看"赖昂。并且，"壁炉镜子前面"还摆着他们二人自认为初次谈话就有相惜恨晚之感的证物——一盆能象征"大海"的"多枝珊瑚"。换言之,为"壁炉"和"珊瑚"之光所照亮的爱玛,仍沉浸在与赖昂初次"偶遇"的回忆之中——对于情人来说,绝没有什么偶遇,一切偶遇都是命定的有缘和必然。你看,又是"草蛇灰线,伏脉千里"!

"她坐在窗边扶手椅里,看镇上的人从人行道走过。""扶手椅"被有意放在了窗边——一个可以任意看路人而又不易被路人察觉的位置。这样,在"坐在窗边扶手椅里"的爱玛两边,一边是供她回味与赖昂的美好初逢的物证——壁炉和珊瑚,另一边则是让她心心念念着听-看的赖昂——"每天两趟"走过的赖昂。我们甚至可以说,在这一边,爱玛不是在"看镇上的人从人行道走过",而是在看渥毕萨尔舞会上让她随着音乐转啊转的子爵的替代品赖昂;爱玛的另一边则是真正的大海的替代品——"一盆多枝珊瑚",爱玛看到:

赖昂每天两趟,从事务所走到金狮。爱玛远远听见他来,斜过身子听脚步响;年轻人老是那么一身衣裳,在窗帘外,头也不回,溜了过去。

福楼拜故意将爱玛家安置在事务所与金狮客店之间,以便能让爱玛从过尽千人皆不是的行人中看出"每天两趟"经过自家窗外的赖昂。"每天两趟",是爱玛看了多少天才得出的精确结果?看了多少天,不清楚,福楼拜没说,也不用具体说,反正爱玛自从在赖昂陪同下探看完女儿回家后,突然就"天气一冷",突然就开始了一天天的痴看。一天天的痴看是如此的真切,以至于在看见赖昂前,"爱玛远远听见他来,斜过身子听

听—看之恋

175

脚步响"。爱玛都能从往来行人的脚步声中，听出"这一个"赖昂的"脚步声"了。一个人要用情到什么程度，方能练就此等真功夫呢？爱玛"远远听见他来"还不够，还要"斜过身子听脚步响"，因为这是与赖昂有关的声音，是步步都让爱玛怦然心动的妙音：

爱玛远远听见他来，斜过身子听脚步响；年轻人老是那么一身衣裳，在窗帘外，头也不回，溜了过去。

福楼拜用一个分号①，先将爱玛正"斜着身子"紧张谛听的姿态给定住，而后让她看见"年轻人老是那么一身衣裳，在窗帘外，头也不回，溜了过去"。"年轻人老是那么一身衣裳"。"老是"？又是爱玛一天天痴看得出的结论。"老是那么一身衣裳"，是穷文书赖昂之着装的真实写照。"老是那么一身衣裳"对爱玛来说，既无所谓又有所谓。说无所谓，是因为爱玛好像全不在乎穷少年赖昂是否有鲜衣怒马，因为青春加上真心便是这个穷少年最好的华服；而说有所谓，是因为我们从"老是"一词中还是可以看出爱玛的遗憾——"每天两趟"的赖昂，要是能身着子爵的华服该多好！

赖昂是有每日都见有夫之妇包法利夫人的心，但他没这个胆。因此，他想回头却不敢，而爱玛也想赖昂回头看自己，但他就是"头也不回"，羞怯地"溜了过去"。如果赖昂心中没爱

---

① 关于小说中的分号之使用效果，参见〔美〕纳博科夫：《文学讲稿》，申慧辉等译，上海：上海译文出版社，2018年，第192页。

玛,那他"溜"什么?而如果爱玛心中没赖昂,又怎会看到他的影子是那么快的一"溜"却不敢喊他?一个"溜"字,便写尽了二人的心事。

爱玛每日介就这样痴痴地看着,直看到"傍晚":

> 傍晚,开了头的彩绣,她丢在膝盖上,左手支起下巴,正在出神,看见这个影子突然溜开,常常心里一紧。她站起来,吩咐开饭。

爱玛看到了日晚倦彩绣,她"左手支起下巴"开始"出神"。因爱玛是"坐在窗边的扶手椅里,看镇上的人从人行道走过",故我们可以从她"左手支起下巴"推测出窗子应在爱玛的"右侧"。爱玛向右侧的窗外翘首以看,可看得都累了而赖昂却还未出现。此处,要对比第一部第六章中在修道院里的爱玛"巴不得自己也住在一所古老庄园,如同那些腰身细长的女庄主一样,整天在三叶形穹窿底下,胳膊肘支着石头,手托住下巴,遥望一位白羽骑士,胯下一匹黑马,从田野远处疾驰而来"。你看,爱玛那在"三叶形穹窿底下""手托住下巴"遥望白羽骑士的少女梦,竟沦为今日在"天花板低低的"厅房中脉脉地看穷文书赖昂。此即骨感的现实真相,一叹!

爱玛"左手支起下巴"开始出神,可当她"正在出神,看见这个影子突然溜开"。近指代词"这个",让我们看到赖昂虽离爱玛是如此的近,但爱玛竟没像第一段那样听到他的脚步声。可见为情所困的爱玛的落魄失魂之深,亦可见赖昂因想离爱玛更近些而蹑足来到窗外的脚步声之轻。

请注意，爱玛是"常常心里一紧"，也就是说爱玛常常出神，而赖昂也常常蹑足从窗外经过，但不管怎么常常出神和怎么常常蹑足经过，爱玛仍是"常常心里一紧"。一个"常常"，福楼拜便让我们亲见了什么叫无药可救地爱上了。

　　"心里一紧"使爱玛颤抖了一下，让她从"出神"中醒来，让她认识到自己的身份不是一个可以自由恋爱的单身女性爱玛，而是有夫之妇包法利夫人。于是，她顺势"站起来"，以主妇"包法利夫人"的口吻"吩咐开饭"，来掩饰自己的"心里一紧"，来告别今天这场让她落魄失魂的"听－看之恋"。① 但明天呢？明天，这场"听－看之恋"仍会将她和赖昂卷入而后再重演一番啊。

　　哎，"明天，明天，又是一个明天"，在明天来临前，让我们再回味一番这两段纯以淡处见腴的文字：

　　　　天气一冷，爱玛就离开原来的卧房，住到楼下厅房：一间长屋，天花板低低的，壁炉镜子前面，有一盆多枝珊瑚。她坐在窗边扶手椅里，看镇上的人从人行道走过。

　　　　赖昂每天两趟，从事务所走到金狮。爱玛远远听见他来，斜过身子听脚步响；年轻人老是那么一身衣裳，在窗帘外，头也不回，溜了过去。傍晚，开了头的彩绣，她丢在膝盖上，左手支起下巴，正在出神，看见这个影子突然溜开，常常心里一紧。她站起来，吩咐开饭。

---

① 李健吾先生上面这两段中译文真是精彩，一个"低低的"、一个"溜"和一个"一紧"，便将一段动人的"听－看之恋"敞现在读者面前。

就是这两个在第二部第四章中因爱情而羞赧的赖昂和爱玛，在第三部第六章中的谈话却"越来越和爱情无关"了。哎，爱情，多少世间缘都曾假汝之名善始却无善终！无疑，《包法利夫人》写出了比童话故事的标配结尾——"从此，王子和公主幸福地生活在一起"更可能的真实日常生活。福楼拜故意在爱玛与赖昂别后暂时按下赖昂不表，转而写"老司机"罗道耳弗如何将爱玛带成一个"老司机"。三年后，"常和轻浮子弟厮混，畏怯之心早已不知去向"的"老司机"赖昂与"老司机"爱玛相遇了，此时的爱玛：

脱起衣服来毫无羞耻感，一下就把束腰的丝带揪掉，细长的带子像一条花蛇似的丝丝响，从她的光屁股上溜下来。她踮着脚丫子走到门边。再看看门是不是关好，然后把身上的衣服脱得精光；她脸色发白，也不说话，神情紧张，一下就倒在他的胸脯上，浑身上下不住地打哆嗦。

小说第二部中爱玛与赖昂的精神之恋有多动人，第三部中二人的肉欲之火就有多灼人。

福楼拜曾教导弟子莫泊桑道："某一现象，只能用一种方式来表达，只能用一个名词来概括，只能用一个形容词表明其特性，只能用一个动词使它生动起来，作家的职责就是以超人的努力寻求这惟一的名词、形容词和动词。"[①]

[①] 《福楼拜文集》（卷一），北京：人民文学出版社，2014年，总序，第7页。

西谚有云,"细节之中有神在",只看这两段"听-看之恋",我便相信福楼拜绝对是个言传身教的大神级的好师父!

农展会前奏曲

任何读过或没读过《包法利夫人》的人，想必都知道该书中有个著名的"农展会"场景。福楼拜在致友人的信中曾说"农展会一节烦死人了"，他"绞尽脑汁"才写出为好友布耶所大赞的"全书中最美的一景"。恕我直言，在我那不大不小的阅读世界中，能将撩妹写得让人过目难忘的只有两个：

一是故事虽脱胎于《水浒》却又妙于《水浒》的《金瓶梅》（新刻绣像批评版）中的第三、第四回，西门庆坦陈自己"潘驴邓小闲"五件事俱全后，王婆为他定下"十件挨光计"。十件挨光计宛如一个十面埋伏阵将潘金莲诱入其中，步步依计而行后，"王婆看着西门庆道：'好手段么？'西门庆道：'端的亏了干娘，真好手段！'"[①]

其二便是《包法利夫人》第二部第八章中，无人襄助的老司机罗道耳弗在农展会上独自相机行事，引诱包法利夫人入其怀中。无疑，与西门庆相比罗道耳弗得手的难度系数更高，因

[①] 《新刻绣像批评〈金瓶梅〉》（会校本·重订版），香港：生活·读书·新知三联书店，2009年，第58页。

他既无王婆这种老江湖出谋划策打掩护,也不是在私人场合出手。有人或许会问,罗道耳弗的自信到底源自何处呢?爱玛怎会这么容易上钩?

一

我们先勾勒一下在农展会之前的罗道耳弗与爱玛都曾经历了什么。因为如果在农展会之前福楼拜铺陈得不到位,那农展会上爱玛经过一番撩谈后便答应了罗道耳弗,就不是合乎艺术逻辑的好写作。

第一部第五章,婚后的爱玛因生活中并未出现她理想中的爱情而大失所望——冷现实。

第一部第六章,插写爱玛在修道院中经由杂乱阅读所形成的爱情观——过去的热梦。

第一部第七章,爱玛死水无澜的婚后生活和对渥毕萨尔舞会的期待——冷现实与未来的小热梦。

第一部第八章,渥毕萨尔舞会上爱玛与子爵共舞的高光时刻,回家的路上捡到绿绸雪茄盒以及回家后对舞会的回忆成了爱玛的重要生活内容——第一次由高热突降到大冷。

第一部第九章,如《追忆似水年华》中的小玛德莱娜点心一般的绿绸雪茄盒勾爱玛追忆渥毕萨尔舞会,与巴黎相关的地图和杂志所造出的比重温渥毕萨尔舞会梦更大的巴黎生活梦,"可厌的日常生活"让爱玛的"灵魂深处,一直期待意外发生",以及爱玛离开道特前亲手焚掉婚礼橘花断余情,却发现自己怀孕了——过去的热梦与冷现实。

第二部第一章,"没什么可看的"永镇的物与人——爱玛才出道特龙潭,又入永镇虎穴——冷现实。

第二部第二章,在热闹的金狮客店,爱玛与穷文书赖昂倾心相谈,以及爱玛进入冰冷的新家——第二次由高热突降到大冷。

第二部第三章,生下女儿白尔特,以及跟赖昂探看女儿的路上"笑了起来"——由冷入热,再到留白未写的别后大冷。

第二部第四章,"天气一冷"后的"听-看之恋",以及爱玛与赖昂之间互赠礼物——由大冷入热。

第二部第五章,畏惧和羞耻于出轨的爱玛与赖昂之间互不道破的尴尬,让爱玛心生"种种怨恨","她巴不得查理打她一顿,她好抓住理由恨他、报复他"——冷。此章中说,"家庭生活的平庸使她向往奢华;夫妇之间的恩爱使她缅想奸淫",一句话戳中世间多少已婚人?

第二部第六章,去教堂求救于"灵魂的医生"布尔尼贤堂长的失败,和远去巴黎(爱玛的热梦焦点城市)的赖昂冷别——"毫无结果的爱情"——由冷到心如死灰式的超大冷。

第二部第七章中,在心如死灰式的超大冷中回忆赖昂成了爱玛"愁闷的中心"。此时,有备而来的风月老手罗道耳弗出现了,爱玛她不沦陷才怪。

二

当然,本章中的风月老手罗道耳弗只是试探、拨弄爱玛心中的死灰,下一章的"农展会"场景中,福楼拜才会将冷热交替了十二章之久的爱玛牌情人梦火炬在精心设计的点火仪式中

农展会前奏曲

183

首次点燃。我们先看看在爱玛牌情人梦火炬被正式点燃前的点火倒计时中，作者是如何紧锣密鼓地做准备的。在小说的第二部第七章中，赖昂远去巴黎后，整日愁闷的爱玛倚在家中二楼的窗户旁，首次见到了罗道耳弗：

> 瞧着乱哄哄的乡下佬解闷，却见一位绅士，穿一件绿绒大衣，戴一副黄手套，而又套着一双厚皮护腿，——一直走向医生住宅，后面跟着一个庄稼汉，耷拉着头，若有所思的模样。

爱玛在乱哄哄的"乡下佬"中瞧出了一个"绅士"，而这个"绅士"身后又跟着一个"庄稼汉"。妙！爱玛可谓身位低凡却又心比天高，连药剂师郝麦都曾私下称赞她"做县长夫人也不过分"，那她怎瞧得起"乡下佬"呢？明明瞧不起"乱哄哄的乡下佬"却还要瞧着他们来"解闷"，赖昂走后爱玛的愁闷有多难熬，只此一句便立见。我认为这句淡淡的"瞧着乱哄哄的乡下佬解闷"，要远比之前"回忆赖昂成了她愁闷的中心；回忆的火星噼啪作响，比旅客在俄罗斯大草原雪地上留下的火堆还闪烁不定"中的那个明喻更好。写作不能直陈情态而总是借用比喻，不管比喻多好也是退而求其次的不得已之举，因为它总让人觉得隔了一层。

爱玛"瞧着乱哄哄的乡下佬解闷"，让人想起《红楼梦》第五回中秦可卿"便吩咐小丫鬟们，好生在廊檐下，看着猫儿狗儿打架"。福楼拜与曹雪芹确实都是以闲笔写紧要的高手。罗道耳弗在乱哄哄的"乡下佬"背景中出场，想不亮爱玛的眼都不行，更何况他"穿一件绿绒大衣，戴一副黄手套"。最高明度的黄晃动在大面积的中明度绿上，再加上他还带着一个"耷拉着头"的"庄稼汉"，此即烘云托月法。再有，在爱玛的视野中，乡巴佬和庄稼汉的穿戴全都被虚化略去了，而罗道耳弗的穿戴则是三次移动聚焦式的呈现——由"绿绒大衣"到"黄手套"再到"厚皮护腿"，爱玛的心事如何，还需明言吗？

总之，罗道耳弗在对的时间（爱玛正空虚愁闷难熬）和对的地点（乡下佬和庄稼汉为其烘托）出现在了爱玛的眼中。小说第二部第四章中的爱玛"听－看"穷文书赖昂，升级成了本章中她的"瞧见"富绅士罗道耳弗。由穷文书到富绅士看似有了转机，但离爱玛在修道院中的少女梦——在"三叶形穹窿"底下"手托住下巴"遥望"一位白羽骑士，胯下一匹黑马，从田野远处疾驰而来"还差得远呢。爱玛瞧见罗道耳弗的这个场景之写作方式，让人想起《金瓶梅》第二回中潘金莲与西门庆的首次相遇：

> 自古没巧不成话，姻缘合当凑着。（此前撩武松不得的潘金莲）正手里拿着叉竿放帘子，忽被一阵风将叉竿刮倒，妇人手擎不牢，不端不正却打在那人头上。……把眼看那人……头上戴着缨子帽儿，金玲珑簪儿，金井玉栏杆圈儿；长腰才，身穿绿罗褶儿，脚下细结底陈桥鞋儿，清水布袜儿。①

---

① 《新刻绣像批评〈金瓶梅〉》（会校本·重订版），香港：生活·读书·新知三联书店，2009 年，第 35 页。

一个是欢喜赖昂却不得的爱玛在二楼瞧见绅士罗道耳弗,另一个则是撩武松不得的潘金莲在二楼把眼看西门大官人。好巧!倒真应了那句"自古没巧不成话,姻缘合当凑着"!不过,如果说西门庆出现在潘金莲眼中是偶然,那罗道耳弗让爱玛瞧见就绝非偶然那么简单了,这点我们后面再谈。

罗道耳弗带着用人进入爱玛家后通报道,"于歇特的罗道耳弗·布朗热先生要见他",接着叙述者说:

> 新来的人并非为了夸耀他有土地,才拿于歇特放在姓名前头,不过是让人知道他是谁罢了。于歇特确实是永镇附近的产业,他新近买下庄园,有两块庄田,亲自耕种,可是并不过分经心。他过的是独身生活,据说一年起码有一万五千法郎收入!

"于歇特确实是永镇附近的产业,他新近买下庄园,有两块庄田,亲自耕种,可是并不过分经心。他过的是独身生活,据说一年起码有一万五千法郎收入!"请注意,这段话当为爱玛在"放血事件"后用心打听的结果,它起的作用就是《金瓶梅》中的王婆对潘金莲所说的那句话:"这位官人,便是本县里一个财主,知县相公也和他来往,叫做西门大官人。"好个西门大官人,更好个罗道耳弗大官人!罗道耳弗大官人有钱、有闲,还"过的是独身生活",并且更重要的一点是对于耕种庄田他"并不过分经心",因为如果罗道耳弗"过分经心"耕种庄田,那他就是一个不能入爱玛之眼的土财主了。

罗道耳弗说明来意后,便是爱玛的丈夫查理为罗道耳弗的用人放血。福楼拜有意详写了爱玛弯腰放下"盛放血的脸盆"时的动作,"爱玛弯腰,伸开胳膊,有一点摇晃,膨起的衣裙有些地方随着身体的曲线陷下去了"。谁在紧张的放血手术中,还有心从爱玛"膨起的衣裙"下看出她"身体的曲线"呢?是谁的情欲之眼在看爱玛?对,就是罗道耳弗,因为当时在场的其他人都没这份闲心。请注意,《包法利夫人》中的非对话叙述常常会适时地暗暗转换叙述视角,绝不是标榜纯客观的"零度写作"。那我们为何还说它体现了福楼拜的"客观而又无动于衷"的写作原则呢?那是拿《包法利夫人》跟它之前以及跟它同时的其他小说相比得出的一个结论。

三

让我们再回到这段描写,为何此处的措辞是看爱玛,而不是看包法利夫人呢?因为罗道耳弗看到的是女人爱玛,而非有夫之妇包法利夫人。请注意,福楼拜在小说中何时称女主人公为爱玛,何时又称她为包法利夫人,都是经过深思熟虑的。比如,罗道耳弗与查理夫妇告别时说:

"有机会认识你们,我很高兴。"
说这句话的时候,他望着爱玛。

包法利夫人之悲剧的主因就是爱玛成了包法利夫人(Madame Bovary)。福楼拜在致函考而努夫人时曾说:"我根据 Bouvaret 这个姓,虚构出 Bovary 这个姓。""Bovary"的意思有"牛"——很合查理的性格，而"Emma"的意思则是"无所不能的"。你看，"无所不能的"Emma 偏偏嫁给一头木讷牛——一朵鲜花真插在了牛身上！包法利夫人就是牛夫人！Emma Bovary（爱玛·包法利）的结合，效果就像是"牛嫦娥"。这不就是《大话西游》中铁扇公主对至尊宝所说的——明明是一个小甜甜，可偏偏成了牛夫人吗？Emma Bovary，妙绝！"老司机"罗道耳弗深知包法利这个姓意味着什么，因此他在农展会的六个星期后再次见到爱玛时曾说：

"包法利太太！……哎！人人这样称呼您！……其实，这不是您的姓；这是别人的姓！"

他重复一遍：

"别人的姓！"

罗道耳弗的话其实是想表明这个态度：包法利不只是"别人的姓"，还是一个根本就配不上你的姓，爱马仕才配得上你爱玛！

接下来叙述人说 34 岁的罗道耳弗·布朗热先生"性情粗暴，思路敏捷，而且常和妇女往来，是一位风月老手"。说罗道耳弗"思路敏捷"，是为他在下一章的"农展会"场景颁奖时能见招拆招地转换话题撩爱玛伏脉，而此处为何说他"性情粗暴"呢？还记得小说第一部第八章中，福楼拜是如何描写渥毕萨尔舞会上那些让爱玛心驰的男贵族们的吗？他们的"情欲天天得到满足，所以他们的视线，有一种漠然和恬适的神情。他们举止虽然温文尔雅，却隐隐透出一种特殊的粗暴气息，借此控制那些易于驾驭的事物"。你看,"粗暴气息"非但不是罗道耳弗的缺点,还是一种让爱玛超迷恋的贵族范儿。

自此,罗道耳弗能挨光的本钱就全部亮明了——他不仅跟西门庆一样"潘驴邓小闲"五件事俱全,而且还是单身。这就能让罗道耳弗确信自己能把爱玛"弄到手"吗?当然不止如此,因为罗道耳弗在"立即考虑进行的策略"时想,"她那双眼睛就像钻子一样,一直旋进你的心。还有脸色发白……我就爱脸色发白的女子!"这段内心独白,就是上文所说罗道耳弗与查理夫妇告别时"他望着爱玛"的所见:

"有机会认识你们,我很高兴。"
说这句话的时候,他望着爱玛。

你看,福楼拜生怕读者滑过这一"望",还特意另起了一行。罗道耳弗"望着爱玛",他望见了爱玛的眼睛像是在放电勾他。须知,福楼拜曾在查理初见爱玛时着重写过爱玛的眼睛,来为此处的"望着"伏脉——她的"眼睛朝你望来,毫无顾忌,有一种天真无邪的胆大神情"(第一部第二章)。你看,眼中满是"胆大神情"的爱玛,此时竟被罗道耳弗望得"脸色发白"了,这就既写出罗道耳弗的眼神杀伤力之强,也写出爱玛的心中确有杂念。福楼拜故意将罗道耳弗"望着爱玛"时爱玛的回应和反应延后到了罗道耳弗的心理活动中来写,真妙!如果换成其他小说家大抵会这样写:

说这句话的时候,他望着爱玛。爱玛的那双眼睛就像钻子一样，一直旋进罗道耳弗的心；罗道耳弗都看得爱玛的脸色发白了。

哪种写法更得"文似看山不喜平"之三昧，还用说吗？

四

我们再看看福楼拜是如何写罗道耳弗离开的：

过了一刻，他走到河对岸（他回于歇特的小路）；爱玛望见他在草原白杨底下行走，仿佛一个人想心事，走着走着，就走慢了。

看到没？罗道耳弗离开之后，爱玛就上了二楼从窗户往外望他。如果说初次是"无心瞧见"，那现在则是"有心望着"，并且爱玛望了"一刻"之后，才能"望见他在草原白杨底下行走"。"草原白杨底下"有多远？很远！还记得小说第二部第二章的结尾处吗？爱玛初进永镇的新家时，从二楼的窗户向外望去，"她影影绰绰，望见树梢，再往远去，还望见一半没在雾里的草原"——爱玛到永镇新家的第二天曾从二楼的窗户望见过向她致敬的赖昂，现在则是一心望着罗道耳弗离开。一叹！

你看，风月老手罗道耳弗有多厉害！只一次见面，就能让爱玛上楼去望他那么久，那么远。如果时机成熟了，她不就范才怪！爱玛望见罗道耳弗"在草原白杨底下行走，仿佛一个人想心事，走着走着，就走慢了"。仅罗道耳弗一人在"想心事"

吗？非也！是二人都在想心事，罗道耳弗在想如何能"脱掉她的衣服"，而爱玛则肯定是在想罗道耳弗大官人能否成为自己的情人，其本质上也是在想"脱掉他的衣服"，此即为不写之写。

总之，正是"眼神"和"脸色发白"让五件事俱全的罗道耳弗自信能把爱玛"弄到手"，显然初次相见后身为风月老手的罗道耳弗肯定会做足功课——究竟怎样才能投爱玛之所好。别后的罗道耳弗私底下如何做功课，福楼拜在本章中全略去不讲，他直接让罗道耳弗在农展会上展示自己做功课的效果，这点我们讲农展会那一章时再谈。

我这里只想提醒大家注意的一点是：福楼拜在爱玛瞧见罗道耳弗之前的几段中，曾写过一句"爱玛虽说作风轻狂（永镇的太太们这样说她），却不显得快活"，然后二人就相遇了，相遇完作者还插入了一句"罗道耳弗·布朗热先生……常和妇女往来，是一位风月老手"。看出来没，福楼拜其实是在暗示，"常和妇女往来"且身为"风月老手"的罗道耳弗，此前应已听永镇的太太们说过镇上有一个"作风轻狂，却不快活"的爱玛。因此，罗道耳弗这次到查理家名义上虽是带着用人前来放血，其实是来为自己的猎艳计划能否得手做一次田野调查。不然，穿戴让爱玛眼亮的罗道耳弗首次登门时就不会对小学徒玉斯旦说："请告诉他，于歇特的罗道耳弗·布朗热先生要见他。"罗道耳弗是在有意亮明自己非同一般的身份，而接着叙述者所说"新来的人并非为了夸耀他有土地，才拿于歇特放在姓名前头，不过是让人知道他是谁罢了"，则是福楼拜担心读者看不出此点的欲盖弥彰之笔——罗道耳弗"拿于歇特放在姓

名前头"就是有意"夸耀他有土地"。再有，一说起小学徒玉斯旦的晕血和"包法利夫人从来没有昏厥过"，罗道耳弗就插话道：①

"女人能不昏厥，的确了不起！其实，有些男人就很脆弱。有一回决斗，我见到一位证人，听见手枪装子弹，就失去了知觉。"

短短三句话，罗道耳弗既讨好了爱玛，还有意提到了自己曾参加过决斗。决斗，可是一种能将爱玛此前的阅读经验和浪漫想象通盘唤起的行为。此外，初见查理的罗道耳弗解释道："他的用人想放放血，因为他觉得'浑身痒痒'。"到底是谁"浑身痒痒"？福楼拜其实是在暗示"浑身痒痒"的根本就不是罗道耳弗的用人，而是罗道耳弗他自己！"浑身痒痒"，一语双关，大妙！这绝非捕风捉影式的乱谈，因为带用人来查理家放血能止罗道耳弗之痒在本章结尾处作者就点明了——下定了决心的罗道耳弗想：

"问题只在寻找机会。好啦！我偶尔拜访两趟，送他们几只野味、几只家禽；必要的话，我去放放血。"

---

① 本章中福楼拜写小学徒玉斯旦的胆小晕血用意有二：其一，先是引来药剂师郝麦的现身，而后郝麦骂他还不回药店去"看好瓶子"，而瓶子中就有在第三部第二章中重点写的"装砒霜的蓝玻璃瓶"（玉斯旦和爱玛都在场），在接下来的第三部第八章中自觉走投无路的爱玛就是当着玉斯旦吞下了"蓝玻璃瓶中的砒霜"；其二，本章中玉斯旦的晕血，显得有多胆小多滑稽，到第三部第十章结尾处，玉斯旦在爱玛下葬的当天晚上敢独自一人跪在爱玛的坟头前哭得上气不接下气，就显得有多胆大多崇高。

综上，还能说罗道耳弗不是有备而来吗？罗道耳弗借为用人放血之名前来侦查，得出的结论是——能下手：

> "我想，他（查理）一定很蠢。不用说，她讨厌他。指甲长，三天不刮胡子。他在外头跑来跑去看病人，她在家里补袜子。她一定闷居无聊！……来上三句情话，我拿稳了她会膜拜你！"

罗道耳弗的这个结论，真如同西门庆听王婆说潘金莲的丈夫是"三寸丁谷树皮的武大郎"后所说的那句话——"好一块羊肉，怎生落在狗口里！"虽然这个结论中的有些话是罗道耳弗的推论——"我想，他一定很蠢。不用说，她讨厌他。……他在外头跑来跑去看病人，她在家里补袜子。她一定闷居无聊！"但"指甲长，三天不刮胡子"则显然是他亲眼所见的事实。查理与爱玛结婚后的这种"不讲究"，跟他婚前的"很讲究"大不相同。比如，查理去卢欧老爹家见婚前的爱玛时，会"穿上新背心"，下马后"在草地擦干净脚，进去之前，戴上黑手套"（第一部第二章），而他自己一人在家时都会"理他的络腮胡须，照照镜子，觉得脸好看多了"（第一部第三章）；而婚前的爱玛"指甲的白净使查理惊讶，亮晶晶的，尖头细细的，剪成杏仁样式，比第厄普的象牙还洁净"（第一部第二章）。好般配的洁净！无疑，一直都洁净如故的爱玛，肯定不接受查理在婚后竟然"指甲长，三天不刮胡子"——他不再为爱玛用心收拾自己了。也就是说，爱玛嫌弃查理，查理也负有不可推脱的责任，如果说是爱玛婚后变心了，那也有查理变脏了的原因。

　　总之，在农展会上爱玛牌情人梦火炬被正式点燃前，福楼拜不仅冷热交替地折磨了爱玛十二章之久，而且在第二部第七章的点火倒计时中还让罗道耳弗与爱玛互撩了多半章。因此，农展会上罗道耳弗的得手其实一点都不突兀，端看你能否看得出在农展会之前作者所铺陈的诸种弯弯绕。你看，福楼拜多有耐心！后来他的弟子莫泊桑不是说过一句名言吗，"天才不过是持久的耐心！"

　　小说写到这里，真可谓干柴烈火，只欠东风：

　　"这有名的展览会确实到了！"

　　东风也确实该到了！

聊撩-农展会交响曲

《包法利夫人》的"农展会"场景（第二部第八章）译成中文不过二十页左右，却耗掉了福楼拜长达三个月。他曾坦言这是最让自己感到"棘手"的一章，当然也肯定是世界文学史上最著名的场景描写之一。福楼拜说自己不仅要在本章中写出人物"在行动和对话中相互交往，发生各种联系"，还要写出"这些人物活动于其中的大环境"，[①] 他自信这一章将会是"全新的"——"交响乐的效果若能见诸一本书，那就在此中"。[②]

我们知道，纳博科夫在其著名的《文学讲稿》一书中，曾准确地称这章中的颁奖会场景使用了"多声部配合法"。我这里只想谈谈纳老头没讲到的地方——这首《聊撩-农展会交响曲》的各个声部在平行行进时，究竟又如何完成了交错的和声？为了尽量少破坏该场景的"交响曲的效果"，本次细读将采用评点而非文章论述的方式。当然，如果你想直观感受本章的"交响曲的效果"，最好的方式就是现场听人分角色朗读。

[①]〔美〕纳博科夫：《文学讲稿》，申慧辉等译，上海：上海译文出版社，2018年，第174页。

[②]《福楼拜文学书简》，丁世中译，北京：北京燕山出版社，2012年，第25页。

每年的本科外国文学课堂上，我都会被学生们的分角色朗读所触动，这种感觉就像听同一首交响曲的不同演奏版本所灌录的唱片一样，让人每每都有新惊喜。

可能有人会问，既然你说直观感受本章的交响曲的效果的最好方式是现场听人分角色朗读，那你为何还要细读它呢？我这里用一句大家在思政课上都曾学过的话做解释——"只有理解了的东西才更深刻地感觉它"①。

言归正传，就像音乐厅中的一首交响曲在正式演奏前观众一一入座的同时，弦乐器组、木管乐器组、铜管乐器组和打击乐器组这四组乐器的乐手会上台就位然后开始调音一样，"指挥大师"福楼拜在这首《聊撩－农展会交响曲》的正式开演前，也同样先让参与本次演出的人和物有条不紊地一一亮相。既然福楼拜说本章有"交响曲的效果"，那我们就依照交响乐队的构成将本章中的在场人员大体分下组。当然，对我这个分组的准确性以及下文中标注小说的语言节奏时所使用的一些如"柔板""行板"和"快板"等音乐术语，你不能太较真，因为这首《聊撩－农展会交响曲》虽有"交响曲的效果"，但它的构成元素毕竟是文字而非音符。

指挥：居斯塔夫·福楼拜。

观众：无名的男男女女，有名的获奖人和小学徒玉斯旦等。

木管乐器组：如音色"幽默滑稽"的大管等乐器；比西的国民自卫队和永镇的消防队，女店家勒弗朗索瓦、药剂师郝麦

---

① 《毛泽东选集》（第一卷），北京：人民出版社，1991年，第286页。

和商人勒乐和猪、马、牛、羊。

弦乐器组：罗道耳弗（大提琴）和包法利夫人（小提琴）。

打击乐器组：掘墓人赖斯地布杜瓦，搬出的教堂"椅子"等物。

铜管乐器组：如表现"节庆和凯旋"气氛的小号等乐器；评判委员会主席德罗兹赖先生、镇长杜法赦先生和州行政委员廖万等政客们。

第二部第八章的大幕一拉开，但见在场的人们忙着各就各位，而指挥大师居斯塔夫·福楼拜在登台前，则先令罗道耳弗挽着包法利夫人在人群中穿梭"搭话"来"校准音高"。

一切就绪，演出开始。

一

罗道耳弗这时陪伴包法利夫人，走上镇公所二楼，来到会议厅，看见没有一个人，就讲：他们在这里瞭望，尽兴多了，国王半身像底下有一张椭圆桌子，他到旁边搬了三张凳子，放到一个窗口跟前，然后他们挨挨挤挤，并肩坐下。

【罗道耳弗这时陪伴包法利夫人】

上楼时"罗道耳弗"须在"包法利夫人"前，二人名字的先后次序绝不能颠倒，因老司机罗道耳弗是本次勾引行动的主导者。且，罗道耳弗陪伴着"包法利夫人"，而非陪伴着"爱玛"，突出罗道耳弗在光天化日之下勾引的是"有夫之妇"。罗道耳弗不脱去"包法利夫人"这一"夫人"社会身份服，焉能得脱"爱玛的衣服"？须知,"脱服"与"反脱服"乃本交响曲之主导动机也！

前章中爱玛在自家"二楼"上首次瞧见罗道耳弗，此处她在镇公所"二楼"上被罗道耳弗撩，妙。

楼下草地上开"空话连篇的政治颁奖大会"，楼上"会议厅"则开"假话不断的以爱之名的调情小会"，"空话"套"假话"，亦妙。

假不假，农展会上撩爱玛！

【看见没有一个人，就讲：他们在这里瞭望，尽兴多了】

须知，"看见没有一个人"是真，"在这里瞭望"颁奖大会是假，二人能"尽兴多了"倒是真。更须知，罗道耳弗此前带爱玛上楼的借口，应是"上二楼瞭望，更能尽兴"等类似语；而爱玛明知楼上无人而有鬼，却也从之上楼。求撩得撩，又何怨？得其所哉，得其所哉！一句话，竟能真假虚实，波折如此，为之叹绝！

【国王半身像底下有一张椭圆桌子】

楼上二人在"国王半身像"旁"调情"，楼下的演讲开篇即向"万民爱戴的国王"表忠心。一私一公，不同场合，面对同一"国王"，人之表现大不同。哪个是真？还是都在演？

【他到旁边搬了三张凳子，放到一个窗口跟前，然后他们挨挨挤挤，并肩坐下】

罗道耳弗故意搬了"三张凳子"（trois tabourets），而非"两张凳子"——进可攻（挨挨挤挤地并肩坐），退可守（如爱玛不愿挨挨挤挤地并肩坐，那就中间空一个凳子）。罗道耳弗，果真是高手！结果恰如他所愿——明明是"三张凳子"，二人却"挨挨挤挤,并肩坐下"了。初战告捷,好戏开始。

"三张凳子",四字说不尽妙!

主席台上起了一阵骚动:长久耳语和交换意见。最后还是州行政委员先生站起。大家现在晓得他姓廖万,群众一个传一个,说起他的名姓。于是他掏出几张纸,凑近眼睛细看了看,这才开口道:

【主席台上起了一阵骚动:长久耳语和交换意见】

镇公所二楼的会议厅里,罗道耳弗和爱玛也在"骚动",也在"长久耳语和交换意见"。一明写,一隐写,好!

【于是他掏出几张纸,凑近眼睛细看了看,这才开口道】

须知,廖万的演讲词是熟记于心后将其"演出",而下文罗道耳弗的撩人语则是见招拆招地相机"造出",虽一易一难,二人却都是假戏真做的高手。

诸位先生:

首先请允许我,在没有和你们谈起今天的盛会之前;——我相信,你们全有这种感情,我说,首先请允许我赞扬一下最高当局、政府、国君,诸位先生,赞扬一下我们的主上、万民爱戴的国王。大家知道,事关繁荣,不问公私,圣上一律关怀,即使怒海狂涛,危险百出,圣上也坚定审慎,稳步行车,何况圣上谋求和平,重视战争、工业、商业、农业与艺术。

用长长的空话套话向"万民爱戴的国王"表忠心有多可

笑，那罗道耳弗在"国王半身像"旁用假情话向爱玛表忠心就有多可笑。

【怒海狂涛，危险百出，圣上也坚定审慎，稳步行车】

"怒海狂涛"，周克希本译为"风急浪高的大海"——爱玛超爱的"大海"现身了。"危险百出，圣上也坚定审慎，稳步行车"。偷情也会"危险百出"，也需要"坚定审慎，稳步行车"。

第一主声部：政治/空话——廖万的演讲；大捷的小号等乐器，"庄严的行板"（Andante maestoso）。①

罗道耳弗道：

"我该退后一点坐。"

爱玛道：

"为什么？"

一个"为什么？"便知当局者爱玛竟痴迷如此，竟天真如此，一叹！

"包法利夫人"成了"爱玛"，吃紧、吃紧！

第二主声部：爱情/假话——罗道耳弗与爱玛；大提琴与小提琴，"忧郁的柔板"（Adagio mesto）。

不过州行政委员的声音分外高了，他朗诵道：

---

① 第一主声部和第二主声部，只是按照出场的时间顺序做出的区分，并不是按照重要与否进行的命名。

"诸位先生：兄弟阋于墙，血染公众广场的时期，已经一去不复返了；业主、商人、甚至工人，夜晚安眠，听见警钟齐鸣，忽然惊醒的时期，已经一去不复返了；邪说横行，擅敢颠覆社稷的时期，已经一去不复返了……"

"现在"的形势永远是一片大好，不是小好！无可奈何"血染"去，似曾相识"套话"来，一哭，一笑！流血的"大革命"时代已成"过去"，那"现在"多大程度上实现了"大革命的目标"？

已无"邪说横行"，一叹！

罗道耳弗接下去道：

"因为下面也许有人望见我；这样一来，我就要一连两星期道歉，像我这样的坏名声……"

爱玛道：

"哎呀！您成心糟蹋自己。"

"不，不，您听我讲，坏极了。"

【我该退后一点坐……因为下面也许有人望见我；这样一来，我就要一连两星期道歉，像我这样的坏名声】

须知，怕被人"望见"后"一连两星期道歉"是假，怕被人"望见"后自己就不能得手是真！罗道耳弗说自己有"坏名声"，是想试探爱玛到底怕不怕偷情一旦被发现，会落得一个"坏名声"——她究竟有没有偷情的胆儿？试探过关，罗道耳弗不在乎有"坏名声"，而爱玛也不怕落得"坏名声"，因她还在帮罗道耳弗辩护："哎呀！您成心糟蹋自己。"只此一句，写妇人着急情意如画。此即《撩经》所云：夫人必自怜，然后人怜之也。

州行政委员继续道：

"可是，诸位先生，放下这些暗无天日的画面不去回想，转过眼睛，浏览一下我们美丽祖国的现状，我又看见了什么？处处商业繁荣，艺术发达，处处兴修新的道路，仿佛国家添了许多新的动脉，构成新的联系；我们伟大的工业中心又活跃起来；宗教得到巩固，法光普照；我们的码头堆满货物，信心再起，法兰西终于得到了新生……"

第一主声部与第二主声部开始交错。

【放下这些暗无天日的画面不去回想，转过眼睛，浏览一下我们美丽祖国的现状……信心再起，法兰西终于得到了新生……】

爱玛，你也要和演讲的听众一样，不要再去回想你之前的"小我"的种种不幸了，"转过眼睛，浏览一下我们美丽祖国的现状"吧。

爱玛，你要"信心再起"，因为"法兰西终于得到了新生"，你也会"得到新生"……

罗道耳弗又道：

"其实，就社会观点看来，他们也许有道理。"

【其实，就社会观点看来，他们也许有道理】

罗道耳弗为何会出此语？因他看出，易被华丽崇高的修辞所打动的爱玛竟被一些演讲词打动了——一个人要认识到，在"大我"的进步洪流中"小我"的不幸根本就微不足道。你看，政治讲话的那套修辞不管局外人看来是多么的假大空，但局内的听众却仍会被其打动、催眠。以上罗道耳弗所看出的，虽全未明写，但读者却可知，妙！

罗道耳弗一看勾引计划要泡汤，便立即顺势接过话头说"就社会观点看来，他们也许有道理"，然后将"大我"的一片光明，转换回到"小我"的深深不幸。

她道：

"什么道理？"

他道：

"怎么！难道您不知道，有人无时无刻不在苦恼？他们一时需要梦想，一时需要行动，一时需要最纯洁的热情，一时需要最疯狂的欢乐，人就这样来来去去，过着形形色色荒唐、怪诞的生活。"

他这段言不由衷的假话，说的却是一个真问题——"社会"进步，"个人"就一定会幸福吗？这是一个为现代艺术和现代思想所关注的核心问题。因此一问题是每一现代人都或将面对的大问题，故主语换成了一般性代词"她（道）"和"他（道）"。

听此交响曲，须听出"假"中有"真"，"真"中亦有

"假",此即《红楼梦》所云"假作真时真亦假"。

　　于是她看着他,就像一个人打量一个到过奇土异域的旅客一样,接下去道:
　　"我们这些可怜的妇女,就连这种消遣也没有!"

【"我们这些可怜的妇女,就连这种消遣也没有!"】
一句话控尽"父权制与资本主义"之万恶!

"微不足道的消遣,因为人们在这里找不到幸福。"

【人们在这里找不到幸福】
　　"幸福",罗道耳弗祭出了一个终极反驳词——他用"幸福"大咒语,将爱玛从政治演讲的催眠修辞中叫醒了。
　　第一主声部和第二主声部交错,呈现出本交响曲的第一主题:"什么是幸福?"

　　她问道:
　　"可是人们找得到吗?"
　　他回答道:
　　"是的,会有一天遇到的。"
　　州行政委员道:
　　"你们明白这个。你们是农民和田野的工人;你们是真正为文化而工作的和平先驱!你们是进步和道德人士!我说,你们明白,政治风暴,比起大气紊乱,确实可怕得多……"

以上，州行政委员廖万继续用政治修辞术催眠大众：你们这些"群体"，才是努力推动历史进步的人。

下面，罗道耳弗也要对爱玛催眠："个体"只要努力寻找，终会找到"幸福"。

巴塔耶说："情人的世界与政治的世界同样'真实'。它甚至可以吞没整个存在，而政治做不到这一点。"思之思之。

罗道耳弗重复道：

"有一天，有一天赶巧万念俱灰，会忽然遇到的。于是云散天开，好像有一个声音在喊：'这就是！'您觉得需要向这个人诉说衷情，把一切给他，为他牺牲一切！用不着烦言解释，彼此就一见如故，似曾梦里相逢。（他看着她）总之，就在眼前，四处寻觅的珠宝就在眼前，光华灿烂，火星迸射。可是仍然怀疑，仍然不敢相信；眼花缭乱，好像走出黑暗，乍见亮光一样。"

【有一天，有一天赶巧万念俱灰，会忽然遇到的。于是云散天开，好像有一个声音在喊："这就是！"】

经十二章冷热交替之折磨的爱玛正"万念俱灰"时，罗道耳弗适时地抛出了一个好愿景。须知，这段让人感觉云里雾里的比喻式修辞刚好能动爱玛之心。

小说第一部第六章中曾说，爱玛"爱海只爱海的惊涛骇浪，爱青草仅仅爱青草遍生于废墟之间。她必须从事物得到某种好处；凡不能直接有助于她的感情发泄的，她就看成无用之物,弃之不顾,——正因为天性多感,远在艺术爱好之上,她寻找的是情绪,并非风景"。

又如小说的第二部第四章曾说,爱玛"以为爱情应当骤然来临,电光闪闪,雷声隆隆,仿佛九霄云外的狂飙,吹过人世,颠覆生命,席卷意志,如同席卷落叶一般,把心整个带往深渊"。

你看,罗道耳弗在农展会中的语言修辞术与上面这两段话的修辞何其相似乃尔!无疑,罗道耳弗与爱玛别后(前一章)私下真是做足了功课,真抓到了撩爱玛的肯綮,既然爱玛"寻找的是情绪",那就给足她"情绪"。

又,罗道耳弗说这些话时,还不忘"看着她",因他知道自己的目光对她有杀伤力——前一章罗道耳弗初见爱玛,就能将她望得"脸发白"。

又,且看本章中罗大官人的衣着,"他的衣着又随俗,又考究,显出不协调的情调,一般人看了,有的会受吸引,有的会感到愤慨,因为他们总觉得这种装束,表示生活离奇、感情纷乱、艺术的强大影响以及某种永远蔑视社会习俗的心理。……脚踝地方,露出一双南京布[①]靴子"。

罗道耳弗的这一身给人以"生活离奇、感情纷乱、艺术的强大影响以及某种永远蔑视社会习俗的心理"之四大观感的行头,刚好合爱玛的胃口,爱玛当然是"会受吸引"的那类人。

[①] "南京布"(nankeen,或nankin),一种淡黄色的中国棉布。18—19世纪,"南京布"是英法等西欧国家的上流社会追逐的时尚面料。除《包法利夫人》外,《匹克威克外传》《大卫·科波菲尔》《基度山伯爵》等作品中也曾多次提及"南京布"。

她要找一个情人，他又"感情纷乱"，恰好！

"永远蔑视社会习俗"，则为后文罗道耳弗大谈有"两种立身处世之道"伏脉。

再说一个小细节，此处的罗道耳弗"脚踝地方，露出一双南京布靴子"。前文第二部第三章中赖昂陪爱玛探看小白尔特时，赖昂看见爱玛"这位漂亮太太，穿一件南京布袍子，周围一片穷苦景象，他越看越觉得不伦不类"——黄颜色的"南京布"；第二部第七章，罗道耳弗看爱玛弯腰放下盛放血的脸盆时的"身体的曲线"，爱玛身穿的袍子也是"黄颜色"——福楼拜虽只写了颜色而未写明布料，但联系第二部第三章，此时爱玛身穿的袍子也应是黄颜色的"南京布"。

罗道耳弗初见爱玛时看见她爱穿黄颜色南京布袍子，农展会上自己便也穿上了当时的法国上流社会颇爱穿的南京布。仅是一个巧合吗？非也，她爱穿南京布，他就穿南京布。

你看，本章的罗大官人真可谓"从里到外"都合了爱玛的胃口，就是治她"情人病"的良药，此即《撩经》所云：知己知彼，百撩不爽。

罗大官人，真有备而来，真风月老手也！

第二主声部：爱情/假话——罗道耳弗与爱玛；由"忧郁的柔板"（Adagio mesto）加快为"稍快的小行板"（Andantino con moto），速度超过第一主声部的"庄严的行板"（Andante maestoso）。

罗道耳弗说到末了这几句话，添上手势。他拿一只手放在脸上，就像一个人晕眩一样，然后落下来搭在爱玛手上。她抽回她的手。可是州行政委员总在读着：

【罗道耳弗说到末了这几句话，添上手势……搭在爱玛手上】

参《金瓶梅》第四回，西门庆"故意把桌子一拂，拂落一只箸来。却也是姻缘凑着，那只箸儿刚落在金莲裙下……（西门庆）蹲下身去，且不拾箸，便去她绣花鞋头上只一捏"。

罗大官人顺势"搭手"，西门大官人则顺势"捏脚"，动手动脚，一笑！

不知二大官人若能相见，当浮几大白？一憾！

【她抽回她的手】

罗大官人"顺势握手"铩羽，西门大官人却"拾箸捏脚"功成。我为爱玛一笑，而为金莲一哭。卿虽非良人，但奈何做姘，奈何、奈何！

"诸位先生，有谁惊奇吗？也只有他们惊奇：就是那种瞎了眼的人、那种沉溺于（我怕我说不出口来）前一世纪的偏见，照旧否认农民是有头脑的人。说实话，寻找爱国精神、热心公众事业，一言以蔽之，智慧，除去田野，还有什么地方更多？诸位先生，我说的不是那种表面的智慧、那种闲汉的点缀。我说的是那种深刻、稳健的智慧，专心致志于追求那些有用之物；因而有助于个人福利、一般改善与支援国家，它是——尊重法律和克尽责任的收获……"

罗道耳弗道：

"啊！又是这个。总是责任，我听也听腻了。他们一堆穿法兰绒背心的老昏聩、一堆离不开脚炉和念珠的假虔婆,不住口在我们耳旁唠叨:'责任!责任!'哎!家伙!责任呀,责任是感受高贵事物、珍爱美丽事物,并非接受社会全部约束和硬加在我们身上的种种耻辱。"

为何罗道耳弗突然从大谈个体的"幸福"转而改口大谈"责任"?因他看出州行政委员上面那段讲话虽大抵是些让爱玛觉得无关痛痒的耳旁风,但末后那句"我说的是那种深刻、稳健的智慧,专心致志于追求那些有用之物;因而有助于个人福利、一般改善与支援国家,它是——尊重法律和克尽责任的收获……"竟将爱玛从自己的修辞催眠中叫醒了——一个人应做个有用的人,要追求"有用之物",尤其是要"尊重法律和克尽责任",让想偷情的爱玛面露难色。因"偷情"既不"尊重法律",也没"克尽妻子和母亲的责任"。

这绝非我在乱猜,下面"包法利夫人反驳道"可证我言之不谬。另,第二部第六章中,布尔尼贤堂长也曾向前来寻助的爱玛说"一个人处世应责任第一"。

无疑,"责任"是爱玛偷情之路的大拦路虎,罗道耳弗势必上阵杀之!

此处,福楼拜不直写爱玛听到廖万演讲词的反应,而让罗道耳弗改口大谈"责任"来侧写,此即为不写之写,真高手!罗道耳弗一看勾引大计又要落空,便立即重施故伎,他如刚才从"群体幸福"转谈"个体幸福"一样,转谈何谓真"责任"。

第一主声部和第二主声部交错,呈现出交响曲的第二主题:"什么是责任?""稍快的小行板"(Andantino con moto)。

包法利夫人反驳道：

"不过……不过……"

请注意，"爱玛"又成了"包法利夫人"——一个人应做个有用的人，要追求"有用之物"，尤其是要"尊重法律和克尽责任"，将其"夫人"社会身份服又重新穿上。

切记，听此交响曲，须听出其"脱服"之波折起伏。

"哎，不！凭什么反对热情？难道它不是世上惟一美丽的东西？难道它不是英勇、热忱、诗歌、音乐、艺术以及其他一切的根源？"

由反对"责任"，一转而到反对"热情"，岂非偷天换日的老手？罗道耳弗确是抓到了撩包法利夫人的肯綮——既然爱玛"寻找的是情绪"，那他就将能撩动她"情绪"的大词如连珠炮般一一打出——热情、美丽、英勇、热忱、诗歌、音乐、艺术。

"稍快的小行板"（Andantino con moto）。

爱玛道：

"可是也该听听世人的意见、遵守一般立身处世之道。"

罗道耳弗这招"大词连珠炮"果然奏效，"包法利夫人"又被催眠了——她脱"夫人"身份服而成了"爱玛"；但她还有一丝清醒,"可是也该听听世人的意见、遵守一般立身处世之道。"

"稍快的小行板"(Andantino con moto)。

他回答道:

"啊!立身处世之道有两种。一种是渺小的;众人公认的处世之道,因时而异,目光如豆,吵吵嚷嚷,低级庸俗,就像眼前这群蠢家伙一样。另一种是万古长存之道,在周围,也在上空,风景一般环绕我们,碧天一般照耀我们。"

罗道耳弗速将"立身处世之道"一分为二:一是楼下"这群蠢家伙"的立身处世之道,一是楼上"我们二人"的立身处世之道。且,他说"我们二人"的立身处世之道时,又是能唤诱爱玛"情绪"的极带感的修辞。

读完上文罗道耳弗这几次干净利落的遇虎杀虎、见招拆招,我们算知道了为何福楼拜要在前一章中伏脉——罗道耳弗"思路敏捷"。

又,罗道耳弗带包法利夫人到"镇公所二楼"的空间优势,于此处立见。二人在二楼,可"俯视"着楼下的"这群蠢家伙"而说"蔑视"他们的话。

会当凌楼上,一蔑众人小。自然!

罗道耳弗在"二楼"演戏,楼下的平地上也在演戏,此即"戏中戏"之妙用!

"稍快的小行板"(Andantino con moto)。

廖万先生方才掏出手绢擦过嘴，接下去道：

"诸位先生，农业的重要，还用得着我在这里向你们指出吗？请问，谁供应我们的需要？谁接济我们的生活？难道不是农民？诸位先生，农民拿一双勤劳的手，把种子撒在肥沃的田地里，种子长成麦子，麦子被精巧的机器磨成细末，以面粉的名称运到城市，没有多久，就进了面包房，制成食品，不分贫富，一概供应。为了我们有衣服穿，难道不又是农民养肥牧场众多的羊群？没有农民，我们穿什么，我们吃什么？诸位先生，我们有必要到老远的地方寻找例证吗？谁不常常想到那只羞怯的动物、我们家禽群里值得骄傲的珍品？它一方面长毛给我们做绵软的枕头，一方面有丰美的肉给我们吃，一方面还下蛋。地耕好了，出产种种物品，好比慈母心疼儿女，尽量供应，我要是一一枚举的话，就要不胜其举了。这边是葡萄藤；那边是苹果树；远望，是油菜；再往远望，是干酪；还有麻，诸位先生，千万不要忘记麻！近年以来，麻的产量增加了许多，我特别希望你们注意。"

罗道耳弗的带感修辞又将爱玛成功催眠了，催眠的效果福楼拜用三个大长段的不写之写式的留白交给读者去想。

廖万先生的这段长篇大谈"农业的重要"的空话，竟是些爱玛全不在乎的麦子、羊毛、麻和面包等琐碎的日常生活品，当然不能如前文的"幸福"和"责任"那些大词一般将她从罗道耳弗的催眠术中叫醒了。

此处应联系第二部第六章中爱玛与布尔尼贤的对话：

布尔尼贤堂长说："我就晓得有些可怜的母亲，身边一堆孩子，全是贤德妇女，您听我说，全是道地女圣人，连面包也没有。"

爱玛（说话之间，嘴角抽搐）接下去道：

"不过有些人，有些人，堂长先生，有面包，却没有……"

教士道：

"冬天没有火。"

"哎呀！有什么关系？"

又，前文布尔尼贤堂长说"可怜的母亲连面包也没有"，这里州行政委员廖万却说"就进了面包房，制成食品，不分贫富，一概供应"。以宗教之矛，攻政治之盾，一笑！

晋惠帝如见布尔尼贤堂长想必会道："无面包充饥，何不食肉糜？"

要之，农展会上的演讲词尽管都是些空话套话，但何时插入哪些内容以及采用何种修辞形式插入，都极为讲究，绝非纳博科夫在《文学讲稿》中所说的"福楼拜把报刊和政治演说中所有的陈词滥调都搜罗来了"那么草率。[1]

明此，便知短短二十页，他何以竟写了三个月。

张竹坡评《金瓶梅》时曾云："是作书者固难，而看书者为尤难，岂不信哉！"[2] 岂不信哉！

他不必希望；因为群众个个张大了嘴，好像要喝掉他的话

---

[1] 〔美〕纳博科夫：《文学讲稿》，申慧辉等译，上海：上海译文出版社，2018年，第176页。

[2] 侯忠义、王汝梅编：《〈金瓶梅〉资料汇编》（增订版），北京：北京大学出版社，1985年，第12页。

一样。杜法赦在他一旁，睁大了眼睛听；德罗兹赖先生，有时候，微微合上眼皮；再过去，药剂师两腿夹住他的儿子拿破仑，拿手张在耳边，一个字音不叫漏掉。别的评判委员表示赞同，慢慢悠悠，上下摇摆背心里的下巴。消防队员站在主席台下，靠住他们的刺刀；毕耐一丝不动，胳膊肘朝外，刀尖向上。他也许在听，不过他一定什么也看不见，由于他的盔檐太低，一直罩到鼻子。副队长是杜法赦先生的小儿子，盔檐低得出奇；因为他戴了一顶绝大的战盔，在头上晃来晃去，花布手绢垫在底下，有一头露出来了。他在战盔底下，笑嘻嘻的，一副小孩子的可爱模样，小白脸淌着汗，流露出一种欢愉、疲倦和睡眠的表情。

【群众个个张大了嘴，好像要喝掉他的话一样】

假大空的政治演讲之修辞术真成功，让人不得不叹服《乌合之众：大众心理研究》一书中的相关论述，悲哉！

福楼拜将叙述镜头由聚焦主要人物（演讲人、罗道耳弗和爱玛）推移到了次要人物身上。每个人听演讲的表情定要与其人设若合符契，自不待言。

【杜法赦在他一旁，睁大了眼睛听】

杜法赦乃永镇镇长，演讲开始前他对秃额头的州行政委员廖万大人"只是一味恭维"，"哈下腰，仿佛一张弓，也是笑盈盈的，结结巴巴"。此时，杜法赦镇长则坐在廖万大人"一旁，睁大了眼睛听"。杜镇长真老戏骨也！一句"在他一旁，睁大了眼睛听"，便让世间主席台上多少坐于头号人物一旁听训话之人，逼肖如见！法国大革命已过几十载，而法国官场的习气仍如此，一叹！

【德罗兹赖先生，有时候，微微合上眼皮】

"微微合上眼皮"，似对廖万的演讲有异议——后文他在演讲中会说。一"睁大了眼睛听"，一"微微合上眼皮"，世间主席台上的大人先生相，大抵如此，逼肖如见、逼肖如见！

【药剂师两腿夹住他的儿子拿破仑，拿手张在耳边，一个字音不叫漏掉】

"两腿夹住他的儿子拿破仑"，不可一世的老皇帝"拿破仑"，居然被此庸人用"两腿夹住"，楼上的罗道耳弗也正在现任皇帝路易－菲利浦的半身像旁调情，楼下人则在政治空话的催眠场中对现任皇帝路易－菲利浦或真或假地表忠心，三者均有自己的小算盘皇帝，妙！

药剂师郝麦"拿手张在耳边，一个字音不叫漏掉"——他随时都在解读政治讲话的微言大义，以便能迅速出手投机。郝药师的此项天赋与很多国人极善从政治新闻中领会出投资何种股票一般无二。故，小说尾处郝药师名就功成——"他新近得到十字勋章"。若你听不下去也听不明白此种讲话，那你就成不了郝药师，就应立断永与"十字勋章"的无缘之恨。此恨不关风与月，人生自是有情痴！

又，杜法赦镇长在主席台上"睁大了眼睛听"，而永镇消防队副队长则是其小儿子"小杜先生"。小杜先生的"盔檐低得出奇；因为他戴了一顶绝大的战盔，在头上晃来晃去，花布手绢垫在底下，有一头露出来了"。标准型号的战盔垫了"花布手绢垫"，还在"头上晃来晃去"，对小杜来说还是"一顶绝大的战盔"；"花布手绢"还有一头"露出来了"。

215

人小盔绝大，岂曰无鬼乎？小杜先生才多大就已是镇消防队副队长？永镇政府的任人唯亲之甚，福楼拜以一"绝大头盔"便立见！下文说小杜先生"一副小孩子的可爱模样，小白脸淌着汗，流露出一种欢愉、疲倦和睡眠的表情"。他就是未成年的小孩子，此"小孩子的可爱模样"真可爱乎，真可恨乎？如百年不遇的"农展会"大场合，小杜先生尚且是"疲倦和睡眠的表情"，那镇上一旦有火灾，他能做什么呢？

大杜真能容，小杜官不小，其父其子，岂有此理！

小杜先生那"晃来晃去"的"绝大的战盔"，晃得荒诞，晃得让人出戏，晃得让人笑后又会因不公而怒——以"笑"写"怒"，真神笔也。这个"晃来晃去"的"绝大的战盔"让人念起中堂吉诃德抢过理发师顶在头上遮雨的亮铜盆，戴在头上硬说是"曼布立诺的神头盔"(《堂吉诃德》第一部第二十一章)。同以"大头盔"写人，福翁全不惧塞翁，因他能于"笑"上又新造一"怒笑"，妙！

此段听演讲众人相，应与《红楼梦》第四十回中的"笑"对读，方能更见其妙：

"刘姥姥便站起身来，高声说道：'老刘，老刘，食量大如牛，吃个老母猪，不抬头。'说完，却鼓着腮帮子，两眼直视，一声不语。众人先还发怔，后来一想，上上下下都一齐哈哈大笑起来。湘云掌不住，一口茶都喷出来。黛玉笑岔了气，伏着桌子只叫'嗳哟'！宝玉滚到贾母怀里，贾母笑得搂着叫'心肝'。王夫人笑得用手指着凤姐儿，却说不出话来。薛姨妈也掌不住，口里的茶喷了探春一裙子。探春手里的茶碗都合在迎春身上。惜春离了坐位，拉着他奶母，叫'揉揉肠子'。地下的无一个不弯腰屈背,也有躲出去蹲着笑去的,也有忍着笑上来替他姊妹换衣裳的。独有凤姐鸳鸯二人掌着,还只管让刘姥姥。"①

第三声部:次要人物;大管等,"柔板"(Adagio)—"行板"(Andante)—"小行板"(Andantino)—"小快板"(Allegretto)。

广场两边的房屋都挤满了人。家家有人靠着窗户,有人站在门口。玉斯旦站在药房前面,似乎看愣了,动弹不得。虽说安静,廖万先生的声音照样听不清楚:群众中间,椅子出了响声,东一打岔,西一打岔,截断演说,只有一句半句传进耳朵;接着是背后,冷不防起了漫长一声牛鸣,或者是街角羊羔咩咩叫唤。说实话,放牛的和放羊的,一直把牲口赶到这边,它们有时候你一声,我一声,一面还吐长舌头,拉曳挂在脸上的三两片树叶。

【广场两边的房屋都挤满了人。家家有人靠着窗户,有人站在门口】

叙述镜头,由"次要人物"移到"更次要人物"。

【廖万先生的声音照样听不清楚:群众中间,椅子出了响声,东一打岔,西一打岔,截断演说,只有一句半句传进耳朵】

"廖万先生的声音照样听不清楚",真是"乱哄哄你方唱罢

---

① 《红楼梦》(程乙本校注版),桂林:广西师范大学出版社,2017年,第601页。

我登场"。从"更次要的人物"和非人存在物（"椅子出了响声"）的视角看，正煞有介事演讲的廖万先生算什么？每日介都煞有介事的我们又算什么？

【冷不防起了漫长一声牛鸣，或者是街角羊羔咩咩叫唤。说实话，放牛的和放羊的，一直把牲口赶到这边，它们有时候你一声，我一声，一面还吐长舌头，拉曳挂在脸上的三两片树叶】

如"更次要的人物"的视角，还没将你对"要当主角"的执着点破，那福翁便使出撒手锏——他以更大的"上帝视角"，来对这场农展会的人间闹剧进行全景式俯瞰。

主席台上的大人先生们与二楼上罗道耳弗和爱玛的滔滔不绝，跟"牛鸣"和"街角羊羔咩咩叫唤"，"你一声，我一声，一面还吐长舌头"，有何本质之别？牲口"拉曳挂在脸上的三两片树叶"的神态，与获奖人接奖品时的呆笑相有何本质之别？这一声声的牲口"叫唤"，就如苏东坡"倚杖听江声"中的"江声"，让我们猛醒——原来"我"，本就无关紧要！真神来之笔！

又，景别步步扩大，直至俯瞰人间甚至俯瞰地球俯瞰太阳系俯瞰……此一影视作品中的惯有技法，应是习自《包法利夫人》的"农展会"一章。

又，古罗马哲帝奥勒利乌斯的《沉思录》曾云："评论人类应该有如居高俯瞰世间万事，诸如嘈杂的人群、军队、农耕、婚姻、分离、出生、死亡、法庭喧闹、被遗弃的地方、各种野蛮民族、节日饮宴、哀伤、集市……"[①]

---

① 〔古罗马〕马尔库斯·奥勒利乌斯：《沉思录》，王焕生译，天津：天津社会科学出版社，第81页。

第四声部—第 N 声部：更次要人物、牲畜和椅子；"柔板"（Adagio）—"行板"（Andante）—"柔板"（Adagio）。

罗道耳弗更挨近爱玛了，声音压低，急促地说：

"人世这种阴谋，您不愤恨？哪一样感情它不谴责？最高贵的本能、最纯洁的同情，也逃不脱迫害、诽谤；一对可怜虫要是碰在一起的话，就组织一切力量来拆散他们。不过他们偏要试试，扇扇翅膀。你呼唤我，我呼唤你：是啊！迟早有什么关系，半年，十年，他们照样结合，照样相爱，因为命里注定这样，彼此天生就是一对。"

多声部交错、全景俯瞰人间闹剧后，虽又是聚焦第二主声部中的主要人物，但听过牲口"你一声，我一声，一面还吐长舌头"后，再听罗道耳弗的这段急促的表白，你会有何想？

真个是"假"上添"假"，"假天下"！

两只胳膊横在膝盖上，他仰起脸，凑到近边，死盯着看爱玛。她看见纤细的金光，一道又一道，兜着他的黑瞳仁，从眼睛里面朝外放射。她甚至闻见他抹亮头发的生发油的香味，于是心荡神驰，不由想起在渥毕萨尔陪她跳华尔兹的子爵，他的胡须就像这些头发，放出这种香草和柠檬气息；她不由自己，闭了一半眼皮往里吸。但是她坐在椅子上，身子往后一仰，恍惚远远望见驿车燕子，在天边尽头，慢慢腾腾，走下狼岭，车后扬起长悠悠的灰尘。赖昂就是乘了这辆黄车，时刻来到她的身边；也就是经这条路，他又一去不回！她仿佛看见他在对面

聊撩—农展会交响曲

219

窗口，接着就又一片模糊，满天浮云，她觉得吊灯照耀，她还像在跳华尔兹，挎着子爵的胳膊，同时赖昂离得也不远，眼看就要过来……但是她总觉得罗道耳弗的头在她旁边。这种甜蜜的感觉就这样渗透从前她那些欲望，好像一阵狂飙，掀起了沙粒，香风习习，吹遍她的灵魂，幽渺的氤氲卷起欲望旋转。她好几次用力张开鼻孔，吸入柱头常春藤的清新气息。她摘去手套，擦了擦手，然后拿起手绢扇脸，太阳穴虽说跳动，她照样听见群众叽里咕噜、州行政委员说来说去的单调声音：

好一曲悲欣交集的"如歌行板"（Andante cantabile）！

其动人处，真可与那个让托翁潸然良久的"如歌的行板"（柴可夫斯基的《D大调弦乐四重奏》第二乐章）相媲美。

须知，此处爱玛一咏而叹三——由罗道耳弗而子爵而赖昂而子爵而赖昂而罗道耳弗，好个缠人身、挠人心的"三位一体"欲火环！更须知，灵（子爵）－父（罗道耳弗）－子（赖昂）虽均在，却无关"查理"。

哎，夫妻本是同林鸟，日久无感不如飞了。

我为"好人"查理一哭，亦先为"瞎子"爱玛一哭，后又为她如愿而一笑！

罗道耳弗"死盯着看爱玛"，他的"头发"和"胡须"上"生发油的香味"让爱玛"不由自己，闭了一半眼皮往里吸"，此即为弃"修辞"而直用"身体"的"此时无声胜有声"之擦——来自造物洪荒的生命本源之擦。

又，小说第一部第八章的渥毕萨尔舞会上，那群男子（当然包括子爵）"头发一圈一圈压在太阳穴，亮光光的，抹了更好的生发油",此处的罗道耳弗定也"抹了更好的生发油"。但见此时的爱玛,"男人香"沉沉吹遍魂,神思幽渺氤氲;她对"渥毕萨尔陪她跳华尔兹的子爵"和"赖昂"的全部好念想,纷纷叠落在了身边的"罗道耳弗"的身上——她"总觉得罗道耳弗的头在她旁边"。

视觉-嗅觉-触觉-听觉蒙太奇,叠出"三位一体"蒙太奇,真奇!奇到爱玛只知五蕴炽盛而不空,只能以色见你,以音声求你,"脱服"拜你!

卿本良人,奈何做妍,奈何、奈何,一哭!

【但是她坐在椅子上,身子往后一仰】

刚上"镇公所二楼"时,罗道耳弗搬了"三张凳子"(trois tabourets),此刻怎会是"椅子"(chaise)?可能有二:一,此处是福翁笔误;二,两人已从易被人发现的"窗前"的"凳子"上,换到了他处的"椅子"上,更易发生亲密动作。从福翁写作之谨严看,当为后者。

【她好几次用力张开鼻孔,吸入柱头常春藤的清新气息】

爱玛"好几次用力张开鼻孔,吸入柱头常春藤的清新气息",是想从"味道迷魂阵"里挣扎出来,此句后来化身为第三部第一章中爱玛跟赖昂再次相遇后的那句"因为眼看贞节要守不住,她只好求助于圣母、雕像、墓冢、任何机缘"。但因那句中福翁已点破"只好求助",故不如此句只说到"吸入常春藤气息"好。

须知,过犹不及。

"继续努力!坚持不懈!既不要墨守成规,也不要采纳过分莽撞急躁的建议！尤其要致力于改良土壤、施用优质肥料、发展马、牛、羊、猪的优良品种！让展览会对你们成为充满和平景象的比武场，胜利者向战败者伸出友爱之手，希望他下一次竞赛成功！可敬的臣民！谦逊的仆人，你们辛勤劳苦，往日得不到任何政府重视，现在就来接受你们默默无闻的道德的酬劳吧。而且你们相信政府从今以后，一定会注视你们，鼓励你们，保护你们，满足你们的正当要求，尽一切可能，减轻你们痛苦牺牲的负担！"

罗大官人要"继续努力！坚持不懈！既不要墨守成规，也不要采纳过分莽撞急躁的建议！"明明是演讲词，却又如告诫语，妙！

这段"朴实"的演讲词，当然救不了已经都被罗道耳弗催眠得恍惚了的爱玛。

此处"你们辛勤劳苦，往日得不到任何政府重视"，应与前面"农业的重要，还用得着我在这里向你们指出吗"对读。政治讲话中，难免会出现此种前后矛盾的话。让廖万自己打自己的"假"，妙甚！

廖万先生终于坐下。德罗兹赖先生站起，开始另一篇演说。他的讲演也许不像州行政委员的讲演那样华丽；不过他有他的特点：风格切实，就是说，学识比较专门，议论比较高超，少了一些颂扬政府的话，宗教和农业分到更多的地位，二者息息相关，一向同心协力，促进文化。罗道耳弗和包法利夫人谈着梦、预感、催眠术。演说家追溯到原始社会，形容野蛮时代，人在树林深处，靠橡实过活；后来人们扔掉兽皮，改穿布帛，耕田犁地，种植葡萄。这算不算幸福？这种发现会不会弊多于利？德罗兹赖先生对自己提出这个问题。罗道耳弗由催眠术一点一点谈到亲和力。主席引证：辛辛纳图斯掌犁，戴克里先种菜，中国皇帝立春播种。年轻人这期间向少妇解释：吸引之所以难以抗拒，就是前生的缘故。他说：

若说廖万先生的那些华丽空话，还能偶将爱玛从罗道耳弗的催眠术中叫醒，那德罗兹赖主席的这些"风格切实""专门知识多"的演讲词对爱玛来说就是充耳不闻的废话了。

【演说家追溯到原始社会，形容野蛮时代，人在树林深处，靠橡实过活；后来人们扔掉兽皮，改穿布帛，耕田犁地，种植葡萄。这算不算幸福？这种发现会不会弊多于利？德罗兹赖先生对自己提出这个问题】

德罗兹赖主席的这个问题，其实是福楼拜的同胞前辈卢梭为法国第戎科学院的征文所写的《论科学与艺术的复兴是否有助于使风俗日趋淳朴》（1749年）一书中所提出的一个老问题，也是很多浪漫主义作家和后来的很多审美现代性批判的作家所关注的核心问题之一。

此处妙就妙在，农展会上德罗兹赖主席的演讲还要让听众反思人类由狩猎时代进入农耕时代是否幸福，是否弊多于利。一个"反农业"的人当上了农展会的主席，妙！"反农业"的德罗兹赖主席，在州行政委员廖万的农业之重要性的讲话后让听众反思农耕社会是否幸福，自家拆自家台，更妙！而各种"农业奖"又由"反农业"的德罗兹赖主席一一宣布颁发，大妙!

甚荒唐!我们虽也常于此类场合见此等荒唐事,却也不敢说破,只言"皇帝真着有新衣",一叹!

【罗道耳弗和包法利夫人谈着梦、预感、催眠术。……罗道耳弗由催眠术一点一点谈到亲和力】

彼时"谈着梦、预感、催眠术",今日"看手相、聊星座、谈八字",此即《撩经》所云:玄之又玄,众撩之门。

须知,楼下的演讲词和楼上的偷情语都是在造"梦"和讲"预感"的"催眠术"。①

从《聊撩—农展会交响曲》的行进节奏来看,应在廖万那慷慨激昂的假大空演讲以及罗道耳弗和爱玛的紧张调情后,让节奏缓一缓,以便能为后面的真正高潮做准备。

"从容的行板"(Andante assai)。

"所以,就拿您我来说,我们为什么相识?出于什么机缘?我们各自的天性,您朝我推,我朝您推,毫无疑问,像两条河一样,经过千山万水,合流为一。"

他握住她的手;她没有抽回去。

不只是二人的手合一,而且"政治/空话"的第一主声部和"爱情/假话"的第二主声部,也都将要以"激动的快板"

---

① Magnétisme,李健吾译作"催眠术",周克希译作"吸引力"。18世纪末,麦斯麦(Mesmer)曾给"催眠"冠以一个非常独特的名字——"动物磁气"(magnétisme animal)。见〔法〕弗朗索瓦·鲁斯唐:《什么是催眠?》,赵济鸿、孙越译,上海:华东师范大学出版社,2017年。

（Allegro agitato）速度不停地上下"交错"合一行进了。

主席喊道："一般种植奖！"
"譬方说，我不久前上您家去的那会儿……"
"甘冈普瓦的比内先生。"
"我怎么晓得我会陪伴您？"
"七十法郎！"

在"我怎么晓得我会陪伴您？"的反问之后，旋即飞来一句如拍卖竞价般的"七十法郎！"奇！

"有许多回，我想走开，可是我跟着您，待了下来。"
"厩肥优胜奖。"

"我"跟"您"vs."厩肥"（牲畜粪尿、褥草和饲料残屑的混合物，经堆沤而成）。
须知，经上曾说"汝来自尘土，复归于尘土"。
二句并置，真如释典所云"不净观"！

"既然今天黄昏会待了下来，明天、别的日子、我一辈子，也会待了下来！"
"阿格伊的卡隆先生，金质奖章一枚！"
"因为我和别人在一道，从来没感到这样大的魅力。"

【既然今天黄昏会待了下来，明天、别的日子、我一辈子，

聊撩—农展会交响曲

225

也会待了下来!】

　　须知,前半句是"事实",后半句乃"誓词"。更须知,"年年岁岁誓相似,天长地久随时尽",刺心之语、刺心之语!

　　既然你"从来没有感到这样大的魅力",那就赏你一枚"金质奖章"。

"基弗里-圣马丹的班先生!"
"所以我呐,我会永远想念您的。"
"一只美里奴种公羊……"

　　罗道耳弗说"会永远想念您的",只是出自"一只美里奴种公羊"般的生理冲动。

"不过您要忘记我的,我会像一个影子般消逝的。"
"圣母村的……柏劳先生。"

　　后文,爱玛未忘罗道耳弗,反倒是罗道耳弗"像一个影子般消逝",躲着爱玛。天长地久随时尽,刺心!

"哎呀!不会的。我会不会成为您的思想、您的生命的一部分?"
"猪种奖两名:勒埃里塞先生与居朗布尔先生;平分六十法郎!"

　　"我"成为"您思想、您的生命的一部分"。说什么"思想"和"生命",不过是"两只种猪"的生理冲动而已。

歌者问:谁说爱人就该爱他的灵魂?

《撩经》答:撩人就该撩他的灵魂!

"平分六十法郎",你半斤对我八两,刚刚好!

罗道耳弗捏住她的手,觉得又温暖,又颤抖,如同一只斑鸠,虽然被捉住了,还想飞走;但是不知道是她试着抽出手来,还是响应这种压抑,她动了动手指;他喊道:

"谢谢!您不拒绝我!您真好!您明白我是您的!让我看您,让我端详您!"

一阵风飘进窗户,吹皱了桌毯,同时底下广场,乡下女人的大帽子,像白蝴蝶扇动翅膀一样,个个翘了起来。

主席继续道:"豆饼的使用。"

【不知道是她试着抽出手来,还是响应这种压抑,她动了动手指】

欲拒还迎乎?欲迎还拒乎?真好"手"笔,真如己手在"捏住"!

【您明白我是您的!】

此即《撩经》所云:将欲取之,必先以"予"予之。

由室内"欲飞的斑鸠",到室外"欲飞的蝴蝶",荡开一笔——爱玛如在室外也会是"白蝴蝶",但她此刻只是"斑鸠"。

一阵不知何起的风,将"室内"与"室外"的两个主声部吹成一曲,妙!端的是呼风高手,端的是阵好风!

又,"大帽子"与"豆饼"的形似,有镜头感。

他愈读愈快:"养粪池,——种麻,——排水,长期租赁,——家庭服务。"

罗道耳弗不再说话。两个人你望我,我望你,欲火如焚,干嘴唇直打哆嗦,于是心旌摇摇,手指不用力,就揉在一道。

"萨司托-拉盖里耶的卡特琳-妮凯丝-伊丽莎白·勒鲁,在一家田庄连续服务五十四年,银质奖章一枚——值二十五法郎!"

以主席的"愈读愈快",写"欲火如焚"的罗道耳弗与爱玛的紧张感与动作之快;又以"养粪池"等琐细日常,盖灭如焚欲火,妙绝!

【萨司托-拉盖里耶的卡特琳-妮凯丝-伊丽莎白·勒鲁,在一家田庄连续服务五十四年,银质奖章一枚——值二十五法郎!】

紧张的颁奖和偷情的快节奏后,获奖人"萨司托-拉盖里耶的卡特琳-妮凯丝-伊丽莎白·勒鲁"的名字如一个咏叹调式的长音在空中响起。此后,罗道耳弗与爱玛到底如何成就好事,作者未直写,当然也不需要写,还不就是那些事儿?须知,《包法利夫人》不是《金瓶梅》。

此咏叹调式的长音,颇有"曲终人不见,江上数峰青"的留白效果,但又有该诗所没有的一股讽刺味儿——这种带有领地的全名(萨司托-拉盖里耶的卡特琳-妮凯丝-伊丽莎白·勒鲁),从来都是台上的大人先生们的专享,此刻却被安给了一个台上的大人先生们根本就不屑一顾的老妇人。

这个称呼,老妇人此生定不会听到第二次。一叹!

州行政委员重复道:"卡特琳·勒鲁,在什么地方?"

不见她的踪影。只听见好些声音窃窃私语道:

"去呀!"

"不。"

"左边走!"

"别害怕!"

"啊!看她多蠢!"

杜法赦喊道:"她到底在不在?"

"在!……那不是!"

"那就让她上来!"

福楼拜虽未直写罗道耳弗与爱玛二人此刻在如何行事,但上面众人的七嘴八舌总给人感觉既是在说老妇人,也像是跟罗道耳弗和爱玛有关:

罗道耳弗——"去呀。"

爱玛——"不。"

罗道耳弗——"左边走!别害怕!"

局外人——"啊!看她多蠢!"——爱玛熬了这么久,竟委身给了一个得手前就在想事后怎么甩掉她的风月老手罗道耳弗!

真绝妙好词!

【杜法赦喊道:"她到底在不在?"】

跟州行政委员廖万大人"点头哈腰""笑盈盈"和"结结巴巴"的杜法赦镇长,却对老妇人"喊道:'她到底在不在?'"

此处，大杜镇长之前恭而后倨，应与老杜《石壕吏》之"吏呼一何怒，妇啼一何苦"对读。

"戏剧性的快板"（Allegro dramatico）。

这时人们看见一个矮小的老妇人，走上主席台，神情畏缩，好像和身上的破烂衣服皱成了一团。她脚上蹬一双大木头套鞋，腰里系一条大蓝围裙，一顶没有镶边的小风帽兜住她的瘦脸；一脸老皱纹，风干的苹果也没有她的多。红上衣的袖筒伸出两只长手，关节疙里疙瘩；谷仓的灰尘、洗衣服的碱水、羊毛的油脂在手上留下一层厚皮，全是裂缝，指节发僵；清水再洗，也显着肮脏；苦干多年，合也合不拢来：好像明摆着这双手，就是千辛万苦的卑微凭证。脸上的表情，如同一个修行的道姑那样呆滞。任何喜怒哀乐都软化不了她那黯淡的视线。她和牲畜待在一起，也像它们一样喑哑、安详。她还是第一次看见自己在这样大的一群人当中，眼前又是旗，又是鼓，又是青燕尾服的先生们，又是州行政委员的十字勋章，心中惶惧，一步不敢移动，不知道该往前走，还是该向后逃，也不知道群众为什么推她，审查员为什么朝她微笑。这干了半世纪劳役的苦婆子，就这样站在这些喜笑颜开的资产者面前。

福楼拜为此一"慢人"（老妇人）不厌其详地以慢镜头"造实像"，即为前面只闻其名而未见其貌的获奖众人"造虚像"，亦是在以"慢"写楼上二人之"快"，此即虚实相生法。

此段明明是写获奖欢喜，却又明明写出悲伤，我为福翁之大悲悯心顿首。

此段应与小说发表的六年前,曾在"巴黎沙龙展"中引起轰动的名画《奥尔南的葬礼》如"同观福音"般同观。

"宗教风味的柔板"(Adagio religioso)。

州行政委员从主席手上接过得奖人员的名单,然后道:
"过来,可敬的卡特琳-妮凯丝-伊丽莎白·勒鲁!"
他看一遍名单,看一遍老妇人,用慈父的声音,重复道:
"过来,过来!"
杜法赦在扶手椅上跳道:
"您聋了吗?"
他朝她的耳朵喊道:
"五十四年服务!银质奖章一枚!二十五法郎!是给您的。"

前文,杜法赦"喊";此处,他"在扶手椅上"又"跳"又"喊",皆因州行政委员廖万大人在一旁;而廖万大人正"用慈父的声音"说老妇人"可敬"。须知,二位大人虽官品有高低,但演技无上下,可杜镇长载喊载跳,如此耗力,自应得一枚"法兰西戏精奖"。

切记,一部媚下的"情场现形记"中,实伏有一部谄上的"官场现形记",因小说全名乃《包法利夫人:外省风俗》也。

五十四年服务 vs. 二十五法郎!妙绝!须知,后文债台高筑的爱玛向罗道耳弗借钱,开头便是"借我三千法郎"!

"可敬"?真可敬!

她接过奖章，仔细打量，随即一脸幸福的微笑，径自走开；大家听见她咕哝道：

此句亦是明明写欢喜，却又明明写出悲伤，真是哭笑可得！

"我拿这送给我们的教堂堂长，给我做弥撒。"

看她慢人，却有快语！
哪个教堂堂长？能如布尔尼贤堂长般自诩为"灵魂的医生"否？

药剂师朝公证人俯过身子，喊道：
"信教信到这步田地！"

让宗教的"死对头"、最务实的郝药师，以布道般的姿势（"俯过身子"）喊出老妇人的虔信之动人。
老妇人领奖前后，应与《红楼梦》中"刘姥姥进大观园"对读。
福楼拜有意放慢了节奏，以不写之写来表现已"揉在一道"的罗道耳弗与爱玛。
"宗教风味的行板"（Andante religioso）。

大会开完，群众散去；现在，演说词读过了，人人回到原来地位，一切照旧：主子谩骂下人，下人鞭打牲畜；得奖的牲畜，犄角挂着一顶绿冠，漠不关心，又回槽头去了。

读完本段，还以为"农展会"已完，谁承想后面还有"又长又闹"的宴会和尴尬的烟火表演。须知，作者是故意先点出未来生活的"一切照旧"，而后再写"又长又闹"的宴会和"群众张口凝望，喊成一片"的烟火表演——以未来之寂冷，观现在之闹热，如此虚妄，真让人如闻棒喝！

这招作者已使过：小说第一部第三章结尾先总评婚礼，第四章再具体写婚礼。

国民自卫军这期间踏上镇公所二楼，刺刀扎了一串点心，大队鼓手提着一篮酒瓶。包法利夫人挎着罗道耳弗的胳膊；他送她回家；在她门前分手；然后他一人在田野散步，等待入席的时间。

上镇公所二楼时，是"罗道耳弗这时陪伴包法利夫人"——罗道耳弗在包法利夫人之前，罗道耳弗是勾引行动的主导者。

离开镇公所二楼时，则是"包法利夫人挎着罗道耳弗的胳膊"。包法利夫人在罗道耳弗之前，她已变客为主——已被罗道耳弗拿下了。须知，爱玛下楼时虽又穿上了"包法利夫人"社会身份服，但"脱服权"却已交由罗道耳弗把控。

"有节制的慢板"（Lento moderato）。

交响曲终，"一切照旧"。

的的是一篇见自我、见众生、见天地的绝妙好词！

"Ensemble de bonnes cultures! cria le président."

—Tantôt, par exemple, quand je suis venu chez vous...

"ÀM. Bizet, de Quincampoix."

—Savais-je que je vous accompagnerais?

"Soixante et dix francs!"

—Cent fois même j'ai voulu partir, et je vous ai suivie, je suis resté.

"Fumiers."

—Comme je resterais ce soir, demain, les autres jours, toute ma vie!

"ÀM. Caron, d'Argueil, une médaille d'or!"

—Car jamais je n'ai trouvé dans la société de personne un charme aussi complet.

"ÀM. Bain, de Givry-Saint-Martin!"

—Aussi, moi, j'emporterai votre souvenir.

以上为农展会颁奖的法文原文片段。颁奖词用双引号，而罗道耳弗的话前则用标点"—"。"—"这个标点，虽在法文中表示说话人发生了改变，但形式和效果均如一个个二分休止符。

二

以上，就是整首《聊撩－农展会交响曲》的演－看提示。

那这首由文字而非音符所写就的"全新"的交响曲，到底全新在何处呢？答曰：它全新在以历时性的文字叙述，呈现出真实日常中的共时性场景——那共在的众生的众声聒噪。虽然日常生活中的真实状况就是多声部的平行－交错运行，但之前的写作却大抵都是一次写一个声部——花开两朵，各表一枝。在本交响曲中，福楼拜通过各声部的行进对比速度之精妙拿捏，幸福和责任两大主题之巧妙勾连，以及双关语等修辞技巧之高妙运用，做到了让多声部既平行而又交错地响起。

先看下两个主声部——第一主声部"政治/空话"与第二主声部"爱情/假话"。此前的世界文学史上单独写"政治/空话"和"爱情/假话"的文学作品其实并不罕见，而《包法利夫人》的厉害之处在于它首次将很难搭界的二者以共时性的形式来一道呈现。并且，福楼拜在整个叙述中还能将详略、虚实、远近、快慢、轻重和入出等方面都拿捏得恰到好处。

我们知道，政治与爱情最打动人心的一个共同点是，二者都有一种如宗教信仰般让人向其献身的强戏剧感，而强戏剧性的时间感本质上就是一种明确的历时性的时间向度感，但福楼拜却故意用多声部的共时性使强戏剧感所依赖的历时性被不时地中断、休止。因此，阅读本首交响曲颇有点像我们在一个电脑屏幕上分幕且用两个播放器同时听－看政治讲话和言情剧，四周偶尔还响起几声猫狗叫声或莫名之声……

我们单独听−看政治讲话或言情剧，都容易入戏，但如果同时听−看两者却会不时地出戏，这种入戏与出戏的完美榫合所体现的写作姿态，就是波德莱尔在其《论〈包法利夫人〉》一文中所说的"高度的反讽和抒情"[①]。很巧的一点是，第一主声部与第二主声部中的很多表述刚好对应着《现代性的五副面孔》一书中所提出的市民社会现代性和审美现代性。尽管福楼拜是以空话叠加假话的形式来呈现这两种现代性的，但谁能否认第一主声部和第二主声部中所给出的真表达和真问题呢？比如，"伟大的工业中心又活跃起来"和"码头堆满了货物"，等等，难道不是社会进步吗？但社会进步了，个体就会幸福吗？

　　无疑，福楼拜完满地实现了他为本章所定下的那个写作目标——既要写"人物在行动和对话中相互交往，发生各种联系"，也想"写出这些人物活动于其中的大环境"。这些虽已很了不起，但我认为本章最让人叹服的一点是：读完这首交响曲，我们可能会忘掉廖万那如大捷小号般高奏的空洞演讲词，也可能会忘掉罗道耳弗那如大提琴般撩爱玛小提琴的虚假情话，但绝不会忘掉"冷不防起了漫长一声牛鸣，或者是街角羊羔咩咩叫唤"，牲口们"有时候你一声，我一声，一面还吐长舌头，拉曳挂在脸上的三两片树叶"，因为这两句神来之笔让我们真如亲睹了俯瞰人间闹剧的上帝之真容，真如神来人间！

[①] 《波德莱尔美学论文选》，郭宏安译，北京：人民文学出版社，1987年，第62页。如果说传统大报的分主题排版方式是"单声部"，那门户网站的页面排版方式则更像是"多声部"——点开一个门户网站的首页，被混搭在一起的严肃政治经济新闻、文化娱乐八卦和浮动的广告窗口等多主题内容瞬时就向我们的眼耳涌来。

依此来看,《金瓶梅》第三回、第四回中"西门庆撩潘金莲"尽管也写得精彩万分,但它却既未深刻"写出这些人物活动于其中的大环境",也缺失了俯瞰人间闹剧的神来大视角,因此它还是下逸品农展会一等的神品之作。

读完这首交响曲,如果福楼拜问我们:"罗道耳弗好手段吗?"我们只能答道:"端的亏了你,真好手段!"

我记得作家毕飞宇在一次题为《屹立在三角平衡点上的小说教材——〈包法利夫人〉》的演讲中曾说:"如果你想写小说,那么,好好地阅读《包法利夫人》,好好地研究《包法利夫人》,《包法利夫人》是可以当小说教材的。"而亨利·詹姆斯亦曾赞叹道:"福楼拜是小说家们的小说家"。

我举双手附议。

爱玛的七纱舞

《包法利夫人》从第二部开始，场景切换到了永镇寺。"永镇"，真是妙译。不知为何一看到"永镇"二字，我就想到"白娘子永镇雷峰塔"中的永镇。虽然燕子号马车一路颠簸得人七荤八素，但爱玛却"头一个下车"——尽管她还在因猎犬丢失而赌气，对永镇的新生活满是憧憬，故不像查理在车"角落睡着了，临到下车，不得不喊醒他"。想必此时的爱玛如何也料不到她的灵、肉、爱、欲将会被永永远远镇在永镇。

小说中赖昂共细看过爱玛七次，首次即查理与爱玛初到永镇的晚上：

包法利夫人一进厨房，就走到壁炉跟前，伸出两个手指，在膝盖地方，把长裙提到踝骨上，露出一只穿黑靴子的脚，跨过烤来烤去的羊腿，伸向火焰。火焰照亮整个身子。一道强光射透长裙的纬纱、白净皮肤的细毛孔、甚至时时眨动的眼皮。门开了一半，风吹进来，一大片红颜色罩住她的身子。

一个金黄头发青年，在壁炉另一边，不言不语地望着她。

时维三月，法历冬末春初，天寒人冷，下文也说到郝麦在大厅用餐时"怕伤风"还要戴帽子，故包法利夫人一下车便直奔"劈柴在燃，焦炭在响"的厨房取暖。她径直"走到壁炉跟前"，而未理"壁炉另一边，不言不语地望着她"的赖昂，写出天冷与性急。

"伸出两个手指"，姿态优雅轻巧，虽急却不忙乱。"在膝盖地方，把长裙提到踝骨上，露出一只穿黑靴子的脚，跨过烤来烤去的羊腿，伸向火焰。"踝骨肉色、靴子黑色和火焰红色，色彩对比好看，有种暧昧的诱惑感。将爱玛伸向火焰去烤的"一只穿黑靴子的脚"与"烤来烤去的羊腿"并置，即对日常生活之存在经验的整全性呈现。福楼拜令"小说从戏剧性的轨道中走了出来"，让"人物相遇在一种日常的环境气氛中"，这是一种"本体论上的发现"——"发现现在时刻的结构，发现我们的生活建立于其上的平凡性与戏剧性的永恒的共存"。① 须知，福楼拜虽以赖昂之眼只明写了烤羊腿与烤黑靴子，但也暗写了赖昂亦是在为欲火烤来烤去。

"火焰照亮整个身子"，由脚到全身的火光，既有壁炉明火，亦有赖昂上下通体打量爱玛的欲望暗火。"一道强光射透长裙的纬纱、白净皮肤的细毛孔、甚至时时眨动的眼皮。"明暗二火突然一道强旺，由衣服到身体再到眼神次第深入，热灼

---

① 〔捷克〕米兰·昆德拉：《被背叛的遗嘱》，余中先译，上海：上海译文出版社，2003年，第135—136页。

着包法利夫人。"一道强光射透长裙的纬纱",彼时布料"纬纱"一般用白素色,并且比"经纱"的密度低,故说一道强光射透长裙的"纬纱"而非"经纱",状物细致如实。此外,"纬纱"为长裙的上下方向,"射透长裙的纬纱"的既有火光,也有上下痴看着爱玛的目光。这明暗二光透过"长裙的纬纱"后,又射透爱玛身体的"白净皮肤的细毛孔",最终射透"时时眨动的眼皮"——明暗二光与爱玛的目光交汇了。看人者与被看者的目光相会后生出一种微妙难言的尴尬,而后忽吹来了一阵化解尴尬的好风,"门开了一半,风吹进来,一大片红颜色罩住她的身子"。不知"罩住她的身子"的是明火还是暗火?须知,不是风动,不是火动,是赖昂心动。

"一个金黄头发青年,在壁炉另一边,不言不语地望着她。"另起一段,以凸显第一段壁炉旁的爱玛形象皆是赖昂所见,第一段文字开头说"包法利夫人"一进厨房而非"爱玛"一进厨房,以显明爱玛有夫之妇的身份。壁炉两端,虽是他不言不语,且她也不言不语,可单单暧昧火光的壁炉前这段窒息凝望便足以令赖昂夜耿耿而不寐了,何况接下来要有晚饭时长达两小时半的惺惺相惜之长谈?

查理夫妇初到永镇竟全不顾旅途劳顿,晚饭居然"用了两小时半"。福楼拜有意卖关子说皆因"女用人阿尔泰蜜丝,穿一双布条鞋,懒懒散散,在石板地上拖来拖去,端了一个盘子,再端一个盘子,丢三落四,样样不懂。弹子房的门,老是打开忘了关,门闩头直撞墙"。客店的女用人怎会连端菜都"丢三落四,样样不懂"?晚饭"用了两小时半",皆因爱玛与赖昂"东扯一句,西扯一句,但是总回到一个引起共鸣的中心"，"天上地下，无所不谈"，正所谓"酒逢知己千杯少，话不投机半句多"。女用人阿尔泰蜜丝懒懒散散的表现，应是她觉得查理他们的用餐时间太久自己不得休息而在耍性子，因此她才会故意将"弹子房的门，老是打开忘了关，门闩头直撞墙"——弄出响动摆明了是在催人走。

在两小时半的长谈中，小说写了赖昂第二次细看爱玛：

> 赖昂一面说话，一面心不在焉，拿脚踩着包法利夫人坐的椅子的横档。她系一条蓝缎小领带，兜紧圆褶细麻布领，像花领箍那样硬挺；头上下一动，她的小半个脸，也就跟着优雅地在领口出出进进。

"赖昂一面说话，一面心不在焉"，写出聊天之意不在聊而在撩。"拿脚踩着包法利夫人坐的椅子的横档"，"横档"乃爱玛身体的延伸，踩踩扶椅，薄言踩之，妙！"她系一条蓝缎小领带，兜紧圆褶细麻布领，像花领箍那样硬挺"，赖昂细看爱玛的颈领，以如工笔画般的细密肌理写出二人距离之近。"头上下一动，她的小半个脸，也就跟着优雅地在领口出出进进。"赖昂的目光轻轻抚着她的脸，"轻轻的接触，柔软若棉，这一刻的心中，乱作一片"，氛围感极好。

经过第三章陪爱玛去奶妈家探看女儿白尔特路上的谈笑，以及第四章开头的"听-看之恋"描写后又隔了几段，小说才第三次细写赖昂眼中的爱玛：

> 他一听门铃响，就跑去迎接包法利夫人，接过她的披

肩；碰到下雪，她在鞋子上套一双布条大拖鞋，他也接过来，放在药房书桌底下。

大家先玩几盘"三十一点"，接着郝麦先生就和爱玛玩"换牌"，赖昂站在背后，帮她指点，手搭在椅背上，看着她插在发髻上的梳子。她每回出牌，右边裙袍就往高里耸。头发向上卷，后背映成一片棕色，越来越淡，逐渐没入黑影。她出过牌，往回一坐，衣服蓬蓬松松，全是褶子，搭在椅子两旁，垂到地上。赖昂有时候觉出他的靴底踩到上头，连忙挪开，好像踩了人一样。

"一听门铃响，就跑去迎接包法利夫人"，或许是赖昂如爱玛能听出自己的脚步声一样也能听出爱玛的脚步声，默契感十足。"接过她的披肩；碰到下雪，她在鞋子上套一双布条大拖鞋，他也接过来，放在药房书桌底下。"由接过"披肩"到接过沾满雪泥的"布条大拖鞋"，时间转换自然，动作熟练自然，毫不觉鞋脏，写出二人关系之亲密。不知赖昂已接过多少次布条大拖鞋？更不知沾满雪泥的布条大拖鞋里，是否仍为二人初见时伸向壁炉火焰的"黑靴子"？"碰到下雪"，可知二人相识已近一年，明明有一年之长，可为何读起来却感觉如此短？因为爱玛不像在道特"度日如年"而是"度年如日"，我们也便随着文字"度年如日"了。

"赖昂站在背后，帮她指点，手搭在椅背上，看着她插在发髻上的梳子。"初次见面时写赖昂眼中爱玛的体态和正面，此番则写其背面，周全而不重复。此前赖昂"拿脚踩着包法利夫人坐的椅子的横档"，现在则"手搭在椅背上"，对椅子动脚动手，发乎情止乎礼，微妙节制，好。"看着她插在发髻上的梳子。"真近，虽只写看见，我却如闻到！"她每回出牌，右边裙袍就往高里耸。"目光由发髻下滑到腰部，而后随着"往高里耸"再向上回到头发，"头发向上卷，后背映成一片棕色，越来越淡，逐渐没入黑影"，目光由头发，下滑到背上。"越来越淡，逐渐没入黑影"，可看出目光顺着背在继续下滑……作者隐去不写，由读者去想，乐不至淫也。

"她出过牌，往回一坐，衣服蓬蓬松松，全是褶子，搭在椅子两旁，垂到地上。赖昂有时候觉出他的靴底踩到上头，连忙挪开，好像踩了人一样。"虽然赖昂的目光在通体抚看爱玛，由"踩踩扶椅"到"踩踩裙摆"亦更进一步，但羞赧的小赖昂终非《红与黑》中能下大决断的于连，"今天晚上，得捏住她的手"，"十点正，我就把白天所想、今夜该做的事做出来，不然，就上楼毙了自己"。因此，他又苦等了三年多才得偿所愿。

小说第四次写赖昂眼中的爱玛时，她已与罗道尔弗厮混两年了：

> 香槟酒倒进精致的玻璃杯，沫子溅上她的戒指，她笑了起来，清脆动听，无拘无束。……他们说起"我们的房间"、"我们的地毯"、"我们的扶手椅"；她甚至说起"我的拖鞋"——这是赖昂的礼物，天鹅毛沿口。她坐在他的膝上，她的腿太短，悬在半空，于是没有后跟的玲珑拖鞋，就只套在她的光脚的脚趾。

此前，作者早已做好爱玛形象改头换面的铺垫：

包法利夫人纵情声色，积习难返，姿态也起了变化。视线更无忌惮，语言也更放肆；她甚至甘冒不韪，和罗道耳弗先生一同散步，口衔香烟，旁若无人；有一天，见她走下燕子，学男人穿一件背心，最后就连还不相信的那些人，也不再怀疑了。

与罗大官人一起玩乐过两载的爱玛，撩人功夫与她此前跟小赖昂精神之恋时的境界相比不啻天壤，故令五迷三道的赖昂啧啧称奇："这种妖媚，表面上看不出什么，实际上出神入化，到了无迹可寻的地步，奇怪，她是从什么地方学来的？"

"沫子溅上她的戒指"，作为已婚身份之标志的"戒指"被溅上与情人共饮的香槟酒沫子，残酷扎心，不知类似情景这世间曾出现过多少次？"她坐在他的膝上，她的腿太短，悬在半空，于是没有后跟的玲珑拖鞋，就只套在她的光脚的脚趾。"只此一句，便写出妇人的妩媚风骚。天鹅毛沿口"没有后跟的玲珑拖鞋，就只套在她的光脚的脚趾"。物件、身体和动作均轻佻撩人，狂浪可感如画，初见时伸向壁炉火焰的黑靴子终被脱去。这段文字让人想到张爱玲《小团圆》中盛九莉坐在邵之雍腿上："有一天又是这样坐在他身上，忽然有什么东西在座下鞭打她。她无法相信——狮子老虎掸苍蝇的尾巴，包着绒布的警棍。"两段描写俱是让人难忘的好文字，但须知与《小团圆》相比《包法利夫人》除更节制外，爱玛与赖昂的关系也不同于盛九莉与邵之雍——"与其说爱玛是赖昂的情妇，倒不如说，他变成她的情妇。"这判语倒颇似《红楼梦》六十五回中所写尤三姐拿贾琏、贾珍弟兄二人嘲笑取乐，"竟真是他嫖了男人,并非男人淫了他"。

小说第五次写赖昂眼中的爱玛时,他俩的"谈话越来越和爱情无关"了,爱玛"总在期许下次幽会无限幸福,事后却承认毫无惊人之处",二人之间只剩下了赤裸裸汗淋漓的肉欲:

> 她脱起衣服来毫无羞耻感,一下就把束腰的丝带揪掉,细长的带子像一条花蛇似地丝丝响,从她的光屁股上溜下来。她踮着脚丫子走到门边。再看看门是不是关好,然后把身上的衣服脱得精光;她脸色发白,也不说话,神情紧张,一下就倒在他的胸脯上,浑身上下不住地打哆嗦。

"束腰的丝带揪掉,细长的带子像一条花蛇似地丝丝响,从她的光屁股上溜下来。"爱玛一下揪掉"束腰的丝带",快速摩擦的声音如"花蛇似地丝丝响",且不提"蛇"在西方文化中的复杂含义,只此一个比喻便写出爱玛欲火中烧的急切,以及她想以可体感的熊熊欲火来助燃正渐渐熄灭的爱火之大急切。但急切终是徒劳,"她腻味他正如他厌倦她。爱玛又在通奸中发现婚姻的平淡无奇了"。

尔后,便是小说第六次写赖昂眼中的爱玛——宛如吉卜赛女郎卡门:

> 她不回永镇,黄昏去了化装舞会。她穿一条天鹅绒长裤和一双鲜红长袜,梳一条打结辫子,一顶小三角帽斜扣在一只耳朵上。她跟着双管喇叭的疯狂响声跳了整整一

夜。人们拿她作中心，围了一个圈子。早晨她在剧场回廊，发现自己和五六个扮成卸船女人和水手的男子待在一起；……他们是一个文书、两个医学生和一个商店伙计：这就是她的伴侣！至于女人，爱玛一听她们的声调，马上看出她们十有八九属于末流社会。她胆战心惊了，抽开椅子，低下眼睛。

别人都在用饭。她吃不下去，额头滚烫，眼皮酸痛，皮肤冰凉。她觉得舞厅地板，随着千百只脚有节奏的起伏，还在她脑子里跳动。五味酒的气味，加上雪茄的烟雾，熏得她晕头转向。她晕过去了：大家把她抱到窗口。

但爱玛毕竟不是卡门，她唱不出这首玩世歌：

> 爱情不过是一种普通的玩意儿，一点也不稀奇！
> 男人不过是一件消遣的东西，有什么了不起？
> 爱情不过是一种普通的玩意儿，一点也不稀奇！
> 男人不过是一件消遣的东西，有什么了不起？
> 什么叫情？什么叫意？还不是大家自己骗自己！
> 什么叫痴？什么叫迷？简直是男的女的在做戏！

爱玛以渥毕萨尔舞会开启了贵族生活梦，最终到手的却是吉卜赛式化装舞会。侯爵府舞会上爱玛曾幻想能像与子爵共舞的贵妇那样"跳华尔兹"从而成为大家目光的中心，此刻的化装舞会上"人们拿她作中心，围了一个圈子"。可此中心非彼中心！此何人哉？中心如噎！而让"爱玛听到妙处，嘴唇露出微笑"的侯爵府舞会中的小提琴声,也换成了末流社会的化装舞会上"双管喇叭的疯狂响声",明明是如此降格,可她居然还跟着"跳了整整一夜"。此何人哉?中心如醉!谁承想七年一觉贵族梦,竟会这般收场?她醒了,但只能"晕过去",因为爱玛发现自己竟成了自己讨厌的人。

小说第七次也是最后一次写赖昂眼中的爱玛,是爱玛怂恿赖昂去"事务所"弄钱的神情:

> 她火热的瞳孔显出一种魔鬼般的胆量,眯缝着眼,模样又淫荡,又挑唆;这勾引他犯罪的女人的意志,顽强无比,虽然喑哑无声,也有力量鼓动年轻人。

你看,这个初见时曾让赖昂"不言不语地望着"的爱玛,临了却让他害怕到不敢再看。悠悠苍天,此何人哉?中心如魔!

轻纱飘坠的七纱舞已跳完,赖昂见到了爱玛七面,可哪个才是她?我不知道。这世上会有多少痴男怨女,每日介都在复现着这七面?我也不知道。可无论爱玛如何多面,她却始终都将使徒保罗的告诫"如今常存的有信,有望,有爱,这三样,其中最大的是爱"恭奉为自己的信经并身体力行,只不过她将"爱"替换成了"爱情"。

她信爱情,望爱情,也死于爱情,可什么又是爱情?

郝药师作法永镇寺

  自从包法利死后,一连有三个医生在永镇开业,但经不起郝麦拼命排挤,没有一个站住了脚。他的主顾多得不得了。官方宽容他,舆论保护他。

  他新近得到十字勋章。

  想必很多人看到《包法利夫人》的这个结尾,都会废书而叹"现在"①真是一个精致的利己主义者得势的时代,以至于无暇去深究其实作者在这两段文字中伏藏着一把理解小说情节之推进的钥匙——"自从包法利死后,一连有三个医生在永镇开业,但经不起郝麦拼命排挤,没有一个站住了脚。"我拈出这句,诸位可能会生疑:查理·包法利死后,郝药师拼命排挤走了三个医生,那为何在整部小说中他却对查理医生那么"好"?就连当事人查理与爱玛说到郝药师也都称他为"好人",那郝药师果真是一个从不排挤查理医生的"好"药师吗?

---

  ① 据李健吾中译本脚注,小说用的动词"一直是过去时",倒数三段改成了"现在时"。

查理与郝麦首次沟通是在小说第一部的结尾处，为让病恹恹的爱玛"换换空气"，查理寻思离开行医四年的道特，他

几方面进行打听，后来听说，新堡区有一个殷实大镇叫永镇寺，医生是一个波兰难民，前一星期去了别处。他听到这话，写信给当地药剂师，询问人口数目、最近的同行的距离、前任每年进益等等；答复满意，爱玛的健康如果还不见好的话，他决计开春迁徙。

上面这段文字的关键点有二：

其一，永镇此前的医生是个"波兰难民，前一星期去了别处"。而查理与爱玛在永镇生活的几年，住的就是郝麦口中所说的"卷铺盖跑路的倒霉蛋"波兰医生亚诺达的房子，它是"花起钱来大手大脚"的亚诺达费钱费心布置出的"永镇最舒服的一所房子"，"就居住而论，应有尽有：洗衣房、厨房带食具间、客厅、水果储藏室等等，不一而足"。怪哉！依常理推断，波兰医生既如此用意经营这所房子，他应是想在永镇久住下去而不会轻易"卷铺盖跑路"。难道他也跟小说结尾中提到的三个医生一样是被郝麦"拼命排挤"走的？然也！小说第二部第三章给出了答案：当时的法律明文规定"任何人没有执照，不得行医"，没有执照的郝麦"严重违反这一条法律，经人暗中告发，王家检察官传他到鲁昂问话"，他虽未被"拘禁在地牢深处"，却也吓得"像要中风一样"。害怕归害怕，日子一久郝麦"像往常一样，在铺面后间看病，开上一些无关紧要的方子"，但他明白"同行忌妒，必须加意小心"。显然，在永镇忌妒郝麦的同行

就是波兰医生亚诺达，而暗中告发郝麦的人也应是他，郝麦不知使了什么手段才将亚诺达排挤走。可以想见，他对查理夫妇说出"卷铺盖跑路的倒霉蛋"时会是何等得意。

其二，查理"写信给当地药剂师，询问人口数目、最近的同业的距离、前任每年进益等等；答复满意"。"满意"的查理可能至死都没弄清他在永镇行医的"最近的同行"，其实正是他写信询问情况的郝麦，写信给他无异于与虎谋皮。问题是为何郝麦好不容易排挤走一个波兰医生，却又接受查理来永镇行医呢？因为他无行医执照，且此时其威势也远未膨胀到小说结尾处"官方宽容他，舆论保护他"的程度，故郝麦需要一个医生来给自己以开药店卖药的名义，暗地里为给人看病的违法行为打掩护。如果新医生像波兰医生一样嫉妒并暗中告发自己，郝麦再将其"拼命排挤"走便是。无疑，木讷的查理之所以能在永镇行医到死，皆因他始终都在郝麦的股掌之上。

可既然郝麦接受查理来永镇行医是利用他给自己打掩护，那就不会任由查理做大做强到影响自己在永镇的医药界只手遮天的程度。因此，虽然从小说第二部开头郝麦初见查理夫妇便上前"介绍自己，向夫人表示他的热忱，向先生表示他的敬意"，一直到小说结尾，他似乎都是在为查理夫妇的事忙前忙后，可其实他一直在暗中算计查理。关乎此，小说第二部第三章曾明言郝麦之所以"讨好包法利先生，就是为了使他感激在心，万一日后（对自己暗中行医）有所察觉，也就难以开口"。

老好人查理哪是郝麦的对手呢？你看，查理在永镇行医不像他在道特那样"名誉完全稳定"且受"乡下人的喜欢"，而是"愁眉不展：顾客不见上门。他不言不语，一坐好几小时，不是在他的诊所睡觉,就是看他的太太缝东西"。与之相反,在整个永镇"最引人注意的"则是"金狮客店对面郝麦先生的药房",有集市的星期三,郝麦的"药房整天不空,人挤进去,说是为了买药,不如说是为了看病,郝麦先生的名气传遍四乡",乡下佬把他"看成一个比任何医生都伟大的医生"。临了,便是小说尾章的那个残酷对照:常向郝麦请教"诊费该多该少"的查理濒临破产时,他家对面药剂师的家"又兴旺,又快活,事事如意"。其实二人在永镇行医的较量结局,福楼拜早在小说第二部第四章中就以他俩玩牙牌的结果做了预示——"郝麦先生是个中能手,查理输得一塌糊涂"。一言以蔽之,正是"包法利的悲痛促成了郝麦的幸福"。

郝麦大致用了两招对付查理:

首先,伺机败坏查理的医名,医名一坏,本地找他就医的人便会减少,而找郝麦看病买药的人自会变多。此一手段的标志性事件就是小说第二部第十一章中的那次近乎闹剧的"畸形足矫正手术"。郝麦读到畸形足矫正手术的文章后,先是以查理会"名扬天下"说服了爱玛,而后又与爱玛一道鼓动从未做过这种大手术的查理给跛脚的客店伙计伊玻立特做矫正手术。结果手术失败,伊玻立特的坏疽几天后"一直朝肚子蔓延",眼看就要有性命之虞,可一向精明的郝麦却无任何对策。幸好,金狮客店店家勒弗朗索瓦太太清楚郝麦是本次事件的"罪魁祸首",便建议查理请来新堡的名医卡尼韦给伊玻立特做了截肢,这才保住了伙计的性命。此后,只要查理远远听见伊玻立特的假木腿"敲在石子路上笃笃的响声,就赶紧另走别的道儿"。"笃笃的响声"在下文中还会适时响起,它既是提醒世人查理医术无能的警钟声,也是其事业的丧钟声。

当然,更要紧的一点是手术前爱玛收到父亲的来信后[①],本已开始"忏悔"而反问自己"凭什么痛恨查理,是不是最好想法子爱他",可手术的失败则让爱玛对查理彻底失望——"他的存在,如今她样样看了有气",她甚至"后悔早先不该守身如玉"而是仍旧与罗道耳弗"搂成一团"。郝麦此招真是让查理赔了夫人又折名。他明明知道此前查理给罗道耳弗的仆人放血时遇到意外都会手忙脚乱——查理"心一慌,差点连纱布也包不好了",却极力鼓动查理去冒险做一次纸上谈兵式的大手术,而善于自保的郝麦则只会给病人"开上一些无关紧要的方子"。我料郝麦应想到,万一手术侥幸成功,自己与有荣焉,可一旦失败则查理的医名大损——手术成与败郝麦均可获利,且失败其获利更大。

其次,郝麦对爱玛的婚外情不仅装作毫不知情,也不警告木讷的查理,而且他还创造机会让爱玛已经中断的婚外情复燃。若查理家不和,自会万事俱衰,郝麦乐观其成。

先看爱玛与赖昂的婚外情。在小说第二部中,查理夫妇初到永镇在金狮客店用晚餐时,爱玛与赖昂相见恨晚的长聊;郝麦家的晚饭后聚会中爱玛与赖昂的长聊;包法利夫妇、郝麦和赖昂一道去参观一家新建的麻纺厂时,爱玛一直挎着赖昂长聊……凡此种种,极善察言观色的郝麦都在场,怎会看不出来?第三章中赖昂陪爱玛去奶妈家看女儿白尔特,"一到黄昏,永镇

[①] 第二部第十章中卢欧老爹的来信以及信文前后的文字与朱自清的《背影》一文神似。

传遍这事",包打听的郝麦能不知道?第四章中赖昂回屋(与郝麦太太的卧室门对门)发现有一条爱玛送他的呢绒毯子,郝麦夫妇等一众人看后"断定她是他的相好"。第六章中,赖昂离开永镇当天的晚饭时间,郝麦跟查理的谈话始终都以赖昂在巴黎是否会"学坏"或"染病"为主题,谈话让爱玛忍不住"叹气"或"打了个哆嗦",可能也是郝麦在有意试探爱玛。总之,郝麦明明清楚爱玛与赖昂的关系暧昧,却非但不警告查理,还说爱玛"是一个天资卓绝的女子,做县长夫人也不过分"。这不是摆明在蛊惑爱玛切莫满足于做查理的妻子,而应找个有身份的情人吗?

再看爱玛与罗道耳弗的婚外情。在小说第二部中,罗道耳弗带着仆人初登查理的家门去放血时,郝麦刚好就在场;农展会典礼开始前,勒弗朗索瓦太太对郝麦说,"啊,您看……包法利太太戴着一顶绿帽子,还挎着布朗热先生的胳膊";爱玛与罗道耳弗首次骑马林中幽会后回永镇时,"大家在窗口望她"……凡此种种,一贯善于捕风捉影的郝麦会不知道爱玛与罗道耳弗的私情?他门儿清着呢,不过是出于利己的考量而装作不知罢了。你看,罗道耳弗躲去鲁昂后,"一连四十三天,查理离不开"重病的爱玛,"别的病人他全不看了","郝麦先生药方的药,他用了许许多多,先就不知怎么样补报才是",这一切多么如郝麦的意。

如果说以上郝麦对付爱玛婚外情的招数是"假痴不癫"与"隔岸观火",那他最终使出的大招则是"笑里藏刀"和"借刀杀人"。开春前后,爱玛好不容易从与罗道耳弗私奔未遂的打击中恢复过来,郝麦却突然再三怂恿查理带爱玛去鲁昂剧场看戏,送行时还不忘恭维爱玛:"您标致得活像一朵鲜花!您要

郝药师作法永镇寺

253

轰动鲁昂啦。"鲁昂，罗道耳弗和赖昂此时刚好都在鲁昂，事情真有这么巧？非也！须知，郝麦是在鲁昂念的药剂学，他不仅常去鲁昂，而且在那儿的耳目也多，因此他应是知道罗道耳弗和赖昂都在鲁昂，才会再三怂恿查理带爱玛去鲁昂剧场看戏，以便让爱玛的婚外情复燃。由此，便不难理解为何一旦爱玛与赖昂频繁在鲁昂幽会，总说自家药店里的事儿太多脱不了身的郝麦也开始在鲁昂现身了。比如，他不仅"周四"去鲁昂干扰了赖昂与爱玛的周四幽会，还故意问赖昂是否在"包法利夫人家追人"，赖昂情急之下说"他只爱棕色头发女人"——前章提到爱玛的头发就是棕色。此外，爱玛最后一次去鲁昂，在红十字旅店也碰巧看见"那位善心的郝麦先生"来进货。若说这一切都是巧合，谁信呢！

要之，郝麦不仅清楚爱玛的婚外情，而且还是其旧情复燃的暗中推手，用心何其毒也。因此，绝非像纳博科夫在《文学讲稿》中所言："最爱管闲事的一位好事之徒——郝麦先生，很可能会密切注视在他所热爱的永镇的一切通奸案，却从未发现，从未听过爱玛的风流韵事。"[①]

再有，爱玛服下的砒霜也跟郝麦大有干系。爱玛首次看见砒霜，就是在郝麦家听他反复训斥小学徒玉斯旦万不能碰架子上"蓝玻璃瓶子的砒霜"；当郝麦看过爱玛留给查理的信后，明知爱玛服下的就是砒霜，却不赶紧开"高效的解毒药"，而是说"应该化验一下才是"——有延误治疗之嫌一。卡尼韦医

[①] 〔美〕纳博科夫：《文学讲稿》，申慧辉等译，上海：上海译文出版社，2018年，第163页。

生给爱玛服了催吐药后她开始吐血并"发疯一般喊叫连天",治疗方法显然不对症,可郝麦却"还在提供假定:'也许这是一种有利的发作'"——有延误治疗之嫌二。郝麦宴请拉里维耶尔博士时说自己最初想给爱玛"小心地插进一根细管"做"病理分析",博士当即以还"不如把手指塞进她喉咙"抠吐打断了他;郝麦想到了"插进一根细管",竟忘了治服毒的简单而有效的方法"抠吐"——有延误治疗之嫌三。有此三个嫌疑,便足可说杀爱玛之一者郝麦也。此外,爱玛一死,老谋深算的郝麦就"急急忙忙进了药房",迅速"捏造一套隐瞒服毒的谎话,写成文章,送给《烽火》登出来",让永镇的人都认为爱玛"做香草奶油,错把砒霜当糖用",以便撇清自己的干系。"好人"郝药师的城府之深,真让人细思恐极,多少巴黎名利客,机关用尽不如君啊!

无疑,郝麦以一种表面的"蠢"成功掩饰了其本质的"坏",真是得"厚黑学"之神髓者。他以"必须跟着世道走"为立身原则,算上波兰医生和查理他一共"拼命排挤"走了五个想在永镇开业的医生。最终,没有营业执照的他甚至都不再需要一个医生来打掩护了,因为"官方宽容他,舆论保护他"。你看,郝药师在第二部第一章中只有"一时兴起,忘乎所以"后,才敢跟勒弗朗索瓦太太吐槽"教士一向愚昧无知,厚颜无耻,还硬要世人和他们一样",但兴奋劲儿一过便"住了口,目光炯炯,看周围有没有听众";可在小说第三部第九章中,他已敢跟堂长争论得"面红耳赤",甚至都要"破口对骂"了。而本无意与郝麦为敌的查理虽然死了三十六小时,尸体还是被郝麦请来的卡尼韦医生给解剖了,并且查理家的"全部家什出卖抵债后，只有十二法郎七十五生丁剩下来"。我们虽不知另外四个被郝麦"拼命排挤"走的医生下场如何，可只查理家一例便足以让读者明晓郝药师之"好"。

小说临近尾声时，去世前一天的查理偶然碰到了罗道耳弗，他以德报怨道："我不生您的气。……错的是命。"可被原谅的罗道耳弗作为"支配这一命运的人"，觉得一个人处在"查理这种地位，说这种话，未免过于宽厚，简直可笑，甚至有点下贱。""错的是命"，或许查理临死都没懂那句著名的古希腊箴言："一个人的性格就是他的命运。"悲哉！子曰："唯上智与下愚不移。"信哉斯言，信哉斯言！

想必福翁认为只亮出罗道耳弗的这句暗喜心言，还不足以醒世喻世，于是他在小说的最后一句猛抽了读者一记耳光："他新近得到十字勋章。"短短一句客观描述，真让人拍案惊奇！郝药师在永镇机关算尽，最终非但未误了性命，反倒得了十字勋章，现实还真是"杀人放火金腰带"呢。好一个"十字"！幸赖布尔乔亚的伪政治之大能，伪科学和伪信仰终合体于这个深深楔入读者心中的"十字"上。此前，几杯烧酒下肚的堂长布尔尼贤曾拍着总跟自己斗得乌眼鸡似的郝麦说"我们有一天会相处得来的"，还真像是个谶语响卜，一毫不差。"他新近得到十字勋章"，这记现实主义耳光打得结结实实，打得我们像吃了苍蝇一样恶心抓狂，可又只能暗自憋气无语，因为：

"人生就是这样"！[1]

---

[1] 小说第三部第八章中，罗道耳弗对因走投无路而前来向自己借钱的爱玛所说的话。

棚下的肉山与厅中的热气

　　酒席摆在马车棚底下。菜有四份牛里脊、六份炒子鸡、煨小牛肉、三只羊腿、当中一只烤乳猪、边上四根酸模香肠。犄角是盛烧酒的水晶瓶。一瓶瓶甜苹果酒，围着瓶塞冒沫子，个个玻璃杯先斟满了酒。桌子轻轻一动，大盘的黄色奶油就晃荡，表皮光溜溜的，上面画着新人名姓的第一个字母，用糖渍小杏缀成图案。他们到伊弗托找来一位点心师傅，专做馅饼和杏仁糕。他在当地初次亮相，特别当心，上点心时，亲自捧出颤巍巍一盘东西，人人惊叫。首先，底层是方方一块蓝硬纸板，剪成一座有门廊有柱子的庙宇，四周龛子撒了金纸星宿，当中塑着小神像；其次，二层是一座萨瓦蛋糕望楼，周围是独活、杏仁、葡萄干、橘瓣做的玲珑碉堡；最后，上层平台，绿油油一片草地，有山石，有蜜饯湖泊，有榛子船只，还看见一位小爱神在打秋千：巧克力秋千架，两边柱头一边放一个真玫瑰花球。

　　上面这段文字出自《包法利夫人》的第一部第四章，描写的是爱玛与查理的婚宴。福楼拜虽一生耽于美食，但在整部小说中却高度克制地只详写过两次餐桌上的物，一为上面这个婚宴，二为第一部第八章中侯爵府的渥毕萨尔舞会前的晚宴。一向挻跺极工而后已的福翁应是有意把两次宴席进行对照，因为我们只要一将两次描写对读便立即能知晓外省的小布尔乔亚与贵族的品位之大不同。若想读懂《包法利夫人》，可切莫忘了其副标题是"外省风俗"，先看这段婚宴文字。

教堂行过婚礼后，拉长的婚礼队伍三三两两，曲曲折折，吵吵闹闹，如一条贪吃大蛇蜿蜒着向车棚下的一座座小肉山寻来。因卢欧老爹家没有能容下四十三位来客吃吃喝喝几天的室内空间，故婚宴地点选在了可遮阳避雨的"马车棚底下"——粗陋而不如爱玛贵族生活梦之意也一。牛里脊、炒子鸡、小牛肉、羊腿、烤乳猪、酸模香肠层层围叠起来的一座座小肉山以及"瓶塞冒沫子"和"个个玻璃杯先斟满了酒"，实在且分量足；逐个列出份数，是要表明对于小布尔乔亚来说分量足就等于幸福——粗糙而不如爱玛贵族生活梦之意也二。一座座小肉山上泼洒着烧酒，冲绘出一幅彼得·勃鲁盖尔《婚礼舞蹈》风格的酒肉图，然后再添一"大盘的黄色奶油"，并且"桌子轻轻一动，大盘的黄色奶油就晃荡，表皮光溜溜的，上面画着新人名姓的第一个字母，用糖渍小杏缀成图案"——粗浮而不如爱玛贵族生活梦之意也三。最终，一座油腻至极的三层混搭风（基督教、中世纪贵族碉堡望楼、罗马小爱神和现代田园风）蛋糕"颤巍巍"地压在三重油腻上并辅以"人人惊叫"——粗俗而不如爱玛贵族生活梦之意也四。你看，让外省小布尔乔亚们在婚宴上满足惊叫的好生活，不过是油腻复油腻的堆砌庸俗而已，这让人想起那些诸如"等俺有钱了，天天吃饺子，吃肉夹馍"的段子。看来穷人就算暴发了也仍缺乏对好生活的想象力，就像《红楼梦》中进大观园的刘姥姥断没想到贾府也会吃自家常吃的茄子——烹制工序繁复讲究的"茄鲞"，而非顿顿大鱼大肉。

但就是上面这些油腻复油腻的饮食，让来客们只头天就"用了十六小时"吃，"一直吃到天黑。坐得太累了，大家到院子散步，或者到仓库玩瓶塞，然后回来再吃"。婚宴中满坑满谷的酒肉，颇符合福楼拜对外省小布尔乔亚之饮食趣味的概括："在外省，生活围绕着饭桌展开，旋转的烤肉叉就像外省生活的脉搏，消化则好比一个盛大节日。"

知晓了外省小布尔乔亚的饮食趣味后，再看侯爵府的渥毕萨尔舞会前的晚宴：

> 爱玛一进去（餐厅），就感到四周一股热气，兼有花香、肉香、口蘑味道和漂亮桌布气味的热气。烛焰映在银罩上，比原来显得长了；雕花的水晶，蒙了一层水汽，反射出微弱的光线；桌上一丛一丛花，排成一条直线，饭巾摆在宽边盘子里，叠成主教帽样式，每个折缝放着小小一块椭圆面包。龙虾的红爪伸出盘子；大水果一层又一层，压着敞口篮子的青苔；鹌鹑热气腾腾，还带着羽毛；司膳是丝袜、短裤、白领结、镶花边衬衫，严肃如同法官，在宾客肩膀空间，端上切好的菜，一勺子就把你选的那块东西送到面前。带铜条的大瓷炉上，有一座女雕像，衣服宽适适的，从下巴裹起，一动不动，望着满屋的人。

这仅是小说第一部第八章的"爱玛做客侯爵府"中的一小段文字，我认为该章的叙述摇曳生姿真足以与《红楼梦》的"刘姥姥进大观园"相媲美。不过刘姥姥全然接受大观园的玩乐定不会是自己的未来日常，故她会喜出望外："虽然住了两三天，日子却不多，把古往今来没见过的，没吃过的，没听见的，都经验过了。"而爱玛则总觉得侯爵府的做客一日应成为自己的未来日常，故她认定："在渥毕萨尔，也曾见过几个公爵夫人，腰身比她粗笨，举止比她伧俗；她恨上帝不公道，头顶住墙哭。"是喜是哭，境由心造也。

　　如果说婚宴中的物始终都以饿虎扑食般的视觉方式来呈现——饮食的色、香、味中的香与味被有意略去不写以凸显外省小布尔乔亚感觉的单一和迟钝，那舞会前的晚宴上物的出场便是与之大不同的浑整的触觉与精细的嗅觉。你看，首次进入贵族餐厅的爱玛还未缓过神来，晕乎乎的有种腾云驾雾的梦幻感，其身体为一股氤氲的"热气"所笼覆、裹抚，而这股"热气"就是爱玛曾一遍遍阅读和一次次想象过的贵族生活的道成肉身式直接显现。爱玛"感到四周一股热气，兼有花香、肉香、口蘑味道和漂亮桌布气味的热气"，向往精致生活的爱玛当然要比来参加自己婚宴的那些粗鄙的宾客们强得多，因为她即使晕乎乎也能辨出"热气"中有四种味道。但爱玛毕竟没有养成贵族的精细感官，比如是些什么花，什么肉，什么口蘑，桌布怎么漂亮，全无交代，而精细的感官乃是贵族之教养与身份的显要特征之一。或许真如《红楼梦》中的妙玉所言：雨水和雪水都分不出的"大俗人"，焉能知茶味呢？

　　"烛焰映在银罩上，比原来显得长了；雕花的水晶，蒙了一层水汽，反射出微弱的光线"，光线"微弱"而不耀眼，就如同《红楼梦》中贾母所说的"音乐多了反失雅致，只用吹笛的远远的吹起来，就够了"中的"远远"，隐约微茫，甚好。此处的"水晶"虽与婚宴上"盛烧酒的水晶瓶"都用到了"水晶"，但给人的感觉却大不同——就是用同一材质也能显出使用者的不同品位，须知胸前闪晃黄澄澄的大金链子的人离贵族范儿尚远。

"桌上一丛一丛花，排成一条直线"，爱玛眼中的花，多却不乱，写出贵族生活的规矩和秩序；无花名，则写出爱玛的紧张与孤陋。"饭巾摆在宽边盘子里，叠成主教帽样式，每个折缝放着小小一块椭圆面包。"饭巾的摆放和样式，写出贵族生活的精致讲究，"小小一块椭圆面包"中的"小小"一词真且妙，让人想起刘姥姥拿起箸夹鸽子蛋时所说的话"这里的鸡儿也俊，下的这蛋也小巧，怪俊的"，"小小"即饭巾折缝里放着的绝非爱玛平日惯吃的那种"大大"的面包。

"龙虾的红爪伸出盘子"，"伸出盘子"状物真鲜活欲动，写出爱玛眼中的龙虾之大。"大水果一层又一层，压着敞口篮子的青苔"，篮子底垫饰有"青苔"，雅致讲究，"大水果"即后文所说爱玛"从来没有见过的石榴，也没有吃过的菠萝蜜"等水果，陌生的"大水果"与她所熟识的婚宴上那些杏仁、榛子和葡萄干等"小干果"形成对照。"鹌鹑热气腾腾，还带着羽毛"，晚宴的核心肉食是裹着羽毛烹烧的鹌鹑而非婚宴中的油腻烤乳猪，鹌鹑在热气腾腾中收翅裹羽，如伏云雾，巧美讲究，定会让爱玛惊羡不已。

"司膳是丝袜、短裤、白领结、镶花边衬衫，严肃如同法官,在宾客肩膀空间,端上切好的菜,一勺子就把你选的那块东西送到面前。"司膳的装束描写顺序是从下往上,这样打量的方式写出爱玛初看司膳时的目光生怯、不自在;司膳的装束与动作,也只有首次进侯爵府的爱玛才会细看,他人早已熟视无睹了。

"带铜条的大瓷炉上,有一座女雕像,衣服宽适适的,从下巴裹起,一动不动,望着满屋的人。"大妙!须知,"一动不动,望着满屋的人"的哪是什么"一座女雕像"呢,分明就是晕乎乎、呆呆然的小可怜爱玛呀!

　　烛焰映在银罩上,比原来显得长了;雕花的水晶,蒙了一层水汽,反射出微弱的光线;桌上一丛一丛花,排成一条直线,饭巾摆在宽边盘子里,叠成主教帽样式,每个折缝放着小小一块椭圆面包。龙虾的红爪伸出盘子;大水果一层又一层,压着敞口篮子的青苔;鹌鹑热气腾腾,还带着羽毛;司膳是丝袜、短裤、白领结、镶花边衬衫,严肃如同法官,在宾客肩膀空间,端上切好的菜,一勺子就把你选的那块东西送到面前。带铜条的大瓷炉上,有一座女雕像,衣服宽适适的,从下巴裹起,一动不动,望着满屋的人。

以上描写用了五个分号(福楼拜的标志性文体特征)和三个句号,爱玛之眼也宛如缓缓移动的镜头随拍随止了八次。烛焰、银罩、水晶、丛花、饭巾、小小椭圆面包、龙虾的红爪、大水果、篮子、青苔、鹌鹑、热气、司膳、大瓷炉和女雕像一一显现，物象繁多却错落有致，节奏是"动—静—动—静"，起伏变化但有条不紊，读者如见爱玛的目光在不时地为贵族饮食的那一个个讲究的细节所勾留且满是惊羡。

想必做客侯爵府的一日让爱玛既觉其长又恨其短，觉其长是因她生怕露怯而被人鄙夷，爱玛就像黛玉"尝听得母亲说，他外祖母家与别人家不同"，须"步步留心，时时在意"，整天都"小心在意，仔细从事"；恨其短则是因爱玛明白"转眼就要和这奢华的生活告别了"，而她却只能"使劲不让睡意上来"，以便"尽量让这美妙的幻景在脑海里多停留一会儿"。此长短交织的时间相对论之妙用，让读者真体味到了爱玛"心比天高，命比纸薄"的锥心之痛。

无疑，"侯爵府一日客"确实如前章所言是爱玛生活中的"一件大事"——她运命的真正转捩点。尽管侯爵府中的"香槟酒冰镇过，爱玛经不住嘴里那么凉，浑身上下打颤"，贵族们的谈话"有许多字句她听不懂"，以及她跟子爵跳华尔兹时"气喘吁吁，险些跌倒"，但侯爵府"就连砂糖，她也觉得比别处的砂糖更白更细"，因此爱玛真"巴不得知道他们的生平事迹，渗进去，打成一片"。归家后，"回忆那次舞会，成了爱玛的必修课"，她的心宛如那双"鞋底被舞厅地板蜡染黄的缎鞋"，"一旦擦着华贵而过，便留下了无从拭去的痕迹"。曾经沧海般的一晌贪欢真如以钝刀杀人，磨筋锉骨，啮心噬神，残酷至极。

赴约去侯爵府前，满心欢喜的爱玛怎会料到自己仅用过一次晚餐，眼睛便已为贵族生活的神笔点过——查理在一边一支蜡烛的镜子里看爱玛，"她的黑眼睛显得更黑了"。哎，"黑眼睛显得更黑了"的爱玛还浑不知自己的前途也"更黑了",因她已命定要追着自己的贵族生活梦一条道跑到黑,直到仰毒临终前一声大喊:"瞎子!"

尔后,一切归于"永恒的黑暗":

> 我本可以容忍黑暗
> 如果我不曾见过太阳
> 然而阳光已使我的荒凉
> 成为更新的荒凉

第三辑　从红字到红十字：
　　　　读《红字》

看啊，这个人！

　　从前，有一个不知是好还是坏的小城姑娘 P，在自家老男人 C 离家多年未归后，跟一个备受他人耸慕且美丰仪的年轻男人 D 生下了一个女儿小 P。等等，这有什么？我们可是对这种狗血剧情都司空见惯了的中国读者呢。这有什么？要知道那可是从前，此等事断然不能见容于小城道德观的从前。那从前会如何？休要打断，且听我往下说。在那个从前，劈腿的姑娘 P 因拒绝交代小 P 的生父，不仅被当众审判、认定为一个坏姑娘，还要在胸前佩戴上一个红字"A"——象征通奸（adultery）的"A"，且不准摘掉，以示惩戒，以儆效尤。那结果呢？结果坏姑娘 P 不仅以一股"要把脱掉的衣服，一件一件地穿回来"的韧劲活了下去，而且还愣是把人人鄙视的胸前红字变成了一个人人敬慕的红十字。可那个年轻男人 D 终因良心的折磨不堪忍耐，身心俱疲，弃世而去。当然，这其中还有老男人 C 的突然返乡……

　　没错，有读者早就猜出了上面这个狗血剧情来自美国著名作家霍桑（Nathaniel Hawthorne，1804—1864）的小说《红字》（*The Scarlet Letter*，1850）。什么？一枚美国帅哥居然会如此保守？会因良心的折磨而死？太夸张了吧？要知道那可是在 350 年前、17 世纪中期（相当于中国明末清初）的波士顿啊！那时的美国佬大抵是一群基督教清教徒，一听说有牧师要讲道便会立马撂下手头的活计匆匆赶去教堂；时常一个讲道还未结束，呜咽声和哭喊声就会响彻整个会场："噢，我要下地狱了！""有罪的我，该做什么才能得救啊？"……①

"有罪的我"——霍桑的很多作品都是锚定在基督教清教徒所念兹在兹的罪上。霍老头在其短篇小说《教长的黑面纱》中曾借临命终时的胡珀神父之口喟叹道："我环视四周，啊，看哪！在每一张脸上都挂着一块黑面纱！"同样，我们亦能以如是口吻来打量霍桑的长篇小说代表作《红字》："我环视四周，啊，看哪！在每个人胸前都烙着一个红色的 A 字！"霍桑惯于以近乎严苛的清教道德观（像加了一个暗棕色滤镜）去探看众生那黑暗的心，这使我们在阅读其作品时，常如在薄暮冥冥之际突然陷入一片片莽莽苍苍的象征森林。比如《红字》中的四个主人公，可能就分别象征着某一个体身上的四种相互纠缠的品性。

首先看小说《红字》的女主人公 P——海斯特·白兰（Hester Prynne）。海斯特（Hester）恰如其名的音近词"hasty"（草率匆忙）的含义所显示的那样——她因由着自身"欲望"的驱策而行事"草率匆忙"，故犯下为早期新英格兰清教观念视为大恶的通奸罪。犯罪后的白兰的主要遭遇，可由其

---

① 〔美〕海伦·K. 霍西尔：《爱德华滋传》，曹文丽译，北京：华夏出版社，2006 年，第 74—83 页。

姓氏"Prynne"的两个形近词来描述：她通过胸前佩戴标示通奸（adultery）之罪的"红字 A 布牌"，来"修剪"（prune）自己那斜逸旁出的欲望枝条，最终而留下一个"净化"（purify）了的树干，挺立于道德严峻的新英格兰世界，她"性格中一切轻柔优美的枝叶，都已被这个烙铁般火红的印记烧得枯萎，脱落精光，只剩下一个光秃秃粗糙的轮廓"①。或许，白兰象征着我们每个人身上那恒常性的情欲（或真实性的恶）。如是看白兰胸前佩戴红字，有深意存焉——红字 A 时刻都在提醒着每一凡人，我们都会因情欲而犯罪。

而白兰的情人 D——亚瑟·丁梅斯代尔（Arthur Dimmesdale）牧师，则象征着我们每一个个体心中的信仰/道德等物。它们虽然高贵，却会有被"情欲"遮蔽而"黯淡"（dim）的时候——人们在日常生活中难免会闪避信仰/道德等赋予的责任，而这也是常人在世间存在的常态。因为任何所谓纯粹完满的信仰/道德都非此岸之物，所以人若想达到信仰/道德的完满，就只能弃世而去。唯其如此，我们才可理解为何霍桑会在小说的结尾处安排丁梅斯代尔因忏悔自己偶犯的通奸罪而死。丁梅斯代尔正如其名"亚瑟"（Arthur）所彰显的那样，以一股愈来愈强的亚瑟王（King Arthur）般的王者勇气与骑士精神来省思自己的罪，他努力挣扎着以求通过否定肉身的不完满来获得属灵的完满性。

小说中白兰的丈夫、老男人 C，名曰罗吉尔·齐灵沃思

---

① 〔美〕霍桑：《红字》，姚乃强译，南京：译林出版社，1996 年，第 144—145 页。姓氏"Prynne"的中译"白兰"好，中文读者看到会不忍其受罪。

（Roger Chillingworth）。他不仅与近代实验科学的先驱罗吉尔·培根（Roger Bacon）同名，而且身为学者的他亦像培根一样，时刻都醉心于以理智的观察来考掘真相的实验之中。只不过齐灵沃思的实验对象不是自然，而是人性/人心罢了。小说中的齐灵沃思因想知道他人的情感反应，时刻都在侵犯他人的灵魂和感情。我们可以说他以一种近乎撒旦之试探般的偏执，亵渎着他人心灵的尊严。齐灵沃思最终自毁于这种高度算计的理性式复仇之火。颇有意味的一点是，霍桑早在19世纪前叶，便以齐灵沃思（Chillingworth）这姓氏来提醒我们，一个过度理性化的个体与社会时刻都会遭遇"冷风吹"（chilling）的戕害。[①] 因此，作家进而追问，丧失人性关怀的过度理性化究竟"值不值"（worth）呢？

白兰与丁梅斯代尔的私生女小 P——珠儿（Pearl），在小说中所起的作用就像但丁《神曲》中的贝缇丽彩一样领人向上。珠儿是信与欲的结合，故她虽偏向灵但仍不纯粹。这种不纯粹性，是以肉身为存在基础的常人的必然性宿命。当白兰/我们妄图遮蔽自身的情欲或恶之存在时（如小说第十九章中，白兰在与丁梅斯代尔溪边私会时，她撕下胸前红字并将其扔入溪中），珠儿便会适时闪现——她以属灵之光提醒白兰/我们自身情欲或恶的确定性存在，所以她确如"珍珠"（pearl）般珍贵。而当白兰/我们认识到情欲的恒常性或恶的真实性后，哪怕他人认为我们的行为完善到已足够取下红字，我们仍然不能

[①] 霍桑对科学理性的反思，可参读其短篇小说《拉帕西尼医生的女儿》（*Rappaccini's Daughter*, 1844）。

骄傲地以为确乎如此而取下红字。当白兰/我们能坦然地接受自身的不完满，甘愿戴上红字，珠儿便失去提醒我们罪之存在的意义。因此，小说结尾处的珠儿看似是远嫁他乡而外遁，实则是内化进了白兰的心灵之中。或许此处的微言大义是——谁能如睹明月般识认到珠光，珠儿才会真正地内在于谁。因为个体在此岸的自我完善之路并没有终点，所以得其所哉的珠儿依然"时刻都在想念着她的母亲"，即她仍时刻都在导引着在外人看来已然成圣的白兰/我们前行。

显然，从其主题来看，《红字》只是《圣经·约翰福音》8：3-7中那个著名寓言的敷演：

> 文士和法利赛人，带着一个行淫时被拿的妇人来，叫她站在当中。就对耶稣说，夫子，这妇人是正行淫之时被拿的。摩西在律法上吩咐我们，把这样的妇人用石头打死。你说该把她怎么样呢？他们说这话，乃试探耶稣，要得着告他的把柄。耶稣却弯着腰用指头在地上画字。他们还是不住地问他，耶稣就直起腰来，对他们说，你们中间谁是没有罪的，谁就可以先拿石头打她。

正是在此意义上，可以说小说《红字》实是一部个体的忏悔录与修炼书：它记录着一个个体由骄傲而自认无罪，心存不甘地佩戴红字，到谦虚地接受自身的不完满性或有罪性，最终坦然地佩戴上了红字。看啊，这个人！这个个人由灵珠引向善，以善功打磨恶，因着骑士般坚定的信，朝向那属灵的完满目标坚定地迈进。

不知何故，《红字》中的这个人总会让我想起霍桑之女回忆中的霍桑：一个冬日午后，霍桑紧裹着斗篷在河上与爱默生和梭罗一道溜冰，他犹如一尊希腊雕像般向前滑行，庄严、肃穆而又俊冷——

这世上只有两种人："一种是义人，他们相信自己是罪人；另一种是罪人，他们相信自己是义人。"①

---

① 〔法〕帕斯卡尔：《思想录》，何兆武译，北京：商务印书馆，1985年，第236页。

破阵女白兰

霍桑的《红字》第二章《市场》开篇不久便是这样一个场景，狱门打开，女主人公海斯特·白兰推开挂刀持棍的狰狞狱吏，迈步陷入了旁观者的目光网阵中：

> 那些旁观者，总是要摆出同样庄严的态度来，这种态度是适合这儿人民的身份的，因为他们把宗教与法律几乎视为一体，而且这两者又完全浸润在他们的性格中，把有关公众纪律的最温和的和最严厉的条例，全都看得庄严而可怕。一个犯罪的人，站在绞刑台上，从这样的旁观者所能探求的同情，真是又贫乏又冷酷。另一方面，在现今的时代中象那只会引起嬉笑嘲骂的一种刑罚，在当时也几乎会如死刑般罩上了让人望而生畏的庄严。[1]

陷入他人目光网阵中的白兰"露出全身，伫立在人群面前

---

[1] 〔美〕纳撒尼尔·霍桑：《红字》，侍桁译，上海：上海译文出版社，1981年，第3—4页。

时，她的第一个冲动，似乎就是抱紧那个婴儿，贴住胸怀；这动作与其说是母性爱的冲动，还不如说她借此可以遮掩那缝在她衣服上的标记"。

但婴儿盾牌未能帮白兰冲破他人的目光网阵；要破阵，她只能靠自己孤身一人①：

In a moment, however, wisely judging that one token of her shame would but poorly serve to hide another, she took the baby on her arm, and, with a burning blush, and yet a haughty smile, and a glance that would not be abashed, looked around at her townspeople and neighbours. ②

不过，她马上就看明白，这孩子也是她的耻辱的一个标记，拿她来遮掩另一个标记是不太高明的，因此她把婴儿撑在胳膊上，面孔发着烧，却表现出高傲的微笑，用一种从容不迫的眼光，环视了她同城的居民和邻人。

这个看似轻描淡写的措辞"In a moment"中的"moment"，对白兰来说绝对是一个让她深感长不可耐的沉重时刻，因此霍桑用了一个长蛇阵般的长句将白兰缠入其中：

---

① 小说第二章《市场》中"绞刑台"上的"圣母女"呼应着第二十三章《红字的显露》中哀悼基督似的"圣母子"，"牧师倒在刑台上。海斯特稍稍把他扶起，让他的头靠在她的胸上"（胸上绣着红字 A）。

② Nathaniel Hawthorne, *The Scarlet Letter*. New York: Bantam Books, Inc., 1981, p. 50.

> [...] she took the baby on her arm, and, with a burning blush, and yet a haughty smile, and a glance that would not be abashed, looked around at her townspeople and neighbours.
>
> 她把婴儿撑在胳膊上，面孔发着烧，却表现出高傲的微笑，用一种从容不迫的眼光，环视了她同城的居民和邻人。

句子一端是"she"（她），另一端是"townspeople and neighbours"（同城的居民和邻人），显然即将开始的"绞刑台示众"将是场以一敌众之战，我们且看行行重行行的白兰如何跌跌撞撞地破阵。

长蛇阵首先为第一个"and"的坠入所截断，这个孤绝的"and"犹如伫立在阵中的白兰，前后没有依傍，两个逗点停顿两次将其与他人隔开。看啊，这个孤零零的个人！这个孤绝的"and"是一个让白兰致命让读者揪心的休止，是《水浒传·林教头风雪山神庙》里"雪下的正紧"中的那一"紧"字，也仿佛是《战争与和平》中受重伤后躺在战场上出神的安德烈公爵。

你看，陷入阵中的白兰要稍事停顿，端盔理甲，整妆敛容：第一个"and"前，是叠音（b）词 baby，而"and"后，则是因"baby"而燃起且正燃着的火——押头韵（b）的"burning blush"（燃烧似的脸红）。"burning blush"，绝妙的措辞！我们不仅看到白兰脸上的火在"燃"（burning），两个头韵"b"也让我们听到了那毕毕剥剥燃烧的火声，而 blush [blʌʃ]的尾音则是归于静寂的一声太息——清辅音[ʃ]。

"burning blush"这一声太息后，先是一个逗点的一顿，然后才是第二个"and"。如若说第二个"and"前的"burning blush"只是临此窘境的常妇所现之态，那第二个"and"后，作者来了一个突转——"and yet a haughty smile"（淡淡的傲笑）。对，"haughty smile"是海斯特（Hester）发出的，"haughty"和"Hester"的第一个辅音[h]和最后一个辅音[t]何其相似。众目之网阵中那张燃烧似的红脸所燃出的竟不是服罪的涕泣，而是一痕淡淡的傲笑。白兰的神情一定让她面前的观众震惊了。震惊？太夸张了吧？请容我重复一段前文中的老话：要知道那可是在350年前、17世纪中期（相当于中国明末清初）的波士顿啊！那时的美国佬大抵是一群基督教清教徒，一听说有牧师要讲道便会立马撂下手头的活计匆匆赶去教堂；时常一个讲道还未结束，呜咽声和哭喊声就会响彻整个会场："噢，我要下地狱了！""有罪的我，该做什么才能得救啊？"……

一个示众的淫妇，注定要进地狱的淫妇，竟敢当众"表现出高傲的微笑"！想必，当时的观众都被惊掉了下巴。

"haughty smile"后又是一个逗点的一顿，然后是第三个"and"——and a glance that would not be abashed（"并不羞愧的一瞥"）。此处直译"并不羞愧的一瞥"断不能转译作"从容不迫的眼光"。因为他人的目光网阵如一只只老饕在急等着白兰的"羞愧"（be abashed），他们妄图以"羞愧"将她困死在阵中，但白兰偏偏不是一只任宰任割的羊羔，她要以"并不羞愧的一瞥"（a glance that would not be abashed）来破阵。

以"glance"回击后,又是一个逗点的一顿,然后再"looked around at her townspeople and neighbours"(环视了她同城的居民和邻人)。看到没,这就是大作家下笔的精微之处:白兰必须先要经过先锋官"glance"(一瞥)的冲锋,一种下意识的小心翼翼的试探,才能以自己的目光与他人的目光网阵决战——"looked around"(环视)。"looked around at her townspeople and neighbours"(环视了她同城的居民和邻人)之中,"townspeople"(同城的居民)不就包括了"neighbours"(邻人)吗?那霍桑为何还要在"townspeople"(及第四个"and")后加上一个"neighbours"呢,下笔太草率了吧?草率?草率是二流作家的专利,休想与霍桑扯上半点关系。想想吧,一个被众人认定"有错"或"有罪"之人,最难直视的不正是熟人的目光吗?因此,老霍的下笔极为精准:白兰先是"glance"(一瞥,目中"无人",只是些影影绰绰的影像,如镜头未对好焦距),后"looked around at her townspeople"(环视了她同城的居民,此时目中"有人",如镜头对好了焦距),最终"looked around at her neighbours"(环视邻人,如镜头正在重点聚焦)。故,白兰的目光之战所面对的敌手,必须是先"townspeople"(同城的居民),后"neighbours"(邻人)。已敢于环视邻人的白兰,还何惧之有呢?到底谁有罪?让我们搏一搏吧!你看,众口一词到底是销人骨,还是砺人骨,端的看你是谁。白兰最终不是生把"红字"升格成了"红十字"吗?

我们将上面这段话依阅读的节奏分下行:

she took the baby on her arm,

and,

with a burning blush,

and yet a haughty smile,

and a glance that would not be abashed,

looked around at her townspeople

and neighbours.

　　四个被作家刻意植入的"and",是白兰的四个回合破阵间人困马乏时暂歇的驿站,也是暴击她的命运之锤,恰如贝多芬《命运交响曲》开头的那四个音。

　　白兰的动作如果连起来其实十分简单——"she took the baby on her arm and looked around at her townspeople and neighbours",但白兰由"took"到"looked around"的过程中如果没有细节,那《红字》便不是经典。霍桑在白兰由"took"到"looked around"的过程中,有"burning blush"(习俗观念的羞耻已内化为下意识的身体感)、有"haughty smile"(必须是"smile",一种有意识但不过度的表情抵抗,面对他目,白兰哂之),以及有"a glance that would not be abashed"(不羞愧的一瞥)。你看,白兰的情态动幅层层渐强,被众人那霸凌的目光暴击成呆鸡的白兰最终活了。

　　因此,这一句长蛇阵必须要如长蛇摆尾般一顿再顿,不经过那一顿再顿,白兰就不会亦不敢"looked around"。她必须要在一顿再顿中跌跌撞撞地破阵,否则便不是这一个白兰。顿顿揪心吧?看到这仅有32个单词(外加6个标点)的半句话的精妙了吧？老霍确有过人之处。我们再看看整句：

> In a moment, **however**, wisely judging that one token of **her** shame would but poorly serve to hide another, she took the baby on her arm, and, with a burning blush, and yet a haughty smile, and a glance that would not be abashed, looked around at her townspeople and **neighbours**.

你看，在这个"moment"，不论开始的情形如何凶险，如何"however"，最终仍是白兰环视着她的"neighbours"，没错，"however"和"neighbours"押了漂亮的尾韵。而这句英文中，竟有十个单词含有霍桑的知音爱伦·坡在自解《乌鸦》一诗时所说的"最长的辅音"——[r]。它们都在呼应着her，因为这句话和整部《红字》都是白兰沦为他人眼、口、心中的宾语"her"后独自一人的漫漫长战。听，[r] [r] [r] [r] [r] [r] [r] [r] [r] [r]七嘴八舌的[r]音杂多而冗长。"her"是众目之的和众口之的，围绕着"her"，喧亮的调子在交头接耳，可畏的人言如旋风般回响——Look at her [hər]... [r] [r] [r] [r] [r] [r] [r] [r] [r]。

句子终了，白兰环视着她的邻人，跌跌撞撞地从目光长蛇阵中杀出。读到此处，我们已然知道白兰断不会在众人面前说出珠儿的父亲是谁，因为她已将"townspeople and neighbours"全部拿下了！你看，白兰抱珠儿大破目光阵虽仅两三行，但其惊心动魄程度其实并不逊于赵子龙背阿斗大战长坂坡吧？

英国作家毛姆曾说霍桑有"令人赞叹的文笔"，"有敏锐的耳朵，又善于遣词造句。他能把一个句子写得长达半页，从句层叠，但节奏均衡、音调铿锵且如水晶般明澈。他能写得富丽堂皇又繁复多变。他的散文就像哥特式花毯一样素净而华丽，但因他的趣味有节制，故从不流于浮夸或单调"。①

我记得王小波曾说过，"小说和音乐是同质"，"优秀文体的动人之处，在于它对韵律和节奏的控制"。霍桑做到了，是不是？

---

① W. Somerset Maugham, *Books and You*. New York: Arno Press, p. 86.

当"看者"成为"被看者"的时候

  一群身穿黯色长袍、头戴灰色尖顶高帽、蓄着胡须的男人,混杂着一些蒙着兜头或光着脑袋的女人,聚在一所木头大房子前面。房门是用厚实的橡木做的,上面密密麻麻地钉满大铁钉。[①]

  这是霍桑小说《红字》的开头,是不是单看中译文觉得不过尔尔呢?

  虽然很多经典小说中也难免会有这样那样的仓促之笔,但开头却大抵是作者深思熟虑的结果。一个好的开头,就是将一个从未存在过的世界以语言来刹那开启的时刻,它颇似《圣经·创世记》(1:1—3)开篇所说的:"起初,上帝创造世界。地是空虚混沌,渊面黑暗。上帝的灵运行在水面上。上帝说,要有光,就有了光。"无疑,一流小说家就是其作品小世界中的上帝,他要独自面对"空虚混沌,渊面黑暗",找到那个独

[①] 〔美〕霍桑:《红字》,胡允恒译,北京:人民文学出版社,1991年,第1页。

异的"起初",而后以言说来开启一个自足的新世界,妙造出一颗全然属己的星球,星球上镌刻的乃是六字真言——"文学就是自由"①。而作为读者的我们能否拿到获准登陆的通行证,成为一个入宝山而不空回的旅人,甚或还拿到此星球的护照,端看我们是否有"手",因为"如人无手,虽至宝山,终无所得"②。因此,我们读很多经典小说的开头,都像《爱丽斯奇境历险记》中的小爱丽斯跳进兔子洞——瞬间从日常世界掉进一个有迥异时空感的新世界,然后"往下,往下,往下掉……"开始做一个"稀奇古怪而又美妙的梦"。③ 我们当然会像小爱丽斯那般满是惊奇,因为正如她开始想自己"过去从来没有见过一只兔子有背心口袋,也没看见过那口袋里会掏出一块表来"一样,我们也将在一个"过去从来没有过……也没有……过……"的新时空中真实地临在(impermanent presence),而这个新时空里的众生绝不会遵从你家墙上那个刻度均匀、机械精准的挂钟来行事——他们只认可大白兔的那枚手表上的时间。④

言归正传,《红字》的开头是个好开头吗?我们先看下它的英文原文:

---

① 〔美〕苏珊·桑塔格:《同时》,黄灿然译,上海:上海译文出版社,2018年,第213页。
② 参见《大乘本生心地观经·离世间品》。
③ 〔英〕刘易斯·卡罗尔:《爱丽斯奇境历险记》,吴钧陶译,上海:上海译文出版社,2007年,第6页,第136页。
④ "大白兔这时候竟然从它的背心口袋里掏出一块表来,瞧瞧时间。"〔英〕刘易斯·卡罗尔:《爱丽斯奇境历险记》,吴钧陶译,上海:上海译文出版社,2007年,第5页。

A throng of bearded men, in sad-colored garments, and gray, steeple-crowned hats, intermixed with women, some wearing hoods, and others bareheaded, was assembled in front of a wooden edifice, the door of which was heavily timbered with oak, and studded with iron spikes. ①

一群身穿黯色长袍、头戴灰色尖顶高帽、蓄着胡须的男人，混杂着一些蒙着兜头或光着脑袋的女人，聚在一所木头大房子前面。房门是用厚实的橡木做的，上面密密麻麻地钉满大铁钉。

这虽是一个由 45 个单词组成的长句，但句子的主体意思其实很简单——"A throng of bearded men was assembled in front of a wooden edifice"（一群男人［被］聚集在一所木头大房子前面），可文学文本的独特之处恰恰在于怎么说，而非说什么。你看，"men"（男人）不仅先于"women"（女人）出现，还是整个长句的主语，而"women"则是以"men"（男人）的附属形式（"intermixed with"混杂着）出场的。霍桑如此这般将"men"和"women"分开，绝不仅仅是为了能更方便地分述男人和女人的外貌，他其实是要显明一个态度——读者诸君须谨记一点，在《红字》的小世界中，发号生杀予夺之施令的权杖紧紧握在男人而非女人的手中。

---

① Nathaniel Hawthorne, *The Scarlet Letter*. New York: Bantam Books, Inc., 1981, p. 45.

长句的主语是"A throng of bearded men"（一群蓄着胡须的男人），后面的 be 动词用的是单数形式"was"，这既是美语的表达习惯使然，更是作者想要点明这个小世界中的男人大抵是些抽象的（观念化）的集体人，而非具体化的个人。因此，这群男人不仅毫无例外地全都"bearded"（蓄须），并且他们此刻的着装也都是统一的"garments"（正装、制服）。显然，这是一个有明确着装要求的正式场合，气氛严肃而开不得玩笑。而"garments"的形容词是"sad-colored"（黯色），"sad-colored"，意思当然是"黯色"，但别忘了"sad"的字面义是"悲伤"，黯且悲伤，复义，是不是？再看这群男人的帽子——"gray, steeple-crowned"，"gray"（灰色）也是一种"sad-color"（黯色）——悲黯的调子再次被强化。且，两个单词"color"和"gray"（而非"colour"和"grey"）是美式英语，一下便显明了小说的美国背景。

在接下来的第二段中，阴森的狱门描写会将第一段的悲黯调子继续强化，并且作者还有意在悲黯"黑花"（监狱）的大门上插上些盛放的六月的野玫瑰，来控制叙述调子的起伏节奏。直到第一章的结尾处，作者才明言这是一个结局颇令人"dark and sorrow"（黯然神伤）的故事。好，不扯远了，还是回到那群男人的帽子，他们头上戴的可不是今天读者印象中那种喜感十足的山姆大叔帽，而是"尖顶高帽"（steeple-crowned）。"steeple"的本义是"教堂尖顶"，即宗教权的象征，"crowned"的意思虽是"给……加上顶子"（加冕），但别忘了"crown"的本义是"王冠"，即政治权的象征。"steeple-crowned"就意味着教权加政权，并且因为是以

"steeple"（教堂尖顶）来"crowned"（给……加上顶子；加冕），所以教权要远高于政权。简言之，霍桑想借这些帽子告诉读者，在《红字》的小世界中男人是教权和政权的绝对掌控者，并且一切事务都要唯教权马首是瞻。因此，不管后文中镇里的女人们对白兰所遭的惩罚（仅在胸前佩戴红字 A）是如何的怨恚连连也无济于事：

  那帮官老爷都是敬神的先生，可惜慈悲心太重喽。……最起码，他们应该在海斯特·白兰的脑门上烙个记号。……这女人给我们大伙都丢了脸，她就该死。难道说没有管这种事的法律吗？明明有嘛，圣经里和法典上全都写着呢。那就请这些不照章办事的老爷们的太太小姐们去走邪路吧，那才叫自作自受呢！①

女人们纵有千种怨言，也只能彼此发发牢骚罢了，因为如何惩罚通奸尽管确如镇上某女所言"《圣经》里和法典上全都写着呢"，但男人们掌控着《圣经》（宗教）和法典（政治）的解释权。那这是些什么样的女人呢？她们以男人的附属形式出现——"some wearing hoods, and others bareheaded"（或是蒙着兜头帽，或是光着脑袋）。请注意霍桑的用词，"some...and others"（一些……另一些），一种非此即彼的、深受社会礼法严格限制的着装方式，个体没有选择权，是不是？

---

 ① 〔美〕霍桑《红字》，胡允恒译，北京：人民文学出版社，1991年，第5页。

总之，就是这样一群男人（混杂着女人），"was assembled in front of a wooden edifice"（［被］聚集在一所木头大房子前面）。"be assembled"（被聚集）是詹姆斯国王钦定版《圣经》中的标准用法[1]，主要用来描述人群被召集来参加一些关乎信仰的严肃聚会，比如：

And they that had laid hold on Jesus led him away to Caiaphas the high priest, where the scribes and the elders were assembled. 他们把耶稣押到大祭司该亚法的府第，律法教师和犹太领袖都齐集等候。（《圣经·马太福音》26：57）

The disciples were assembled for fear of the Jews. 门徒聚在一起，因为害怕犹太人的领袖。（《圣经·约翰福音》20：19）

And when they had prayed, the place was shaken where they were assembled together. 祷告完了，聚会的地方震动起来。（《圣经·使徒行传》4：31）

这下明白霍桑为何要在《红字》的开头长句中，选用"was assembled"了吧？因为这是一个要论断要审判要抉择的场合，而非一个自由随意的聚会。在《红字》问世的年代，英文世界的读书人只要一看到"was assembled"，对作者的意图

---

[1] *Bible*, King James Version, 1611（詹姆斯国王钦定版《圣经》），是霍桑时代最权威的英文版《圣经》，霍桑对这一版《圣经》相当熟悉。

即刻就心领神会了,哪儿还用我这么啰嗦?英国学者C. L. 瑞安在论及詹姆斯国王钦定版英文《圣经》的影响时曾说:"每个礼拜日到教堂去听讲道,听到《圣经》的章节语句,习以为常,纵使听者是处在半睡眠状态或心不在焉,《圣经》里的辞句和节奏,也会印在他的脑海,成为他思想组成的一部分。"①就像中文世界的读者看到"法会""会晤"和"雅集"等词,哪儿还需要别人提醒这是什么场合?

一群男人(混杂着女人),(被)聚集在一所"wooden edifice"(木头大房子)前。"edifice",意思是"一种让人印象深刻的大建筑"(a large impressive building)。"edifice"(大房子)的用途究竟为何,霍桑在第一段中并未交代,我们只知道这个"edifice"让(被)聚集在其前面的男女深感"impressive",反正不能将其视若无物。只有读到第二段,我们才明白这个"edifice"之所以能让它前面的人深感"impressive",外观独特仅是次因,而主因是其乃国家的暴力机器之一的监狱,它是权力的象征。"edifice"的门的材质是"heavily timbered with oak"(用厚实的橡木做的)。"heavily"(厚实),配得上《红字》的调子吧?"oak"(橡木),是美国国树,西人目为力量与权威的象征,此处用作狱门的材质,正合适。须知,西人看到"oak"(橡木)一词就跟吾国文人见到"竹"字一般,心中即刻便会生出对其所象征的文化意义的直观领会。橡木狱门"studded with iron spikes"(密密麻麻地钉

---

① 杨周翰:《十七世纪英国文学》,上海:上海人民出版社,2016年,第21页。

满大铁钉），"studded"和"spikes"不仅有头韵呼应，而且我们从这两个单词的读音［ˈstʌdɪd］和［ˈspaɪks］中仿佛还能听到丁丁当当钉钉子的声音。很巧，中译文"钉满大铁钉"，也有丁丁当当的声音。

好，我们再看下这个长句：

A throng of bearded men, in sad-colored garments, and gray, steeple-crowned hats, intermixed with women, some wearing hoods, and others bareheaded, was assembled in front of a wooden edifice, the door of which was heavily timbered with oak, and studded with iron spikes.

霍桑用了大量以"-ed"结束的动词的过去时态和被动式，如果再算上句子的谓语（was assembled）是一般过去时的被动语态，那么作者的用意就很昭然了——《红字》小世界是一个为霍桑所钟爱的过去的世界，因为过去是一种"介于真实世界和幻境之间的领域，在那里真实的和想象的可以碰头，彼此影响"①；并且这个过去的《红字》小世界中的人有个显著的特征——行为举止易受固有观念的左右，显得很被动。好，让我们继续看这个长句：

---

① Nathaniel Hawthorne, *The Scarlet Letter*. New York: Bantam Books, Inc., 1981, p. 35.

A throng of bear**d**e**d** men, in sa**d**-colore**d** garments, an**d** gray, steeple-crowne**d** hats, intermixe**d** with women, some wearing hoods, an**d** others bareheade**d**, was assemble**d** in front of a woo**d**en e**d**ifice, the **d**oor of which was heavily timbere**d** with oak, an**d** stu**dd**e**d** with iron spikes.

听到没？霍桑在这个长句中居然嵌入了十多个［d］音。为什么我们阅读文学作品时要如此在意文字的声音呢？因为在一流的文学作品中，声音（文字的、标点的、空白的……）不仅与该文本的叙述调子若合符契，而且也直接参与着文本之意义感的生成。比如，柳永的词"杨柳岸，晓风残月"由"十七八女孩儿，执红牙拍板唱"妥，而苏轼的词"大江东去"要由"关西大汉执铁板唱"才妥。换言之，"杨柳岸，晓风残月"的声音就很"杨柳岸，晓风残月"，而"大江东去"的声音也很"大江东去"；大弦闻之如急雨，因为它发的是嘈嘈音，而小弦闻之如私语，因为它发的是切切音。一个作家在其作品中要是选不对声音，就是外行在乱弹琴。此外，切不可忽视的一点是，与我们今天早已习惯默读小说不同，在 19 世纪的西方社会中朗读小说仍是家庭等小群体领会道德伦理或娱乐放松的重要方式，所以小说不仅应是可看的，而且还应是可听的。

下面，我们将这个长句依阅读的节奏分行：

　　A throng of bearded men,
　　　in sad-colored garments,

and gray, steeple-crowned hats,

intermixed with women,

some wearing hoods,

and others bareheaded,

was assembled

in front of a wooden edifice,

the door of which was heavily timbered with oak,

and studded with iron spikes.

　　你看，除了有大量［w］音和［f］音的头韵以及［d］音的尾韵外，这十行竟然基本上做到了押尾韵（第五行的"hoods"虽然尾音是［dz］，但拼法是以"s"结尾），并且前八行还是严格的交错押韵（ABBA，BCCB）。头韵和尾韵，再加上如蛇（snake）嘶嘶吐信子般的［s］音的多次闪现和收尾，使得整个长句的声音听起来十分切合《红字》开头的叙述调子——迂顿、凝重而又不安。

　　总之，一群蓄着胡须的男人（混杂着女人）不仅着装的形式高度统一，而且着装的色调也都悲黯一致，读者看不到他们的任何具体的身体动作和五官神态，因此这可不是那群大家在影视剧中常见的那种着装随意（casual）表情随和（nice）的美国人。这群人面无表情，如僵尸群般被聚集在一所木头大房子前，等待着围观将要走出的被示众者。木头大房子的门用厚实的橡木做成，上面密密麻麻地钉满大铁钉。听！一片死静中传来时断时续的［d］［d］...［d］声，是不是有点瘆人？如果你是17世纪的人，并且是"一个"人，还是一个触犯众怒的有罪的女人，要迎着这样的人群从监狱中走出，能不认尿吗？那这一个（胸前戴红 A 的）将要走出的女人在哪儿呢？我们再看看开头：

> A throng of bearded men, in sad-colored garments, and gray, steeple-crowned hats, intermixed with women, some wearing hoods, and others bareheaded, was assembled in front of a wooden edifice, the door of which was heavily timbered with oak, and studded with iron spikes.

看到没？长句的第一个单词刚好是一个孤零零的"A"。这个立在一群男人和女人面前的"A"的出场方式，与小说第二章《市场》中胸前佩戴红 A 的白兰的出场方式完全一样。很巧，是不是？我不知道这是否为霍桑的有意安排，反正作为整部小说之核心标志的 A 字，就是以这种方式首次亮相的。

此外，还有一点极易被忽视：在这个长句中，谓语"was assembled"（被聚集）的前后，其实是两种不同的观看方向。简言之，在"was assembled"之前，是由（木头大房子）内向外看，即作者在替"被看者"（即将从狱门内走出的白兰）看她将要看到的狱门外面的"看者"，因为首先被看到的是一张张蓄须的男人正脸（A throng of bearded men）。①而在

---

① 因此，中译文开始应为"一群蓄着胡须的男人"，即"蓄着胡须"必须放在"身穿黯色长袍、头戴灰色尖顶高帽"之前，且如果将这个长句翻译成两句话，会破坏掉霍桑想要达到的（如本文中所说的）那种叙述效果。

"was assembled"之后，则是由外向（木头大房子）内看，即"看者"朝着即将被示众者的方向看去（看到了木头大房子）。我之所以提及此点，是因为开头中的被看与看就是《红字》中的人物感觉世界的主要方式，而被看与看的焦点则是小说的核心标志——A字。随着小说情节的推进，"看者"变成了"被看者"，众人为A字之眼所看后开始反观己身之罪；"被看者"则变成了"看者"，如在第二十四章《结局》中白兰以圣徒般的眼睛看着前来向她倾诉"忧伤困惑"和寻求"忠告"的众人。A字的象征义，正是在此消彼长的看与被看的变动之中不断地变化。那作为看与被看之焦点的A字，是如何与读者告别的呢？我们看下《红字》的结尾。

虽然牧师丁梅斯代尔的旧坟与白兰的新坟中间留着一处空地，但"两座坟却合用一块墓碑"，并且在简陋的墓碑石板上有着类似盾形纹章（herald）的刻痕："上面所刻的铭文，是一个专司宗谱纹章的官员拟的词句，可以充当我们现在讲完这篇传说的箴言和简述；这题铭是那么灰暗，只在被一个比影子还要幽暗的、永远闪光的光点的衬托下才凸显出来"[①]：

"On A FIELD, SABLE, THE LETTER A, GULES."

"一片墨黑的土地，一个血红的A字。"（译文1）

"一片黑地上，刻着血红的A字。"（译文2）

"漆黑的土地，鲜红的A字。"（译文3）

---

① 〔美〕霍桑：《红字》，姚乃强译，南京：译林出版社，1996年，第239页。此处引用有改动。

"在一片黑的底色之上，字母A，为红色。"（译文4）

细心的读者可能要问了，不是霍桑在小说中早已经明言，A字已由开始时象征"通奸罪"（adultery），变成了象征"天使"（angel，第十二章）或象征"能干的"（able，第十三章）了吗？那怎么到了小说的结尾处，中译文里A字的颜色仍是"血红/鲜红/红"而似乎没什么变化呢？是霍桑下笔太草率了吗？我们再看下这句铭文的英文：

"On A FIELD, SABLE, THE LETTER A, GULES."

你看，《红字》小世界中"field"（大地）的颜色是"sable"，而非简单的"black"（黑色）。"sable"是一种黑貂皮色的黑，是一种可见、可触、可感的，毛茸茸的、流动着的、活着的黑，它不但呼应着开头的悲黯之色，而且也是整部《红字》的背景色。在这个"sable"（貂皮黑）的"field"（大地）上，跳动着的看似微弱的A字之火，最终竟成了燎原之势。我们知道，传统社会中的色彩之意义与使用大都与权力相关，如中文里的"大红大紫""黄袍加身""朱门酒肉臭"以及"江州司马青衫湿"等语，即色彩的谱系其实是社会权力谱系的反映。在英语文化传统中，因为"scarlet"是《圣经·启示录》17：1-18中的"大巴比伦淫女"的着装之色和坐骑之色，所以"scarlet"在英文中长期都是通奸罪和卖淫罪的同义词。故，结尾处的A字不是"scarlet"（罪恶红），而应是庄重荣耀的"gules"（纹章红），而"gules"（纹章红）的读音[gju:lz]本身，也像是在发出赞叹声。最终，女主人公白兰硬是将"红字"升格成了"红十字"。

我们再看下小说的结尾，牧师丁梅斯代尔的旧坟与白兰的新坟中间留着一处空地，"两座坟却合用一块墓碑"，墓碑上的铭文是"On A FIELD, SABLE, THE LETTER A, GULES"。看到没？铭文中是不是刚巧如上所说，有一隐一显两个分开的A字呢？牧师丁梅斯代尔曾在自己胸脯上烙了一个自惩性的A（隐），而白兰的胸前则佩戴着红字A（显），两个A字直到第二十三章《红字的显露》中才一起现于世人面前。最终，两个A字一起正大光明地站立在了铭文之中——"On A FIELD, SABLE, THE LETTER A, GULES"。你看，《红字》开头的第一个字母"A"，在结尾处化成了两个A字。那个开头孤独地面对着一群男女，仿佛即将陷入目光长蛇阵之中的A字，经过二十四章的拼杀后终于有伴儿了——铭文中一隐一显的两个A字，在貂皮黑的大地上端立闪耀，各自讲述着自己的罪与罚、爱与欠。

纳博科夫在《文学讲稿》中曾说，成为一名优秀读者的前提之一，就是手头应该有一本字典。①纳老头的教导，不知道你听不听，反正我是照办了——我虽谈不上是优秀的读者，但手头却不只有一本字典呢。

---

① Vladimir Nabokov, *Lectures on Literature*. New York: Harcourt Brace Jovanovich, Inc., 1980, p. 3.

第四辑　西学东看：唐诗五话

静夜，思不静：读《静夜思》

静夜思

李白

床前明月光，疑是地上霜。

举头望明月，低头思故乡。

这是一首初看极朴白简静的诗，朴白简静到让人不知再说什么好。

据考，《静夜思》写于深秋（阴历九月十五左右）的扬州旅舍。[①] 当然，即便读者全然不知该诗的具体写作时地，也丝

[①] 繁华的扬州是观月的佳地，唐人徐凝《忆扬州》诗云"天下三分明月夜，二分无赖是扬州"，李白同时作有《静夜思》的续篇《秋夕旅怀》："凉风度秋海，吹我乡思飞。连山去无际，流水何时归。目极浮云色，心断明月晖。芳草歇柔艳，白露催寒衣。梦长银汉落，觉罢天星稀。含悲想旧国，泣下谁能挥。"与简静节制的《静夜思》相比，《秋夕旅怀》显得过度繁复悲婉，其诗艺并未胜过曹植的《明月上高楼》（明月照高楼，流光正徘徊。上有愁思妇，悲叹有余哀。借问叹者谁，言是客子妻。君行逾十年，孤妾常独栖。君若清路尘，妾若浊水泥。浮沉各异势，会合何时谐。愿为西南风，长逝入君怀。君怀良不开，贱妾当何依），尚不是一首经典之作。又，《静夜思》的正文有不同版本：首句"床前明月光"，有版本作"床前看月光"，前者（无我之境）远胜后者（有我之境）。第三句"举头望明月"，有版本作"举头望山月"或"抬头望山月"，"抬头"不如"举头"（详见文中）；与"山月"相较，"明月"意象更普通、易见，故更易唤起读者的切身感。

毫不妨碍他为之着迷，因为真正一流的抒情诗，恰是可以抽离其具体的写作背景而成为一座在读者心中拔地而起的孤峰，它能兀自创造出一个自足的诗意世界而使读者甘心迷失于其中。《静夜思》就是这样一首诗。

"静夜思"，诗题仅寥寥三字，便交代清楚了该诗所要呈现的时间与事件——诗人在一个静夜，有所思。① 静夜思，三字连读起来有音声渐低而余味悠长的节奏感。静——夜——思……

静！它突然现身，仿佛一声不容置疑的催眠咒语，吁使读者要静下来弃除心头的喧躁，因为一个人心若不静便决然听不到那希声的大音。心静后方能安，安眠于这个全然属己的夜，从而让虚静的心灵任意西东。心安后，方能思，思平时所不能思与平时所不愿思。"思"的读音绵长悠远，如一卷飘动的丝幡将能守静笃的读者引向虚极……②

"静——夜——思……"三字的音义节奏，恰如抚古琴时的三个动作：先是以右手大指突然向内劈弦出铮铮金石声——"静"，旋即以左手按弦得凝绝音——"夜"，而后抹弦收袅袅细吟之音——"思……"无疑，看完诗题后，读者定会好奇诗人在这个静夜究竟要思什么。可是，在他读到全诗的最后两个字"故乡"前，竟寻不到答案。诗人确是以文字制谜的高手——在"故乡"二字前，他只是徐徐地呈现这次静夜之思所

---

① 诗名下若署上"李白"二字会更加巧好——这个静夜，月光一片霜白，毋宁说有点茫茫苍苍的太白，而正是月光"太白"，引得诗人"太白"今夜不眠而堕入思中。

② 《礼记·大学》云"知止而后有定，定而后能静，静而后能安，安而后能虑，虑而后能得"，《道德经》亦云"致虚极，守静笃；万物并作，吾以观复"。

生发的境遇，读者也唯有缓缓地跟随着诗人进入这个境遇，"思什么"的谜底才会最终水落石出。

此时，思什么便不只是诗人自己的事，读者亦会堕入思中而与诗人一道思。反之，读者如果不能进入这个境遇，即便当他看到谜底是"思故乡"，也仍会困惑不解——思故乡作甚？它有何好思？

因此，能否创造出一个让读者心甘忘我，并情愿迷失其中的诗意世界，乃是衡量一首抒情诗是否为杰作的关键所在。接下来，让我们看看《静夜思》是如何做到此点的。

当读者体验过诗题"静夜思"三字所带来的一番心斋工夫后，一片光明自会向其突然涌现——床前明月光！明月之光只是让人不眠的触媒而已，毕竟它入不了酣眠人的倦眼。因此，在觉察到床前有明月光前，诗人或是已然在床上辗转良久，而细味着那异乡暗夜的幽诱；或是如一只正浅睡着的山鸟，蓦地被明月光惊醒，而中夜起长叹——床前明月光！

床前明月光，用词自然直白，语气却又如此斩钉截铁。[①]它仿佛《圣经·创世记》开篇那句"要有光，就有了光"，床前明月光，一个全新的天地骤然敞现。"光"字之前的三字"前明月"中，均有一"月"字，且三个"月"字的字形依次扩大。这样，月光便如涨潮般将集聚的能量一波又一波推向后

---

① 学界对本诗中"床"到底为何，意见不一（如井台、井栏、坐卧器具、胡床交椅和"窗"字的通假字），本文取"坐卧器具"义。太白此诗应受《古诗十九首·明月何皎皎》的影响："明月何皎皎，照我罗床帏。忧愁不能寐，揽衣起徘徊。客行虽云乐，不如早旋归。出户独彷徨，愁思当告谁？引领还入房，泪下沾裳衣。"参见邹国平选注：《汉魏六朝诗选》，上海：上海古籍出版社，2005年，第77页。

边的"光"字,并由其散出——床前明月光!"光"字的字形犹如道道光箭,射向八方,也射入屋内。明月光如水银泻地般即刻铺散开来,瞬间将诗人独卧其中的那个昏暗世界照亮、界分——床上与床前,被月光割出黑与白两个不同的世界。床前明月光,一个夜与昼共在的幻象被诗人亲睹,他坐起——坐在"黑界"探看着"白界",他疑是地上霜。

秋已凉,但这注定不是一个良夜。诗人"低头"凝视着白色的地面,他说疑是地上有霜,其实是他本愿相信地白是因地上有霜。毕竟,有霜只能带来身体的外寒而已,外寒尚可以厚衾被御之,他尚可从白返入黑中而再次入眠,但他中寒。因此,诗人虽仍是困眼惺忪,却不愿从只是地上有霜的自我慰安中醒来而返床入睡。此刻,地上的明月流光仿佛为"霜"瞬间冻结住了,时间似乎也静止了——疑是地上霜。

诗人在白冷氛围中低头良久(前两句皆是"低头"所见),而不愿举头上望,因为独在异乡望月本已让人难眠,更何况是望一轮每每会照无眠的朗寂秋月呢?① 但低头良久后,诗人终于举头(不是轻松地抬头)——举头望明月。这颗不眠而多思的头颅,巨大而昏重,颇似罗丹的雕塑《思想者》,他要倾力才能将其举起——举头望明月。那么,诗人举头上望,究竟"望"见了什么?他望见了首句"前明月"三字中,那三个字形逐渐增大、正散溢着流光的"月"。因此,第三句的"望明月"三字中,同样有三个字形逐渐增大的"月",它就是首句

---

① 平时赏读中国古典作品,最好用繁体字本,方无错失文字美之憾,故,《静夜思》"举头"和"低头"中的"头"字,用笔画繁多的"頭",更能显"頭"之重感。

"前明月"中的那三轮月在诗人心潭的倒影。

满月之夜,独自望月,愈望月,月愈大,愈望月,己愈小。最终,亘古如斯的月,会将小己纳入其怀中——此刻的世界,满是月。望,远看也。举头望明月,只是把杜甫的"今夜鄜州月,闺中只独看"(《月夜》)换了看的角度。但请注意,此处是"望明月",而非"看明月"。因"望"字的音与义中俱弥散着一股空茫遥远的出世感,而"看"字的音与义,则满是千里共婵娟般温暖切近的世间况味,故此处只能用"望",而不能用"看"。

望,月圆,引申为期盼月圆,人也团圆。望,"亡在外,望其还也",还,"锦城虽云乐,不如早还乡",诗人想还乡,但乡究竟何在呢?乡就是其生长的家乡吗?"思故乡"就仅是思家乡的风物与亲故吗?……太白在他处曾说:"夫天地者,万物之逆旅也;光阴者,百代之过客也。而浮生若梦,为欢几何?"(《春夜宴从弟桃花园序》)

太白太清楚,这个终为土灰的肉身,只是逆旅中的过客而已,世间的家乡只是逆旅而非故乡——"家为逆旅舍,我如当去客"。某些时刻,太白可能会以"开琼筵以坐花,飞羽觞而醉月"来打消"思故乡"的念头。但此时,他却因不知身为过客的自己终将去向何处,而怅望低头思不知何在的故乡——低头思故乡。全诗以"乡"字收尾,其读音恰如一声古钟鸣后的悠长残响,回荡周遭而最终散入空茫——低头思故乡……

这次静夜之思,从床开始,到低头所见的床前白地,再到举头望秋月,终止于茫然的低头。由此,一个为时间所涌穿的三维空间(人、大地和天空),如金字塔般矗立在我们面前。

诗人全然不避"明月"和"头"的两次重复，因为他想强调：这个静夜思的出神状态得以发生的助缘虽是"明月"，但亲因却是人有一颗能思的"头"，否则我们不会在某个时刻，徒生一种身在他乡之感，而起归家之思。此刻，诗人的整个躯体，仿佛只剩下了一个为"思"所全然充溢着的"头"——一颗在三句诗中都低垂着的头，一颗一度虽被努力举起，却终又低下去的头——低头……思故乡……

一个霜白之夜，一轮朗寂秋月犹如一盏明灯，它既将诗人从惯于酣眠其中的幽诱世间照醒，也使读者从反认他乡是故乡的日常迷醉中猛醒。最终，读者跟随着诗人一道开始思乡——低头思故乡……但故乡安在？究竟如何返乡？此心安处是吾乡？诗人均未说，他只是提点道——低头……思……故乡……

床前明月光，疑是地上霜。

举头望明月，低头思故乡。

"床前明月光，疑是地上霜"，是霜白静穆的大宇宙借徘徊的"明月光"，在向诗人栖居其中的那个幽诱的屋内小宇宙发出缓沉不息的声声呼唤，而"举头望明月"中的"举头望"，则是屋内小宇宙对大宇宙之呼唤的无声应答。此时，小宇宙与大宇宙开始在"望"中相交通。望的结果，是诗人从忘故乡的营营烦忙日常迷醉中猛醒，开始思故乡，思故乡是诗人在无声应答后所发出的一声无言喟叹。最终，诗人栖居其中的那个幽诱的屋内小宇宙，在不绝如缕的"思"中被收摄进了一个霜白静穆、浑阔苍茫的大宇宙中。

太白这幅仅用寥寥二十字所端呈出的静夜思图，取象虽逸笔草草，却又简远散朗，用词虽素朴直白却又浑厚深长，押韵音声洪亮（江阳韵"上－光""霜""乡"），一派思而不伤、落落大方气象，实乃真风流者妙手偶得之逸品。朱熹云"太白诗非无法度，乃从容于法度之中"，赵翼言太白为诗"不用力而触手生春"，诚不余欺也！

　　这个静夜，思真不静！

原载《南腔北调》2017 年第 5 期，有改动

《渭城曲》之"未成"解

渭城曲

王维

渭城朝雨浥轻尘，客舍青青柳色新。①

劝君更尽一杯酒，西出阳关无故人。

　　《渭城曲》是一首人们耳熟能详的送别诗，一首因人们对其太过熟悉，以至于听不见其真妙之音的诗。它呈现的乃是汉语文化史上一次极为重要的别离，一次至今尚未真正结束，亦尚未被真正领会的别离。

　　"渭城朝雨浥轻尘"。王维以一座今日早已声名不彰的城市名开端，邀我们与他一道进入体味这场在中文世界里注定永恒

---

　　① 该句版本不一，一本作"客舍青青柳色春"，又一本作"客舍依依杨柳春"。本文该诗正文选取《王右丞集笺注》版（上海古籍出版社，1984年，第263页），并将首句"裛"更为其本字"浥"。

的送别。① 诗名由《送元二使安西》变为《渭城曲》②，境界就陡然阔大了起来，它呈现的便不仅是历史上某年某月某日发生过的一次具体的送别行为，而变成了一支从未被终止吟唱的别离之歌。由此，我们才可说起句的"渭城"一词，是诗名《渭城曲》出场后的一次必要的重复。因为唯有重复"渭城"一词，该诗方能经由渭城空间性的凸显，来开启对那次从未终止的送别之时间性的记忆——渭城朝雨浥轻尘。一座孤零零的、不稳固的渭城进入了"未（完）成"的送别事件中。因为送别的时间朝向着"未"（未来），所以别后的彼此境遇将会是一个个"未"（未知），以及随之而来的对诸种"未"的畏，送别情绪因一切"未"的不确定性而难言。

渭水流域的特殊位置，使得唐代诗人不管是远赴京畿长安的途中，还是在长安附近周游时都常与之相遇，进而会触景生情吟诵一番，其中也不乏名作。如岑参的"渭水东流去，何时到灉州。凭添两行泪，寄向故园流"（《西过渭州见渭水思秦川》），以及贾岛的"秋风生渭水，落叶满长安"（《忆江上吴处

---

① 邀别的地点在今咸阳市东北的渭城，一座与泾水和渭水密切相关的小城。提及此点，是因为普通的中文读者对"渭"一词的唯一文化记忆，可能就源自那个道德味十足的成语——"泾渭分明"。该成语可上溯至一个远古弃妇的幽怨之语"泾以渭浊，湜湜其沚"（《诗经·邶风·谷风》），最终由杜甫的诗句"浊泾清渭何当分"（《秋雨叹》其二）而定形。成语中的"泾水"与"渭水"因清浊品质的不同，虽"东流"至此处汇聚却仍然"分明"，换言之，二者本质上的汇聚从未发生过，或者说二者的汇聚是为了更好地认清自身，进而更能"彼此分明"。但本诗中的王维与友人元二，则因彼此心性气质的某种契合，虽西别于此处，却因肉身的分离而更加体验到惺惺相惜的精神之汇聚。无疑，对于相互契合的心灵，肉身的分离反倒会使他们体味到一种日渐浓郁的精神之汇聚。

② 《乐府诗集》和《全唐诗》中，本诗题均为《渭城曲》，至于本诗究竟何时更为此名，难以确考。唐刘禹锡诗《与歌者何戡》已云"旧人唯有何戡在，更与殷勤唱渭城"。参见陈铁民校注：《王维集校注》，北京：中华书局，1997年，第408—410页。

士》)。当然,与岑诗的陈情率直和贾诗的萧瑟肃壮相比,王维的《渭城曲》之独异处乃是一种举重若轻的从容,尽管这次送别的本质并不轻松。

"渭城朝雨浥轻尘",随风散飘的"轻尘"因清晨"朝雨"的"浥"(湿润),而被抑归至其来源之处——大地。尘的上述遭遇,使人蓦然想起《古诗十九首》里的句子"人生寄一世,奄忽若飙尘"(《今日良宴会》),或陶渊明的"人生无根蒂,飘如陌上尘"(《杂诗十二首》之一)。不过,本诗中作为人之代喻的尘并未飘扬——由下而上,扶摇四散。尘因朝雨的浥而沉坠,它难道是在暗示歧路离人被情谊一再勾留回首而不忍作别,其眼睛在为沾巾之泪所湿润而黯然心伤?诗人回避了诸如泪、哭和泣等与送别更为直接相关但易流于表面化的词语,而在起句中嵌入了三个与水相关的字来暗示送别的情感湿度:水平方向缓缓东流的"渭",自天上绵绵飘下的"雨"以及随之而来的"浥",它们构建起了一个时时刻刻都在浮动着的立体送别空间,并一道汇入那条涌动的时间之河。

那么,这条泛黄的时间大河上飘荡的是什么呢?答曰:一座座宛若浮舟般的青青客舍与一树树垂首不语的黄绿杨柳。黄、青、绿三色交叠,煞是好看——客舍青青柳色新。在朴凝而静润的青色里,生出一个时间似乎是凝静的幻象,仿佛告别的瞬间永不会来,而凝静的幻象中,却是不舍之情在送别双方的心间滋长蔓生——但"别把我植入你心里,我生长太快"①。

---

① Rainer Maria Rilke, *Duino Elegies and the Sonnets of Orpheus*, translated by A. Poulin, Jr. Boston: Houghton Mifflin Company, 1977, p.115.

此处的"客舍"既可是我们某日的暂居之地，又可以喻指作为万物之逆旅的天地。正如古诗"人生天地间，忽如远行客"（《古诗十九首·青青陵上柏》）[①]所陈述的那般，人生天地间的存在状态乃客居，不管我们舍与不舍总是在目送与挥别。青青客舍外的不舍之情又因"柳色新"的进入而渐浓渐强。

无疑，"柳"字提示的是其谐音字"留"，这在汉语诗歌史上已然成为一个漫长的书写传统：自《诗经·小雅·采薇》中"昔我往矣，杨柳依依"，到《古诗十九首》中的"青青河畔草，郁郁园中柳"，再到李白的"此夜曲中闻折柳，何人不起故园情"（《春夜洛城闻笛》）以及"年年柳色，灞陵伤别"（《忆秦娥》），等等，莫不如是。清人褚人获在其《坚瓠集》中曾如是解释送行之人缘何折柳枝赠予行者："送行之人岂无他枝可折而必于柳者，非谓津亭所便，亦以人之去乡，正如木之离土，望其随处皆安，一如柳之随地可活，为之祝愿耳。"[②]这一看似合理的解说，让人读后颇觉诗味消失殆尽而了无意趣。看来，面对诗还是不那么务实方好，还是回归汉诗的写作传统吧！柳者，实乃留也，它是鹧鸪声声的"行不得也哥哥"的无声化表达。无疑，经过自《诗经》以降的漫长书写，"柳"已然成了一个甚难再产生文学陌生化效果的字。如果说王维在写作"客舍青青柳色新"时曾感到过有某种所谓的"影响之焦

[①] 邬国平选注：《汉魏六朝诗选》，上海：上海古籍出版社，2005年，第57页。

[②] 〔清〕褚人获：《坚瓠集》，李梦生校点，上海：上海古籍出版社，2012年，第960页。

虑"[1]，这种焦虑也会因"柳色新"的出场而被成功化解掉。柳色新，送者心头的留人之意新出不穷，行者心头的留恋之情亦是新出不穷，留意层层叠叠，繁茂浓郁而弥漫周遭，仿佛如"柳色新"般可观、可触、可感，流逝的时间就这样悠长地流连着。棵棵垂柳恰如诗中之人，因分手在即而垂首难语，万千枝条上笼覆着新新浓浓的万千留意。

但王维毕竟是王维，本诗中的送别是相当克制的，并未至于涕泗流涟。不管是第一句的"轻"字，还是第二句中"轻"的同音字"青"都在诉说着一个常识，表达情感之重时无声的轻要远胜过有声的重，这是一种轻-沉境界，它兼具着重质感的轻和清逸感的沉，故，王维清醒地避开了一般文人送别时会过度抒情的写作陷阱，而一再强调轻。轻，使我们见识了他那举重若轻的从容气度，摩诘居士的修养真是了得。

从《渭城曲》前两句的写景状物来看，此次送别发生在本应会让人感物欣然的充满勃勃生气的某个春日，而非极易让人触景感伤的萧索肃杀的秋冬时节。由此，一个恼人的问题便自然现身：良辰美景的春日，却偏要送别！春日送别比秋冬送别会更加让人不舍，因为若赏心乐事全无，良辰美景亦是虚设。友人走后，送者只能空对良辰美景，而任由重重疑问徘徊心头：谁共我赏？与何人说？他可安宁？……

春日送别带出了一种强烈的诗性效果——以春景衬离恨，平添十倍离恨，王维以轻驭重的本领确是不凡。只有明晓此

---

[1] Harold Bloom, *The Anxiety of Influence: A Theory of Poetry*. Oxford: Oxford University Press, 1997, p. 7.

点，我们才可发现表面上看似断裂的前两句（境）与后两句（情）之间，其实暗由一股强大的情力所牵引。一首好诗定是一个有内在呼吸节奏与脉搏频率的自我生长的有机体。当然，读者若想切切体味到前两句诗的春景淡哀的轻中所含蕴的情感湿度之浓重，唯有先品味出后两句诗中的别情之重。

  劝君更尽一杯酒，
  西出阳关无故人。

  惜别时的轻轻不语并非没有话说，而是送者因别绪过浓而惘然不知从何说起，以至于为打破无言的尴尬只能反反复复地说出些在旁人看来显得笨拙不堪的客套话："多吃点吧"（"努力加餐饭"），"再来一杯吧"——劝君更尽一杯酒。如若说前两句诗还是通过对送别的周遭环境进行水彩画般的层层晕染来婉述幽幽别意，那么第三、四句诗的家常语般的陈情则转入了一个写意画般的送别世界。王维有意略去其他行动不写，只端出那个反反复复的努力的情态：劝饮——劝君更尽一杯酒。在别宴劝饮的觥筹交错声中，"一杯酒"的"一"经由劝饮人的反复絮叨与饮者的累次践行，就不再是"一"（杯），而是"一生二、二生三"式的无穷（杯）。最终，饮者酩酊而浑不知是第几遭尽，"更"字就是"一"后的无穷得以赓续的那个不竭动力。每次可观的空间化的酒尽行为，都是饮者在努力截断甚至逆转那股虽可感却不可观的、涌向未来的时间之流。仿佛随着温酒、斟酒、饮酒、温酒的循环往复，杯中之物的次次消失，真能换来彼此情谊的久久不消。但别忘了，酒入离肠是会化作相思之泪的。

"劝君更尽一杯酒"的妙处在于，次次酒尽的劝挽本质上竟又是在提醒离人将要上路的、倒计时般的声声催别。这曲劝挽与催别的渭城二重奏，自然舒缓，行板如歌，渐奏渐强，当其音其情俱旋上峰顶时，竟能在刹那间又散入一个难言的空茫世界，化作一声足以打动任何远行者的悠长喟叹——西出阳关无故人。① 对于行者而言，远行的方位可能并不重要，关键是途中和目的地有无故人。可以想见，自《渭城曲》一出，多少离人在送别时会因"无故人"一语的吟出而瞬间泪落。王维此语是说给元二听的，但更像是在说给自己听。渭城别后，置身关外的元二没有了故园的故人，但居于关内的王维何尝不是少了故人呢？少了故人的故园还有故园感吗，还是故园吗？"西出阳关无故人"提醒着读者：当我们告别故园和故人，进入一个个未知的未来时，我们那一切过去的亲熟经验到底存留于何处？其对于现在和未来的意义究竟为何？

"无故人"的缘由是行者的"西出"，汉语中的"西"是一个意蕴丰富的独特空间词：它是夕阳，有长河落日圆的苍茫；它是希望，有丈夫志四海的豪壮；它是惜别，有"真个别离难，不似相逢好"的不舍；它是将息，有别后最难将息的挂怀与忧煎……在一声叹息中，空间性的"西"最终与时间性的"昔"汇聚在一起，化成行者与送者别后的忆昔——对彼此曾

---

① 据唐人薛用弱所撰《集异记》载，王维"性闲音律，妙能琵琶"，"独奏新曲，声调哀切，满座动容"。见〔唐〕薛用弱：《集异记》，北京：中华书局，1980年，第9-10页。单就《渭城曲》一诗的音、意、声、韵之美而言，王维就当得上雅善音乐的岐王李范对他的品赞之语——"知音者也"。

经共度时光的淅沥惆然的漫漫追忆。须知，如将"西"字换成其他三个方位字"东""南""北"中的任何一个，都会失却其所散发出的上述悠悠别味。仅就读音而言，与"西"相比，"东""南""北"的读音都显得太过铿锵有力，这会斩断贯穿全诗的那股缕缕不绝的从容之气，从而失却字音本身所吐出的那声悠长叹息。如此来看，《渭城曲》的写就可谓既得天时（朝雨、柳色新），又得地利（西出）。王维何其幸甚，因为此次送别的朝向方位不是东、南或北，而刚好是西——西出阳关无故人。

依山南水北谓之阳的命名原则，"阳关"因在玉门关南而得名，有唐一代，这两个关隘均是出敦煌通西域的重要门户。虽然王维吟就《渭城曲》前，北面的玉门关早已因王之涣《凉州词》（黄河远上白云间，一片孤城万仞山。羌笛何须怨杨柳，春风不度玉门关）①的传唱天下而被永远地镌刻进诗言中，但在《凉州词》的盛名面前，王维却了无惧色。他要洒脱自信地为南方的阳关作曲，他要以己诗的平淡从容与王诗的悲壮苍凉对仗，而终使阳关和玉门关得以永远地在盛唐气象中南北眺望。彼时，任何想经由"西出阳关"来建功立业的行者，都需有股直面"（古来征战）几人回"的过人胆气，元二应是此种人。因此，《渭城曲》结尾虽只说"无故人"，却也含有王翰《凉州词》里"几人回"的隐忧与叹惋——西出阳关无故人。"阳"者，勃发上升也，"关"者，闭合下降也，第一句诗中

---

① 王之涣《凉州词》的具体写作年代不详，但据唐人薛用弱《集异记》载，唐开元中此诗已经传唱天下，见〔唐〕薛用弱：《集异记》，北京：中华书局，1980年，第11—12页。

"朝雨"与"轻尘"那下与上的绵绵纠缠,变成了第四句诗中"阳"与"关"的上与下的铿锵对垒。在目送"西出"的想望中,出关人将要遭遇的是关外的雄浑气象,彼时他们会置关内的故园与故人于何种位置呢?一个"阳关"真能起到阻隔送者与行者相交通的关闭性作用?"关"(關)字,本义是一扇可开阖的门。渭城别后,一端是行者,另一端是送者,两者间的距离看似在拉远,实则彼此持有开启关门的情谊钥匙,所以从本质上讲两者却变得更加切近。

大唐天宝年间的某日,王维因在渭城送别一位史书上查曰生平不详的友人元二,而吟就了一首被誉为盛唐绝句之冠的佳作。① 此后,伴着意味悠长的《渭城曲》的遍遍吟唱(《渭城曲》亦称《阳关三叠》),一代又一代人被勾入一次又一次的奇妙邀别体验中。或许,元二的生平不详也好,模模糊糊的元二形象,反倒使我们更清晰地体味到,惜别之情重原是二人心会之事。

> 渭城朝雨浥轻尘,客舍青青柳色新。
> 劝君更尽一杯酒,西出阳关无故人。

如是我闻:一时,王维站在那条泛黄的时间大河的一个"今"点上,从从容容地为我们述说了一次惊心动魄的安静别离,他使我们见识到当面对诸种难言的"未"时,行者是如何

---

① "初唐绝,'蒲桃美酒'为冠;盛唐绝,'渭城朝雨'为冠;中唐绝,'迥雁峰前'为冠;晚唐绝,'清江一曲'为冠。"见〔明〕胡应麟:《诗薮》,上海:上海古籍出版社,1979年,第110—111页。

念念不忘自己所亲熟的"故"。

最终，在《渭城曲》不绝如缕的余音里，我们的目光凝止于全诗的最后一个字"人"——一个虽迈开大步却左顾右盼、瞻前顾后的离人之背影，一个一路踽踽前行、回首挥别的行者，两根时时刻刻拨奏着劝挽与催别之音的心弦。或许，摩诘居士偶然吟就《渭城曲》的真实目的，是要向众生开示一个真相：浮游于世，行行重行行的劳顿不息，以及忽如远行客的怅惘不舍，乃是置身于时间大河却身如有系之舟的每一个个体的基本处境。或许，正是因为对于每一个能与《渭城曲》真正相遇的个体，该诗会将这个切身性的真相从容道出而又如一声棒喝，所以《渭城曲》虽历时千载，却让人每读如新：

渭城朝雨浥轻尘，客舍青青柳色新。
劝君更尽一杯酒，西出阳关无故人。

《渭城曲》起于空间性的渭城，结于时间性的远行。
一切皆是"未成"……

原载《南腔北调》2017 年第 6 期，有改动

温暖，在人间：读《夜雨寄北》

许久之后，当着西窗下那跳动的烛火夜话无尽时，我将会忆说起那个巴山夜雨涨秋池的晚上。

这个句子怎会这般似曾相识？

没错，它仿佛哥伦比亚作家加西亚·马尔克斯的《百年孤独》的那个著名开头（许多年之后，面对火枪行刑队，奥雷良诺·布恩迪亚上校将会回想起，他父亲带他去见识冰块的那个遥远的下午），在一千余年前的先声。只不过《夜雨寄北》中那跳动的生聚的烛火，成了《百年孤独》中死别的枪火，而无尽的夜雨则成了灼掌的冷冰。

你看，同是孤独，却各有各的不同。

夜雨寄北

李商隐

君问归期未有期，巴山夜雨涨秋池。
何当共剪西窗烛，却话巴山夜雨时。

"君问归期未有期"，其实应为："妻"问归期未有期。①妻来信问我之归期，我答之未有期。首句"qī"音（期）看似两现，但若算上暗藏的"妻"（诗中"君"字所指），则其实是三现。此刻，思妻的李义山虽非处于李易安思赵明诚般的凄凄惨惨之境，但心中也已然满是"qī"（妻）——qī问归qī未有qī。北方的你，来信问"归期"，是过去之问；南方的我，答"未有期"，则是现在之答。首句的一组问答瞬时便将过去现在化了，化出了一个不在场的在场幻象。你过去的来信，将我意识中所印存的你与我的许多个曾共在过的温暖瞬间唤醒，使其汇聚并此刻化为一语呢喃——君问归期未有期。也正是这一语呢喃，化出了你与我正共在着的幻象瞬间。"君问归期未有期"，首字以"君"代"妻"，皆因我此刻不见妻，不止"未有期"，也"未有妻"嘛。当然，首句用所指暧昧不确的"君"字而非所指清晰确切的"妻"字，不仅免除了思妻情绪之表达的过度直露，而且在中文思君抒情诗这一浩荡无涯的书写长河中，"君"字所含蕴的那种既敬又亲的独特诗味也更易将读者引入诗中，如"思君令人老，岁月忽已晚""思君如满月，夜夜减清辉""思君秋夜长，一夜魂九升""行也思君，坐也思君""日日思君不见君，共饮长江水"……人们大抵有

---

① 有人说《夜雨寄北》可能是李商隐写给时在北方的友人的诗，但目前此结论尚无确凿的证据，故本文仍从众说——《夜雨寄北》是李义山写给身在北方的妻子的诗。参见刘学锴、余恕诚：《李商隐诗歌集解》，北京：中华书局，1988年，第1230—1234页。南宋洪迈编的《唐人万首绝句》中，本诗题作《夜雨寄内》，我认为题作"夜雨寄北"比"夜雨寄内"要好。"北"与"内"虽仅一字之差，但"北"字有空间感。"夜雨寄北"：夜（抽象的时间）、雨（具体的时间情景）、北（空间）和寄（寄送的动作，人生如寄的孤寂感），即在夜、雨的具体时间境遇中，"寄"向"北"方——南与北（空间）因一"寄"字而共在，由此，诸种不在场被召唤进了在场之中。

过"君问归期未有期"的时刻,但相较却少有"妻问归期未有期"的体验,是不是?①

"君问归期未有期",惜乎这个你与我正共在着的幻象只是一瞬,现实却是我独在着而只见"巴山夜雨涨秋池"。我此刻身在三巴不见你,但见巴山连连,道阻且长,夜雨绵绵,秋池水涨。巴山于我诚是凄凉地也,我在巴山并不云乐,只想"早晚下三巴,预将书报家"。"巴山夜雨涨秋池",看似仅是几个无我的景词,实则为有我的情词:如大蛇般左迤右迤的古老巴山②——我远眺良久而不见你,但恨巴山相阻隔——远;绵绵散落的夜雨——我良久远眺不见你,转而举头细看面前的夜雨——近;缓缓上涨的秋池水——我竟看出了秋池水正随着日久未停的绵绵秋雨,在点点滴滴地上涨——具体而微,更近。巴山秋夜雨下落绵细,故许久方能见秋池水上涨,诗人以不易觉察的上涨来写下落,故思君不见君的孤寂时间之缓逝于他之漫漫自不待言。因此,全诗含诗题虽仅三十来字,竟反复了三次"夜雨",而在三生万物的汉语写作传统中,"三雨"其实就是无尽的"万雨"嘛。故,全诗不仅始于夜雨也终于夜雨,并且这场在读者心头已然下了一千余年的夜雨,还将在世界文学史上永永远远地落下去。你看,《夜雨寄北》世界中的这场迂

---

① 从诗意之生成角度来看,即使后世有确凿证据考证出《夜雨寄北》写成时李商隐之妻王氏已经去世,也并不能说"君"字就不可能指王氏——如果王氏真已去世,那本诗便是李商隐与王氏之亡魂在问答,这种超凡入幻之情甚至更加动人。又,"君问归期未有期"中的"君"其实到底是否为李商隐之妻王氏也并不重要,因为暧昧不确的"君"字比"妻"字更有诗意,而书写存在之暧昧本就是李义山为诗的看家本领。

② 据《山海经》和《说文解字》二书记载,"巴"字的古义为"能吞象之大蛇","巴山"和"巴国"之得名均与"巴蛇"有关。

久绵绵的夜雨,其实一点也不比《百年孤独》世界中那场下了"四年十一个月零二天"的大雨时间短和力度弱。

"巴山夜雨涨秋池",可见的实景"涨秋池"为不可见的虚景"涨心(愁)池"之外化自不待言。愁,本已是离人心上秋,更何况逢此秋夜秋雨?这夜雨点点滴滴,似乎让人听出两百余年后李清照在《声声慢》里的喟叹:"这次第,怎一个愁字了得!"衣冠南渡后,劫后余生的李清照时常如鲠在喉,她不得不喟叹,这喟叹真好,而李商隐则故意将心伤隐去毫不喟叹,亦是真好。"巴山夜雨涨秋池",当此非良夜何?只能看得巴山听雨声,坐候秋风秋雨愁煞人?不!"何当共剪西窗烛"。

"何当共剪西窗烛",诗人从你与我北南异在的孤寂此刻,刹那间跳到了未来,跳到一个你与我将共在着的某夜某刻。在未来的某夜某刻,我们当着西窗下那跳动的烛火夜话无尽时,我定会忆说起那个"巴山夜雨涨秋池"的晚上我曾体味到的一切,而你也会忆说起你所体味到的一切——他年夜语话夜雨。故,"何当共剪西窗烛,却话巴山夜雨时",是先由现在跃入未来,再从未来回首却话现在。如是,现在的诸种事务经此回溯性视角的反观,便生出了别样的意义感,而不再只道是寻常。

让我们再将这二十八个字理一理:

君问归期未有期

此刻的南"我",转述北"你"过去来信的"归期"之问 → 此刻的南"我"答"未有期" → 此刻,出现一个你与我共在着的幻真。

巴山夜雨涨秋池

"我"由你与我共在着的幻真中抽身而出→此刻，是南"我"独在着（北"你"亦是独在着）的实真。

何当共剪西窗烛

南"我"独在着的实真。我此刻独剪西窗烛的愁然，以及忆起过去曾与你共剪西窗烛的欣然，此刻的独剪与过去的共剪虽未明写，但读者自可想见→想造出一个未来的某夜某刻，你与我将共剪西窗烛的欣然——造境虽幻，却让人觉得真。故，这支或隐或显地闪跳在时间三个维度（过去、现在和未来）之中的"西窗烛"之于李义山，就犹如法国作家普鲁斯特《追寻逝去的时光》中的那个小玛德莱娜甜点心[①]，本来浑似梦的依稀往事，瞬间就都为一支西窗烛照亮而涌现。

却话巴山夜雨时

第一重，未来的某夜某刻我与你共在时，我们共话二人过去曾泯灭"北"与"南"而共在过（第一句）的幻象。

第二重，未来的某夜某刻我与你共话时，我将会忆说起巴

[①]〔法〕马塞尔·普鲁斯特：《追寻逝去的时光》（第一卷《去斯万家那边》），周克希译，上海：华东师范大学出版社，2015年，第44页。

山夜雨的这个此刻——幻中幻。这样,第二句"巴山夜雨涨秋池"便由我在此刻独见的实真的巴山夜雨,成为第四句"却话巴山夜雨时"中我与你在未来共话的幻真的巴山夜雨。

你看,《夜雨寄北》通过时间的自由跃掷穿梭和真幻时空的往复压缩叠加,向我们确证了存有一个幻作真时真亦幻的宇宙。真如波德莱尔所言"几乎我们全部的独创性都来自'时间'打在我们感觉上的印记"[①],李义山确是把玩时间的魔术师啊!多少人曾魂牵梦绕的"魂穿"哪有那么难呢?李义山仅用了寥寥二十八字的诗言,便纡徐回环出了一次可信可感的"魂穿",一件"水晶如意玉连环",他让我们真见到了人间的想念与小聚竟是这般温暖。

温暖,确在人间!

原载《南腔北调》2018 年第 9 期,有改动

---

① 《波德莱尔美学论文选》,郭宏安译,北京:人民文学出版社,1987 年,第 486 页。

大雪与小酌：读《问刘十九》

想象这样一个暮雪将至的时刻：

新醅的黄酒上绿痕点点，红泥小火炉里黑炭的小红火苗跳动，暮雪将至——黑夜中将会是白茫茫一片……当此夜此景，若想围炉小酌，你会传短信给谁？谁是你可先备下酒菜，料定必能呼之即来与你围炉小酌的人？谁是浑浊粗糙的家酒甫一酿好，你便想到应与之共享且也能与之共享的人？[①] 谁是饮罢能让你说"我醉欲眠卿且去"的那个人？……

一千年余前的白乐天想到的是刘十九。

问刘十九
白居易

绿蚁新醅酒，红泥小火炉。
晚来天欲雪，能饮一杯无？

[①] "绿蚁新醅酒"，浑浊粗糙的新酿家酒只可款待不见外的友人，也只有他才有福气享此家酒，刘十九与白乐天之亲密关系立见。

"刘十九"，一说即白居易的诗友刘禹锡（刘二十八）的堂兄刘禹铜。刘禹铜，当得起古语"人如其名"，其铜（钱）委实多，乃洛阳一富闲人，与白乐天常有酬应。因此，诗题《问刘十九》就是问刘禹铜，但若将诗题《问刘十九》换作《问刘禹铜》，不仅是直呼其名的非礼冒犯，且铜味儿十足的"刘禹铜"三字会与全诗的温暖亲切境界严重相违。想必王静安先生看后会说"著一铜字，而境界全无"吧。

　　这是首邀友雪夜酌小酒的诗，故题为家常语般的《问刘十九》可，题作公函文似的《问刘禹铜》便不可，而看到新醅的家酒便想到问名字中有"jiǔ"音的刘十九不是自然而然之事吗？

　　　　绿蚁新醅酒，红泥小火炉。
　　　　晚来天欲雪，能饮一杯无？

　　本诗之诗眼只在一"欲"字。因天欲雪（冷），人欲共饮（暖）而预备齐整酒菜——绿蚁新醅酒，红泥小火炉。正是在这个未然的未来的"欲"眼勾摄下，我才预备下"绿蚁新醅酒，红泥小火炉"。我也正是以未然的未来的"欲"眼，端详着现在的新醅黄酒上那如绿蚁般浮动的细酒渣和"红泥小火炉"中那轻跳着的炉火。正是那将至而未至的雪的白冷，让此刻室内的"红泥小火炉"更红暖，也正是欲共酌的准备与期待，让此刻室内的酒香开始弥散浮动且愈香愈浓——新醅酒须与旧相识共酌嘛。

　　"绿蚁新醅酒，红泥小火炉"，酒黄、蚁绿、炭黑、泥红和火红,是室内已然的此刻的人间温暖,但室内已然的此刻温暖,尚不能应对第三句随"晚来天欲雪"而来的室外的孤寂黑与空茫白(未来的雪寒与白寂)。[①] 换言之,已然的此刻温暖尚有不足,它有待第四句"能饮一杯无"来丰足。故,诗眼的"欲"字,最终道出那句——能饮一杯无?

"能饮一杯无?"一个虽莞尔从容却又急急如律令般的恳切邀约,不仅将前两句中的诸种已在物和正在物勾摄住,而且将诸种原本此刻不在场的人与事召唤进了此刻的在场之中,在场也因不在场的在场的涌入而如被开光般为意义之灵韵所充盈。我们且将这二十个字理一理:

绿蚁新醅酒

室内,静物,已在物(过去),暖色调世界。

红泥小火炉

[①] 《问刘十九》一诗若依照古时的繁体竖排形式排布,但仍由左至右横排浏览,十分有趣:

能 晚 红 绿
飲 來 泥 蟻
一 天 小 新
杯 欲 火 醅
無 雪 爐 酒

第一排的"红"和"绿"二字十分醒目,呈现出一派欣悦热闹的氛围;而最后一排"無雪爐酒"四字若依照古人自右向左读的习惯则是"酒爐雪無"——有"酒"有"炉"而"雪无",且"雪"字不仅左右均有火("無"下"灬"和"爐"左"火"),而且右上方也是"爐"上那正旺的"火","雪无"乃必然之结局,何其快哉而温暖!

室内，动物，正在物（现在进行中），暖色调世界。

晚来天欲雪

室外，近的将在事（未来），黑与白的冷色调世界。

由前两句的室内转向第三句近的室外大时空，其实就是将新醅酒与小火炉放在天色昏暮、晚来欲雪的天地大时空中端相，但见苍茫廓落的天地间有一酒、一炉、一我，却还少一你。人啊，虽明知"寄蜉蝣于天地，渺沧海之一粟"的大苍茫，但终究难舍"杯盘狼藉，相与枕藉"的小温暖。

能饮一杯无

室内，稍远的将在事（未来）。先从第三句"晚来天欲雪"中近的室外折回室内（我发问），而后弹向更远的室外（发问指向你），并且隐含着我对能成功邀约你前来共酌的深深期待（你将来我的室内，与我共酌），最终返回室内那个正翘首以望的我。此句发问"能饮一杯无？"（我问⇌你答）端呈出的乃是一个为存在意义之灵韵所充盈的时刻：此刻，我因欲想与实际并不在场的你共在共酌而发出一声绵绵不绝的召唤，以及我对将要与你实际共在共酌时的诸种如觥筹谈笑等欢愉情态的期待与想见。

吾欲友，斯友至矣！岂非"天下第一快活人"？①

好个"能饮一杯无"！

在人间，幸福有时就在于你是否有能率性说出"能饮一杯无"的某个时刻吧。苏子瞻在《后赤壁赋》中所说"有客无酒，有酒无肴，月白风清，如此良夜何"，虽初有憾恨之叹但终是得偿所愿。在人间，最怕的是酒、肴、风、月均已齐备，但竟不知佳客安在。纵是酒、肴、月、风齐备，但若无客共酌夜话也是怅然无味啊，毕竟不是谁都能如李太白那样当得起"独酌无相亲"的孤寂。

从李义山的西窗烛到白乐天的小火炉，我们体味到一种有体温的温暖与幸福。如说人间还值得，或许正是因尚有些能让你期待的温暖时刻吧，那个执子之手共剪西窗烛的时刻，这个期待与旧相识围炉夜话、共酌新酒的时刻……

你看，白乐天这团团在雪夜跳动的小炉火，这盏盏浮动着绿蚁的新醅酒——这次第人间小确幸的温暖，便足以令人在雪寂冬寒中神迷情燃。

原载《南腔北调》2018 年第 11 期，有改动

---

① 清诗人黄周星语。有学者考证，当时白乐天和刘十九并不在一座城市，故不能相聚。此种考据癖可谓全然不解诗言，读者须知刘十九的肉身能否真来赴约小酌并不重要，因为当白乐天说出"能饮一杯无"时，刘十九便已在路上了。

繁花与落花：读《江南逢李龟年》

江南逢李龟年

杜甫

岐王宅里寻常见，崔九堂前几度闻。

正是江南好风景，落花时节又逢君。

本诗作于唐代宗大历五年（770年），是安史之乱（755—763年）后第7年，亦是开元盛世（712—741年）后第29年。是年杜甫虚岁59岁，他在暮春的某日于潭州（长沙）逢到了阔别四十余年的乐工李龟年。是岁冬，诗人即逝于从潭州向岳州进发的湘江舟中。

诗题作《江南逢李龟年》，无疑正是与李龟年的这一偶逢，刹那间唤醒了59岁的老杜少时在东都洛阳所亲见亲闻到的开元盛世：

岐王宅里寻常见，
崔九堂前几度闻。

李龟年，据唐人郑处诲《明皇杂录》载，"唐开元中，乐工李龟年、彭年、鹤年兄弟三人，皆有才学盛名"，三人颇得玄宗和贵族们的赏识，故李龟年能于"东都（洛阳）大起第宅，僭侈之制，逾于公侯"。安史之乱后，潦倒的李龟年曾"流落江南，每遇良辰胜赏，为人歌数阕，座中闻之，莫不掩泣罢酒"。① 与李龟年的一相逢，肯定唤醒了杜甫心中关乎开元盛世的不少记忆，就是与其相关的人想必也会很多，那为何老杜却独独拈出岐王和崔九二人呢？是其信手偶择吗？非也！

岐王李范，乃唐玄宗弟，"好学工书，雅爱文章之士，士无贵贱，皆尽礼接待"②，开元十四年（726）病薨。显然，岐王的上述品性自是会让杜甫等冀望被赏识、拔擢的士人们万分怀恋。而崔九即秘书监崔涤，其"多辩智，善谐谑，素与玄宗款密"，"出入禁中，与诸王侍宴不让席，而坐或在宁王（玄宗长兄）之上"，③ 亦是开元十四年卒。崔涤虽"素与玄宗款密"，但仍"善谐谑"而不摆拒人于千里之外的官架子，故杜甫此处亲切地直呼其行第"崔九"，有四海之内皆兄弟意。因此，本诗前二句提及岐王和崔九，首先要显明的乃是老杜对颇具盛唐气象的容人之雅量的深深追念，尤其是当诗人亲历开元的"唯才是举"与天宝的"任人唯亲"之大不同后，忆及开元时一开篇即祭出岐王和崔九，不亦宜乎？不亦痛乎！

"岐王宅里寻常见，崔九堂前几度闻"，也点出了此次追忆对象的曾在"时间"——岐王和崔九均于开元十四年卒。须

---

① 〔唐〕郑处诲：《明皇杂录》，北京：中华书局，1994年，第27页。
② 〔后晋〕刘昫等：《旧唐书》，北京：中华书局，1975年，第3016页。
③ 〔后晋〕刘昫等：《旧唐书》，北京：中华书局，1975年，第2624页。

知，让人念兹在兹的开元盛世历时共计也不过29年，而岐王和崔九却都卒于开元十四年。开元十四年左右乃是开元盛世的中期，可谓盛世中的盛世之年，它就是杜甫在写《江南逢李龟年》一诗的前六年所作的《忆昔》诗中所说的那个"开元全盛日"。同逝于开元十四年的岐王和崔九，诚可谓被永久地定格在了开元全盛日，我们甚至可以说一并提及岐王和崔九便会让人想到开元全盛日。开元十四年，杜甫虚岁15岁，老杜日后在《壮游》一诗中曾如是追忆自己十四五岁（开元十三、十四年）壮游东都洛阳，躬逢其盛时的挥斥方遒："往者十四五，出游翰墨场"。①

此外，"岐王宅里寻常见，崔九堂前几度闻"，也点出了此次追忆对象的曾在"空间"——均在东都洛阳的"岐王宅"和"崔九堂"。当是时也，玄宗因要封禅泰山而率百官贵戚于开元十二年（724）的十一月移驾东都，洛阳又成为唐帝国的政治中心长达三年之久，②其时有"河洛荣光遍"③的盛况。

简言之，《江南逢李龟年》一诗乃是59岁的老杜离蜀北归河洛的途中，于衰年思自己十四五岁在东都洛阳这个"盛世中

---

① 参见冯至：《杜甫传》，北京：人民文学出版社，1980年，第13页，第136页。

② 参见〔后晋〕刘昫等撰：《旧唐书》，北京：中华书局，1975年，第187—189页。

③〔唐〕张九龄：《奉和圣制登封礼毕洛城酺宴》（作于开元十三年十二月），《张九龄集校注》，熊飞校注，北京：中华书局，2008年，第51—53页。据学者傅光考证，开元十年至十四年的五年中，"除去北巡与封泰山等一个月左右，所余五十八月之中，居洛约为三十六个月，居长约为二十二个月。在洛阳的时间大大超过了在长安的时间。而唐玄宗每次幸东都，都是有'百官、贵戚'扈从的。所以，在玄宗居洛阳的这三十六个月里，岐王李范和秘书监崔涤同时也都在东都洛阳。因而，杜甫出入崔、李宅第就在二人居洛阳这段时间里，并非在长安"。见《草堂》（今《杜甫研究学刊》）1987年第2期总第14期。

心地",且又刚好是在"开元全盛日"的华年以及思大唐的华年。故,本诗虽看似仅为淡淡地直陈,实则却是老杜在一字一恸地思华年。现已是"疏布缠枯骨,奔走苦不暖"的老杜,在其生命的最后几个月想北归河洛,却偏偏于屈子怨何深的江南(江湘一带)逢到了李龟年——他一下就逢到了过去的开元全盛日的"洛阳时间",彼时:

岐王宅里寻常见,
崔九堂前几度闻。

"岐王宅里寻常见","见"龟年之容;"崔九堂前几度闻","闻"龟年之声。"寻常见"与"几度闻"的互文,既有此刻的老杜追忆自己昔日身处开元全盛日之中,却浑不觉盛世将会过去而当时只道是寻常的痛,亦有自己十四五岁就能凭借才华而多次出入岐王宅和崔九堂的自得和快意。当然,身处开元全盛日,认定开元盛世将如"龟年、彭年和鹤年"三兄弟的名字所预兆的那般延年无尽,亦是人之常情。毕竟,多少事,当时只道是寻常啊!

"岐王宅里寻常见,崔九堂前几度闻",那些关乎李龟年的容与声彼时并未在杜甫的意识之"核"中,而仅在其意识的"边缘域"——在"晕"中。"晕"即"每一个此地此时被给予之物都具有的空间与时间的环境","晕"是一种"'不确定的确定性':其所以'不确定',是因为'晕'虽然与'核'一同被给予,但却不是当下、现时的;而它之所以'可确定',是因为'晕'随时可以成为当下的'前景'"。① 换言之，"晕"就是"视域"，即"在意向体验中现时地被意指的那个'对象'永远不会孤立地和封闭地、完全不确定地和未知地被经验，而是作为某个处在联系之中的东西，作为某个在环境之中和出自环境的东西而被经验到"②。

无疑，彼时置身岐王宅和崔九堂中的杜甫，其意识之"边缘域"中乐工李龟年的容与声虽与其意识之"核"中岐王和崔九的容与声一同被给予了，但龟年的容与声之于杜甫只是其自我并不重点关注的一个"可能对象"，而处于尚未被其自我所清醒地意识到的"非课题状态"。彼时，杜甫清醒地意识到的乃是岐王和崔九等可能会拔擢自己的贵人，因他当时受前辈援引而得以出入"岐王宅"和"崔九堂"的主要鹄乃是干谒，他想让岐王和崔九等王公贵族见识到自己"赋料扬雄敌，诗看子建亲；李邕求识面，王翰愿卜邻"，进而能"自谓颇挺出，立登要路津"，以便最终实现"致君尧舜上，再使风俗淳"的伟大襟抱。③

但当"寻常见"与"几度闻"早已过去四十余年，"岐王"和"崔九"也已逝去四十余年，"开元盛世"已结束了近三十年之后，以及在长达八年的安史之乱也终于结束了七年之后，杜甫与阔别了四十余年的李龟年在"江南"一相逢，"洛阳"

---

① 倪梁康：《胡塞尔现象学概念通释》（增补版），北京：商务印书馆，2016年，第229页。
② 倪梁康：《胡塞尔现象学概念通释》（增补版），北京：商务印书馆，2016年，第230页。
③〔唐〕杜甫：《奉赠韦左丞丈二十二韵》，见《杜工部诗集》，北京：中华书局，1957年，第47页。

的岐王宅和崔九堂中李龟年的容与声,瞬间便由彼时"不是当下、现时"的"不确定",成为"当下的'前景'",成为"确定性"的、被老杜的"自我"所"清醒地意识到"的"课题状态"。由此,当时原本处于杜甫意识之"边缘域"的那四十余年前李龟年的容与声,不仅此刻才为老杜所真正地看见和听见,而且也很可能就是他关乎岐王宅和崔九堂之记忆的最深印象。故,这些"寻常见"和"几度闻"的容与声,恰如老杜《忆昔》一诗中的那两句"稻米流脂粟米白,公私仓廪俱丰实",曾是那般近乎让人熟视无睹,但此刻却又如此这般实在可触。我们对同一现象的感受之所以会大不同,皆因"过去"的次序乃是"情感的次序",我们切不要相信"现在一经过去就变成我们最切近的回忆","现在经历的变化可以把它沉到记忆最深处,也可以让它浮出水面;只有它本身的密度和我们生活的悲剧意义能决定它的浮沉"。① 读者虽未真正出入过岐王宅和崔九堂,但当我们重游故地或翻看旧照时,不也常会被昔日因"寻常见""几度闻"以至于"视而不见听而不闻"的人与物直截拘摄回彼时的现场而竟哑然甚或怆然吗?此类体验是说,唯有当彼时的寻常经由时间之断隔而被孤显成一种可以为此时的我们所静观的异乎寻常,它方能向我们现身为一个不寻常,才会为我们所真正认出和知道。

时空重叠境明灭,却是旧时相识,不知当复有此日否?

噫!这次第,人生真如梦耶?逝者真不舍昼夜!

——————

① 《萨特文集》(8),施康强译,北京:人民文学出版社,2019年,第50页。

或许生而为人，便注定了毕生都在与时间抗争，他们本想"执著地眷恋一个爱人、一位友人、某些信念；遗忘从冥冥之中冉冉升起，淹没他们最美丽、最宝贵的记忆"，当我们"突然回到我们曾经喜爱的地方；我们决不可能重睹它们，因为它们不是位于空间中，而是处于时间里，因为重游旧地的人不再是那个曾以自己的热情装点那个地方的儿童或少年"，为期不远，"总有一天那个原来爱过、痛苦过、参加过一场革命的人什么也不会留下"，① 终能实存于世的，或许唯余一次又一次的追忆而已。"岐王宅里寻常见，崔九堂前几度闻"，你所失去的不是什么别的，就是现在的生活，你真正拥有的也不是什么别的，仅是能追忆正在逝去的现在的生活。只此两句，老杜便写出了此次追忆之变奏的远近暗明全过程。

江南"逢"李龟年，是此刻的一见，它刹那诱出过去的诸次"寻常见"。过去的寻常见，是在"岐王宅里""崔九堂前"虽也有寻常见，但首句只能是"岐王宅里"而不能是"崔九堂前"。原因有二，岐王比崔九位尊，故应先写，此其一。但更为重要的一点乃是，"岐王宅里"四字有"崔九堂前"四字所无的那种绵邈幽昧感，"岐王宅里"四字能将此刻的逢"见"，曳往记忆之深宅里所匿藏的那过去的诸次"寻常见"里去。"宅里"，真能往幽邈中去，有一种茫茫冥冥的空间感，而"堂前"则正相反。这一逢如"呲"的一声被擦亮的火柴，让幽秘的记忆"宅里"渐次亮了起来，而后清晰化为堂堂皇皇的"崔

---

① 〔法〕安德烈·莫洛亚：《〈追忆似水年华〉序》，施康强译，见〔法〕普鲁斯特《追忆似水年华》（第一卷），徐和瑾译，南京：译林出版社，2010年，第6页。

繁花与落花：读《江南逢李龟年》

331

九堂前"。听，李龟年昔日的歌声正绕堂响起——

"崔九堂前几度闻"……

由"江南逢李龟年"，到"岐王宅里寻常见"，再到"崔九堂前几度闻"，是由面前先滑向渺远，而后再返回切近的面前。此次追忆，意识由此刻这一清晰的"逢见"，跌入到幽昧的过去里去"忆见"，而最终"闻"到了那绕堂的歌声，也就"见闻"到了东都洛阳乃至大唐开元全盛日的容与声。遥远往昔的"开元全盛日"，就这样被老杜从幽秘的"岐王宅里"唤出，现身在"崔九堂前"，现身在身处江南的诗人面前，也现身在身为读者的我们面前。

但二人逢后，是相顾无言，还是曾一道追忆开元？李龟年有无"歌数阕"，杜甫闻之是否亦曾如他人般"掩泣"？老杜竟全未写！他不细言自己如何追忆那四十余年前的全盛开元，转而只说面前这似乎能给人以安慰的江南好风景。故，前两句诗中那浮现的"开元全盛日"还真如朵永在盛放的昙花，因为它未及凋萎便被永久地冰封在了那里，失落的东西刚借由词语被召唤出，还未被详品细味便被定在那里而不再被提及。但读者须知，此种欲盖弥彰里，自有不可说不可说的无尽诗意。

既不可说，那就且看看当下吧：

> 正是江南好风景，
> 　落花时节又逢君。

此刻，杜甫身在江南，不管是北望东都洛阳还是西北望长安，他都只能望望而已。且他又已是枯骨衰年，故不仅开元全盛日不能再返，就是下一全盛日亦无望再见了。悲哉此一逢！"正是江南好风景"一句的紧要之处在于，虽此刻的国家不是好风景，且老杜与龟年也不是好风景，但偏偏"正是江南好风景"！"正是江南好风景"，让人想起《世说新语》中那次喟叹"风景不殊，正自有山河之异"的"新亭对泣"。① 故，第三句诗说此时"正是江南好风景"，实是在叹悼前两句诗所端呈出的彼时"正是开元好风景"。你看，老杜明明是在江南哀，却偏说"正是江南好风景"！此句毫不言二人逢后是否曾"谈笑"或"对泣"的客观描述语，真有一种"天地不仁，以万物为刍狗"的冷，亦真伏有一股子"叹息肠内热"的热！故，"正是"虽只二字，其重却不下万钧：

"落花时节又逢君"……

"落花时节又逢君"，"落花时节"是实写江南，更是隐写老杜、龟年以及大唐此刻之世乱时艰。不管与龟年的此一逢，老杜是如何真感到了"似曾相识开元来"，他也只能恨叹"无可奈何花落去"——"落花时节又逢君"！

因此，老杜是以此刻这实在的落花，来写早已成虚幻的开元全盛日那如繁花般的繁华。江南落花时节的这一逢，又诚有多少恨而不能付泣谈中呢？老杜竟全不明说，而又以一句无情的客观描述将诗结束——"落花时节又逢君"。这句诗若让李后主来写，想必会有情得多："无限开元，别时容易见时难，流水落花春去也，天上人间！"但老杜不是后主，"落花时节又逢君"，这一逢明明是如此的重，他却仅在"逢"前加一看似

---

① 徐震堮：《世说新语校笺》，北京：中华书局，1984年，第50页。

极轻的"又"字。"又"逢,似仅是在昔日"寻常见"的"见"上又添上了一次而已,但别忘了,今日的"又逢"与昔日的"寻常见"间其实隔有四十余年之久,且衰年的此地一为别,何日又能再"逢"?故"又"字,其实是在万钧之沉的"正是"二字后,再轻添一万钧重。今日之"又逢"李龟年,恰似《西游记》中五行山上的六字真言帖被唐三藏甫一揭下,困压在记忆山下四十余年的"洛阳时间"便如孙悟空般跳脱而出:

"岐王宅里寻常见,崔九堂前几度闻"……

"落花时节又逢君","又逢君"中的"逢"也定会如诗题《江南逢李龟年》中的"逢"一般,再次将老杜关乎开元全盛日的追忆重新开启。本诗始于"逢李龟年"而结于"逢君",不避重复首尾俱用了"逢","逢"的有意反复不仅道出了此番相逢之于老杜的分量,而且由逢"李龟年"到逢"君"亦写出了此一相逢由惊愕木然的客观疏远,到悲欣交集的主观亲近的情绪流转之次第。你看,与李龟年在江南的这次去如风般的短逢,经由诗言竟是如此的长,其长不仅要远过龟之年,而且似乎竟可得永年。因为一千二百余年后的今天,我们只要一读到《江南逢李龟年》,仿佛仍能看见"正是江南好风景"中的老杜和龟年,还待在那困压开元全盛日之记忆的五行山下,当着无尽的"落花"……

江南逢李龟年

岐王宅里寻常见,崔九堂前几度闻。

正是江南好风景,落花时节又逢君。

明季清初的黄生曾盛赞本诗道："今昔盛衰之感，言外黯然欲绝，见风韵于行间，寓感慨于字里，即使龙标、供奉操笔，亦无以过。乃知公于此体，非不能为正声，直不屑耳。"①而清蘅塘退士孙洙在其所编选的《唐诗三百首》中亦说"少陵七绝，此为压卷"，因"世运之治乱，年华之盛衰，彼此之凄凉流落，俱在其中"。②

诚然，这一切是"俱在其中"，但本诗之高妙处在于老杜对这一切竟"全未明说"，他只是以一种近乎无动于衷的客观态度淡淡地直陈。依此看，一切俱在其中的《江南逢李龟年》实是三十余字的《长恨歌》，亦是一部微缩版的《东都梦华录》。

原载《中外文论》2020 年第 2 期，有改动

---

① 〔清〕黄生：《杜诗说》，徐定祥点校，合肥：黄山书社，2014 年，第 390 页。
② 〔清〕蘅塘退士编，陈婉俊补注：《唐诗三百首》，北京：文学古籍刊行社，1956 年，卷 8 第 4 页。

第五辑　会色会声会吾中

关于木心，我们能谈论什么？

以下文字由"剃刀三人帮"第一次对谈录音整理而成，略有增删和改动。

一、木心其人的现代感

卢：邱老师，我记得 2013 年《文学回忆录》刚出版的时候，我看后向你推荐说"这个书很值得一读"，好像你看后还专门发了一个微博说"居然有人向我推荐木心"，近乎鄙夷的语气让我万万没想到；大概在一个月前，我们在确定这次对谈的题目时，我说"是不是可以谈木心"，你说"好啊，木心很值得谈啊"，又让我万万没想到；后来我们的多次聚会中谈起木心时，你说"木心啊，木心的艺术感很好，木心很有现代感"。木心，现代感？这确实又让我有点惊讶，因为据我所知，很多人说起木心，首先会想到的是像中央电视台的春节联欢晚会上《从前慢》那样的作品，会说他很古典，很有民国范儿，因此我很好奇你为何说木心"很现代"？

邱：我这个人有一个或许不太好的习惯，大热的人我就不太想看。今天谈木心实际上都是一个很滞后的话题了，差不多十年以前木心就非常热了。我老婆买了几本木心的书，其中就包括我手上这本《哥伦比亚的倒影》，我随便翻了几页，又在哪儿看到《从前慢》这首诗，给我的印象是"小资标配"，像这种书装帧就很小资。

王：而且是他亲自设计的。

邱：那木心是挺小资的啊，所以差一点失之交臂。是很偶然的原因，我又一次翻《文学回忆录》，我才觉得这是一个高人。后来又逐渐看到一些视频、谈话录等材料，尤其是陈丹青不遗余力地推荐木心。陈丹青是一个我绝对不会怀疑他的感觉的人，一个极富现代感的人。我知道在学界可能有一些人对陈丹青不以为然，但实际上很多人连给陈丹青提鞋都不配，这是真的。陈丹青这样一个极富现代感的人，你看他在木心的葬礼上哭得稀里哗啦，这让我大吃一惊啊：什么人可以让陈丹青如此动容，因为他是一个相当自持的人。

王：哈哈，陈说脏话都说得非常优雅。

卢：其实不只是葬礼，2006年陈丹青在《哥伦比亚的倒影》的发布会上，专门做了一篇演讲，题目就是《我的师尊木心先生》。自此之后你可以看到，陈丹青这么一个人，只要在公共场合演讲，别人可以提"木心"，他几乎都是"先生"，"先生如何"。他先是伙同一批人把木心从美国"押送"上飞机返回木心的家乡乌镇，又用了将近大半年时间整理出近五十万字的《文学回忆录》，到了2014年他又用了近一年时间建成了"木心纪念馆"，2015年又用了一年时间建成"木心美术馆"。陈丹青在纪录片《我的师尊木心先生》里说："孩子们认认真真忙了一年，合伙弄出了纪念馆。说句漂亮话，是为先生的艺术，是为乌镇的情义，说句心里话，其实，我们这样日日夜夜地弄，是为了继续和先生一起玩，不跟他分开。"陈丹青说他还要一本一本地整理出版木心遗稿。你看，似乎从2006年开始，陈的活动都是以木心为焦点的。

邱：所以这就是值得关注的一件事情，因为我刚才讲了，陈丹青的判断力是绝对不可怀疑的。今年优酷网推出了一个视频，陈丹青讲的《局部》，很多人都看过，我觉得这个是绝对要去看的。他这样一种对感性审美的判断力，这种命名的准确性，几乎找不到第二个人，至少在艺术界找不到。所以这就是促使我去认真地阅读木心、关注他这个人的一个外部原因，我觉得是很有意思的。我对木心的认识就是刚才讲到的，他是一个极富现代感的人，这个现代感怎么说呢，其实可以从他的名字说起。关于木心名字的解释有两种，一个是《论语》的解释，那个怎么说的？

卢："天下之无道也久矣，天将以夫子为木铎。"

邱：但是木心本人提到另一个解释，就是在英国有一个说法：说一个男人有一颗橡木心，就是说他很坚强。其实认可哪一种解读不是很重要，只是一个选择，取决于你如何理解木心。我是愿意取后边这个解释的。我们知道木心这个人有点奇怪，当初他的东西刚刚发表时，大陆人以为他是台湾人，台湾人以为他是一个民国的老人，他的写作里完全见不到新中国历史的痕迹，而我们知道他在新中国一直待到1982年，之后才去了美国，其间经历过反右、"文化大革命"诸多动荡，而且是三次监禁。有这样一个复杂经历的人，你在他的字里行间完

关于木心，我们能谈论什么？

341

全看不到这些痕迹,完全看不到,这个就很奇怪。为什么我说愿意取木心名字的第二个解释,就是因为这个人百毒不侵。

王:拒绝任何渗透。

邱:对呀,这个不得了。其实梁文道在《文学回忆录》的序里面也有一个说法,说他是个"局外人"。

卢:木心去世四周年的纪录片就叫《归来的局外人》嘛。

邱:对,这个局外人的意思其实也就是我刚才强调的他的这种超然。我看到一篇很有意思的文章,一个叫巫鸿的美术评论家,他写了一篇文章叫《木心:一个没有乡愿的流亡者》,就是说他是没有乡愁的流亡者。"乡愁"这个词我们都知道是小资喜欢的,但实际上木心在某种意义上有一颗流亡的心,他自己有一个说法,说"回到祖国"是"流亡到祖国"。

王:他的很多小说也是以"逃"为主题。

卢:就像他的一首诗所说:"那个乌镇的翩翩少年向世界出发,流亡,千山万水,天涯海角,一直流亡到祖国、故乡。"

邱:所以这是一个很有意思的人,就是这个巫鸿在文章里面谈到有一个叫童明的人的采访,想让木心谈他的《狱中杂记》,是吧,好像有四五十万字吧?

卢:据说有六十万字。

邱:六十万字,这个我们只看到一些片段。很有意思的是什么呢,巫鸿有这样一个说法:"我们可以理解,为什么木心拒绝研究者根据笔记的历史背景和他在'文革'当中的经历去理解这份手稿的做法。"就是木心不太愿意人家拿一个当时的中国的大背景和他自己的经历来讲这个事,他直接跟童明这样讲:"童先生,你也许期待在这个对话里面,作者会为这份手稿提供一个浪漫而现实的叙事，可是我却宁愿选择以电影里的'静止'和'淡出'的手法来描述我的态度。……先生，我想我们在谈话以前，已经同意要'淡化某些时间和空间的因素'，所以您不可能指望这份笔记的作者会交代很多史实。"

能够说出这个话，其实这种范儿，我觉得在中国现代知识分子身上，几乎可能仅此一人。我想到可以和他做比较的一位作家就是西方的乔伊斯。我读大学的时候，就是二十来岁那会儿，看乔伊斯的传记，里面有三个词：沉默（silence）、流亡（exile）、机巧（cunning）。我当时其实不太了解乔伊斯的表达，但是这三个词深深地吸引了我。当时我有一个习惯就是看什么书都要做笔记，这三个词很大地写在我的笔记本上，多年以后我看着这三个词，对于我来讲不知道是有幸还是不幸，它实际上意味着一种心态的养成，这其实就是木心处世的姿态。他不是那种士大夫知识分子，在这种黑暗的时期，要壮怀激烈地去斗一斗，他也不是那种躲着藏着的犬儒分子，而是一个在某种意义上很超然的人，用"沉默""流亡"和"机巧"这三个词来概括他是非常准确的。这一点就是我觉得他作为知识分子身上的一种现代性、现代感。

王：其实这种苍茫感的来源在于，我们丧失了传统中的那个安身立命的依据。若说苍茫感，我们传统社会也有，比如说我们见到一个在时间上巨大的东西，或者空间上巨大的东西，都容易产生苍茫感，比如陈子昂的《登幽州台歌》，比如李白的《行路难》，但是他们的苍茫都是一种瞬间的苍茫，在短暂的苍茫过后仍然会觉得"直挂云帆济沧海"，觉得前路没有那么困难。但是木心会觉得自己整个人已经完全被世界和历史的维度推开了，只能置身在宇宙当中，没有什么生存的依据。这是现代人独有的苍茫。按他的话说，在日光下，在灯光下，在月光下，没有任何新鲜事。

邱：提到"月光"，我就想起《苏东坡传》里面提到苏东坡有一天晚上，跑到好像是一个寺院……

卢：《记承天寺夜游》？

邱：对，然后他在月光下那段描写其实就是要讲他的"虚无感"。李泽厚在《美的历程》里对苏东坡的定位是非常精辟、精彩的，当然李泽厚对苏东坡的艺术评价不高，认为其字不如诗文，诗文不如词，而词的数量又不太多。但是为什么这么多人推崇苏东坡呢？就是因为他是一个标杆式的人物。哪里标杆呢？就是中国士大夫知识分子身上这种进取和退隐的矛盾心理，在苏东坡这里，发展到一个质的转变，就是对人生、对社会、对宇宙的那种空茫感。以前都是对政治的退避，比如像陶渊明，你甚至可以说魏晋风度的佯狂、佯疯的一些人，其实他们都是有抱负的，还没有达到真正的那样一种酒神精神。但是，在苏东坡这里，虽然他也很矛盾，但他确实触及了虚无的一面。这个说法我就觉得很有意思。

卢：对，下面我们以木心的散文《圆光》为例，具体看看这个极富现代感的人，究竟如何用"静止"和"淡出"来回忆自己的狱中生活。在《圆光》里，没有对自己的狱中生活进行诉苦式的回忆：

> 一间大约二十平米的屋子，三面是墙，一面是铁栏杆，容纳五十余人。白天坐着、立着，人际有点空隙，夜

间纷纷躺下来，谁也不得仰面平卧，大家都直着腿侧着睡，而腹贴前者之背，背粘后者之腹，闷热如蒸的夏夜，人人汗出如浆，这且不谈，单说那头上的圆光发生吧。

紧接着，监狱里有个做雕塑的老艺术家，开始安慰有点灰心的木心：

> 长者又言："看我这把枯骨还要画，画到枯骨成灰，骨灰还可做颜料。你年轻一半，不要灰心。"我反驳："画到死，雕到死，有什么意思？""对啊，然而别的，更没有意思啊。"

邱：哈哈，"对啊，然而别的，更没有意思啊"，这就是刚才群哥说的那种苍茫感的表现。木心在《文学回忆录》里用了八个字概括司马迁的《史记》——"落落大方，丈夫气概"，这八个字真是很精彩。然后他讲："我从小熟读司马迁，读到最近有个怪想法，如果司马迁不全持孔丘立场，而用李耳，就是老子的宇宙观治世，以他的天才，《史记》这才真正伟大。"所以你看他的世界观不是儒家这路，实际上我们刚才讲他的苍茫，他的这种超然，为什么他能百毒不侵，我觉得他秉承的其实就是中国审美精神，这种审美精神是本体论式意义上的一种处世态度，他是一个活化石。这种审美精神我们可以在中国的尤其是那些写意的山水画里面，那种所谓天地之间的空茫里感受到。儒家爱讲天人合一，但实际上这些书画里面是讲那种空茫感，人的那种渺小。

王：面对一个巨大的整体，这有点类似于康德所讲的崇高感。但是我觉得我们有必要去区分开木心的苍茫感和刚才谈的中国古代像苏东坡式的苍茫感，因为苏东坡他毕竟不是一个现代人，而木心则有一种现代感。

邱：对，木心的现代感基本上完全没有苏东坡的那种矛盾心理。关于他的现代感，我们其实可以谈谈他的另一面，谈谈他的仪表、他的形象。这两者我们可以结合起来。我们在任何地方看到木心的形象，包括我们在纪录片里看到他在纽约街头行走，从来都是衣冠楚楚。

王：风度翩翩。

邱：穿得很精彩，不是有戴礼帽吗，黑大衣，带一把黑的雨伞。

卢：有人回忆二十几岁的木心时说，今天见他是王尔德的装束，明天却又换成了维特的装束。

邱：就是说木心这样一个人，我们刚才老是强调他的超然和人生的苍茫感，但是他又如此注重身体包括生活的仪式感，这两者之间似乎有一种巨大的张力。我想给他一个词：精致的虚无主义。

王：苍茫感就是他这样衣着漂亮、有风度的根源。有一个例子，就是他讲莱蒙托夫的《当代英雄》，屡次提到他特别喜欢毕巧林这个人物，为什么呢？他谈莱蒙托夫，说"二十几岁的时候就觉得自己是人生舞台中退出的孤独者，在冷风中等待死神的马车"。然后他讲毕巧林，在外面，在驿站上等马车的时候，永远是风度翩翩，衣着精致到每一个细节，但如果他回到自己的居室当中，没有人的时候，就垂下头来，陷入一种虚无的沮丧情绪中。他是有对抗意味的。

邱：其实跟那个谁，因为你说到俄罗斯作家，就说说普希金吧。普希金有部作品《秘密日记》，有人说是伪作，其实我很愿意相信那是普希金写的，他是很虚无的一个人。但是我们都知道他生活中有很多有意思的细节。他每天早晨，要是那个绣花的丝绸衬衣没有给他准备好，他是不起床的。他是极其注重生活细节的一个人。其实刚才提到的王尔德也是。大家去看佩特《文艺复兴：艺术与诗的研究》一书的"结论"部分，唯美主义本身其实是一种处世态度，其出发点就是虚无主义。因为什么呢？人不过就是因缘际会，组成你的各种元素也组成大自然，所以它认为人其实是一个非常偶然的存在，如此偶然的存在，那对生命的要求只能是"量"而不是"质"。所以为什么要唯美，就是因为只有那些美的瞬间才是体验最强烈的瞬间，所以就要不断地收集这些强烈的瞬间，这是唯美主义的本来含义。这和木心以艺术的态度作为他看待整个世界、处世的态度完全是一样的。

卢：木心说过："艺术是最好的梦"；"艺术家是知道天堂和地狱不存在，但是明知它不存在，要当作煞有介事"。

邱：这个跟尼采就太相似了。

王：夜色苍茫中，聊以自慰者。

卢：对，木心讲："一切崩溃殆尽的时候，我对自己说：在绝望中求永生。"

邱：用现在的话说，他就是很执着地做这个梦，但是他又知道这一切都没有什么用。这就是木心的现代感。

卢：尽管木心知道"艺术是最好的梦"，但他还明确讲：

"艺术是浮面的，是枉然的兴奋，是徒劳的激动。"

邱：这话说得好。这就是他的现代感，这就是尼采意义上的现代感。

王：尼采在《悲剧的诞生》里讲，我们做一个梦，明知是一个梦，但是这个梦太美妙了，我要继续做下去。其实就是木心刚才谈的艺术。

卢：苍茫，我想就是木心在《爱默生家的恶客》里所说的"沮丧"。

邱：但是木心他跟那些浪子还不完全一样，比如说有一个人也是完全以艺术的态度来对待自己、对待世界、观察世界的，就是胡兰成。胡兰成的《今生今世》文字肯定是很好，但是为什么多人对胡兰成很不屑呢？不只因为他是汉奸，而是这个人实在是太没品了，处处留情，我们很看重的中国人身上的那种品格，他是没有的。但是木心，我们知道，他是一个很正的人，很正，又有一股清气，在艺术上做得这么精致，但他又这么苍茫。

王：其实这个正，可以和苍茫联系起来：那些东西太麻烦了，他逃都来不及，干吗还要去沾呢？他有些小说就体现这些问题。

卢：木心的文章不像胡兰成那样处处沾沾自喜。

王：木心处处都感觉到危险。

邱：胡兰成就是有点沾沾自喜。木心和他不一样。要把木心的浪子气质和胡兰成这样的人区分开来。

卢：木心的这一点，是不是受尼采影响？因为木心《文学回忆录》说："我与尼采的关系像庄周与蝴蝶的关系，他是我精神上的情人，现在这情人老了，正好五十岁"；"一切现代人掠过尼采是蠢货，只有经过尼采才是智者"；再有木心曾多次讲尼采的话："构建体系是不诚实的。"

邱：对对。木心对尼采的着迷是可以找到很多文献来支撑的，而且他还谈到鲁迅跟尼采的关系，他认为鲁迅让他遗憾的地方就是没有把尼采进行到底。

卢：木心认为尼采有"哈姆莱特"的一面，也有"堂吉诃德"的一面，木心更为认可尼采"哈姆莱特"的一面，怎么看？

邱：哈姆莱特嘛，肯定就是虚无。

王：对，他认为是虚无感的典型。

邱：哈姆莱特这个人其实我并不喜欢，我是说如果作为一个现实的人，我很不喜欢他，但作为一个文学形象却是很精彩的。他代表的其实主要不是什么犹豫、延宕，而是"虚无"这样一种世界观。

卢：木心说"人要时时怀有死的恳切：我是怀着悲伤的眼光，看着不知悲伤的事物"，这是他一切写作、叙述和打量人生的基本态度。

二、木心其文与现代汉语写作

卢：大陆的"木心热"，从《哥伦比亚的倒影》（2006年）的正式出版开始，当然，台湾文坛早就开始关注木心了，比如1984年，台湾的《联合文学》创刊号特设"作家专卷"，题名《木心，一个文学的鲁宾逊》。

我查了一下网上关于木心作品的评价，其实是非常两极化的。一类力挺木心的汉语写作。比如陈丹青的《我的师尊木心先生》这样的文章中，说"木心是（至少在世的作家中）唯一衔接古代汉语传统和现代汉语传统的作家"，他甚至还说"木心的写作领域和文学境界，超越了周氏兄弟（鲁迅和周作人）"。还有像上海作家陈村说他首次读到木心的《上海赋》时"惊为天人，有一种眩晕感"；"不告诉读书人木心先生的消息，是我的冷血，是对美好中文的亵渎。企图用中文写作的人早点读到木心，会对自己有个度量，因为木心是中文写作的标高"。他们可谓是对木心的写作推崇到了极致。

另外一类人是国内的一些现当代文学的研究者和爱好者，他们又对木心很不屑，比如说有这样一个看法："木心就是人为炒作出来的一个偶像，被神化得太厉害了，他是有些才华，但他绝对没有现在那些人吹的那么厉害。他的《文学回忆录》就是一个个人随感，他的散文也没有特别突出的地方，他的诗更是装得厉害，其实大部分很一般，其中流传最广的《从前慢》，完全是模仿丰子恺先生的作品，我究竟搞不懂为什么大家这么吹捧他？"

邱：那些对木心不以为然的，肯定是没有发现木心的过人之处，而像陈丹青说他超过周氏兄弟，说得还是有点过，至少我不认为他超过了鲁迅，鲁迅肯定比木心高一些的。但是木心为什么让像陈村这样一些作家如遭雷击？陈村当年也是语不惊人死不休啊。因为木心触及一些敏感点，这个敏感点就是当代写作的汉语感。当代写作的汉语感，可以说在某种意义上已经丧失殆尽。

陈村,他自己搞写作的,天天码字,他对汉语,可能比搞学问的人更有感觉。所以当他读到这样一种文字的时候,他说"眩晕"可能是一种真的感受,而且他是看到那个《上海赋》里面写衣衫的那一章。这个怎么理解呢?我看到网上一些分析木心的写作的文章,有一篇是一个叫"留白"的作者写的,文笔特别好,他分析了木心的很多修辞,但是我觉得最根本的他没说到,是木心写作时那种汉语的风度。我们讲当代写作汉语感的丧失其实是风度的丧失。汉语的风度绝对是不疾不徐的,它不是急吼吼、油爆爆的,即便是看不同风格的古汉语写作,比如民国时期的一些写作,你还是可以看到这样一种风度的,没有那种扑上去的言不达意的粗糙。这个问题,包括我们自己,虽然意识到了,但写作时表现得还是很差。

卢:学界一般认为,大陆今天的现代汉语写作有五个传统:从先秦到晚清的古典汉语传统,"五四"白话传统,延安(社论体)传统,"文革"(社论体)加大字报传统,以及最近二十年兴起的网络写作传统。

邱:现在最可怕的可能就是,因为我们搞学术研究,写学术论文,这方面看得比较多,基本上现在的学术文体都完全没有汉语的风度,大而化之,没有个性,这在学界是非常糟糕的。有一个很著名的学者被人揪到说他抄袭,其原因是另一个学者读他研究鲁迅的作品,感觉他文风不统一,有的地方很流畅,很痛快,但有的地方却句子都不通顺,完全是病句,然后就去查,发现他写得好的部分,很多都是抄袭李泽厚,而写得不好的部分,才主要是他自己写的。这个问题出了之后,我把他的书找出来看,皇皇巨著,你认真去看,他的很长很欧化的句子，有些地方真的有语病，而且我看到他的写作到现在都还是如此。虽然出了丑闻，他的写作仍然维持原样。他可能有很高深的思想，但是他对汉语作为一种写作媒介的掌握，如此粗糙，这是当代学者、当代文人的一个悲剧。

卢：并且比较糟糕的是，这样一种写作居然会被很多人认为是汉语学术论文应该有的方式。我记得一次读书会讨论张志扬时，有个师兄说他看了张志扬和刘小枫的一两篇文章就不想读下去了，因为他很反感二人文中的个人化的表达。这让我想起，当年一些老教授看到张志扬的文章时，也怒不可遏地说"学术论文怎么可以这样写"，竟然可以不用"我们认为"而用"我认为"。

邱：对，在学术论文里用"我们"，用"笔者"，我经常觉得很奇怪，笔者就是我嘛，你凭什么要说我们，你代表谁啊？特别是很多人都写"我们认为"，谁跟你我们啊？有时候当你在文中有一种吁请式的姿态时，想和读者沟通时，你可以使用"我们"，但是你看他们大量使用"我们"，而这个"我们"是没有缘由的，好像用了"我"，这个学者的学术品格会受到玷污。这都是一种什么样的心理，莫名其妙。

卢：我们再以木心的《温莎墓园日记序》为例，看看何谓好的现代汉语写作。在这篇序中，木心叙述了一个类似鲁迅《社戏》的场景：

混绿得泛白的小运河慢慢流，汆过瓜皮烂草野狗的尸体，水面飘来一股土腥气，镇梢的铁匠锤声丁丁……见过戏中的人了，就嫌眼前的人实在太没意趣，而"眼前的人"，尤其就是指自己，被"戏"抛弃，绝望于成为戏中人。我执著的儿时看戏的经验宁是散场后的忧悒，自从投身于都市之后，各类各国的戏应接不暇，剧终在悠扬的送客曲中缓步走到人潮汹汹的大街上，心中仍是那个始于童年的阴沉感喟——"还是活在戏中好"，即使是全然悲惨了的戏。"分身""化身"似乎是我的一种欲望，与"自恋"成为相反的趋极。明知不宜做演员，我便以写小说来满足"分身欲""化身欲"。

邱：这篇序是写得真好。
卢：再如文中的《狸猫换太子》的演出场景：

全本《狸猫换太子》，日光射在戏台边，亮相起霸之际，凤冠霞帔蟒袍绣甲，被春暖的太阳照得格外耀眼，脸膛也更如泥做粉捏般的红白分明，管弦锣鼓齐作努力，唱到要紧关头，乌云乍起，阵雨欲来，大风刮得台上的缎片彩带乱飘乱飘，那花旦捧着螺钿圆盒瑟瑟价抖水袖，那老生执棍顿足，"天哪，天……哪……"一声声慷慨悲凉，整个田野的上空乌云密布，众人就是不散，都要看到底，盒子里的究竟是太子、是狸猫……

邱：因为我小时候看了很多川剧，所以我对他这个写作特别有感觉。你刚才念的《温莎墓园日记序》的那一段，有的地方可能你读得比较快，比如说"水面飘过来一股土腥气，镇梢的铁匠锤声丁丁"，后面是省略号，这个地方一般要停顿一下，

353

感受一下他的节奏和那种氛围感。

卢：此处很显然化用了《诗经》里的"伐木丁丁"。

邱：他这种叙述你可以看到是很有风度的，尤其是不乱用形容词，而且他很从容。你可以对照下莫言的写作，比如《红高粱》开头的那些句子：

> 天地混沌，景物影影绰绰，队伍的杂沓脚步声已响出很远。父亲眼前挂着蓝白色的雾幔，挡住他的视线，只闻队伍脚步声，不见队伍形和影。父亲紧紧扯住余司令的衣角，双腿快速挪动。奶奶像岸愈离愈远，雾像海水愈近愈汹涌，父亲抓住余司令，就像抓住一条船舷。

莫言为什么给人一种缺失了汉语风度的感觉呢？就是他的句子特别赶，不断地扑上去，特别用力。而我讲的汉语的这种风度呢，绝对是不疾不徐的，不管讲什么事情都是有这种风度的。成都的诗人柏桦，他太喜欢胡兰成了，我不是完全认同他对胡兰成的很多见解，但是他勾勒了一条中国文学的文脉之气，是成立的。他说中国文学是有一种气象的，恬淡平和、殷实享乐，用木心的话来说就是平实恳切，又有体温，你从木心文字里面也可以感受到这一点。柏桦从这条线里来找胡兰成的渊源。当然你也能找到一种稍微激切一点的，像屈原、杜甫、龚自珍等，但是，不管怎么样，即便是两种风格，这种风度是绝对不会缺失的。

王：如果打个比方的话，莫言这种写作像挥动一把金背砍山刀，特别重，挥动时很费力；而木心就像手里摇着扇子，在那儿喝茶聊天。

卢：哈哈，我读莫言的作品，总是觉得太闹了，像秧歌或广场舞，敲锣打鼓，张灯结彩。

邱：莫言的句式有个特点，很多人可能还觉得莫言写得很精彩，莫言作为一个作家最糟糕的就是他一下笔，就被自己那个句式带走了。但是你看那种好的汉语写作，比如汪曾祺的作品，你可以看到那是多么淡然，他不会被他自己的句式带走。

卢：包括孙犁。

邱：就是，孙犁都很好了，他自己很站得住，在任何地方都可以很从容地停下来的。但莫言不行，他那个气喘吁吁的节奏，一开始基本上把最大劲儿使上了，然后，你知道他这样一下笔，就没办法真正地叙事。而且你看他用形容词特别多，浓墨重彩。

卢：这一点刚好和木心相反，木心讲："一个人应该嫉恶如仇，而艺术家应该嫉俗如仇。俗是什么？俗就是滥情，滥情是艺术的造假，所谓的滥情就是过度的抒情。"因此，"要少用形容词，减少比喻，返璞归真。好像有点意思，想想又没有意思，再想想好像还真有点意思。进进退退，有意无意，是艺术家的气度涵养"。总之，"行文宜柔静，予素未作掷地金石声想"。

邱：而且莫言还爱用成语。汪曾祺是沈从文的学生，有一次他去见沈从文，沈从文就给他们说——我估计说的就是莫言，没有提名字——现在有个年轻作家很火，但是我看他写的要不得，他太爱用成语了。我估计说的是莫言，因为当时的语境其他作家好像没有这个毛病。然后你看汪曾祺的写作，比如

《受戒》，那完全是白描，但是很有味道，这就是不一样的。在当代作家写作里面，虽然20世纪80年代先锋写作搞得很火，但是你可以看到真正能够写出来的其实很少。莫言得诺贝尔奖我觉得是个误会，木心说了一句一语成谶的话，他当时说有三个条件。

卢：对，三个条件是："是个地道的中国人，作品的译文比原文好，现在是中国人着急，要到瑞典人也着急的时候，来了，抛球成亲似的。""译文比原文好"是他的玩笑之语。有学者说莫言能获奖，主要是因为葛浩文的英译本很精彩。

我听邱老师说很欣赏木心的《上海赋》，为何？

邱：《上海赋》完全显示出木心作为一个艺术家的特质，像我这种人就做不了艺术家，因为我虽然对感性有一种敏感，但是我不太耐烦，比如我就写不了他这样的文章，像《弄堂风光》，尤其是那篇《只认衣衫不认人》，这样的文字我是写不来的。其实《上海赋》的前两篇（《从前的从前》和《繁华巅峰期》）是讲上海历史的。

王：这两篇确实字字珠玑、精雕细琢，有一种大珠小珠落玉盘的感觉，但有一点——过于光滑。

邱：对，过了，由于前两篇里面讲历史，没有进入情境，细节的情境，这是考验一个人是不是艺术家的地方，比如他写的弄堂，那就是他的长处，还有写衣衫。

卢：对，比如《弄堂风光》：

> 上海的弄堂来了，发酵的人世间，肮脏，嚣骚，望之黝黑而蠕动，森然无尽头，这里那里的小便池，斑驳的墙

上贴满性病特效药的广告,垃圾箱满了,垃圾倒在两边,阴沟泛着秽泡,群蝇乱飞,洼处积水映着弄顶的狭长青天,又是晾出无数内衣外衫。一楼一群密密层层,弄堂把风逼紧了,吹得他们猎猎地响。

还有《只认衣衫不认人》,木心谈到旗袍时说:

上海人一生但为"穿着"忙,为他人作嫁衣裳赚得钱来为自己作嫁衣裳,自己嫁不出去或所嫁非人,还得去为他人作嫁衣裳。就旗袍而论,单的、夹的、衬绒的、驼绒的、短毛的、长毛的,每种三件至少,五件也不多,三六十八、五六得三十,那是够寒酸的。料子计印度绸、瘪绉、乔奇纱、香云纱、华丝纱、泡泡纱、软缎、罗缎、织锦缎、提花缎、铁机缎、平绒、立绒、乔奇绒、天鹅绒、刻花绒等等。襟计小襟、大襟、斜襟、对襟等等。边计蕾丝边、定花边、镂空边、串珠边,等等。镶计滚镶、阔镶、双色镶、三嵌镶,等等。钮计明钮、暗钮、包钮、盘香钮,等等。尤以盘香钮一宗各斗尖新,系用五色缎条中隐铜丝,作种种花状蝶状诡谲款式,点缀在领口襟上,最为炫人眼目乱人心意,假如采旗袍为婚礼服,必是缎底苏绣或湘绣,凤凰牡丹累月经年,好像是一件千古不朽之作。旗袍的里层用小纺,即薄型真丝电力湖绸,旗袍内还有衬袍,是精致镂花的绝细纯白麻纱,一阵风来轻轻飘起,如银浪出闪,故名"飞过海"。

读者可能并不清楚有些服饰的具体样式，但读这段文字却能见云机飞转，天梭往来，如堕锦城。

　　邱：这个就是真正的历史，《上海赋》里我认为写得最好的可能就是这篇《只认衣衫不认人》。大历史地讲那么多上海的故事，讲不出上海的肌理。就像我们现在由于拍摄的手段多了，到大街上随便拍摄，以后假设这些文明都毁掉了，人们可能看你拍的，包括我们看一些旧照片，都比读大历史的感觉强多了。这是一种肌理，一种感性，这种感性，就是艺术家的眼光。

　　王：可以说前者是一种宏观的呈现，后者进入了对细节的体验。

　　卢：有人认为木心的《上海赋》是"肖邦琴键下的巴尔扎克世界"，二位如何看？

　　邱：这个你最有发言权，我们不懂音乐嘛。

　　卢：《上海赋》对上海的风俗生活的记录方式，显然很像巴尔扎克的《人间喜剧》。木心认为肖邦是浪漫主义作曲家里面的金字塔上的峰顶，是音乐上的文体家，音乐上的意识流大师。木心极赏肖邦的《即兴曲》《叙事曲》和《练习曲》中的那种叙述姿态——不用 ff（很强），也不用 pp（很弱），不疾不徐，从从容容。当然，我觉得木心肯定也会喜欢肖邦的《谐谑曲》。好像邱老师对《谐谑曲》很有感触，为何？

　　邱：按照我的理解，肖邦《谐谑曲》的精神是说，当我们抓住任何一个瞬间，马上就会意识到它是虚幻的。就像我们前天做一个对谈时，我说我们会容易步入一个个的洞穴，我们要有一种意识，从洞穴里钻出来，这是一种智慧。

王：对。

邱：木心他很厉害的地方就在于，我们一开始谈他的这种苍茫感，他的超然，但他又能如此细腻地进入每一个感性的深处，这完全是艺术家的情怀。在这一点上，他和你比较熟悉的纳博科夫很相近的。纳博科夫在叙事的时候有一种焦虑，就是一件事情或者一件事物的肌理太多了，而每个肌理都会对他产生强大的吸引，就像他喜欢的蝴蝶，那么斑斓的色彩，他容易迷失其中。

王：纷繁复杂。

邱：迷失其中后，叙事的维度就减弱了，比如纳博科夫的《艾达与爱欲》这部长篇小说就是这种情况。有人认为这是他最重要的小说，但看的人很少。我其实也没看完，就是由于它的叙事太弱了，那种时时陷入细节的眩晕，有点让人受不了。

王：而且过于精致。

邱：对，其实木心有时候也有这个问题。

王：他们总是像打造一件器具一样，精雕细琢每一个细节。事实上如果我们太过于注意技巧的精雕细琢，往往会忽视体验的维度，在情感上的冲击力就没有那么强，所以要在二者间找到个很好的平衡。

邱：对。所以有的人会认为木心的文字，虽然字字珠玑，但是有点"隔"。这就是为什么我觉得不能说他超过鲁迅的原因。因为鲁迅，你想想我们读过的《故乡》《社戏》，还有《从百草园到三味书屋》，一直到现在你都不得不说这是中国散文的极品，这个是绝对的、毫无疑问的。有人说如果当年把诺贝尔奖授予鲁迅，鲁迅受不起，而我觉得鲁迅是受得起的。

卢：是鲁迅自己拒绝的。

邱：当时比如像沈从文、老舍都有可能得诺贝尔奖，但如果他们都能得的话，鲁迅就更可以得，那是一点问题都没有的，尤其是现在莫言都得到了，那鲁迅肯定是毫无疑问的，他绝对是汉语的一个标杆。

卢：木心很推崇一种所谓的"素"，朴素的素，素的抒情。他的作品英译者说木心作品英译本出版的时候，《纽约客》杂志专门写一个评论说木心的作品中有一种"浅吟低唱的力量"，但不是谁都能体会得到。我记得在哈佛大学的木心作品拍卖会上，很多富豪想买但又很犹豫，木心有点着急地问他们"究竟犹豫什么"，他们回答说："画是不错，但就是色调有点暗，挂在家里不太适合。"木心这个时候说出了心里话："我的画，猛一看是暗的，但看久了会有一种喜悦从心里面涌出来。"

我觉得自己在读木心的文字作品时同样有这种感觉——冷热交织或悲欣交集。所以木心会喜欢倪瓒的画，他说倪云林的皴法启发了他的写作。倪云林开创了一种非常独特的皴法，叫"折带皴"，先向右，再向左，像折带一样的，再在上面加点，这种独特的皴法，使倪云林的画看上去荒寒空寂。当然，也是初看非常冷，但看久了会感到有一种热涌出来。

邱：这就是我跟你交流过的，林风眠的画作也是如此。你猛一看是很悲凉的，但又透着温润。能够同时把悲凉和温润这两个东西能够结合在一起，非高手莫为。

卢：是啊，木心跟林风眠学过画，其实我读鲁迅的作品也是这种感觉，就是木心所说，"生活最佳状态是冷冷清清地风风火火"。

王：如果可以解释的话，我想可以用我们刚才反复谈到的他的苍茫感来解释。但是另外一点没有提到——他的慈悲心。这个"热"其实就是他的慈悲心。苍茫感和慈悲心是怎么来的？我们以他的慈悲心为例，我记得就是在《文学回忆录》里，他的学生回忆，木心带了他们一起出去玩，这个人总是妙语连珠，所以很好玩。其间木心看到一些青年人在很高兴地溜冰，就停下来赞美羡慕了一会儿，然后呢大概是一声叹息："还是凄凉的。他们回到家，也是洗洗澡，吃饭，睡觉。"我想这句话里就包含了我们首先提到的苍茫感，就是人生的失重感、失值感。因为我们惯常在这个小世界里面，是不需要体验意义而意义就贯彻其中的。那么在苍茫感中人生失重，就会觉得这些人其实也很可怜，他们回去，也是洗洗澡，也是睡睡觉。这就是慈悲心。我记得陈丹青回忆说木心很喜欢贝多芬的晚期四重奏。

卢："对，"慈悲"，木心说读他的《上海赋》，就是要看出作者"昂藏慈悲"。

邱：群哥听懂了贝多芬的晚期四重奏没？

王：没，没听懂，所以我请教卢哥，是不是真的能听出"慈悲"来？

卢：能，贝多芬的晚期弦乐四重奏，像第十四、第十五和第十六的慢板乐章的确如此。其实贝多芬的《第九交响曲》第三乐章也同样如此，木心说在这个乐章中贝多芬在"向宇宙诉情，在苦劝宇宙不要那样冷酷"，他感觉"宇宙对不起贝多芬，宇宙应该惭愧"。具体什么意思呢？我的理解是木心眼中的一流艺术家，虽应以天地不仁的大苍茫为视域，却也应怀有不仁之仁的大悲悯，这是一种"道是无情却有情"的外冷内热之境。

邱：木心观照人世的这种态度，《哥伦比亚的倒影》里有一篇《同车人的啜泣》，很有意思，跟我们刚才讲的有关系——人这个东西你不要太把他当回事。他就讲他坐车嘛，上车之前看到一个年轻人，估计是老婆来送他，下着雨，可能是刚结婚不久，男的在外面做事，女的在家里，婆媳啊、姑嫂啊这些关系可能处理不好，所以会跟他倒些苦水。但年轻人马上要走了，想必心情是很难过的。车子开动以后，这个年轻人一下就扑在座位的靠背上哭起来，就是啜泣嘛。他（木心）差点忍不住去安慰他，想给他开导开导。很有意思的是，到站以后，他和年轻人一起下车，他发现年轻人下车以后，拿着一把伞，一边吹着口哨，一边把雨伞转着圈地走了。

王：举动轻盈。

邱：这是一个很敏锐的观察。其实这些情绪在人身上，不过就像水流过一根导管一样。我们有时候把人，包括别人和我们自己，看作一个太过于同质的主体，没意识到这种流变。比如我举个例子，《水浒》里面的林冲，我们看他的故事总是特别难受，我最不喜欢看的就是他这一段，尤其是看他的娘子被人欺负时他又憋屈又不敢造反的样子。我想说的是他在山上看护草料场时的一个事儿，那会儿还没有跟陆虞候拔刀相见。有天晚上，风雪大作，他冷得不行了——

卢："那雪下得正紧"。

邱：他就提着他那把花枪，挂着一个酒葫芦，去打了一点酒，割了一点牛肉，然后在一堆火旁坐下来取暖。那个时候，可能是我们看林冲故事最快慰的时候。你甚至可以觉得，那就是林冲人生幸福的巅峰时刻，那是高峰体验。人可以是这样一种奇特的状态，那是他最落魄的时候，但是那瞬间却可能是他人世间最幸福的时刻。即使他在京城里面，跟他所谓的娘子在安乐窝里面厮守，我估计可能都没有他那种幸福体验。所以人这个东西，不要太把自己当回事，那么多东西从你身上流过，你不过就是一个导管。

王：木心是做得比较彻底的，就像我刚才还没有展开的关于他的慈悲心。他会同情那些溜冰的青年人，会在车上怜惜一个因为家庭矛盾而落泪的陌生的男人。我们很难有他的这种慈悲心。一般人，但估计邱老师——

邱：我也不行，我常常陷入烦恼之中。

王：慈悲之所以是慈悲，原因在于这是一种无差别的同情。我们说莎士比亚的慈悲，或者是像哈罗德·布鲁姆在《西方正典》里面讲屠格涅夫的慈悲，都是无差别的同情，对一切事物、一切人的无差别的同情。这是慈悲心。我们为什么做不到呢？因为我们通常置身于一个被惯性支配的生活当中，而在生活中我们的个性是随时出场的，而个性就意味着对立。今天我看这个人不爽，明天那个人看我不爽，后天谁惹我不高兴……花样繁出的对立。而苍茫感，或者说人生的这种异域感，可以说会在很大程度上消解个性，但不是完全融化，而是去执、去固、去我。在这个基础上，我们才能够对每个人有无差别的同情。

邱：这种慈悲心，落实在文字上就是不疾不徐。他不会像莫言那样一下笔就陷入某些态势里去，显得很急躁，油爆爆的。

卢：没有我执，有慈悲心。而莫言的作品，很典型的就是我执太强了，处处抒情。

邱：今天又出了个事儿嘛，就是冯唐翻译的泰戈尔的《飞鸟集》。冯唐，当然啦，他有他的自由嘛，但我真是太不喜欢这个作家了。

王：竟然还读过。

邱：哈哈，读几段总是可以的，读几段你就知道了嘛，因为太火了，你就看一下。他就是扭来扭去，他字里行间的这种扭来扭去，这种搔首弄姿的东西，太让人反感了。

卢：处处自鸣得意。

邱：对，这个东西很糟糕。就是当代作家里面，我觉得稍微做得好一点的就是韩东。

王：韩东的小说，比他现在写的诗要好。

邱：嗯，应该是，但是之所以能写成现在这样的小说，也跟他当初写诗和其他人不一样有关。他就是没有那种装的东西，他很实在。你看他平铺直叙，你看他的句子，站得住，但是呢，就是少了一点点味道。

王：有一些还可以，现在背不出来。

邱：总的来说他是不错的，如果写下去，就是目前都比莫言高很多，这是真的。

卢：好，我们再回到木心。木心有一句非常著名的话："我是绍兴希腊人。"很奇怪，木心明明是嘉兴乌镇人而不是绍兴人，为什么他讲自己是绍兴人呢？我记得，他对一个去苏州大学访问的学者说："你去浙江时要留意，有两个江南。"那个人回美国后去见木心,木心听他讲完看过"小桥流水"之类的话后说,"你见到的是无骨江南",没有骨头的江南,还有一个"有骨江南"——绍兴,出了鲁迅和秋瑾。"绍兴希腊人",他为何自称为希腊人呢?

王:我好像在哪儿读过,木心对希腊人生存样态的看法,其实跟一般意义上我们谈论的审美主义者——像席勒啊这些人的观点有点接近,就是希腊人的生活是一个感性和理性高度和谐的状态,是一个不需要存在荒谬感和异域感的生存状态。

卢:木心认可黑格尔对希腊人的一个评价,黑格尔说希腊人是人类永久的教师。木心讲出这样的话的时候,他对学生说,注意哦,不是西方人的教师,是人类的永久的教师。

邱:木心这样的人对希腊人的这种欣赏,是完全可以理解的,因为他是尼采迷嘛。尼采那么推崇希腊人,实际上在尼采和木心那里,希腊人的人生是完全艺术化的,这可能是他迷恋希腊的原因。虽然希腊人未必就是他们想的那个样子。包括像歌德和席勒,他们营造出理想中的希腊,希腊也不一定是他们想的那个样子。

王:木心本人也清楚希腊人具体的生活样态是什么样的,但是他需要这个东西,他就是——

邱:给自己造梦啊。

王:比如说他在一些文章里面谈到他很羡慕在街上去买菜的老太太——骑着自行车,后面捆着大葱,跟别人吵架的时候似乎都是欢乐的。他就是很羡慕,但是如果真的让他置身其中,让他像这些老太太一样,很没有风度啊,他肯定不愿意,他只是觉得这种生活的充实感可以作为一种幻象。我知道这是一个梦,但是我不打碎它,我让它存留下来,不然的话生活还怎么值得过下去啊。

卢:他讲除了希腊之外,当然对他影响非常多的有中国作家还有西方作家。西方作家里面,他说,对他产生持久影响的是这样一个作家,就是《新约》的作者。《新约》的文体和叙述、语气,这点就可以回应刚才群哥讲他的悲悯,《新约》里面处处都可看出一种悲悯。

三、审美直观与风度

卢:以上我们谈了木心其人、其文的现代感,接来下我想谈谈木心在《文学回忆录》(包括《补遗》)中的一些洞见,看看他作为一个艺术家的心性和见识。木心讲与古典艺术家不同,现代艺术家是高度自觉的艺术家,因此现代艺术家首先也会是一个伟大的批评家,像波德莱尔、福楼拜、瓦莱里和T. S. 艾略特等。这个观察很敏锐,二位怎么看?

邱:这个就是木心他作为文人的一个很重要的现代感,就是自觉的艺术家,而且你可以看到就是因为他有一种自觉,所以在《文学回忆录》里有那么多金句。这当然不只是小资所喜欢的金句,而是一种判断力。而且我看到,他的这种判断力,可能在我们的很多古代文学的专家学者看来,讲的什么嘛,片言只语,研究了什么嘛。估计拿给他们看,他们就会不以为然。但实际上木心有时候几句话就可以抵他们很多本书了,是吧?木心的直观,这种判断能力非常厉害。

我一开始为什么也看不进去木心?因为他讲西方文学的时

候,毕竟他可能不是特别拿手,而且一开始讲得有点拘谨,没有他对中国文学那么深的体认,所以我觉得讲得不是特别精彩。但是讲到中国古代文学那就很精彩了,他的这种评价方式,我随便引一段,来对他进行认识。比如说他讲到《楚辞》的时候,说:"宋玉华美,枚乘雄辩滔滔,都不能及于屈原。唐诗是琳琅满目的文字,屈原全篇是一种心情的起伏,充满辞藻,却总在起伏流动,一种飞翔的感觉……"

包括我刚才提到的,他讲司马迁,说他总是"光明磊落,落落大方,丈夫气概",这种评价方式,可能是现在很多批评家不以为然的,不过就是几个形容词,说出了什么嘛,没有去分析作品的形式结构,没有去分析作品背后有些什么深刻的社会历史、人生背景什么的。但这恰恰就是木心显得重要的原因。我觉得真正的文学批评不是后面说的那些。这里拿一个人可以跟他做一个很有意思的对比——钱穆。我老婆买了一本钱穆的《中国文学史》。

卢:哦,最近出的一本。

邱:就是因为《罗辑思维》在那儿鼓吹。我对钱穆其实一直不太信任,我让她不要买,她说"不过就是一本书嘛",然后就买了。我一读呢,果然不行。这样说可能托大了,因为钱穆是历史大家、国学大师,但是他谈文学真的不行,肯定还不如我,呵呵。他对文学的见识……

王:不如你。

邱:他的知识肯定是比我多了,毫无疑问。但"见识"是另外一回事。你比如谈到这个《诗经》,钱穆认为《诗经》就是后妃之德,这样一种谈法,不是扯淡吗?比如还举了一首诗

"画眉深浅入时无",他居然说他这首诗写的不是新婚夫妇,其实是后学写了文章,去请教前辈看行不行。

卢:《近试呈张水部》,很多人都这样讲。

邱:他们这样讲不是扯淡吗?木心是极其厌恶这种讲法的。我记得我读博士的时候,也有先生这样给我讲《诗经》,我当时就听不进去。而这个东西,成了他们很得意的一种讲法,就是不认认真真讲文学。但实际上是,我们要看到中国的诗学、文论、书论和画论,那都是直见心性的明断,对吧?

王:对。

卢:像木心评价《红楼梦》中的诗:"如水草,取出水,即不好,放在水中,好看。"真精辟!

邱:这就是那种审美直观的明断。包括司空图的《二十四诗品》,他会拈出那么多种品格出来,对吧,这才是真正的文学评价,或者说是文学的意义所在,而不是去把文学背后那些我们认为很高深的东西弄出来。那些东西是可以研究的,但是它不能代替文学。

所以现在的这种社会历史的批评,形式主义的新批评、叙事学、符号学,这些东西当然都可以为文学研究提供一些丰富的养料,但是这些东西,这种社会历史的批评,从传统的马克思主义,到现在的文化批评,到形式批评,完全取代了真正的文学批评。而木心的《文学回忆录》,如果我们读进去的话,确实可以从这个迷途上回来,这才是真正的看待文学的方式。虽然只是片言只语,但是太精彩了。

卢:关于我们所不认可的这样一类文学解读方式,木心有个判语:"学院里面坐着一批又一批精工细作的大老粗。"精工细作，分析文学的叙事、修辞和主题，看似精工细作，但是完全没有审美直观感，大老粗。木心说面对文学作品时，要学金圣叹，金圣叹的大量点评"极少提作者，只提作品"。这涉及一个很重要的问题：我们究竟如何面对艺术？

王：我想补充的是，他不仅是评论中国文学很厉害，评论西方文学也很厉害。我最初读的是他的下册，因为下册讲西方文学讲得比较多。当时感觉很没意思，因为很多都是一些现象描述，比如讲巴尔扎克之类。

邱：那可能是陈丹青记得不全。

王：也可能是有点收着。但是有一处很吸引我，就是他讲《罪与罚》。我博士论文做的就是陀思妥耶夫斯基，也读了不少材料。

卢：群哥是老陀专家嘛。

王：半个专家还算吧，自认的。

邱：你就是专家。

卢：不能妄自菲薄！

王：还是读了不少书，你一谈《罪与罚》，在接触的材料当中，极少有说不好的，而且是以各种各样的方式来加冕，什么东正教的含义呀，还有其他分析方法带来的所谓深刻的内涵，几乎听不到有人说这个小说有瑕疵。但我们可以听到，比如纳博科夫，他讲《罪与罚》有问题。

卢：但木心应该没读过纳博科夫的论述。

王：他讲索尼娅和拉斯柯尔尼科夫两个人埋头一起读《圣经》。其实拉斯柯尔尼科夫和索尼娅，如果我没记错的话，他们见面两三次就埋头在一起，在一个歪斜的烛光下面读《圣经》了。我上课跟学生讲到这儿的时候说,你们如果约会的话,刚见过两三次,估计去电影院,估计去吃什么好东西去了。所以纳博科夫很敏感地意识到:这里有一个结构上的断裂,逻辑上的断裂。他甚至说得很尖刻:在整个世界文学当中,我们都找不到比这儿更矫揉造作的地方了。

邱:他和纳博科夫一样的嘛,这个我跟你交流过。

王:不一样。所以木心为什么能抓住我呢?木心直接提到:我特别喜欢的、在乎的,就是陀思妥耶夫斯基的文笔粗糙。他先做了个解释,他说,这个人哪有屠格涅夫那么悠闲啊,因为很穷啊,要还债,要吃饭,赶出来稿子之后马上要送到编辑部,要去印刷了。但是,他说,陀氏的粗糙,是一种极高层次的美,是一种让人望尘莫及的美,就像汉家陵阙的石兽。

邱:这个有意思。

王:如果打磨得光滑细洁,那反而就不好看了。我们可以想象汉家陵阙的石兽……

邱:这个我跟你交流过,就是纳博科夫对陀氏的评价可能就是没有看到木心看到的这一部分,那就是"老陀的气象"。

王:对。所以我们要尊重这种粗糙,避免一种文笔过于光滑的平庸。这一点我觉得确实是有见识,了不起。

邱:这确实是了不起,了不起。

卢:对,老陀的作品就是有这样一种粗糙的美,有这样一种黏性,让人一读就放不下,强大的磁场把你卷裹而入。

我在读《文学回忆录》时,还有一个感受就是木心在谈论世界上的文学大家时采取的是一种"平视之"的姿态。这点很有意思，因为我们经常会看到，很多人如果喜欢托尔斯泰，只能"仰望着"反复论证托尔斯泰如何如何伟大，缺少木心这样一种从容"平视之"的气度。

邱：刚才你提到他受最大影响的就是《新约》，这不只是语气上的、文体上的影响，其实是一个姿态，一个视野。《新约》你看讲什么都是一种拿下来的姿态，是吧？所以木心一般都是这样，虽然有时候不一定拿得准，但还是要拿一下。

王：尽在掌握，所以有时候也会拿错。比如说他讲加缪的《西西弗神话》，就说这个《西西弗神话》有什么意思啊，古希腊就有了，不就是推石头推上去掉下来吗，现在加缪讲的有什么新鲜感？就一棍子就打死了。

邱：包括一开始卢哥给我推荐《文学回忆录》时，我拿到书先翻了一下他对但丁《神曲》的评价，包括对雨果，这个评价不如我对雨果的评价嘛。就是说木心也不是什么都能拿下的。但是你读《文学回忆录》，你最感兴趣的不是他的具体的见解，而是整个这样一种品评的姿态。这个是很厉害的，很值得学习的。

王：他的"范儿"。

邱：嗯，就是"范儿"。所以呢，实际上他的这个讲法就是梁文道总结的"我的文学史"，不是讲客观文学史。

卢：对，一部文学史讲完，重要的是"我"的文学观点，这是非常重要的。就是说，我面对任何艺术品，一定要有我的观点、我的看法。木心讲"好的读者是讲出他的感受，听者喝彩"，这才是一种好的文学解读。大家可以在网上搜下木心讲文学的视频片段，手舞足蹈的，很好玩儿。

邱：对，木心是很好玩的。在《归来的局外人》里面，他给陈丹青他们讲课的时候，讲到一个休息间隙的时候，他说：文字很苦，画面很苦，画家嘛，一定要画满；中国画家最聪明，要留白；雕塑最苦了，比如思想者一定要这样（做思想者状），普希金一定要这样（做普希金雕像状）。木心说他以后要是被别人塑成像的话，他也很苦，但是呢，要给他塑个做夹烟状的像，什么人到那儿给他一支烟。

他这种调侃其实给我最大的一个启示，我觉得我还是愿意用一个词，就是一种"风度"，这就是我觉得陈丹青痴迷他的原因。其实陈丹青这种人，也是想找个依靠的。我想他在木心身上找到的，就是一种"精神父亲"的感觉。所以说文化的传承是要有一种示范效应的，我们现在有一句话说："三代才有贵族。"

卢：对，养成的贵族。

邱：贵族是必须有垂范作用的。中国的贵族基本上是被搞掉了，这种贵族的养成不知道要多少年。文人，为什么我们现在大部分的文人都显得很粗鄙，包括像我们，像没有教养一样，其实根本原因就是我们没有学习的对象，真的。虽然我们从小到大读那么多书，但没有人真正教过我们。你比如说当年陈丹青在美国，那么有幸遇到这么一个人。当时那些年轻艺术家口耳相传：来了一个很不得了的人呐。

卢：天外来客。

邱：那真的是一种幸运，那就是他们的文艺复兴，就是他们那几个人的文艺复兴。所以木心不是有讲吗，"一个人的文艺复兴"。这其实跟我们的一个观点很相近，就是我们讲审美解放，讲什么拯救，不要搞那么大的一个框架，从自己就可以开始。木心就是。我脑子里面闪现出木心的形象的时候，我就觉得我的文明程度不够。

卢：我们显得很粗鄙啊。

王：这也是我的很深切的感受。其实我是很真诚地这样讲，尤其是跟一些伟大的、高贵的灵魂在阅读当中相遇的时候会感受到自己的鄙俗。我们的生活，哦不，我的生活，简直就是太粗鄙了。

邱：其实刚才在谈木心这种精致的生活的时候，我本来想谈一个现象的，刚才没有说到。你比如说现在，在座诸位都是在大学校园里。为什么大学教师这个阶层受不到尊重，有很多原因。第一，就是没有多少人在真的搞学问，没有多少人在讲真正出于他们的精神、良知的东西。第二，可能一个很大的原因就是他们在身体感上太粗鄙了，穿着打扮，穿的什么嘛，有时候就穿一个睡裤，一双脏兮兮的鞋，跟在一个满脸横肉、一脸怨气的老婆后面，提着一兜菜，一副唯唯诺诺的样子。这就是我们现在的文人景观。

卢：但似乎这样一种景观还很受肯定。

王：其实说到底，是因为这些人都没有我们所讲的，可能我们还能够意识到的而木心是彻底意识到的那种苍茫感，就是生命的失重感。他们沉浸在自己的小世界里面，发论文啊，搞课题啊，很多是把它当成生意来做。

卢：而木心说："我要成为一个真正的艺术家，连生活都要成为艺术。"

王：波德莱尔也讲过类似的话。

卢：我记得陈丹青说他最幸福的一件事是看木心一道一道工序做菜的样子，就是这样一个过程，"不忙不慌的一道一道工序做菜的样子，这样无处不在的启发根本无法效仿，因为渗透人格"。

邱：对，他可以耐心地做这些事情，但是也可以走向另外一个极端。陈丹青不是说吗，他去找木心的时候，木心一般都会很兴奋地跟他聊天。陈丹青说，我把你碗槽里的碗洗了，木心说："哪有哈姆莱特天天洗碗的，作孽！"他可以是两个极端的——他可以完全不管，但是要管的话他可以做得非常精致。

卢：木心作品的英译者童明第一次见木心的时候说："我们是一家人。"木心愣了："我们的家人是谁呢？"童明答："陀思妥耶夫斯基、福楼拜。"二人一见如故，便开始长聊，直到童明起身告辞，木心也未问他姓甚名谁，多有魏晋风度啊。

邱：晚年木心回忆起狱中生活时，说过一句很漂亮的话："当时我的感觉是许多人都跟我一起下去，莎士比亚、托尔斯泰都跟我一起下地狱了！"

卢：他在狱中不但用写检讨书的纸写了《狱中札记》，他还用那个纸画了黑白钢琴琴键，在那里无声地弹莫扎特和巴赫。当然，木心也想过自杀，但他为什么没自杀呢？木心后来说："一死了之，这是容易的。而活下去，苦啊，我选择难的。小时候家里几代传下来的，是一种精致的生活。后来那么苦，可你看看曹雪芹笔下的史湘云，后来要饭了；贾宝玉，敲更了。真正的贵族，是不怕苦，不怕累的。一个意大利作家写过，'贵族到没落的时候，愈发显得贵。'"显然，艺术使木心有了一颗"金刚不坏之心"。压力如此沉重，他却能显得如此优雅，真难得！我们可以对比下电影《芙蓉镇》那句著名台词："活下去，像牲口一样活下去。"

邱：这就是我完全不喜欢余华的《活着》这种小说的原因。这是一套什么哲学嘛，反正就是要活着了，那完全没有尊严地活着有什么意思呢？强调活着，他要讲什么。

卢：木心确实是历经多次浩劫仍能保全自己心性的少数人。《〈文学回忆录〉补遗》里有一个记者问木心如何评价"大陆目前的文学水平"，木心提到沈从文等那一代中健在的老作家时先是同情地说"他们差不多全是被迫在有为之年搁笔"，像沈从文只能从事文物研究，写作《中国服饰史》，但木心紧接着说了一句近乎苛刻的话："如果真有绝世才华，那么总能对付得了进退反复的厄运（别国就不乏这等颠扑不破的大器），环境、遭遇，当然是意外分外坎坷，而内心的枯萎，恐怕还是主因。"

邱：这话说得真好。前一阵子我看微信群里有人讲冯友兰，有人骂冯友兰，有人就很不平，意思就是说应该理解冯友兰，当然也有人表达不同的意见。然后有人就把他跟别人作对比，把冯友兰跟朱光潜、沈从文比较。我看里面大多数人都认为冯友兰是可以理解的，他们认为骂冯友兰就连起码的标准都没有了。

王：这是我们生活中普遍存在的一种反批评的样式。比如有人说这个小说写得很烂，就有人说："你写得好，你写啊。"比如说看这个电影，很烂，又有人会说："有本事你去拍啊，人家拍起来容易吗？"

邱：能不能做是一回事，标杆还是不能丧失的嘛。

卢：完全混淆判断力和创造力的不同标准。任何一个小孩子都会说"这个菜不好吃"，难道你会反问一个小孩子："你做一道菜试试？"

邱：所以不仅要学习木心的精神，还要像卢哥这样穿得这么有品位。

卢：哈哈，过奖啦！我们今天读到的木心作品，都是他在55岁之后写的，他之前写的东西（除《狱中札记》外）基本上都被迫焚毁了。木心讲他能把恩格斯的《反杜林论》背得滚瓜烂熟，他的文字中却全然没有欧化汉语的痕迹。

邱：55岁，他基本上是重起炉灶。因为在"文化大革命"期间，他所有的画作都被毁掉。这个不得了，我们一般进入50岁，基本上可能就是，退休了，很多人至少心态上是退休了。所以木心这一点很重要。我们那天老在争论的一点就是社会责任感的问题，其实木心，我觉得就是一个很好的回答。你把自己个人的文艺复兴搞好，就是对这个社会最大的一种责任，不要搞那么多大的。

王：对，还有个例子，是鲁迅和梁实秋之间的争论，我们知道那个时候他们两个打仗。鲁迅把梁实秋骂得很惨，梁实秋的反驳，我不太清楚我记得是否准确：菜刀是可以拿来砍人的，但是砍人毕竟不是菜刀的唯一的使命。他就是说，你可以笔为剑，但是我也可以写点小文章，我可以坐在那里喝茶。而这，就是我们刚才讲的，你作为一个独特的个人的出场本身就是"自由"的出场，从而是对社会的一个推动。因为能做到自由地按照内心来写作，的确是一件很困难的事情。

卢：木心还有很多金句很好玩儿，像"文学是可爱的，生活是好玩的，艺术是要有所牺牲的"。当有的人跟他抱怨"写作痛苦"时，木心答道："如果你写作感到痛苦，如果你跳舞画画感到痛苦，那是因为你的跳法、画法大有问题。"再如，他嘲讽一些毫无审美能力的人时说："如若在卢浮宫前门放进一头猪，从后门出来的准保还是一头猪。"

好，我们如何评价木心？

邱：你先来。

卢：我会认为木心是一种被艺术所选中的人，他认为艺术家是仅次于上帝的人，基督是集中的艺术家，艺术家是分散的基督。邱老师？

邱：就是两个字：风度。木心就是风度。

王：邱老师讲的让我没法讲了。

卢：有范儿。

王：风度、聪慧、高傲，同时带有自怜。很动人，而且他的风度也很能使我感到自身的粗鄙。

原载《现代中国文化与文学》第 21 辑，有改动

秩序与风度：《东京物语》中小津安二郎的现代性隐忧

人们甫一观看小津安二郎的《东京物语》，立即就会对其独异的文法感到惊异——为何电影的每次转场要接连切入多个空镜头？为何镜头固定低拍，人物穿梭出场却又能做到多而不乱？为何每个人不管罹受何种重创，大抵仍会端然安坐且正面凝视着镜头？……如果认为这些一反常规的文法处理不过是小津在故意标新立异，那就大错特错了——一个艺术家的文法，说到底总是与其打量世界的态度休戚相关。那么，《东京物语》所端呈的是怎样的"这一个"世界？小津打量该世界的态度究竟是什么？当人们说小津是"最（古典）日本"的电影导演时，他们是在说什么，他们又错失了什么？

一、时间与物哀：小津的视角

《东京物语》开场的五个镜头中，就有三个小津所惯用的空镜头，所谓空镜头即没有人物出场的景物镜头，甚至有两个镜头初看就是静物镜头而已，但果真如此吗？

先看被定格了近 11 秒的镜头 1，占据该镜头左半部分的是一个做点灯供佛用的日式石灯笼，它有"立式光明"的寓意。安然伫立的石灯笼犹如一尊佛像，俯瞰着脚下码头（尤其是右侧）附近那些烦忙于生死流转的众生与一艘正缓缓驶向画面右侧的汽艇。上述向右的方向处理实乃小津有意为之，因为在《东京物语》的拍摄年代，日文印刷品的阅读方向大抵是从右向左，所以镜头 1 的水平轴时间顺序恰如中国古代长卷画一样：先被展开的"右侧"是过去，而缓缓展开的"左侧"才是未来。由此，镜头 1 中日本传统建筑物石灯笼向右看的视角，就是整部《东京物语》中小津所持的视角——在以汽艇、火车和东京大都市为象征的现代文明的冲击之下，石灯笼所象征的传统生活没有未来，它只能在朝向过去的缅怀中渐渐消逝。同理，镜头 2 中向右/过去缓行的小学生与镜头 3 中向右/过去缓驰的火车，都只是沉湎于过去之人所造的白日梦而已——白日梦最终要被镜头 4 中向左上/未来飞驰且汽笛长鸣的那辆火车惊醒。他醒后回头右看，但见孤烟直上、群松挺立、寺舍端坐，望之俨然（镜头 5），仍是一派天气澄和、风物闲美的传统生活景象，给人的惊心以极大的慰安。

开场五个镜头的起承转合极富节奏感，可谓动静有序、张弛有度，颇像西洋歌剧里正剧开始前的序曲：

镜头 1 11 秒，画面以"静"为主，辅以码头的人、船"慢动"。

镜头 2 12 秒，画面以小学生"向右慢动"为主。

镜头 3 18 秒，画面以"静"为主，辅以火车的悠长

"向右慢动"与炊烟的"向左慢动"。

镜头4 9秒，画面以火车的"左上快动"为主，辅以上侧的水面"右下慢动"与下侧的白衣乱飘。

镜头5 6秒，画面以"静"为主，辅以孤烟直上的"快动"——有正剧开始前定音鼓鼓声渐强的效果。

而影片开场五个镜头所流露出来的时间意蕴，刚好呼应着结尾处的几个镜头：如镜头6中母亲撑伞牵着幼儿去上学，呼应着镜头2中大孩子们已能自己上学——亲与子之间的代际更替就是双亲目送着孩子长大独立，孩子最终也会如周吉的孩子们那样与双亲日渐疏远。镜头7是小女儿京子从教室窗户所注视到的一辆火车，嫂子纪子正乘坐着它返回东京。这辆火车先是从右向左（从过去到未来）渐大渐快地驶来，而后开始轰鸣飞驰并几乎填满了整个画面（镜头8）。火车驶向东京（现代社会），就是告别尾道（传统社会），现代正是传统的掘墓人。因此，在接下来的镜头9中，纪子会双手抚摸婆婆所遗留的手表，即在现代化的高速时间洪流中，传统社会的脉脉温情正如花落去，它只能被葬入记忆之中。然后是车过铁轨冷的镜头10——火车所象征的现代化运动过后，唯存一个人情清冷的社会。随后，独坐家中的老父亲周吉手摇着小扇，喉动眼湿，轻叹一声，迷茫地望着左方（镜头24），仿佛他正在与镜头1的石灯笼互相对看——石灯笼犹如一尊佛像俯瞰着周吉，周吉也宛如一尊石像，正在蚊香袅袅中体味着自己那孤寂莫测的未来，并领悟着自己的因果——"如果预料到这么早去世，在她生前待她更亲切一些该多好啊……"① 然后，一艘汽艇向周吉迎面驶来，并向右/过去缓缓驶去，汽笛声呜呜然，仿佛满载着许多愁似的在为周吉而哭，因为他所怀恋的一切正驶入过去（镜头11）。镜头11的左下角刚好出现一辆与汽艇（向右/过去）相向而行的汽车（向左/未来），即此刻未来与过去正在诀别。最终，电影将一个长达10秒钟的镜头给了缓缓向右驶去的汽艇，它载着无尽的回忆驶入了过去——亲子代代轮回已，江船年年只相似。

我认为上述镜头中人与物的空间移动顺序，道出了《东京物语》的真正主题乃是时间——缓缓消逝的"过去/传统"与疾驰而来的"未来/现代"迎面碰聚在一起，形成的是一种"未来/现代"裹挟着试图拖挽自己向前的"过去/传统"而决然前行的时间，即一种古与今正发生着激烈争执的时间，它被"径自呈现而出"②。换言之，《东京物语》中的"过去/传统"与"未来/现代"有如两条相向而流的大河，二者看似已然汇聚在一起，但终会因流向与流速的不同而暗涌不断；漂流于这条时间大河之上的人们所能深切体味到的，唯有小津所说的因"今"强势涌来、"古"不得不往而生发的物哀（物の哀れ）。那么，何谓物哀？为何小津在访谈中一再说他的电影想表现

---

① 《东京物语》电影剧本中文译作《东京纪行》，中译文载于《外国电影剧本丛刊42：龙爪花·东京纪行》，李华译，北京：中国电影出版社，1984年，第194页。

② Gilles Deleuze, *Cinema 2: The Time-Image*, translated by Hugh Tomlinson and Robert Galeta. London: The Athlone Press, 1989, p. 273.

381

"'物哀'这种极为日本化的东西"?① 物哀究竟意味着人与世界处于一种怎样的关系呢？

"物哀"是日本古典美学的三大范畴（物哀、幽玄、寂）之一，日本学者本居宣长在阐释物语时曾详解过物哀。他认为物语这种体裁可以洞烛真实而细腻的人情，它表现"人情仿佛女童，本色天然，无所依傍"②，物语通过将"人情如实地描写出来，让读者更深刻地认识和理解人情，这就是让读者'知物哀'"③；而一个人若想"知物哀"，必须有一颗能"对万事万物都心有所动，或喜或悲，深有所感"的"心"④。

细言之，此心既要能知物之心（感物移情），也要能知事之心（通达人情），即能感知"物心人情"⑤。《东京物语》中通达人情的纪子，诚可谓知事之心者，比如在片尾中她与京子的那场对话：

> 纪子：不过京子，我象你这么大的时候，也这么想过。可是孩子一长大，就渐渐离父母远了。到了姐姐那般年纪，就有和父母不同的她自己的生活。我想姐姐决不是

---

① 〔日〕田中真澄：《小津安二郎周游》，周以量译，桂林：广西师范大学出版社，2009年，第341页。小津说他要经由"物哀"，传达"人情的孤寂""人的温情"与"无常的迅速"。
② 〔日〕本居宣长：《日本物哀》，王向远译，长春：吉林出版集团有限责任公司，2010年，第107页。
③ 〔日〕本居宣长：《日本物哀》，王向远译，长春：吉林出版集团有限责任公司，2010年，第45页。
④ 〔日〕本居宣长：《日本物哀》，王向远译，长春：吉林出版集团有限责任公司，2010年，第146页。
⑤ 〔日〕本居宣长：《日本物哀》，王向远译，长春：吉林出版集团有限责任公司，2010年，第23页。

出于心术不良才那样。谁都会认为自己的生活才是最重要的。

京子：是吗？可是我不想变成那个样子。要是那样，父母与子女之间的关系就实在没意思透了。

纪子：不错，可是大家不是都朝这方面变下去吗？慢慢就会变成这样的。

京子：那么嫂子也变成那样？

纪子：嗯，不想变，可还是变下去。①

"不想变，可还是变下去"，才是人情的真相，一个知物哀的人会对此种流变泰然任之。因为知物哀的人已了然无物常驻，所以他有时反倒会故意"将从前的事与眼前的事相对照"②，如在《东京物语》中从镜头 15 开始的那一场对话：

幸一：爸爸，我们以前从这间屋子看过烟火呢。

周吉：啊，是啊。

志家：对，对，住吉节的晚上。敬三还记得吗？

敬三：嗯，不记得。

幸一：天没黑你就闹得要命，可一放烟火你就睡着了。

志家：对，枕着妈妈的膝盖呼呼地大睡……

---

① 《外国电影剧本丛刊 42：龙爪花·东京纪行》，李华译，北京：中国电影出版社，1984 年，第 188 页。

② 〔日〕本居宣长：《日本物哀》，王向远译，长春：吉林出版集团有限责任公司，2010 年，第 22 页。

敬三：我毫无印象。

幸一：那时候爸爸干什么呢？

周吉：啊……市教育科长吧？

幸一：是吗，那是很早了……

志家：喂，春天休假，大家去大三岛的时候……

敬三：啊，我想起来了，妈妈还晕船了呢……

幸一：那时候，妈妈身体也挺好的……①

在处理完毕富子的丧事后，一家人面带着笑容边进餐边闲聊，二十多年前的富子形象（敬三"枕着妈妈的膝盖呼呼地大睡""妈妈还晕船了"和"那时候，妈妈身体也挺好的"）被自然带出，便与富子已然长眠地下的情景形成了强烈对照。此刻，在场的每个人不但体味到了无常的物哀，而且也体认到在强大的无常面前人应该顺天应命。当然，需要澄清的一点是，日文"物の哀れ"一词虽选取了中文里的"哀"字，但该字在日文中所传诉的却非"悲哀"之情，而是一种高度克制的"寂"。此种"寂"包括：（1）寂声，追求一种有声比无声更静寂的审美境界，如《东京物语》中多次响起的汽艇马达声，颇有一种"艇噪室逾寂"的效果；（2）寂色，推崇简单朴素的陈旧之色，显然，作为黑白影片的《东京物语》之画面的光影处

---

① 《外国电影剧本丛刊42：龙爪花·东京纪行》，李华译，北京：中国电影出版社，1984年，第183—184页。

理与人物布局可谓深得寂色之三昧[1]；（3）寂心，有寂心之人，在体味寂声与寂色时，自能做到不痴不执[2]，如片尾的周吉虽罹受老妻去世与儿女远离的重创，仍能兀自寂然独坐。

《东京物语》中物哀与寂的呈现之达成，乃是经由"入幽玄之境"。幽玄就是"脱去华丽、进入枯淡清寂"[3]，枯淡清寂中自有一种"老境之美"，其审美旨趣是含而不露和寂寥深远。究其本质，幽玄就是小津一再强调的"电影是以余味儿定输赢"[4]中的"余味儿"。小津认为很多日本导演所拍摄的大量深受美国好莱坞影响的剧情片是误入了歧途，他对此批评道："最近似乎很多人认为动不动就杀人、刺激性强的才是戏剧，但那种东西不是戏剧，只是意外事故。"[5] 因此，小津心中的好导演绝非让演员学会释放感情，而是教会他们如何压抑感情[6]，因为真正有性格的演员"不是用夸张的表情，而是用细微的动作自然表现强烈的喜怒哀乐"[7]。如镜头 24 中寂然独坐的周吉，虽罹受老妻去世与儿女远离的重创却只是喉动眼湿而

---

[1] 在其他日本导演已开始拍摄彩色影片时，小津说自己"喜爱黑白电影"，因为彩色电影"给人以用锦绘的器皿吃炸虾大碗盖饭的感觉"。〔日〕田中真澄：《小津安二郎周游》，周以量译，桂林：广西师范大学出版社，2009 年，第 323 页。

[2] 参见〔日〕大西克礼：《日本风雅》，王向远译，长春：吉林出版集团有限责任公司，2012 年。

[3] 〔日〕能势朝次、大西克礼：《日本幽玄》，王向远译，长春：吉林出版集团有限责任公司，2011 年，第 160 页。

[4] 〔日〕小津安二郎：《我是开豆腐店的，我只做豆腐》，陈宝莲译，海口：南海出版公司，2013 年，第 157 页。

[5] 〔日〕小津安二郎：《我是开豆腐店的，我只做豆腐》，陈宝莲译，海口：南海出版公司，2013 年，第 157 页。

[6] 〔日〕小津安二郎：《我是开豆腐店的，我只做豆腐》，陈宝莲译，海口：南海出版公司，2013 年，第 69 页。

[7] 〔日〕小津安二郎：《我是开豆腐店的，我只做豆腐》，陈宝莲译，海口：南海出版公司，2013 年，第 18 页。

已,但这种高度克制的神情反倒比将悲恸全然释放而出的呼天抢地更打动人。

二、躁动失序的"今"与风度有序的"古"

(一)转场:环境、群体与个人

如前所述,《东京物语》中的时间是一种古与今正在发生着激烈争执的时间,二者间存在着一种真实的紧张感,即有一种"制度和人们对事物的反应之中所蕴含的固有信仰与人们最近所生动体验的矛盾和可能性之间的张力"[1],而一个艺术家但凡以古之眼来审视古今之争的时代,都会认定躁动的今正罹受着其自身所浑然不觉的失序之恶疾——所谓今的进步,实乃应有的古之秩序与风度的日渐式微,实乃礼崩乐坏而已。显然,小津对《东京物语》中的古今之争所持的态度是以淡哀今之无来深悼古之有,此种态度深深地影响了该影片的文法使用,尤其是其镜头的处理。除前文已述的高度关注水平轴中的时间外,《东京物语》中镜头的具体转换方式也用意颇深:首先,镜头转换遵循一个基本节奏模式:远景—中景—特写—中景—远景。因此,观看《东京物语》颇像赏玩一幅中国的宋元山水长卷(如黄公望的《富春山居图》)——观看人与物在景中或疾或徐地"游"。并且影片中有些场景完毕之后的几秒钟

---

[1] Raymond Williams, *Modern Tragedy*. Stanford: Stanford University Press, 1966, p. 54.

定格，也收到了长卷画中的留白效果——它使单个场景具有了充分的自足性，便于观众慢品其"余味儿"。①

其次，主要人物的出场，永远在他处身其中的环境已被展示之后。无疑，小津让环境先于人物出场是想显明每个人都是其所处环境的产物，其言行举止均会受到该环境的影响。比如，当父亲周吉与母亲富子提前结束热海之游返回女儿志家的家中时，正在做美容的女顾客问志家"二位老人是谁"，已成为东京人的志家羞于在外人面前承认操着尾道方言的二老是自己的父母，随口便答道："哦，沾点儿亲的……从农村来的……"

最后，个人的出场大抵在其所隶属的群像已被井然有序地呈现完毕之后，即先群像后个人。小津之所以采用这种文法处理，是因为依据日本传统，家族的地位要远高于个人，它要求每一个人在家族中都要清楚地确认一个"与自己的辈分、性别、年龄相适应的地位"②，以便做到各得其所、各安其分。因此，《东京物语》中的每个主要人物不管是否身在自己的家中，仿佛都是场景的宾客——他们都过着一种有条不紊的仪式性的生活，并能在秩序分明的权力场中获得一种得其所哉的安全感。因为每个人都对自己在这个家族中的应处位置了然于心，所以不管有多少人物穿梭出场，画面都不会显得凌乱，并

---

① 据长年担任小津作品剪辑的滨村义康说，"小津在影片剪辑中起着主导性作用"，比如在两个场面之间插入风景画面时，小津会自己"带着秒表"，"不看画面"，"茫然地望着虚空，揿着按键"，"他设想着每一个镜头，同时说出该镜头是多少秒"。〔日〕佐藤忠男：《小津安二郎的艺术》，仰文渊等译，北京：中国电影出版社，1989年，第65—66页。

② 〔美〕鲁思·本尼迪克特：《菊与刀——日本文化诸模式》（增订版），吕万和等译，北京：商务印书馆，2012年，第48页。

且当众人一旦站定或坐定,任何人的头都不会被他人挡住(如镜头 15)——每个人都不能妨碍处于应处位置的他人的露头。① 为使处于优先出场地位的群像显得更加稳定有序,小津有意采取了西方文艺复兴时期的绘画所惯用的漫射布光,因漫射布光能使群像获得一种"清楚的轮廓和群雕般的造型"(如图 1)。②

图 1 拉斐尔《雅典学园》,1509—1551 年

因为在《东京物语》中,小津想探讨的是在日本的现代化过程中随着父母与孩子的成长,本有固定秩序的传统家族制度是如何走向崩溃的③,所以个人在群像中的"实际所处位置"会随其自身的权力消长而变化,即现代个人在家族群像中的实际所处位置并非传统秩序为其规定好的应处位置。比如镜头 12,父亲周吉、母亲富子和小女儿京子从右到左依次排开,三

---

① 只有当权力关系不明(如镜头 20 与镜头 21 中热海的游客),或人处于非理性的醉酒状态时(镜头 22 中第三个人只露出点头顶),这种画面构图才会被打破。

② 〔英〕苏珊·伍德福德:《绘画观赏》,钱乘旦译,南京:译林出版社,2009 年,第 89 页。当然,有时为了获得强戏剧效果,《东京物语》也偶或使用明暗对比的"伦勃朗式布光",比如当婆婆富子劝说完儿媳纪子最好改嫁后,切入镜头 17,二人虽各怀心事,但心事源起的主因在纪子,所以小津给婆婆用暗光,而给纪子用明光。镜头 17 后切入镜头 18 与镜头 19,善良体贴的纪子如一尊古希腊的大理石女神像,满是高贵的单纯与静穆的伟大。

③ 〔日〕小津安二郎:《我是开豆腐店的,我只做豆腐》,陈宝莲译,海口:南海出版公司,2013 年,第 194—195 页。

人所占的画面比也依次递减（父亲几乎占据了右半个画面）——三人的次序与所占画面比，刚好符合他们在尾道家中的权力秩序安排。再如镜头13，因为周吉身在大儿子幸一的东京家中，所以尽管他坐在中间位置，但其形象仍略小于画面右侧的幸一。而在镜头14中，处于画面的权力核心位置的幸一以轻描淡写的姿态与语气告诉父母游逛东京的计划被取消了，处于画面的权力边缘位置的周吉只能无奈而客气地接受。因为随着电影情节的推进，周吉与幸一在家庭中的权力前消后长，所以当富子的丧事处理完毕后，一家人虽然是在周吉的尾道家中而非幸一的东京家中聚餐，但幸一不仅稳坐在画面的正中间，而且一个人就占据了近三分之一的画面，这说明幸一最终成为这个家庭的真正核心。与安然端坐于正中间的幸一相比，左侧的周吉则显得十分渺小无助（镜头15）——周吉已然丧失了家庭主导权的无奈感尽显。

简言之，《东京物语》中的现代家族群像构图，究其本质而言是一种呈现权力消长过程的权力谱系图，每个家族成员的当下实际权力值而非传统的应然秩序成为他们判定自己在群像中应处位置的根本依据。①

（二）矩形外框中的水平构图、低机位固定镜头与静物/人

《东京物语》的具体镜头处理除"人在环境镜头后与个人

---

① 再如镜头16中的画面构图，说明在女儿志家的家中，志家是权力的核心。当然，上述这种对场景与人物秩序的一次性呈现方式不仅能营造出一种秩序感，而且也让镜头的使用更为经济——寥寥几个镜头，故事发生的环境以及人物之间的关系便被交代清楚了。

在群像后"外，还有一个特征亦十分明显——人物经常会被安置在一个矩形外框之内（如镜头15）。有人说小津此举是想充分展示日本传统建筑的结构之美，此种说法实乃皮相之见。因为在电影语言中，矩形代表着"逻辑、文明、控制"[1]，矩形外框的封闭式结构会使画面显得更加稳定平衡[2]。因此，小津使用矩形外框的真正鹄的，是让画面呈现出一种高度控制下的平稳有序感。而与矩形外框同时被采用的是低地平线的水平构图，因为安定有力的水平构图有助于营造一种各安其位、顺天应命的氛围。[3]

当然，上述矩形外框中的水平构图是为小津的标志性低机位固定镜头所摄取的——低机位即论者所说的日本榻榻米上的跪坐高度（约90厘米）。虽然小津说自己"摄影机的位置很低，总是采取由下往上拍的仰视构图"[4]，开始只是为了避免拍到地板上杂乱的电线，但为何当小津一旦开始采用这个偶得的低机位，便会一用到底呢？这是因为能消除纵深、形成二维空间的低机位视角，刚好符合小津对于人在宇宙之中所处地位的态度，即人既不应俯视人——以神的角度"居高临下地看人"[5]，也不应过度仰视人——以现代启蒙理性的角度夸大人的地位，而应略略仰视人（甚至平视人），即坦然地接受人之

---

[1] 〔美〕詹妮弗·范茜秋：《电影化叙事：电影人必须了解的100个最有力的电影手法》，王旭锋译，桂林：广西师范大学出版社，2009年，第69页。

[2] 〔英〕苏珊·伍德福德：《绘画观赏》，钱乘旦译，南京：译林出版社，2009年，第87页。

[3] 这种有序感会被现代城市化打破，如镜头25A—25B。

[4] 〔日〕小津安二郎：《我是开豆腐店的，我只做豆腐》，陈宝莲译，海口：南海出版公司，2013年，第17页。

[5] 〔日〕佐藤忠男：《沟口健二的世界》，陈梅、陈笃忱译，海口：南方出版社，2011年，248页。

为人的尊严与缺陷。简言之，以低机位固定镜头呈现的矩形外框下的一幅幅水平构图使得观众在看《东京物语》时，宛如在静坐静观一幅幅有画框的静物/人画，画中是轮番缓缓上场、退场的"能够静坐和沉思的（影片）人"①。而当画面中的人独自正面凝视镜头（说出对白）时（镜头 23A—23F），仿佛他们不是在看自己的对话者，而是在以亲切的目光拷问着幕前的观众："若你是我，会如何做？"

总之，《东京物语》中那一帧帧简静有序的静物/人画，仿佛都在挽留着一种正在走向消逝的有风度的日本传统日常生活。该影片成功地创造出了一个自成一体的天地，且电影中的人与事与这个天地的格局是如此的吻合②，因此，当我们观看《东京物语》时，会体验到一种艺术真实的快感——仿佛我们眼前的每个镜头都是一个正在碎灭着的风度宝鉴，观者从一帧滑到另一帧，从表面的温暖坠入本质的悲凉。③

---

① 〔美〕唐纳德·里奇：《小津》，连城译，上海：上海译文出版社，2009年，第82页。
② Vladimir Nabokov, *Lectures on Literature*. New York: Harcourt Brace Jovanovich, Inc., 1980, p. 10.
③ 小津在拍片前，基本上都会先画出分镜头。有时为使画面达到他心中的审美效果，小津会故意摆置一些物件重新进行构图。以镜头 26 为例，画面左侧的纪子低垂着头望着门外去上班的京子，画面右侧是一盆叶子低垂、微向右倾的花——纪子与花刚好形成一个稳重的三角形构图。此刻，纪子注视着不在画面中的京子的背影，花也在纪子背后注视着她——送人者亦是被送者。此种精心构图使画面既有一种宁静的古典味，又有一种强烈的抒情味。而纪子与京子互道"さようなら"（沙扬娜拉，再会）的告别场景，让人想起徐志摩的名诗《沙扬娜拉一首——赠日本女郎》："最是那一低头的温柔，/像一朵水莲花不胜凉风的娇羞，/道一声珍重，道一声珍重，/那一声珍重里有蜜甜的忧愁——沙扬娜拉！"（《徐志摩选集》，北京：人民文学出版社，1983年，第45页）

三、"小津的世界"与现代性隐忧

如上文所引,小津说他拍摄《东京物语》的根本意图是想探讨在日本的现代化进程中随着父母与孩子的成长,本有固定秩序的传统家族制度是如何走向崩溃的。为了更有效地亮明自己对此种崩溃所持的态度,小津在《东京物语》中使用了大量前文已分析过的独异文法[①],他也因《东京物语》等影片淋漓尽致地展现了日本古典美学意蕴,而被称为"最(古典)日本"的电影导演。但由此就武断小津是"最(古典)日本"的电影导演,会遮蔽一个根本性的问题——《东京物语》虽满是物哀、幽玄和寂等日本古典审美趣味,但小津却与紫式部和松

[①] 《东京物语》的文法除上述几种外,尚有六种。(1)伏笔。如有迟暮的优雅气质的母亲富子最终会死,在影片中有多处伏笔:富子到东京注视着6岁的孙子阿勇的背影自言自语道"你(长大)当医生的时候,奶奶就不在喽";富子(与周吉)在热海的长堤上站起时险些晕倒;当纪子邀请她再来访问时,她说"不知道还能不能再来了";在火车站等候回尾道的火车时,富子对送别晚辈说:"可这回都见到了,所以,如果有个三长两短,也就用不着大家特意跑一趟。"女儿志家回答道:"妈妈,您那么泄气,简直就像从此永别了似的。"(2)平行对照。如在东京,老人打扰了儿孙辈的生活,儿孙辈不满;在热海,喧闹娱乐的年轻人打扰了老人的休息,老人不满——说明父辈与子辈之间的冲突是不可调和的。再如母亲富子在儿媳家受到了体贴的款待,而父亲周吉醉酒后回到女儿家,受到的则是冷漠对待。(3)两次仅见的移动镜头。纪子带着公婆乘坐观光巴士游览东京,晃动镜头中的观光客统一转头看景,显得十分滑稽可笑。无家可归的周吉与富子在上野公园门口坐着时,镜头由墓碑缓缓推向二位老人,暗示着二老中将会有人去世。(4)局外的评论人。开头,邻居主妇对二位老人说"大家在东京都等急了吧",片尾她对独自寂坐的周吉说"大家都回去了,您就寂寞了吧",两次出场,物是人非之感顿现。(5)对白不疾不徐,却能快捷呈现人物性格。(6)配乐基本上采用的是一种略轻快的沙龙风格的音乐,刚好与电影的情绪形成反差,这种反差是小津有意为之,因为"悲伤的场面衬以轻快的曲调,反而更增加悲怆感"。参见〔日〕小津安二郎:《我是开豆腐店的,我只做豆腐》,陈宝莲译,海口:南海出版公司,2013年,第21页。

尾芭蕉等日本古典作家有着本质的不同，因为小津经由日本古典审美趣味所要表达的乃是对日本现代化进程中日渐兴盛的个人主义（individualism）之流弊的深深隐忧。

显然，《东京物语》中本有固定秩序的传统家族制度的悲剧性崩溃是由现代化运动带来的，因为前现代日本人与其他前现代国家的人一样，将自己视作宇宙秩序以及以宇宙秩序为理据而构架的社会秩序中的一环，所以每个人都能在这些秩序中找到自己的坐标点，这使他们像是被"禁锁在被给定的地方，一个正好属于他们的、几乎无法想象可以偏离的角色和处所"①。而随着被很多人冠以现代文明最高成就之一的个人主义的兴起，固有秩序必须为理性所重审，即"在理性这个最高法庭面前，一切提出有效性要求的东西都必须经由其证明自身"②。由此，固有秩序日渐走向瓦解，现代自由才得以产生，这一过程反映在《东京物语》中便是以东京为象征的现代大都市的生活方式最终击溃了以尾道为象征的传统生活方式。在此过程中，"作为个体的公民"③的现代（日本）人便取得了该社会的主导权，而现代（日本）人的"感情和思想的极端个体化"④，因为该"社会思想变成从个体出发而不是从整体出发，

---

① Charles Taylor, *The Malaise of Modernity*. Toronto: House of Anansi Press, 1991, p. 3.
② Jürgen Habermas, *The Philosophical Discourse of Modernity*, translate by Frederick Lawrence. Cambridge: Polity Press, 1990, p. 18.
③ 〔德〕尤尔根·哈贝马斯：《重建历史唯物主义》，郭官义译，北京：社会科学文献出版社，2000年，第25页
④ 〔德〕特洛尔奇：《基督教理论与现代》，朱雁冰等译，北京：华夏出版社，2004年，第48页。

旧的纽带和权威日益变得松散"①。因此，父亲周吉在度假地热海的喟叹"这儿是年轻人来的地方啊"中的"这儿"，绝非只指热海，而是指为现代化运动所扫荡的一切地方，在此种扫荡面前，不仅"一切等级的和固定的东西都烟消云散了"，而且"罩在家庭关系上的温情脉脉的面纱"也会被彻底撕下。②

但问题在于，一个文化共同体中的固有秩序并非只具有工具性的意义，因为它在限制我们的同时，亦会赋予世界和社会生活的行为以意义（meaning）。③ 简言之，由秩序所产生的身份形成了一个人"知道我此刻是谁"的视界（horizon）；而"知道我此刻是谁"（我的认同），就是知道"我站在何处"和"我应当做什么"，即唯有在一种视界内"我才能够在不同境况下判定什么是好的或有价值的，或者什么应当做，或者我应赞同或反对什么"④，清晰明确的身份能为个体创造生存的安全感。⑤ 因此，当一个文化共同体的固有秩序走向瓦解时，置身其中的人们会因不清楚"我站在何处"和"我应当做什么"，而体验到一种严重的无方向感。进而言之，固有秩序的瓦解看似引发的仅是外在生活仪式感的丧失，但若无仪式感作保则生命的意义感就会极易踏空。由此方可理解《东京物语》所创造

---

① 〔德〕特洛尔奇：《基督教理论与现代》，朱雁冰等译，北京：华夏出版社，2004年，第48页。

② 《马克思恩格斯选集》第一卷（第3版），北京：人民出版社，2012年，第403页。

③ Charles Taylor, *The Malaise of Modernity*. Toronto: House of Anansi Press, 1991, p. 3.

④ Charles Taylor, *Sources of the Self: The Making of the Modern Identity*. Massachusetts: Harvard University Press, 1989, p. 27.

⑤ Maurizio Passerin d'Entrèves & Seyla Benhabib, eds. , *Habermas and the Unfinished Project of Modernity*. Cambridge/ UK: Polity Press, 1996, p. 42.

出的这个"小津的世界"其实是一个在以年轻人为主导的现代化运动的冲击之下正在走向消逝的"老人的世界"①，小津虽明知这个世界正在走向"无"，但他仍会在影片中念兹在兹地屡信并屡造其"有"②。归根结底，小津仍是一个对日常生活的应有秩序与风度心有执念的抒情诗人，因为应有秩序与风度是其心中的在世意义感得以生发的视界。

总之，《东京物语》看似是一首简静从容的抒情挽诗，本质上却是一部记录日本家族制度崩溃史的现代史诗，二者之间的巨大张力使影片自生一种去戏剧化的强戏剧性效果——它既使我们洞悉到在看似静谧和谐的日常生活之下究竟潜涌着一股怎样的喧躁狂流，也让我们领悟了一个人即使身处重压之下，也应面带着一丝从容优雅的微微苦笑来静观生命的流转不息。③ 最终，《东京物语》这部文法与态度能完美榫合的大匠运斤之作，以一种隐匿在菩萨低眉下的金刚怒目逼使着我们审思：一个文化共同体，究竟如何恰切地走上现代化之途？在此途中，传统秩序何为，我又是谁？

---

① 〔日〕田中真澄：《小津安二郎周游》，周以量译，桂林：广西师范大学出版社，2009年，第343页。

② 日本的小津研究专家佐藤忠男在一次访谈中说："小津在世的时候，东京已经是一个很嘈杂的城市了。只不过经过他的拍摄，展现了平静的一面，小津表现的是他的理想"；"小津电影中表现的是日本好的传统"，"对于在社会的变化中，传统能否保持下去，小津表现了他的不安"。《佐藤忠男：小津的东京已经没有了》，载《南方周末》，2003年12月11日。

③ 小津自评《东京物语》是一部"以简洁的风格"拍出的"洗练完美"的电影（〔日〕小津安二郎：《我是开豆腐店的，我只做豆腐》，陈宝莲译，海口：南海出版公司，2013年，第33页）。小津认为电影剧本的写作极为重要，剧本一旦写出，就应严格按照其拍摄。换言之，小津的世界必须是一个严格有序的世界，他拒绝会引发失序的偶然的出现。

附：文中提及《东京物语》中的镜头

镜头 1

镜头 2

镜头 3

镜头 4

镜头 5

镜头 6

镜头 7

镜头 8

镜头 9 　　　　　　　　　　　　镜头 10

镜头 11 　　　　　　　　　　　　镜头 12

镜头 13 　　　　　　　　　　　　镜头 14

镜头 15 　　　　　　　　　　　　镜头 16

秩序与风度：《东京物语》中小津安二郎的现代性隐忧

397

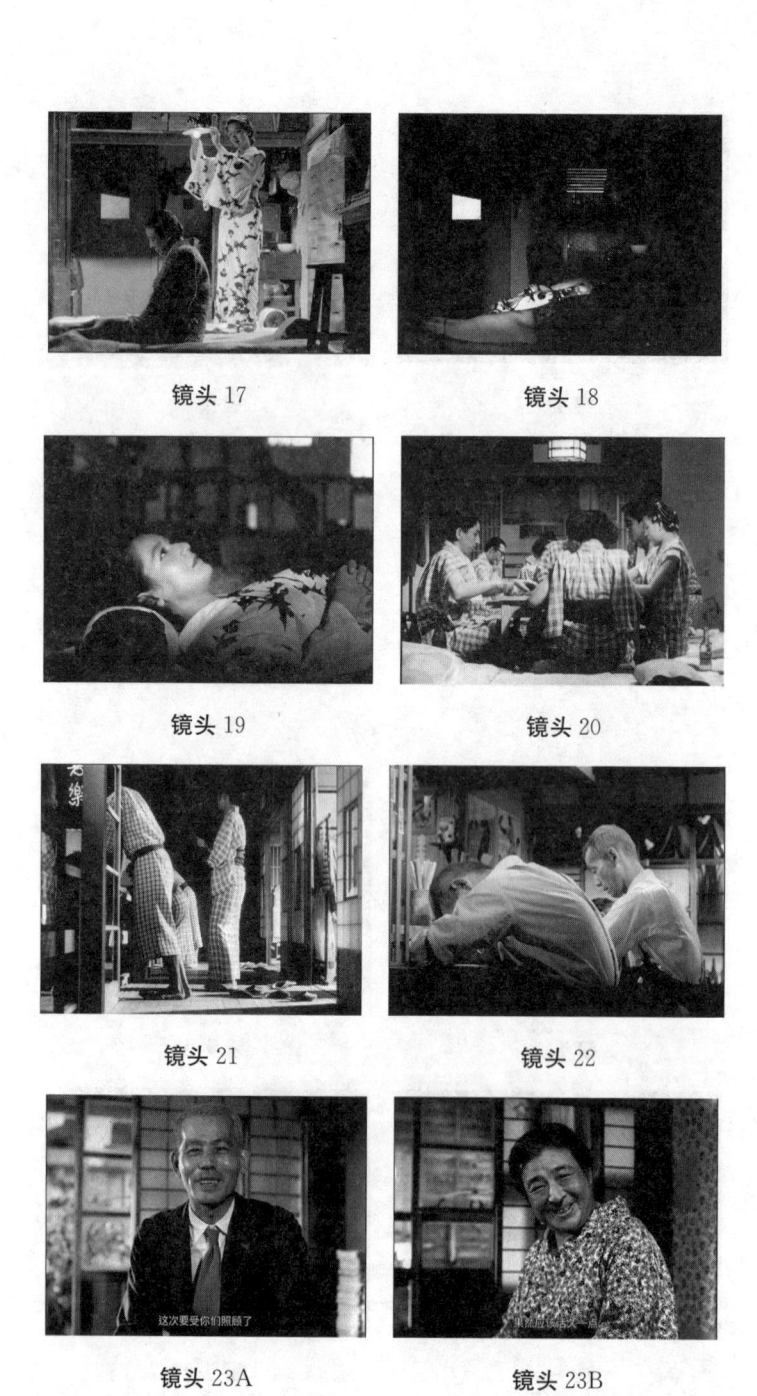

阅读的慢板：从索福克勒斯到小津安二郎

镜头 17

镜头 18

镜头 19

镜头 20

镜头 21

镜头 22

镜头 23A

镜头 23B

镜头 23C　　　　　　　　　　镜头 23D

镜头 23E　　　　　　　　　　镜头 23F

镜头 24　　　　　　　　　　镜头 25A

镜头 25B　　　　　　　　　　镜头 26

原载《文艺争鸣》2016 年第 12 期，有改动

跋：阅读的慢板

　　文学，是活生生的人学，是对存在之恩仇快意、郁伊惝恍、暧昧幽微的会心与烛照，它借由文字的敲打把玩、侍弄叩拜，对存在的块块硬煤点火扇风、打量拨动。我们一旦浸入其中，有不见古人来者的涕下怆然，有既见君子的载奔载欣，更有撞见自我与他者的惊喜和错愕。阅读一本文学经典，就是任由来自存在之心的一道道电闪，借文字之风神那或缓徐或狂飙的风来击中你、抚弄你、撩翻你……

　　一句话，唯有文学是"专为意义的体验而创造的话语文本"！由此，问题便是，一个读者究竟如何述说其在文学文本中所遭逢到的诸种意义的体验？因为在文学作品中，一个故事的含义并不是"像果核一样藏在故事之中，而是包裹在故事之外，让那故事像灼热的光放出雾气一样显示出它的含义来，那情况也很像雾蒙蒙的月晕，只是在月光光谱的照明下才偶尔让人一见"。

　　无疑，一流的文学家和批评家的关系应如互为镜像的造梦大师和聊梦大师一般，均能让人在早已无睹的熟视处"认生"。惜乎此种生分，我在承平日久的学院混迹愈久便愈难相遇，而只见一个又一个被坏了的好梦。如此之多的筛子在"评论之虫不知疲倦啃噬作品的过程中锻造而成，就为便于看到作品背后隐藏的国度，那世界难看清，为了拉它靠近，我们不是让自己的眼睛适应它，而是按我们所见所知改造它"。而真正的文学批评，应是有学养的大脑所做的直觉活动，是"为我们靠直觉相信的东西勉强找些理由，但找这些理由本身也就是直觉"。

故，恰切的文学批评，从来都是甚难稀有之事。俗语云"一样衣服百样人"，但现实却是明明作品为百样人，却偏被硬生生套上同一套理论制服，而理论制服控们非但浑不管李戴张冠的尴尬，甚或还为自己能修得此种以人偶扎针来咒诅活人的阴毒术而正沾沾自喜呢。他们忘了，审美对象所暗示的世界对我们来说，首先不完全是一个知识的对象，而是"一个令人赞叹和感激的对象"，是"某种情感性质的辐射，是迫切而短暂的经验，是人们完全进入这一感受时，一瞬间发现自己命运的意义的经验"。须知，同一套制服有人穿上是真动人，而有人穿上则是真恶心人。你看，学院车间里的一台台主义车床，它们虽有斑斑锈蚀与锃明彻亮的不同，但大抵会将伊索祖神镌在其醒目的铭牌上，以向这位古希腊老奴隶表达一种能认祖归宗的感激、自傲和荣耀：

伊索祖神啊！
您读解故事的套路，
我们将世代赓续！

与"伊索寓言式的阅读"相较，我更钟意一种"买椟还珠式的阅读"。展开一部文学经典，莫着急顶主义之盔、掼观念之甲去采珠，且细细慢慢摩挲下这一只世间所独有的棱吧。须知，采到一个作品活体的宝珠虽殊为不易，但剜掉其眼珠而令其神失却常易如拾芥，故纳博科夫警诫道：

> 享用文学时必须先把它敲成小块、粉碎、捣烂——然后就能在掌心里闻到文学的芳香，可以津津有味地咀嚼，用舌头细细品尝；然后，也只有在这时，文学的珍稀风味，其真正的价值所在，才能被欣赏，那些被碾碎的部分会在你脑中再次重新拼合到一起，展现出一种整体的美。

其实，早在130余年前的1887年，西哲尼采在其《朝霞》一书的前言中就已然为"在一个'工作'的时代，在一个匆忙、琐碎和让人喘不过气来的时代，在一个想要一下子'干掉一件事情'"的时代更应持守一种好的阅读而鼓呼：

> "缓慢地、深入地、有保留和小心地，带着各种敞开大门的隐秘思想，以灵敏的手指和眼睛"——"跟我学习好的阅读"！

若尼采所言不虚，那在我们这个时代，这个想要一下子干掉几件事情的时代，我们又当如何呢？

卢迎伏

庚子岁漫漫，仲夏日永，补记于蓉

重印后记

"想说却还没说的,还很多",我虽不确定自己是否已越过了山丘,但近来的"兵荒马乱"、物是人非确让我频频为一种"时不我与的哀愁"所击中而惶遽不已。

比如去夏,家父突然摔倒、昏迷、谵妄了。自驾四千公里,半月多的医院陪护,他只认出我三次。他有时叫我"哥哥",有时喊我"弟弟",有时叫我"爸爸"。有次他认出我后说:"别忘了我,我要走了,去找我爸爸了。"我赶紧攥紧他的手:"不要胡说八道,我不要你走。"而后签字、手术、好转、出院,而后康复、恶化、憋气、气绝,而后葬礼、烈日、入土,而后圆坟、泥泞、纸钱灰纷飞……一个多月的颠倒恍惚、慌乱悲恸,让我直感到"子欲孝""天人永隔""音容宛在""悔之晚矣"等等都非枯死的陈词,而此前翻过几部经书便觉得能了然生死,淡然处之,终是纸上得来的自负和虚妄。

汉无名挽歌说:

薤上露,何易晞。露晞明朝更复落,人死一去何时归?

盲荷马说：

正如树叶荣枯，人类的世代也如此，
秋风将枯叶洒落一地，春天来到
林中又会滋发许多新的绿叶，
人类也如此，一代出生一代凋谢。

也如此，也如此，也如此，
如之何，如之何，如之何勿思？
....

敲下几行未能太上忘情的絮叨，或可燃爇些许不能忘却的纪念吧，昔日王戎曾痛言"情之所钟，正在吾辈"，信夫信夫。

衷心感谢热心负责的黄蕴婷编辑全力玉成此书的修订重印！

甲辰孟夏日乱记于开往江安的地铁上